Cindi Madsen aime se retrouver en tête à tête avec son ordinateur, pour écrire, relire, corriger, et tomber chaque jour un peu plus amoureuse de ses personnages. Elle adore écouter de la musique et danser, et voudrait que l'été dure toute l'année. Elle vit dans le Colorado – où l'été est très loin de durer toute l'année – avec son mari et ses trois enfants.

Ce livre est également disponible
au format numérique

www.editions-hauteville.fr

Cindi Madsen

Cendrillon me perdra

Traduit de l'anglais (États-Unis) par Nolwenn Guilloud

Hauteville

Hauteville est un label des éditions Bragelonne

Titre original : *Cinderella Screwed Me Over*

Publié avec l'accord d'Entangled Publishing (Colorado, USA)

ISBN : 979-10-93835-62-4

Bragelonne – Hauteville
60-62, rue d'Hauteville – 75010 Paris

E-mail : info@editions-hauteville.fr
Site Internet : www.editions-hauteville.fr

À mes filles, Kylie et Sydney :
même si j'espère que vous comprendrez
que vous n'avez pas besoin d'un prince charmant pour
réaliser vos rêves, je vous souhaite
d'en rencontrer un un jour.

Chapitre premier

Cendrillon s'est bien foutue de ma gueule. Oh, bien sûr, elle n'est pas la seule. Belle, Jasmine, Ariel et Aurore – ou peu importe son prénom, personne n'arrive à se mettre d'accord – sont tout aussi coupables, avec leur « ils vécurent heureux et eurent beaucoup d'enfants » et leurs princes charmants.

Re-regardez *Cendrillon* pour voir : vous remarquerez un certain nombre de similitudes entre le Prince Charmant et les mecs que vous avez pu fréquenter par le passé : mignon, séduisant, et plutôt du genre flemmard. C'est vrai, au fond : quelle prouesse a-t-il accomplie, le prince, dans cette histoire ? Il a dansé avec Cendrillon, l'a trouvée à son goût et a ramassé sa chaussure.

Lui a-t-il couru après ? Non. Il a envoyé le Grand-Duc à sa place. S'il était aussi fou d'elle qu'il le prétendait, on aurait pu légitimement croire qu'il s'en chargerait lui-même. Mais non. Il s'est contenté de balancer quelque chose du style : « Oh, si elle rentre là-dedans, elle devrait faire l'affaire. »

Voilà ce que l'on nous vend. Ce que l'on nous force à avaler comme l'histoire la plus romantique de tous les temps.

Le lavage de cerveau commence vers l'âge de deux ou trois ans, lorsque l'on commence à nous nourrir de contes de fées à base de princesses, de châteaux, de robes de bal et d'amour toujours. Pas étonnant que la pilule ait du mal à passer quand, à seize ans, on découvre que notre jules aspire davantage à prendre des airs cool et à nous peloter qu'à nous décrocher la lune. Et on se console en se disant que c'est propre à l'adolescence, que ça s'arrangera avec le temps.

Arrive l'âge adulte.

On ne s'est toujours pas départies de notre bel optimisme, car, désormais, on se gave de comédies romantiques ; plus modernes, plus réalistes, elles se substituent à nos vieux contes de fées. D'ailleurs, les tourtereaux qui roucoulent à tous les coins de rue sont bien la preuve que l'amour véritable n'est pas une chimère. Entre vingt et vingt-cinq ans, certains amis commencent à se marier, et on attend patiemment notre tour.

Moi-même, j'avais attendu, attendu… Toutefois, au fil des expériences, je m'étais rendu compte que les hommes n'avaient rien de princes charmants et que l'amour finissait toujours par s'étioler, remplacé, au mieux, par de vagues sentiments, au pire, par le mépris le plus total. En me remémorant ces histoires passées, il m'était apparu que ma vie amoureuse tenait moins de *Cendrillon* que des *Ailes de l'enfer* : chaotique et remplie de sales types.

Je ne m'étais pas découragée pour autant. J'avais continué à espérer trouver chaussure à mon pied, et tenté ma chance auprès de tous les hommes que je croisais. Pas au sens propre du terme, bien sûr ; cependant, au bout d'un temps, il fallait bien avouer qu'il était devenu difficile de les distinguer les uns des autres. Les rencontres que je m'imposais étaient devenues une sorte de rituel masochiste, débouchant invariablement sur de cuisantes déceptions. Et chaque rendez-vous désastreux, chaque échec sentimental, me rendait un peu plus cynique.

Ce fut l'année de mes vingt-six ans que j'en pris enfin pleinement conscience : l'amour, c'était de la connerie.

Dans la vraie vie, il ne fallait pas trop compter sur la fin heureuse et les marmots.

J'avais donc décidé de renoncer aux mecs pour de bon, et m'étais jetée à corps perdu dans le travail. Je me vengeais sur les chaussures. Une chouette paire de talons m'apportait bien plus de satisfaction qu'un homme. Elle me durait plus longtemps, et, surtout, je pouvais être sûre qu'elle ne me quitterait pas pour une plus jolie paire de pieds.

Évidemment, certains soirs, je me sentais très seule, regrettant de n'avoir personne à qui parler. Combien de fois ne m'étais-je pas demandé, en passant devant l'animalerie : *Combien pour ce chaton, dans la vitrine ?* Mais, si tentée que je sois par l'idée d'un compagnon à quatre pattes, je n'étais pas encore prête à devenir la folle aux chats. J'attendais la quarantaine pour ça.

À vingt-huit ans, j'avais replongé. J'étais tombée amoureuse. J'avais réussi à me convaincre que cette fois-là serait la bonne. Et j'étais tombée de haut. Une fois de plus. Après avoir vécu tant d'histoires catastrophiques, j'aurais dû être préparée, ne pas être aussi dévastée. Mais, comme vous le dira n'importe quel prof d'histoire, celui qui n'apprend pas de ses erreurs passées est condamné à les répéter. Je m'étais donc refait la promesse de ne plus jamais me laisser aller à croire qu'un couple pouvait fonctionner – et voir une partie de ceux qui m'entouraient divorcer après quelques années de mariage seulement ne fit que me conforter dans ma décision.

C'est pourquoi, à trente ans tout rond, je fêtais ma première année d'abstinence : j'avais renoncé à tout ce qui touchait à l'amour, aux contes de fées et aux dénouements heureux, et je ne m'en portais pas plus mal.

Si, si, je vous jure.

Si l'on devait composer une musique de générique à mon image – et quelqu'un devrait le faire, sans rire ! –, ce serait l'une de ces ballades rock parlant d'une femme indépendante, qui n'a aucun besoin d'un homme dans sa vie. Parce que c'était mon humeur de la soirée. Ce jour était à jamais marqué d'une pierre blanche, pour moi.

Une bouffée d'air conditionné m'enveloppa à mon entrée dans le restaurant. Stephanie, ma meilleure amie, était déjà à l'intérieur, bien entendu suspendue à son portable. Il était fort probable qu'elle n'ait pas encore annoncé notre arrivée. Elle avait de la chance que je l'aime au moins autant que son fiancé accro au téléphone.

Je me dirigeai vers l'hôtesse d'accueil. Elle était de toute évidence nouvelle, car je mangeais là plus souvent que chez moi, et c'était la première fois que je l'apercevais.

— J'ai une réservation pour deux, au nom de Darby Quinn.

Elle fit courir son doigt le long de la liste, cocha mon nom d'un coup de crayon et me sourit.

— Un instant, mademoiselle Quinn. Quelqu'un va vous conduire à votre table.

Je jetai un œil du côté de Stephanie, qui avait l'air de parler toute seule.

— Je comprends, disait-elle. Mais c'est ta mère, pas la mienne. C'est à toi de lui dire.

Sous son rideau de cheveux blonds se dissimulait une oreillette Bluetooth. Elle croisa mon regard et leva l'index.

Une minute, mes fesses.

On nous prenait souvent pour deux sœurs. Nous avions les mêmes cheveux dorés – à ceci près que les miens étaient naturellement raides, tandis que Stephanie ne serait jamais sortie sans son fer à lisser –, les mêmes yeux noisette et, après pas loin de quinze ans d'amitié, nous avions même développé des tics similaires. Elle était en revanche beaucoup plus méticuleuse que moi. Ce qui lui réussissait plutôt bien. Après tout, qui aurait voulu d'une comptable qui faisait son travail par-dessus la jambe ?

— Salut, Darby, lança Mindy, ma serveuse habituelle, en s'approchant pour attraper deux menus. Comment ça va aujourd'hui ?

— Très bien, merci.

J'élevai légèrement la voix en direction de Steph :

— Ça irait encore mieux si j'arrivais à décrocher mon amie du téléphone, puisque c'est avec moi qu'elle est censée passer la soirée.

Celle-ci me tira la langue.

— OK, chéri, il faut que je te laisse. On se voit à la maison… Je ne sais pas, une poignée d'heures… Moi aussi, je t'aime.

Elle raccrocha en appuyant sur le bouton de son oreillette et me sourit.

— Je suis toute à toi.

Mindy nous guida à travers la salle du *Blue*. La décoration mêlait blanc, boiseries couleur café et bleu sombre. De petites lampes jetaient un doux halo bleuté sur les tables. Le *Blue* était mon restaurant préféré à Denver. À Denver et n'importe où ailleurs, à vrai dire.

Le fait qu'il se trouve à cinq minutes de chez moi, ainsi qu'à dix minutes de Metamorphosis Interior Designs, où je travaillais en tant que décoratrice d'intérieur, n'était pas non plus pour me déplaire.

Dès que l'on fut installées à notre table, dans un coin du restaurant, Stephanie se saisit d'un menu.

— Rappelle-moi ce que l'on fête, déjà ?

Je dépliai une serviette de table blanche et la posai sur mes genoux.

—Il y a un an, je me faisais briser le cœur pour la dernière fois. Pas de rechute à signaler depuis.

Elle secoua la tête d'un air désabusé.

—Ah oui, c'est vrai. Nous célébrons donc ton cynisme vis-à-vis des hommes.

—Je préfère le terme « réalisme », si ça ne te dérange pas. J'ai simplement pris conscience qu'en plus d'être très surfait l'amour immuable est une utopie.

—C'est ce que tu as décrété il y a un an, du moins.

—Effectivement. Avant cela, j'étais malheureuse comme les pierres.

—Allons, tu n'as pas connu que des mauvais moments !

—C'est bien ce que j'essaie de te faire comprendre. Je n'ai jamais dit que je ne me laisserais pas aller à quelques mois d'idylle si l'occasion se présentait. Seulement que, désormais, ça me suffit. Pas de projets d'avenir. Pas de mariage en grande pompe. Pas de serments pour la vie. Juste des aventures sans risques et sans lendemain.

Stephanie fronça les sourcils.

—Quand je pense que mon témoin ne croit pas en l'amour… Je t'en prie, n'en parle pas à ma mère.

—Oui, bon, Anthony et toi êtes l'exception qui confirme la règle.

—Il me semblait t'avoir entendue clamer qu'il n'y avait pas d'exception.

Je souris.

—C'est vrai. Mais ce n'est pas une chose à dire à sa meilleure amie à deux mois de son mariage. C'est trop cruel.

Et j'étais sincère : j'espérais réellement que la réussite de son couple viendrait contredire mes vues pessimistes, car, si quelqu'un méritait le bonheur, c'était bien elle.

— Et puis… comment dit-on déjà ? répliqua Steph en se tapotant la lèvre du bout des doigts. « Nul homme n'est une île. »

— « Nul homme n'est une île » parce que ces messieurs seraient incapables de survivre seuls. Ce sont de gros bébés. Les femmes, en revanche… Eh bien, je me dis que, sans les hommes, nous aurions beaucoup moins de problèmes dans la vie. Je ferais une très bonne île.

Cela dit, la perspective de me retrouver totalement isolée, sans personne au monde, était un peu triste.

— Enfin, je suppose que j'aurais tout de même besoin de ma famille et de mes amis. Disons que je suis plus du genre péninsule.

Steph poussa un soupir.

— Au moins, tu admets ne pas pouvoir te passer de moi. Mais tu ne m'ôteras pas de l'idée que si tu rencontrais celui qu'il te faut…

— Nous ne sommes pas des pièces de puzzle, Steph. Aucun homme ne m'attend je ne sais où pour « me compléter ». Et, ce qu'il y a de bien à notre époque, c'est que j'ai le droit de faire ma vie sans personne.

— Dis-moi, si tu n'as pas l'intention d'appâter qui que ce soit, ce soir, qu'est-ce que c'est que cette tenue ?

D'un geste, elle me désigna tout entière. Ma petite robe rouge me moulait juste comme il fallait et mettait particulièrement mes jambes en valeur.

— Et d'un : si je sue des heures sur le tapis de course, ce n'est pas pour rien. Et de deux : que faudrait-il que je fasse ? Que je m'habille comme une pouilleuse parce que je suis persuadée que les histoires d'amour ne sont pas faites pour durer ? Ce n'est pas non plus comme si j'avais décidé d'entrer dans les ordres.

Steph éclata de rire.

— Tu ferais une belle nonne, tiens !

Chad s'approcha de notre table avec un grand sourire plein de dents.

— Hé, salut, Darby.

Comme tous les autres serveurs, il portait un pantalon noir et une chemise blanche impeccablement repassée.

Je lui rendis son sourire.

— Tiens donc, mon serveur préféré ! Comment ça va ?

— Bien. C'est la ruée, là, on ne sait plus où donner de la tête. Mais ça va.

Il prit son bloc-notes en main.

— Qu'est-ce que ce sera pour ces dames, aujourd'hui ?

Je ne m'embarrassais même plus du menu, désormais. Je lui débitai rapidement ma commande, puis attendis que Stephanie passe la sienne.

— Et lui ? insista-t-elle en regardant Chad s'éloigner. Il est super craquant, et vous semblez bien accrocher.

— Je viens tout le temps manger ici, alors on se dit bonjour, point. Il est beaucoup trop jeune. De toute façon, je m'interdis de voir des types que je croiserais sans arrêt dans ma vie de tous les jours. Aucun mec au monde ne vaut de sacrifier mon restaurant favori.

Elle leva les yeux au ciel.

— Tu es vraiment un cas désespéré.

— Non, c'est toi qui es désespérément romantique.

Son portable sonna, et elle porta aussitôt la main à son oreillette.

— C'est probablement Anthony, pour me dire ce que sa mère pense des fleurs. J'en ai pour une minute.

— Je savais que tu ne tiendrais pas.

La main dans mon sac, je cherchai mon enveloppe.

— Je reviens tout de suite, chuchotai-je.

Je profitai de traverser le restaurant pour observer les gens de sortie en ce samedi soir. Là, un homme et une femme échangeaient des sourires, sans un mot, leurs assiettes presque intactes.

Rendez-vous amoureux. Le premier, sans doute ; ou le deuxième, pas plus.

À la table suivante, une femme approchant de la quarantaine croisait les bras d'un air sévère. Désemparé et un tantinet agacé, son compagnon s'était penché vers elle, le buste au-dessus de son assiette.

— Je suis désolé, d'accord ?

Mariés, et en froid – en ce qui la concerne, tout du moins.

Tout est tellement plus simple, quand on n'a pas à se préoccuper de ce genre de conneries.

Ce devait être la foire en cuisine, ce soir ; je ne pris donc même pas la peine d'aller voir. Brent, le chef cuistot, mais aussi propriétaire du *Blue*, m'avait fait une grosse faveur la semaine précédente en préparant un menu spécial pour l'une de mes clientes. Malgré une liste de restrictions alimentaires longue comme le bras, il était parvenu à lui concocter un repas exceptionnel. Je lui avais donc écrit un mot de remerciement, parce que j'étais comme ça, moi.

La porte du bureau était munie d'un casier en plastique. Brent m'avait autorisée à y déposer toute remarque ou toute demande spéciale quand il était trop occupé en cuisine pour me parler. J'y glissai mon enveloppe, puis fis demi-tour.

Un groupe de personnes avançait dans ma direction, prenant presque toute la largeur du passage. Je les laissai passer, plaquée contre le mur. La voie dégagée, j'amorçai un pas, pressée de regagner ma table, mais mon talon resta coincé, et je fus contrainte d'abandonner mon escarpin derrière moi pour ne pas m'étaler par terre.

— Oups, soufflai-je en me rattrapant de justesse.

Je n'eus pas le temps de me retourner pour ramasser ma chaussure que quelqu'un d'autre s'en chargeait déjà.

— Je crois que vous avez perdu ceci, déclara l'homme en délogeant le talon aiguille de la fente où il s'était fiché.

— Oui, il est resté coincé et… disons juste que j'ai connu des moments plus glorieux.

L'inconnu se redressa, un grand sourire plaqué sur le visage. *Un visage ma foi fort charmant. De magnifiques yeux clairs, un sourire à tomber, de courts cheveux bruns…* Il était difficile d'en détacher le regard. Je ne m'y essayai d'ailleurs même pas.

— Tenez.

Il me tendait mon escarpin noir.

Oh, c'est vrai. Je suis plantée au milieu d'un resto bondé, avec un pied dix centimètres plus haut que l'autre.

Je le remerciai et m'efforçai de me rechausser, en équilibre sur une jambe. Pas question de simplement la poser sur le sol pour l'enfiler : cette paire de chaussures exigeait qu'on s'aide d'un doigt pour passer le talon.

L'homme vint poser la main sur mes reins pour m'empêcher de vaciller. À ce simple contact, mon cœur s'emballa : comme quoi il y avait belle lurette que personne ne m'avait plus touchée.

Mon escarpin en place, je reposai le pied. Voyant que l'étranger ne retirait pas sa main, j'y jetai un coup d'œil, avant d'affronter son regard.

— Il n'aurait pas fallu que vous tombiez, se justifia-t-il avec un petit sourire en coin.

Un frisson brûlant comme je n'en avais plus ressenti depuis longtemps me remua au plus profond de mon être.

— Je tiens très bien debout.

— Vu le plongeon que vous avez failli faire il y a quelques secondes, permettez-moi de m'inquiéter.

Entre les sourires qu'il me décochait et la chaleur qui irradiait de sa main, j'avais quelque peine à maîtriser les battements de mon cœur. Bien qu'un peu rouillée en la matière, je tâchai néanmoins de lui retourner mon sourire le plus aguicheur.

— Je suppose que cela ne joue pas en ma faveur. En revanche, je persiste à nier avoir un problème de coordination : c'est la faute de ce parquet.

— Je m'appelle Jake, déclara-t-il, détachant sa main de ma hanche pour me la tendre.

Poignée de main ferme. Un bon point.

— Darby.

— Un nom intéressant.

— C'est un point de vue. J'ai longtemps pensé que mes parents devaient m'en vouloir pour m'avoir baptisée ainsi. Quand j'étais plus jeune, on me prenait pour un garçon à cause de mon nom.

Jake m'examina de haut en bas, puis me regarda droit dans les yeux.

— Je doute que les gens fassent encore cette erreur.

Je sentis ma gorge s'assécher. Face à l'intensité de son regard, ma tête commençait à tourner.

— Oui, la robe et les talons ont tendance à lever toute ambiguïté.

— Bien, vous désiriez quelque chose ? s'enquit-il. Je vous ai vue près du bureau. Des réclamations ? Des compliments ? Nous préférons les compliments, bien entendu. D'ailleurs, si je puis me permettre de vous rappeler que j'ai volé à votre secours... Même si je suppose que ma B.A. compte pour du beurre, puisque c'est notre parquet qui était en cause ; toutefois, nous veillerons à remédier au problème, je vous le promets.

Je mis quelques secondes à percuter. Était-il en train de me dire que… ? Je l'observai de nouveau. La tenue des serveurs était composée d'une chemise blanche et d'un pantalon de ville noir. Jake, lui, portait une chemise rouge, ainsi qu'une cravate et un pantalon de costume noirs. En fait, nous étions assortis.

— Vous travaillez ici ?

— Je mets un peu la main à la pâte.

Il s'écarta pour laisser passer Mindy et un couple de clients âgés, se rapprochant soudain dangereusement de moi. Une bouffée de son eau de toilette virile et musquée me parvint aux narines.

— En réalité, poursuivit-il, c'est moi qui gère le restaurant ; j'en suis également le propriétaire. Enfin, copropriétaire, avec un copain.

Cela eut pour effet de me faire retomber sur terre. *Mais bien sûr, espèce de mythomane, va.*

— C'est drôle, je ne vous avais encore jamais vu ici.

— Oh, vous venez souvent ici ?

Je dardai sur lui un regard soupçonneux.

— Non, non, ce n'est pas une technique de drague. Sauf s'il se trouve que ça marche, auquel cas, j'assume.

— Il faut que je rejoigne mon amie. Merci de votre aide, etc.

Je fis demi-tour.

— Attendez !

Je jetai un coup d'œil par-dessus mon épaule et croisai son regard si bleu.

— Accepteriez-vous une invitation à dîner, un de ces jours ?

— Ici, par exemple ? Dans cet adorable petit restaurant qui vous appartient ? ironisai-je en désignant la salle d'un geste.

— Où vous voudrez.

— Merci, mais je ne suis pas intéressée. Maintenant, si vous voulez bien m'excuser, il faut vraiment que j'y aille.

Sans lui laisser le temps d'en placer une, je fis volte-face et plantai le mec le plus irrésistible qui m'ait jamais fait des avances.

Dommage qu'il mente comme un arracheur de dents. Sinon, je me serais peut-être laissé tenter. Ça fait un sacré bail que je ne me suis pas laissé tenter…

Lorsque je regagnai la table, nous étions servies. Steph avait même raccroché.

— Où étais-tu passée ?

— J'étais partie déposer un mot de remerciement pour Brent. Au retour, j'ai coincé mon talon entre deux lames de parquet, et un type a récupéré ma chaussure.

Un sourire se dessina sur les lèvres de mon amie.

— Il te l'a mise au pied aussi ?

— Non, je me suis débrouillée comme une grande… Et arrête de me regarder comme ça, la houspillai-je, suspendant ma fourchette à mi-course.

— Pardon, mais c'est trop drôle. La fille la plus anti-contes de fées que je connaisse, en plein *remake* de *Cendrillon* !

— Il n'y a pas à dire, il était très mignon, très charmant. Seulement, il a voulu me faire avaler que le resto était à lui.

— Qui te dit que ce n'est pas la vérité ?

— Steph, c'est la première fois que je le vois, et je mange ici presque plus souvent que chez moi. En plus, je connais Brent, qui se trouve être le véritable propriétaire. Alors, ouais, le super canon est un menteur. Et, depuis Allen, c'est le genre de mecs que je fuis comme la peste.

— Je confirme, ce sont les pires.

Levant mon verre, je réaffirmai la décision que j'étais venue célébrer :

— Au célibat !

Les déceptions à répétition, ça finit par peser. Je sais de quoi je parle. À la suite de ma dernière rupture, j'avais appelé Steph, comme toujours, et elle était venue chez moi pour une session bouffe, débinage de mecs et biture. Autour d'une pizza, nous nous étions toutes deux remémoré nos pires relations.

L'après-midi suivant, l'idée m'était venue de remettre toutes mes histoires de cœur à plat, afin d'éviter une bonne fois pour toutes de réitérer mes erreurs. Sachant que les contes de fées étaient en partie responsables du chaos qu'avait été ma vie amoureuse, j'avais décidé d'établir des parallèles entre ceux-là et mes échecs sentimentaux.

Cette première étude de cas mettra en lumière les raisons pour lesquelles je refuse de sortir avec des menteurs, si séduisants soient-ils.

Le cas Aladdin : avec Allen dans le rôle d'Aladdin
Âge : 22

Vous vous rappelez combien Aladdin est adorable ? Comme on est d'office acquis à sa cause, bien qu'il mente à Jasmine tout au long du film ? Il arrive, se prétend prince, et on se dit : « OK. Il a ses raisons. » Il va même jusqu'à demander à la princesse de lui faire confiance… Dans la vraie vie aussi, chacun a ses raisons de raconter des bobards. Elles n'en deviennent pas acceptables pour autant.

J'avais rencontré Allen à une soirée organisée par l'un de mes collègues. À l'époque, malgré quelques peines de cœur, j'étais encore optimiste en ce qui concernait l'amour. Après tout, j'étais à un âge où les garçons étaient censés avoir gagné en maturité !

Allen m'avait souri depuis l'autre bout de la pièce. Il était un peu plus vieux que les autres, ce qui le rendait d'autant plus intéressant à mes yeux. Le punch corsé aidant, j'avais trouvé le courage d'aller me présenter. Puis nous avions discuté des heures durant, occultant totalement le reste du monde.

— Vingt-deux ans, hein ? avait-il répété lorsque je lui avais dit mon âge.

Il m'avait observée quelques secondes, puis m'avait pressé l'épaule.

— Si seulement j'avais pu faire ta connaissance quand j'avais encore vingt-deux ans…

— Tu n'as plus vingt-deux ans, et alors ? L'âge n'a pas grande importance.

En fouillant dans mon sac, j'avais déniché une carte de visite de Metamorphosis Interior Designs, chez qui j'effectuais mon apprentissage, et avais griffonné mon numéro à l'arrière. Ce n'était pas mon genre d'être si entreprenante, mais c'était la première fois depuis longtemps que je rencontrais quelqu'un qui me plaisait.

— Appelle-moi…

J'avais attendu son coup de fil pendant trois semaines. Puis, au bout d'une heure au téléphone, il avait fini par m'inviter à dîner.

C'est là que le tapis volant entre en scène. Ou, dans le cas d'Allen, la Dodge Viper rouge. Tape-à-l'œil ? Certes. Rapide comme l'éclair ? Sans aucun doute. Impressionnante ? Très. Elle ne volait pas, mais c'était tout juste.

Allen m'avait ouvert la portière du côté passager, et je m'étais engouffrée à l'intérieur. Tandis que le parfum des sièges en cuir m'envahissait les narines, j'avais étudié les jauges. J'en avais appris assez long sur les voitures auprès de mes demi-frères pour être en mesure d'apprécier ce que je voyais.

— Bon, laisse-moi deviner. Tu gagnes ta vie en volant des voitures.

Un sourire avait creusé ses fossettes tandis qu'il s'installait au volant.

— En réalité, je suis spécialiste en chirurgie maxillo-faciale et en stomatologie.

— Mazette, ça ne rigole pas.

— Ça paie les factures.

Il avait démarré le bolide, et nous nous étions éloignés de mon appartement à toute allure.

— J'ai pensé qu'on pourrait monter jusqu'à Boulder. Ça me permet de rouler un peu sur l'autoroute, et il y a quelques restos sympas là-bas.

— Ça me va.

Qu'il ait envie de passer davantage de temps avec moi m'avait paru de plutôt bon augure.

Et le reste de la soirée avait été loin de décevoir mes espoirs.

À trente ans, Allen n'avait rien de commun avec les garçons que j'avais fréquentés à l'université. Toutefois, notre idylle était une véritable suite de montagnes russes. Parfois il semblait ne plus pouvoir se passer de moi, puis je n'entendais plus parler de lui durant des semaines. Au bout de quatre mois, j'en avais eu assez de ne pas savoir sur quel pied danser.

— Écoute, lui avais-je dit incapable de cacher mon irritation plus longtemps, je me doute qu'aucune fille au monde ne se trouve collante, mais je pense sincèrement ne pas l'être. Si tu préfères prendre tes distances, très bien, mais, en ce qui me concerne, j'en ai marre de la douche écossaise. Je ne sais jamais à quoi je vais avoir droit avec toi : une fois tu es adorable, et la suivante j'ai l'impression de ne plus exister.

Allen avait posé sa fourchette et placé une main réconfortante sur mon genou.

— Excuse-moi. C'est juste que… j'ai un peu honte de ma situation. En ce moment, j'habite chez des amis, le temps de reprendre ma vie en main. C'est pour ça que je propose toujours qu'on se retrouve à ton appartement. Je n'ai même pas mon propre chez-moi, pour l'instant… Je sais que j'aurais dû t'en parler plus tôt, mais je sors tout juste d'un divorce difficile. Vois-tu, quoi que je fasse, ce n'était jamais assez bien pour ma femme. Mon salaire, mon métier… moi.

Il avait secoué la tête, les lèvres pincées, et sa voix s'était brisée.

— Je t'apprécie beaucoup et, dès que je sens que je m'attache trop, je me dis que je ne serai jamais à la hauteur. Alors je me réfugie dans le boulot…

Il m'avait pressé le genou avec un sourire timide, avant de poursuivre :

— Et puis je me remets à penser à toi, et je te rappelle. On passe des moments merveilleux tous les deux, et le cycle se répète. Pourtant, si tu savais comme j'aimerais faire table rase du passé et profiter de ces instants de perfection avec toi…

De mon côté, j'étais heureuse qu'il se sente assez en confiance pour s'ouvrir à moi.

— Pour ma part, je te trouve tout à fait à la hauteur. J'irais même jusqu'à dire que tu es un homme exceptionnel. Tout ce que je te demande, c'est de ne pas me laisser dans le noir, sinon, c'est moi qui commence à croire que je ne suis pas assez bien pour toi… C'est d'accord ? avais-je ajouté en plantant les yeux droit dans les siens.

L'air aussitôt plus serein, il avait acquiescé.

— Entendu. En revanche, il me faudra peut-être un peu de temps pour m'y faire. Je t'en prie, sois patiente.

J'étais revenue de ce dîner confiante. Ses confidences expliquaient beaucoup de choses. Par la suite, au lieu de se couper totalement de moi, il avait entrepris de m'envoyer des SMS m'assurant qu'il pensait à moi, mais allait passer la soirée avec ses potes. Ou à l'entraînement. Parfois, c'était une intervention urgente au travail.

Ses messages commençaient toujours par : « Je regrette de ne pas avoir plus de temps à te consacrer » ou « J'aimerais tant être avec toi, mais… »

Je sais ce que vous pensez. Vous vous dites que je ne suis qu'une pauvre idiote. Mais j'étais jeune et naïve, j'avais encore cette fâcheuse tendance à croire ce que me racontaient les gens. Je n'avais pas fait le lien entre le tableau tragique qu'il me peignait de sa vie et le fait que nous ne dînions jamais à Denver. À l'époque, je me fichais même de ne pas savoir où il vivait. Tout ce que je voyais, c'était le mal qu'il se donnait pour m'impressionner : je trouvais cela craquant.

Un jour, j'avais décidé de lui faire une surprise. De lui montrer à quel point je tenais à lui en lui rendant visite à son cabinet. Comme il m'appelait souvent vers midi, je savais qu'il prenait sa pause à midi trente. Et, pour une fois que je n'avais aucun déjeuner de travail de prévu, j'étais particulièrement excitée à l'idée d'aller le retrouver à l'improviste.

Son bureau était situé dans l'un de ces vieux immeubles en brique qui abritent des dizaines d'autres cabinets médicaux. J'avais pris l'ascenseur jusqu'au troisième et franchi la porte affichant une plaque au nom du docteur Allen Booth. La salle d'attente était vide, à l'exception de quelques chaises et d'une pile de magazines.

— Bonjour, pourriez-vous avertir Allen que Darby est là ?

La réceptionniste avait levé le nez de son ordinateur.

— Vous avez rendez-vous ?

— Non, je…

— Je suis navrée, madame. Nous allions fermer pour le déjeuner. N'hésitez pas à appeler pour fixer un rendez-vous, avait-elle poursuivi en glissant une carte de visite sous la vitre.

— À vrai dire, j'étais venue voir si Allen était libre ce midi.

— Le docteur Booth déjeune avec sa femme, aujourd'hui.

— Son ex-femme ?

Elle avait froncé les sourcils.

— Non, madame. Je vous parle de Mme Booth.

Les battements de mon cœur s'étaient suspendus pendant un instant. Elle ne voulait tout de même pas dire que…

— Alicia est-elle déjà là ? avait retenti la voix d'Allen. Dites-lui que j'arrive tout de suite.

— Eh non, avais-je aboyé en retour, bouillant de rage à présent que tout s'éclairait, c'est Darby. Et tu as tout intérêt à rappliquer au plus vite.

Il ne lui avait pas fallu deux secondes pour apparaître dans la salle d'attente.

— Qu'est-ce que tu fais là ? avait-il soufflé. J'aurais préféré que tu téléphones.

— Je comptais te surprendre en t'invitant à déjeuner, avais-je répondu, sans toutefois prendre la peine de baisser le ton. Tu as travaillé tellement dur ces derniers temps… Mais on vient de m'informer que tu sortais avec ton épouse ce midi. J'étais persuadée que cette brave dame à la réception s'était emmêlé les pinceaux, mais elle m'affirme qu'il s'agit bien de ta femme, sans le « ex » devant.

Allen m'avait agrippé le bras.

— Écoute, je t'expliquerai plus tard. Pour l'instant, il vaudrait mieux que tu t'en ailles.

— Pourquoi ? Parce que ta femme risque de me croiser ? Non, j'exige des explications sur-le-champ !

— C'est compliqué. Nous étions sur le point de divorcer, et puis… Elle est enceinte. Que voulais-tu que je fasse ? Que je la quitte quand même ?

— Et arrêter de m'appeler, explosai-je en le repoussant, tu y as pensé ? Ou cesser de me dire que tu m'aimais ?

— Mais je t'aime. Tout ce que je t'ai confié à propos d'elle est vrai. Elle est horriblement difficile à contenter. Avec elle, j'ai toujours l'impression d'être un moins-que-rien. Quand tu es entrée dans ma vie, tu as ramené le soleil. Avec toi, je me sens spécial. Est-ce si mal d'avoir voulu me raccrocher à ce sentiment ?

Il avait tendu la main vers moi, mais j'avais reculé, refusant qu'il me touche.

— Tu m'as menti ! Je n'arrive pas à croire que j'aie pu avoir pitié de toi. J'ai… Je…

Au lieu de lâcher les insultes que je mourais d'envie de lui cracher au visage, j'avais serré les dents, oscillant entre le besoin de hurler et les larmes. Par le passé, je m'étais juré que si un autre type s'avisait un jour de me faire du mal, je ne resterais pas plantée là, comme une gourde, et je lui dirais le fond de ma pensée. Mais la boule qui m'obstruait la gorge m'avait empêchée d'émettre le moindre son.

La porte s'était ouverte, et une femme aux cheveux de jais était apparue, précédée de son ventre rebondi.

Les yeux écarquillés de terreur, Allen avait un instant tourné la tête dans sa direction, avant de reporter son attention sur moi.

— Je t'en supplie, ne dis rien, avait-il murmuré. Elle vit déjà une grossesse difficile, les médecins craignent que davantage de stress ne lui fasse perdre le bébé.

Puis, s'adressant à son épouse :

— Donne-moi une minute, chérie.

Il avait bien essayé de m'entraîner au fond de la salle, mais j'en avais assez de me faire manipuler. Je n'avais aucun moyen de savoir s'il disait vrai à propos des problèmes de grossesse de sa femme. Elle méritait de savoir que son fumier de mari la trompait, mais étais-je prête à mettre sa santé en jeu ? Non. D'autant plus qu'elle rejetterait probablement la faute sur moi, de toute façon.

— Il est tout à vous, avais-je lancé en passant devant elle pour quitter le cabinet.

J'avais appelé l'agence pour prévenir que j'étais malade et n'étais pas retournée au travail pendant deux jours. Ce n'était même pas un mensonge : la simple idée d'avoir couché avec le mari d'une autre femme me filait la nausée.

Dans les semaines qui avaient suivi, Allen avait essayé de m'appeler quelques fois, laissant sur mon répondeur mille prétextes et excuses bidons, m'assurant qu'il aurait voulu que les choses se passent autrement, qu'il m'aimait toujours…

Dans *Aladdin*, tout s'arrange quand celui-ci admet avoir menti et avoue ses sentiments à Jasmine – qui, soyons honnêtes, est de toute façon bien assez riche pour l'entretenir, que son bien-aimé soit un vaurien ou non. À la place de la princesse, je l'aurais fait mariner plus longtemps. Elle aurait peut-être même dû décider de régner sans lui sur le royaume, histoire que les petites filles ne s'imaginent pas que deux ou trois mots d'excuse et un tour de tapis volant direction la Lune réparent tous les torts. Après tout, comment Jasmine pouvait-elle être certaine que cela ne se reproduirait plus ? Il est fort probable qu'Aladdin ait continué à lui raconter un tas de salades, mais on prend toujours soin de nous cacher ce qui se passe après le générique de fin.

Dans la vraie vie, en revanche, confesser ses mensonges ne change généralement pas grand-chose au problème. Car il y a des choses que l'on ne peut pardonner.

Temps perdu : cinq mois.

Leçon :

- Ne jamais sortir avec un mec obsédé par sa bagnole.
- Insister pour aller chez lui au moins une fois.

- Ne pas se laisser embobiner par ses histoires à faire pleurer dans les chaumières.

- Les dentistes sont le mal incarné.

- Du petit bobard au gros mensonge, il n'y a qu'un pas, que l'affabulateur n'hésitera pas à franchir.

— Ne jamais, JAMAIS, sortir avec un menteur !

Chapitre 2

Nadine, ma collaboratrice, me harcela pour que nous allions déjeuner au *Blue*, afin de fuir le bureau : la patronne était d'une humeur de chien, et mieux valait s'ôter de son chemin avant d'en faire les frais. Après les événements du samedi précédent, j'aurais pourtant préféré éviter de remettre les pieds là-bas pendant quelque temps. Même si Jake ne possédait pas le resto, il était possible qu'il y travaille, et je ne voulais pas risquer de le recroiser… Cela serait d'autant plus embarrassant que je n'avais cessé de penser à son visage, à son sourire, à la façon dont mon cœur avait bondi dans ma poitrine quand il avait posé la main sur ma hanche.

Ce fut Mindy qui nous accueillit.

— Salut, Darby. Nadine. Vos clients vous rejoignent ou vous n'êtes que toutes les deux, aujourd'hui ?

— Nous ne serons que deux, répondit Nadine.

L'hôtesse nous conduisit à une table et nous laissa à nos menus.

Ma collègue commença à étudier le sien, quand bien même nous savions l'une comme l'autre qu'elle finirait par commander la salade de poulet grillé. Je feuilletai le mien, histoire de m'occuper les mains, quand des voix d'hommes attirèrent soudain mon attention. En levant la tête, j'aperçus Jake et Chad en pleine discussion dans le fond de la salle.

Je me cachai aussitôt derrière mon menu, de peur que Jake ne me remarque.

Bon, de toute évidence, il fait partie du personnel. En revanche, il ne porte pas la tenue habituelle des serveurs. Hmm… Mindy pourra sans doute m'en dire davantage.

— Bon, alors, que penses-tu du projet de Mme Crabtree ? me demanda Nadine. On part sur son rose Malabar ou on essaie de lui faire entendre raison ?

Je regardai par-dessus mon menu, puis, Jake n'étant plus en vue nulle part, le reposai.

— Je lui ai suggéré un rose plus clair, mais elle ne veut que celui-là.

— Cette salle de bains va être à vomir.

— J'ai déjà réussi à la dissuader d'utiliser cette couleur sur tous les murs en lui expliquant que, ce qui fait fureur en ce moment, c'est le contraste des coloris, avec un mur de couleur vive et le reste dans des tons plus doux. Elle a eu l'air de marcher, alors on arrivera peut-être à un résultat moins criard. La prochaine fois, je compte lui dire que les bandes sont à la mode. Avec un peu de chance, on se retrouvera avec un seul mur rayé blanc et rose auquel on pourra intégrer quelques éléments de décoration. Ce sera peut-être même mignon, au final.

— Bonjour, mesdames ! Êtes-vous… ?

Posant les yeux sur moi, Jake demeura interdit pendant un instant.

— Hé, Darby !

Je fus agréablement surprise qu'il se rappelle mon prénom. La plupart des gens se souvenaient seulement qu'il n'était pas courant. En dépit de l'absence de contact physique cette fois, mon cœur s'emballa ; un mélange de nervosité et d'excitation m'étreignit soudain l'estomac.

— Bonjour, répondis-je.

Jake se frotta le menton du bout des doigts, attirant par ce simple geste mon attention sur ses traits réguliers : il était tout à fait le genre d'homme qui m'aurait fait perdre la tête par le passé.

— Je ne m'attendais pas… Enfin, il est vrai que vous aviez laissé entendre que vous nous faisiez souvent l'honneur de votre présence.

— Et je ne mentais pas.

Oui : se concentrer sur ces histoires de mensonges, faire abstraction du fait que ce type est carrément irrésistible…

Je désignai ma collègue de la main.

— Je vous présente Nadine. Nadine, voici Jake. Nadine et moi travaillons ensemble. Et il nous arrive très souvent de venir déjeuner ici, seules ou avec des clients.

— Enchantée, lança l'intéressée en papillotant furieusement des cils, un grand sourire aux lèvres. Que faites-vous de beau dans ce restaurant ?

Bras croisés sur la poitrine, je le toisai.

— Oui, tiens. Et, avant que vous répondiez, il serait peut-être bon que vous sachiez que je connais pratiquement tout le monde au *Blue*. Y compris le véritable propriétaire.

Jake fronça les sourcils.

— Moi ?

— Non, Brent.

Son air perplexe laissa place à l'amusement.

— Ah. En réalité, le restaurant nous appartient à tous les deux. Mais je vois que vous n'êtes pas convaincue.

Je baissai les yeux sur mon menu, ne souhaitant pas le traiter ouvertement de menteur. Sarah, l'une des serveuses, s'avança jusqu'à nous, carnet et crayon à la main.

Jake sauta sur l'occasion.

— Sarah, pourrais-tu dire à ces dames ce que je fais ici ?

— Près de leur table ?

Sarah n'était pas ce qu'on appellerait une « lumière ».

— Ici, au restaurant. Pourquoi suis-je si présent ces temps-ci, alors que l'on ne m'a pas vu tous ces derniers mois?

— Jake ouvrait un autre restaurant à Las Vegas; il a fait pas mal d'allées et venues, confirma la serveuse, avant de lever les yeux vers lui. C'était bien ça la question?

— Tout à fait.

Je sentis une vague de chaleur monter le long de mon cou et gagner mes joues tandis qu'un énorme nœud se formait dans ma gorge. Il n'avait pas menti : l'établissement était bien à lui. Incapable de prononcer un mot, je me contentai de le regarder comme une idiote.

Il tapota sur le rebord de la table.

— Bien. Bon appétit. Je laisse à Sarah le soin de s'occuper de vous. Si vous avez besoin d'autre chose, n'hésitez pas à me le faire savoir.

Nadine l'observa s'éloigner, puis se tourna vers moi.

— Punaise, le beau gosse! Comment tu le connais?

— Je ne le connais pas, rétorquai-je.

Et après l'avoir insulté comme ça, je ne risque pas de faire plus ample connaissance un jour.

Comme si ma journée n'avait pas été assez horrible, ce soir-là, j'avais rendez-vous. À moins que l'on soit en couple, le lundi soir est généralement réservé aux rencontres dont on n'attend rien. Du style : « Hé, si tu es un gros naze, tu ne m'auras gâché qu'un jour par définition pourri; et si tu te révèles potable, rien ne nous empêche de faire des projets pour le week-end. »

Croyez-le ou non, on m'avait déjà accusée de pessimisme. Mille pardons d'être ce que j'appelais « réaliste », mais, de fiasco amoureux en fiasco amoureux, tout optimisme m'avait lentement désertée.

— Oh, il n'y a pas eu que des fiascos, avais-je voulu rassurer ma mère lorsque je lui avais révélé pourquoi je n'étais pas intéressée par le rendez-vous arrangé qu'elle me proposait.

Apparemment, le fils de l'une de ses amies venait d'emménager à Denver et aurait aimé que quelqu'un lui fasse connaître la ville. Hum, de nos jours, il y avait aussi un truc qui s'appelait Internet. Et la majorité des gens du pays possédait un GPS, que ce soit dans leur voiture ou sur leur téléphone. Ils n'avaient pas besoin qu'on leur fasse visiter. Et si ce type était trop nul pour lire une carte ou explorer un peu tout seul, pourquoi voudrais-je perdre mon temps avec lui ?

Mais je m'égare.

Non, tous mes petits amis n'avaient pas été aussi affreux que ça. Jusqu'à ce qu'ils le deviennent. Il arrive toujours un moment où l'on regarde l'autre et où l'on se dit qu'on lui a sans doute un jour trouvé des qualités, mais lesquelles ? Dès cet instant, on sait que ça ne va pas durer. Et il ne faut pas croire que les couples mariés soient épargnés : c'est chez tout le monde pareil.

Les annonces de mariage sont toujours accompagnées d'une photo des heureux fiancés affichant un sourire radieux, comme pour prouver au monde leur bonheur de s'être trouvés. En revanche, aucun journal ne publie de photos illustrant le moment où ils demandent le divorce ou surprennent leur moitié dans les bras de quelqu'un d'autre. Ni celui où ils prennent conscience que la fin heureuse qu'ils espéraient n'est finalement ni aussi réussie ni aussi simple à obtenir qu'ils l'auraient cru. Au bout du compte, le résultat est toujours le même : disputes, cœurs brisés, puis rupture.

Les rendez-vous, surtout arrangés, me donnaient toujours l'impression d'être un hamster. Je courais, je courais, mais la roue tournait dans le vide. Enfin, ça faisait plaisir à maman…

Nick, mon rencard, sonna pour me prévenir qu'il était là.

C'est une des choses que j'appréciais particulièrement dans cet immeuble : grâce à l'Interphone, adieu les visites-surprises de mecs que je n'avais aucune intention de revoir (comme mon inconnu de ce soir-là, selon toute probabilité).

Ma résidence comprenait également une piscine, un grand Jacuzzi et une salle de sport. Si vous étiez prêt à aligner quelques zéros de plus que moi (encore fallait-il les avoir !) le haut du bâtiment offrait une vue imprenable sur le centre-ville, avec des baies vitrées qui prenaient tout un pan de mur.

Baies vitrées ou non, ma plus grande fierté était de m'être acheté mon propre appartement quatre ans auparavant. Puisque j'avais fait partie de l'équipe de Metamorphosis qui avait planché sur la décoration intérieure de l'immeuble on m'avait fait un prix.

J'adorais les parquets en bois massif, les plans de travail en granit, les placards en merisier et l'électroménager couleur Inox. J'avais décoré le salon dans les tons bleu turquoise et rouge, et, si je puis me permettre, le résultat était plutôt réussi.

J'attrapai mon sac à main, fermai la porte à clé et me dirigeai vers l'ascenseur.

Un homme m'interpella dès que j'eus posé le pied dans le hall.

— Darby ?

Environ trente-cinq ans, une bonne dose d'amour dans les poignées du même nom, mais pas encore assez pour être qualifié de « gros », il portait un pull sans manches. Un peu trop bon chic bon genre à mon goût, mais pas aussi affreux que je me l'étais imaginé quand ma mère m'avait suggéré de rencontrer le fils d'une amie.

— C'est bien moi. Vous devez être Nick.

— Ouep. Enchanté.

Il me tendit une main molle, un peu moite. *Rien de commun avec Jake.*

Je tentai aussitôt de balayer cette idée. Non seulement la comparaison était injuste, mais je n'aurais même pas dû être en train de penser à lui. Ni aux palpitations qu'il provoquait chez moi, ni à sa mâchoire carrée, ni à sa poignée de main ferme.

Mon cœur se serra. J'avais ruiné toutes mes chances d'être ne serait-ce qu'amie avec lui.

Je n'arrive pas à croire que je l'ai traité de menteur. Moi qui étais toujours en train de râler que les mecs étaient des connards, pour le coup, je les battais tous à plates coutures. M'apercevant soudain que je n'avais pas encore lâché la main de Nick, je décollai vivement ma paume de la sienne.

Il n'était pas garé loin, et il ne nous fallut pas longtemps pour rejoindre sa voiture.

— Le fait que votre mère ait dû jouer les entremetteuses est un peu embarrassant, dit-il en démarrant le moteur, mais c'est tout de même agréable de faire la connaissance de quelqu'un en ville. Jusqu'à présent, je n'ai fait que des allers et retours entre chez moi et le travail.

— Ma vie n'est pas beaucoup plus palpitante.

Si je parvenais ne serait-ce qu'à avoir une conversation digne de ce nom avec lui, je considérerais cette soirée réussie. Après tout, j'avais renoncé aux hommes, pas aux sorties ! Et si je ne me forçais pas à faire de nouvelles connaissances, je serais coupée du monde une fois que Stephanie aurait acquis le statut d'épouse débordée.

— Ma meilleure amie se marie bientôt, alors elle est accaparée par les préparatifs, et je me retrouve seule comme une âme en peine.

Je le vis me jeter un coup d'œil paniqué, l'air de se dire : « Oh, mon Dieu, elle a prononcé le mot "mariage" ! » C'est le genre de truc qui fait flipper les mecs. Parce que, si votre amie saute le pas, ils s'imaginent que ça vous démange aussi.

— Elle a réussi à plus ou moins m'embarquer là-dedans, même si ce n'est pas trop ma tasse de thé, ajoutai-je, pour essayer de rattraper le coup. Je ne suis pas une grande fan du mariage, d'une manière générale.

Le front creusé de plis soucieux, il paraissait désormais complètement affolé.

Mais ferme-la, bon sang! Et moi qui avais espéré une conversation correcte… C'était peut-être le signe que j'étais destinée à passer la plupart de mes soirées seule à la maison.

Les quelques minutes qui suivirent furent meublées par les notes de jazz s'échappant de l'autoradio.

Enfin, on arriva au restaurant. À l'intérieur, le bruit des couverts et des conversations allégea un peu la gêne, mais, une fois assis, il fut vite clair que nos sujets de discussion seraient limités. Pour couronner le tout, il semblait que nos mères se soient invitées à notre rendez-vous.

— J'ai entendu dire que votre maman était la reine de la tarte à la cerise, commença Nick lorsqu'on nous eut servis.

J'avalai une bouchée de pâtes avant d'acquiescer.

— Oui, sa tarte est excellente.

Puis, songeant qu'il serait poli de retourner le compliment :

— Et la vôtre est célèbre pour sa confiture de pêches.

Il hocha la tête. Le repas se poursuivit sans un mot. Puis ma mère revint brièvement sur le tapis.

Alors que le dîner touchait à sa fin, je dirigeai la conversation sur son travail. Il adorait parler de son boulot. Il était gérant d'un magasin d'équipement de golf et, à l'entendre, il avait sauvé la boutique. Il partit dans des anecdotes à n'en plus finir sur les livraisons, les chiffres de ventes et un tas d'autres choses dont je me fichais éperdument. Je tâchai néanmoins de ne pas décrocher.

Lorsqu'il eut terminé son monologue concernant les différents types de drivers, je pris enfin la parole.

— Je vais vous confier quelque chose : on m'a déjà amenée golfer, et je ne me suis jamais autant ennuyée… Tout ce que j'ai vu, ce sont de vieux bonshommes qui se prennent pour de grands sportifs, assis dans leur voiturette et grognant au moindre bruit. On se serait crus à une olympiade inter-maisons de retraite.

Bouche bée, Nick rétorqua :

— Savoir viser et frapper la balle aussi loin requiert de grandes capacités athlétiques !

— Je me dépense sans doute plus pendant une session de shopping, plaisantai-je, et je ne prétends pas faire de l'exercice. Je ne reviens pas non plus chez moi en annonçant à tout le monde que j'ai gagné ma partie de soldes.

Quoique… je mériterais une médaille pour avoir dégotté cette petite paire d'escarpins rouges pour presque rien, l'autre jour.

Nick fronça les sourcils.

— Je pense que vous changeriez d'avis si vous vous y mettiez réellement.

— Je crois plutôt que je péterais un plomb.

— Beaucoup considèrent que c'est un excellent moyen de se déstresser.

Voyant qu'il avait l'air sincèrement blessé, je décidai de laisser tomber le sujet, concluant que ce rendez-vous serait à classer parmi les désastres. Je recherchais quelqu'un qui ait le sens de l'humour. À quoi bon sortir entre amis si on ne pouvait pas rire ? Nick balança sa serviette dans son assiette et sortit de sa poche une petite fourche en plastique – ces machins sur lesquels on tend un bout de fil dentaire. Je le regardai faire avec horreur.

Quel est le pire, selon vous ? Avoir un petit truc entre les dents ou se les curer à table ? Mon vote va au curage de dents. Si vous tenez à utiliser le fil dentaire qui prend la poussière depuis je ne sais quand dans votre poche, filez aux toilettes, où vous pourrez vous en donner à cœur joie. Mais ne le faites pas à table. Parce que – croyez-moi – la dernière chose dont a envie la personne en face de vous, c'est bien de vous voir extirper des bouts de viande d'entre vos molaires.

— On y va ? suggéra-t-il lorsqu'il eut enfin terminé.

Je ne demandais que ça.

Sur le chemin du retour, il m'abreuva de ses histoires de golf, le tout sur fond de musique instrumentale. Ce type me fatiguait ; il avait réussi l'exploit de me rendre apathique et ramollo.

Quand il se gara près de mon immeuble, je résistai à l'envie de bondir hors de la voiture.

— Merci pour le dîner.

— Alors…

Il s'inclina légèrement vers moi.

Il ne s'attend tout de même pas à ce que je l'embrasse ?

Voyons le bon côté des choses : au moins, je sais qu'il n'a pas de restes entre les dents.

— J'ai une grosse présentation à la première heure demain, alors je vous souhaite une bonne nuit.

Je saisis la poignée et ouvris la portière. Je m'abstins volontairement d'utiliser une formule du genre « à bientôt », car j'espérais de tout mon cœur ne plus jamais le revoir. J'avais eu mon compte.

Chapitre 3

J'avais menti à Nick. Je n'avais pas de présentation ce matin-là. En fait, je travaillais même de chez moi, car j'avais prévu de rejoindre Steph plus tard dans la journée, pour les dernières retouches de ma robe de demoiselle d'honneur. Ce qui signifiait que j'avais tout intérêt à être au meilleur de mes formes et à ne plus en bouger jusqu'au mariage. Je décidai donc d'aller éliminer mon repas de la veille avec une séance de tapis de course.

Je ramassai mes cheveux en un vague chignon, attrapai une bouteille d'eau, puis allumai mon iPod et descendis à la salle de gym.

L'endroit étant désert, je n'eus pas à patienter pour avoir accès à une machine. Tout en courant, je songeai à mes projets en cours. Mentalement, je réarrangeai le mobilier du salon de Mme Crabtree, jouai sur la palette de couleurs, et réfléchis à de nouveaux agencements pour les objets qu'elle s'était procurés dans une galerie californienne.

Cinq kilomètres plus tard, je descendis de la machine et étanchai ma soif. L'esprit accaparé par ce qui me restait encore à faire, je m'épongeais le visage à l'aide de ma serviette quand, tout à coup, Jake se dressa devant moi, vêtu d'un long short de sport et d'un tee-shirt moulant à la perfection son torse sculpté.

— Il me semblait que c'était vous, dit-il en souriant.

Je retirai mes écouteurs, peinant à en croire mes yeux.

La veille, alors que j'avais du mal à trouver le sommeil après mon rendez-vous raté, je m'étais mise à réfléchir à ce que je pourrais bien lui dire la prochaine fois que je le croiserais. Curieusement, toutes mes belles répliques avaient déserté mon cerveau à l'instant où j'avais posé les yeux sur ses pectoraux.

— Que… qu'est-ce que vous fichez là ?

Bien joué, Darby. Grande classe.

— La même chose que vous : je viens courir.

Je regrettai de m'être tant dépensée… En plus d'être trempée, je devais être rouge comme une tomate.

— Mais… vous vivez ici ? Dans cet immeuble ?

Je vis le coin de sa bouche frémir.

— Vous ne trouveriez pas ça curieux que je vienne faire du sport ici si ce n'était pas le cas ?

Mes joues s'enflammèrent, et je dus prendre une nouvelle gorgée d'eau. Le temps des excuses était venu. Si je parvenais à me débarrasser de toute cette culpabilité, j'arriverais peut-être à sortir ce type de mes pensées.

— Puisque vous êtes là, je tenais à vous dire que j'étais désolée pour le malentendu, l'autre jour au restaurant. J'ai simplement cru que vous étiez de ces gars qui se vantent d'être le patron pour épater la galerie. Comme je pensais connaître tout le monde, je vous ai pris pour un menteur.

Voilà. Je m'étais excusée. À présent, je pouvais passer à autre chose et reprendre ma petite vie.

— Vous aviez au moins raison sur un point : j'essayais en effet de vous en mettre plein la vue. En revanche, je comptais plus sur mon charme brut que sur mon métier.

Il plongea les mains dans les poches de son short.

— Il faut croire que ma technique n'est pas encore au point ; ça n'a visiblement pas suffi.

Face au sourire dont il avait accompagné sa remarque, je ne pus m'empêcher de fondre.

— Oh, je vous rassure, vous étiez tout ce qu'il y a de plus charmant. Mais vous ne l'étiez pas assez pour compenser les mensonges. Qui, apparemment, n'en étaient pas ; toutes mes excuses, encore une fois.

— Avez-vous une aussi piètre opinion de tous les gens que vous rencontrez ?

Je croisai les bras d'un air défiant.

— Oui. De cette façon, je ne suis jamais déçue. Cela m'épargne beaucoup d'ennuis et de temps perdu.

Jake haussa les sourcils, et, l'espace d'un instant, son sourire vacilla. Toutefois, cela ne dura pas, et il le retrouva bien vite.

— Dans ce cas, je suppose qu'il n'y a qu'une chose à faire : dînons ensemble, je vous prouverai que vous n'avez pas affaire à un mythomane.

Est-il sérieusement en train de m'inviter à dîner alors que je suis dégoulinante de sueur et que je ne suis même pas maquillée ?

Sans même y prendre garde, je laissai errer mon regard sur son cou et ses bras musclés. Mon cœur se mit à galoper dans ma poitrine, et la température sembla encore grimper d'un cran. Bien sûr, je mentirais en disant que je n'étais pas tentée d'accepter.

Je déglutis tant bien que mal et repoussai l'image de lui, torse nu, qui se formait dans mon esprit. Il ne fallait pas que j'oublie les règles qui m'avaient préservée des peines de cœur durant toute cette année. Je ne craignais peut-être rien de types comme Nick, mais il n'en allait pas de même du spécimen qui me barrait la route.

— Vous me voyez flattée, mais vous avez déjà deux *strikes* contre vous : vous travaillez à mon restaurant favori, et vous habitez dans mon immeuble. Ce serait chercher les problèmes.

— Ou rendre les choses plus faciles, susurra-t-il en faisant un pas en avant.

— Vous avez raison, les femmes adorent qu'on les qualifie de faciles.

Ma voix tremblait, tant il se tenait près de moi. Il était grand. Chaussée de mes baskets, je lui arrivais tout juste à l'épaule, et même si j'avais eu mes talons aux pieds, il m'aurait encore dépassée de plusieurs centimètres. M'efforçant de revêtir l'expression de la plus parfaite indifférence, je jetai un coup d'œil à ma montre.

— Bien, le travail m'attend.

Jake posa la main sur ma hanche, comme lors de notre rencontre au restaurant. Le souffle coupé, je sentis ma peau frémir sous ses doigts. Une part de moi m'implorait de foncer, mais l'autre hurlait : « Au secours, au secours, au secours ! »

— Pour votre information, me murmura-t-il à l'oreille, se penchant si près que son torse vint toucher mon bras, je m'y connais bien en baseball, et deux *strikes* ne suffisent pas. Je n'ai pas à me retirer tant que je n'en ai pas comptabilisé trois.

Plongeant le regard dans le bleu saisissant de ses yeux, je fis de mon mieux pour garder une bonne contenance.

— Ne vous inquiétez pas, je ne tarderai pas à en trouver un troisième.

Son sourire s'élargit encore de quelques centimètres.

— À la prochaine, Darby !

— Je crois que tu devrais lui donner une chance, déclara Stephanie lorsque je lui eus fait le compte-rendu de ma rencontre fortuite avec Jake le matin même.

La dame qui s'occupait d'ajuster ma robe tira d'un coup sec sur un pan du tissu rose pâle, manquant de me faire tomber.

— Je ne peux pas sortir avec lui, on vit dans le même bâtiment.

— Et alors ? Quelle importance ? Lance-toi !

— Sans façon. Tu te souviens du malaise avec Evan ? Je me suis promis de ne plus jamais accepter de rencard avec un voisin.

Stephanie montra du doigt l'ourlet de ma robe.

— Deux ou trois centimètres de moins, peut-être, suggéra-t-elle à la couturière avant de relever la tête. Tout ce que je dis, c'est que tu as l'air de faire tout un plat de ce mec. Tu admets toi-même qu'il est hypercanon, et il a de nouveau essayé de t'inviter à sortir, alors que la première fois il s'est mangé un râteau et tu l'as traité de menteur. Autant de détermination, je trouve ça admirable.

— Je trouverais ça admirable, moi aussi, s'il n'habitait pas dans mon immeuble et ne bossait pas dans mon resto préféré.

Prenant soudain conscience que j'allais devoir éviter le *Blue*, je ronchonnai :

— Où vais-je déjeuner, maintenant ?

Stephanie m'interrompit d'un geste en entendant son portable sonner.

Tandis qu'elle discutait au téléphone, je repensai à Jake. Sa façon de me sourire, la manière dont il avait insinué qu'il n'était pas encore hors jeu et que nous nous reverrions bientôt. OK, il m'avait troublée. Mais il me suffisait de me rappeler ce qui s'était passé avec Evan pour redescendre aussitôt sur terre. À l'époque, j'habitais une autre résidence. Quand les choses avaient tourné au vinaigre entre lui et moi, j'avais dû déménager.

Ouep. Je vais m'en tenir à mes règles. Pour rien au monde, je ne voudrais revivre ça.

Le cas de la Petite Sirène : Evan dans le rôle du prince Éric

Âge : 24

Stephanie et moi avions vécu pendant nos études dans un minable petit appartement. Au bout de quelques années de vie active, nous avions décidé qu'il était temps de nous trouver un chez-nous qui n'empeste pas le curry et le pipi de chat. Drew et Devin, mes demi-frères, nous avaient donné un coup de main pour déménager nos meubles et nos affaires.

Après avoir déchargé le camion, tous trois étaient partis nous chercher à manger, pendant que j'aérais un peu notre nouvel appartement. Les écouteurs de mon iPod dans les oreilles, j'avais commencé à déplacer les cartons et m'étais peu à peu laissé emporter par la musique. Alors que je beuglais par-dessus le morceau qui résonnait dans mes tympans, j'avais levé la tête et découvert un type arrêté devant ma porte d'entrée grande ouverte. Blond, bien bâti, il arborait un sourire goguenard.

Avant que j'aie eu le temps de déterminer s'il valait mieux que je lui fasse un petit signe ou que je file me cacher, Drew, Devin et Stephanie étaient arrivés avec le repas, et l'inconnu avait poursuivi son chemin.

Une semaine plus tard, je l'avais croisé devant les boîtes aux lettres.

— Hé, c'est toi la chanteuse. Joli brin de voix !

J'étais restée paralysée, incapable de prononcer la moindre syllabe.

— Je m'appelle Evan. J'habite un peu plus loin dans le couloir, alors si jamais tu as besoin de quelque chose… (Sourcils froncés, il avait haussé les épaules d'une manière tout à fait adorable.)… eh bien, je doute de pouvoir t'être d'un grand secours ; à la vérité, c'est un peu la dèche chez nous.

En revanche, tu peux toujours essayer la porte d'après, la voisine est très gentille.

Le sourire aux lèvres, j'avais enfin réussi à former quelques mots.

—Merci du tuyau. Moi, c'est Darby.

—Au plaisir de te recroiser dans les couloirs, Darby.

À la suite de ce premier contact, nous nous étions souvent rencontrés dans l'immeuble : à la piscine, à la buanderie ou dans les escaliers. Nous discutions un peu de nos journées respectives ; nous nous moquions de Gertrude, la vieille dame qui promenait son chat en laisse ; nous nous plaignions du voisin qui empestait notre partie du bâtiment avec sa cuisine. À l'exception de Steph, bien sûr – même si elle faisait tellement d'heures à son boulot que je ne la voyais presque plus –, Evan était le résident du complexe que je connaissais le mieux. Nous nous entendions à merveille.

Un soir, après une journée particulièrement éprouvante au travail, j'étais descendue profiter du bain à remous. Les jets avaient fini par s'éteindre, mais j'étais restée un moment assise dans le bassin, paupières closes, tentant de mobiliser l'énergie nécessaire pour aller les relancer. Cependant, avant que j'aie trouvé le courage de braver l'air froid, les bulles s'étaient remises en route. Curieuse de voir avec qui je partageais à présent le Jacuzzi, j'ouvris les yeux : Evan entrait dans l'eau.

—Hello, Darby. Comment ça va ?

—Oh, tu sais comment c'est : journée stressante, alors je me détends.

—J'ai eu la même idée après avoir déchargé des camions toute la journée, avait-il souri. Peu de gens s'aventurent dehors, par ce temps.

J'avais jeté un coup d'œil au ciel au-dessus de nous, un parfum de pluie flottait dans l'air.

— C'est l'atmosphère que je préfère pour un bain bouillonnant.

Le temps que je baisse la tête, Evan s'était rapproché.

— J'ai souvent envie de t'inviter à sortir, mais je me dégonfle chaque fois.

Fébrile, je peinais à détacher le regard de la vapeur qui s'élevait de sa peau en volutes et tournoyait autour de nous.

— Tu ne devrais pas. Te dégonfler, je veux dire.

Il m'avait prise dans ses bras, et nous avions passé le reste de la soirée à nous embrasser. Je sais, la séquence roulement de pelles et pelotage intensif dans le Jacuzzi est un grand classique de ces sordides émissions de téléréalité. Croyez-moi, au matin, je m'étais moi-même demandé si ce n'était pas ce à quoi j'avais participé à mon insu. Puis j'avais commencé à paniquer : quel comportement devais-je adopter la prochaine fois que je le verrais ?

En rentrant du boulot le lendemain, j'avais aperçu son camion sur le parking, et avais hésité quelques minutes entre l'escalier et l'ascenseur : où avais-je le plus de chances de le croiser ? Et, plus important encore, avais-je envie de le croiser ? Au final, j'avais opté pour l'escalier. Hâtant le pas en passant devant sa porte, je m'étais dépêchée d'aller m'enfermer chez moi.

J'avais allumé la télé et entrepris de zapper. Vingt minutes plus tard, on frappait à ma porte. Un coup d'œil par le judas avait suffi à me confirmer qu'il s'agissait d'Evan, une boîte de pizza dans les mains.

Après avoir arrangé un peu mes cheveux, je lui avais ouvert.

— Coucou, je me suis dit que tu serais peut-être partante pour une pizza.

Mon cœur avait bondi dans ma poitrine. Ce n'était donc pas simplement l'histoire d'un soir ! Je n'étais pas recalée, et comme dans le *Bachelor,* je recevais ma rose – ou ma tranche de pepperoni baignée dans le gras, en l'occurrence. Je l'avais invité à entrer. Nous avions mangé, puis avions repris là où nous nous étions arrêtés la veille.

Dès ce moment, nous étions devenus quasi inséparables. Nous cuisinions l'un pour l'autre, allions au cinéma, et faisions de fréquents pèlerinages au bain à remous. Tout l'immeuble n'avait pas tardé à être au courant. Et il fallait avouer que mettre moins d'une minute pour me rendre chez lui était plutôt commode.

Mais il y avait un « mais »… Vous savez, dans *La Petite Sirène,* le prince Éric est totalement hypnotisé par le coquillage au cou d'Ursula (qui apparaît alors sous la forme de Vanessa)… Eh bien, Evan, lui, ne pouvait détacher les yeux de ce qui se trouvait un peu plus bas et passait son temps à reluquer les seins des autres filles. Je n'aimais pas trop ça, mais bon, je ne m'abstenais pas non plus d'admirer les mecs mignons que je croisais sur mon chemin. Certes, je faisais preuve de plus de discrétion, mais il n'empêche que je ne m'en privais pas. Et ce n'était pas non plus comme s'il me négligeait : il n'arrêtait pas de me dire combien il me trouvait canon.

Au bout de deux mois, il avait commencé à se faire distant, passant de moins en moins de temps avec moi, sous prétexte qu'il devait se lever tôt. Pas de problème, moi aussi j'étais occupée.

Puis, un jour, au détour d'un couloir, il m'avait annoncé qu'il voulait faire un break. Il avait l'impression que nous étions allés trop vite, du fait que nous vivions si près l'un de l'autre, et n'était pas prêt à s'engager dans une véritable relation.

Le problème quand on parle de « break », c'est que l'on donne l'impression à l'autre que l'on envisage la séparation comme temporaire, même si, au fond, on sait que c'est bel et bien fini. Aussi avais-je eu la désagréable surprise de le surprendre avec une autre fille au bras la semaine suivante. D'après ses colocataires, sa nouvelle copine chantait dans un groupe local, et il était complètement ensorcelé.

Trois mois plus tard, alors que je récupérais une montagne de factures dans ma boîte aux lettres, il m'avait annoncé qu'il allait se marier.

Une fois de plus sans voix, j'avais tenté de rester digne, acquiesçant comme si de rien n'était. Cela dit, j'avais remarqué que je voyais sa nana de plus en plus souvent. Quand je partais au travail, elle était en train de l'embrasser sur le pas de la porte, en lui souhaitant une bonne journée. Quand j'allais faire ma lessive à la buanderie, elle était en train de faire la sienne. D'ailleurs, elle ne cessait de me jeter des regards noirs, uniquement en raison de ma liaison passée avec Evan. Un comble quand on sait que c'était elle qui me l'avait piqué.

Le soir suivant l'aveu de leurs fiançailles, j'étais descendue me délasser dans le Jacuzzi. Par manque de chance, Evan et sa future femme occupaient déjà le bassin et se tripotaient allégrement, comme nous l'avions fait si souvent.

À ma connaissance, aucune créature marine n'est venue interrompre leur mariage.

De tous les princes, Éric était mon préféré lorsque j'étais petite. Pourtant, quand on y réfléchit, il tombe amoureux d'une simple voix, d'une idée abstraite. Et comment en vouloir à Ariel, si jeune, si naïve... fascinée par un rien – une fourchette par exemple ?

Au moins, Disney avait essayé de lui offrir une fin heureuse. Dans l'histoire originale, la pauvre est métamorphosée en écume. Néanmoins, si j'avais grandi avec cette version, je ne me serais pas fait tant d'illusions. Ainsi, je n'aurais peut-être pas espéré des hommes qu'ils acceptent le moindre de mes petits défauts, m'aiment pour moi-même et m'accompagnent dans la tourmente, quels que soient les coups du sort que nous réserve la vie…

Temps perdu : trois mois avec lui ; quatre mois à essayer de les éviter, lui et sa copine devenue sa fiancée.

Leçon :

- Les mecs qui matent sans complexe ne sont sans doute pas entièrement satisfaits de ce que l'on a à leur proposer.
- Fricoter dans un bain à remous est toujours, toujours une mauvaise idée.
- Ne jamais sortir avec quelqu'un que l'on est susceptible de croiser fréquemment après une éventuelle rupture.

Chapitre 4

Je grommelais intérieurement en approchant du *Blue*. C'était décidément le dernier endroit au monde où j'avais envie de mettre les pieds, mais je n'avais pas réussi à convaincre Mme Crabtree de me retrouver ailleurs pour le déjeuner. Jamais je n'aurais dû l'y amener pour lui faire goûter l'agneau du chef : à présent, elle était accro.

La réunion interminable de ce matin-là – durant laquelle Patricia nous avait accusées, Nadine et moi, de ne pas faire suivre nos comptes-rendus, alors que ma boîte mail m'affirmait que le message était bien parti – m'avait déjà flanqué la migraine ; c'étaient assez d'émotions pour la journée.

Après être tombée sur Jake la veille, je m'étais juré de l'éviter à tout prix, et débarquer dans son restaurant allait complètement à l'encontre de ces bonnes résolutions.

Pourquoi avait-il fallu que mon foutu talon se coince ? Si je n'avais pas perdu ma chaussure, rien de tout cela ne serait arrivé. Et pourquoi fallait-il que Mme Crabtree s'entête à vouloir déjeuner au *Blue* ?

J'avais essayé d'embarquer Nadine, pour le soutien moral, mais elle avait décliné l'invitation : entre l'impression de nos rapports pour fournir à Patricia une copie physique de ceux qu'elle n'avait selon ses dires pas reçus, et quelques projets moins importants à fignoler, elle était débordée.

Je pris une grande inspiration et poussai la porte.

Tout au long du repas, je fus sur le qui-vive, mangeant du bout des lèvres, jetant sans arrêt des coups d'œil nerveux autour de moi. Je discutai d'abord avec Mme Crabtree des plans de son salon et de sa salle de bains, puis elle me donna des nouvelles de ses petits-enfants.

Je ne sais par quel miracle, le déjeuner s'acheva sans que Jake ait montré le bout de son nez. Il ne nous restait plus qu'à nous éclipser discrètement, et j'étais sauvée.

— J'aime beaucoup l'idée des rayures, reconnut ma cliente tandis que nous nous dirigions vers la sortie.

— Et le lustre que vous avez choisi sera superbe dans votre salon.

Je récupérai mon caban gris et le posai sur mon bras. Il y avait un peu de vent, ce jour-là, et je craignais qu'il ne pleuve. C'est ça, le Colorado. Un jour on se croirait déjà en été, le suivant, on peut faire des ronds de buée dans l'air.

Jake apparut soudain, il fonçait droit sur nous. Je voulus disparaître derrière Mme Crabtree, mais elle était minuscule ; même ses cheveux blancs bouffants ne m'auraient pas dissimulée. Jake leva les yeux, et nos regards se croisèrent. Prise au piège, je ne trouvai rien de mieux que de lui faire signe, l'invitant sans le vouloir à venir nous saluer.

— Vous ne pouvez plus vous passer de moi, on dirait, se moqua-t-il.

Le petit rire nerveux qui s'échappa de ma gorge m'horrifia. *Bon sang de bois !* Comment se faisait-il qu'il me mette dans un tel état ? Ce n'était qu'un mec. Un mec très mignon, qui m'avait invitée à dîner. À deux reprises déjà.

Je repoussai une mèche derrière mon oreille.

— Bonjour, Jake. Je vous présente Mme Crabtree. Madame Crabtree, voici Jake. C'est l'un des propriétaires du *Blue*.

Au moins, maintenant, il n'y avait plus de doute.

Jake tendit le bras, son fichu sourire charmeur accroché aux lèvres.

— Ravi de faire votre connaissance.

Mme Crabtree lui serra la main avec ravissement.

— Oh, j'adore votre restaurant. Vous faites un travail exceptionnel.

— Je vous remercie. C'est toujours agréable à entendre… en tant que propriétaire.

Il m'adressa un large sourire particulièrement narquois. Je ne savais plus où me mettre. Et pourtant cette pique malicieuse suffit à éveiller une pointe de désir au creux de mes reins. Comme je l'avais récemment constaté, les types qui ne se prenaient pas trop au sérieux ne couraient pas les rues, et un bon sens de l'humour était terriblement excitant.

Quel mal y aurait-il à sortir avec lui, rien qu'une fois ?

Le problème, avec moi, c'était que ce n'était jamais « rien qu'une fois ». Pas avec des hommes comme Jake. J'avais la sale habitude de me laisser aspirer dans le tourbillon, me persuadant qu'avec « celui-ci », ce serait différent ; au bout du compte, tout ce que je récoltais, c'étaient de nouveaux bleus à l'âme.

Mes mécanismes de défense se mirent en marche, le signal d'alarme qui s'était déclenché dans mon esprit sonnant plus fort encore que la veille. Ce type avait le pouvoir de me piétiner le cœur. Et le ferait sans aucun doute, si je lui en laissais l'occasion.

Il reporta son attention sur Mme Crabtree.

— Dites-moi, comment avez-vous réussi à convaincre Darby de déjeuner avec vous ?

— Je suis décoratrice d'intérieur, et Mme Crabtree est l'une de mes clientes favorites, intervins-je.

Ou comment le rembarrer avec élégance, tout en passant de la pommade à la vieille dame.

—Êtes-vous en train de me dire que je vais devoir faire appel à vos services pour obtenir un rendez-vous ?

—Je ne sors pas avec mes clients non plus. (Encore une leçon que j'avais apprise à mes dépens.) Et, techniquement, j'ai déjà participé à la décoration de votre appartement, puisque j'ai travaillé un peu aux plans de notre immeuble.

Je commençai à enfiler mon manteau, afin de lui faire comprendre que nous partions. Je passai le bras dans une manche, puis m'évertuai à trouver la seconde.

Se tournant de nouveau vers Mme Crabtree, Jake poussa un soupir exagéré.

—J'essaie désespérément d'inviter Darby à dîner, mais elle refuse chaque fois.

Ma cliente nous regarda tour à tour avec des yeux ronds.

—Ce n'est pas vrai ?

—Je viens régulièrement déjeuner ici, et nous habitons le même bâtiment. Cela nous placerait dans une situation délicate et potentiellement gênante.

Ma manche refusait toujours de coopérer.

Jake attrapa mon caban et guida mon bras dans l'ouverture que je cherchais depuis cinq minutes. Lorsqu'il se pencha davantage vers moi, son souffle vint caresser ma nuque.

—Et cette scandaleuse attirance mutuelle, elle ne vous gêne pas ?

Un frisson fit naître la chair de poule sur ma peau. Je croisai les doigts pour que mon manteau me couvre suffisamment pour que Jake ne remarque pas l'effet qu'il me faisait. J'esquissai un pas de côté pour m'écarter de lui.

— Bonne journée, Jake. Je suppose que nous nous croiserons de nouveau bientôt.

—J'y compte bien, me répondit-il avec un clin d'œil.

Un bon gros clin d'œil !

À quelques pâtés d'immeubles de chez moi se trouvait un café-librairie où j'allais souvent tuer le temps. Après cette longue journée de travail, et ma rencontre avec Jake – que je ne cessais de me repasser en boucle –, j'avais plus que jamais besoin de me distraire.

À une autre époque, j'aurais jeté mon dévolu sur les romans sentimentaux, mais, désormais, il me fallait de l'action et des cadavres à la pelle. Je parcourus rapidement la quatrième de couverture d'un livre jaune canari, puis, n'étant pas emballée, le remis à sa place.

Alors que je relevais la tête, j'aperçus Jake. *Bon sang, mais c'est pas vrai ! Ce type est partout.*

Dans l'espoir de l'entrevoir de nouveau, je changeai d'allée. Certes, il aurait été plus intelligent de quitter la boutique avant qu'il me voie, cependant, j'étais curieuse. Le genre de livres sur lesquels il s'attardait me renseignerait sans doute un peu sur lui. Et il n'était pas désagréable à regarder.

Il s'arrêta devant un rayon, et je tendis le cou pour mieux l'observer. Quand il leva la tête afin d'examiner les rayonnages en hauteur, le doute ne fut plus permis : c'était bien lui. Je me tapis vivement derrière une pile d'ouvrages avant qu'il me repère. Malheureusement, lorsque je jetai un coup d'œil derrière l'étagère, je constatai qu'il s'avançait droit sur moi.

Merde ! Il va me voir.

Prise au piège, je fis demi-tour. Me précipiter d'un côté ou de l'autre au bout de l'allée n'était guère envisageable : il m'apercevrait à coup sûr. De toute façon, il devenait clair que je ne pourrais pas me cacher. Alors qu'il apparaissait au coin du rayon, je fis volte-face et attrapai un livre au hasard.

— Darby ? Que faites-vous donc ici ?

— Oh, je cherche un bouquin.

Je baissai les yeux sur la couverture du livre sur lequel je m'étais jetée. De tous les rayons du magasin, il avait fallu que je choisisse le coin Littérature érotique. Entre mes mains, un ouvrage sur le bondage. *Pitié, qu'on m'achève.*

Jake haussa les sourcils.

— Voilà qui m'a l'air intéressant.

Une vague de chaleur se répandit dans mon cou, et je me surpris à me dandiner légèrement sur place.

— C'est… c'est pour une amie. Pas pour moi. Je veux dire… ce n'est pas ce que vous croyez. Mon amie va se marier. OK, j'arrête, je m'enfonce.

Un grand sourire fendit son visage.

— Il n'y a aucun mal à admettre que vous me suiviez.

Fan de bondage ou foldingue en filature ? Je n'aurais jamais cru devoir m'avouer l'une des deux.

— Il faut que j'y aille.

La figure en feu, je reposai sans ménagement le livre sur l'étagère et filai.

Bon, eh bien, soit cela aura piqué sa curiosité, soit il ne m'adressera plus jamais la parole.

À cet instant précis, je n'étais pas certaine de savoir ce que je préférais.

Les pratiques un peu particulières semblaient être le thème de la soirée. Un politicien que l'on avait surpris en flagrant délit d'adultère était sur toutes les chaînes d'information. Cet homme-là avait un penchant pour les prostituées. Je faillis attraper ma télécommande et zapper, mais j'étais en vérité incapable de détacher les yeux du spectacle. Ce porc tenait une conférence de presse géante, avec sa femme à ses côtés – sous le choc, oui, mais aussi sous le feu des projecteurs.

— Je tiens à présenter à chacun mes plus sincères excuses pour mes actions, annonçait-il. Je regrette d'avoir ébranlé la confiance que vous aviez placée en moi et, par-dessus tout, je m'en veux d'avoir fait tant de mal à ma famille…

— Oh, arrête tes conneries, lançai-je à la télévision. Tout ce que tu regrettes, c'est de t'être fait pincer. Sinon, tu serais en compagnie d'une professionnelle en ce moment même.

Le plus répugnant était sans doute de le voir demander pardon à sa femme en public. S'il y avait bien une chose dont elle ne devait pas avoir envie – mis à part voir son mari courir les prostituées –, c'était sans doute qu'il organise une conférence de presse pour faire son mea-culpa. S'il avait été réellement désolé, il se serait excusé en privé, dans un coin tranquille, où elle aurait pu lui coller une gifle et lui dire tout le bien qu'elle pensait de lui.

Bien sûr qu'il se traînait à genoux comme un imbécile, prétendant se repentir de cette histoire. Que pouvait-il faire d'autre ? Monter sur la tribune et proclamer devant la nation entière : « Les putes, c'est formidable. Le mieux, c'est que, moyennant paiement, elles acceptent de réaliser mes fantasmes les plus fous, contrairement à mon épouse. » En fait, je crois que j'aurais presque trouvé un tel discours digne d'admiration. Cela aurait eu le mérite d'être honnête. Parce que, au risque de me répéter, il n'était pas véritablement désolé. Il déplorait surtout de s'être fait prendre. C'est souvent comme ça, avec les mecs.

Ma détermination à repousser Jake commençant à flancher, cette douche froide tombait à pic. Il ne fallait pas que je perde de vue les raisons pour lesquelles je refusais de sortir avec lui.

Chapitre 5

À la différence de Cendrillon, à qui je me compare parfois, je n'avais pas deux méchantes belles-sœurs, mais deux méchants « beaux-frères ». À ceci près que Drew et Devin étaient en réalité des crèmes, et que je les aimais plus que tout au monde.

Ce n'avait toutefois pas toujours été le cas : plus jeune, à l'époque où, coincée dans le minuscule patelin qu'était Longemont, je devais encore subir leurs moqueries ou ramasser mon linge sur la clôture du paddock, où ils trouvaient drôle de l'étaler, j'étais persuadée qu'ils étaient le mal incarné. Quand ma mère et moi avions emménagé, nous nous étions soudain retrouvées à vivre avec trois hommes, et cela avait nécessité un temps d'adaptation. Pourtant, au fil des jours, ils étaient devenus ma famille. Drew et moi nous étions même davantage rapprochés ces dernières années.

Il m'avait appelée cet après-midi-là pour me dire qu'il passerait me voir ; ce qui signifiait généralement qu'il désirait aller à la pêche aux nanas. Michelle et lui avaient dû rompre.

Il débarqua un peu après 18 heures en m'annonçant qu'il mourait de faim. J'allai chercher les divers menus de plats à emporter que je gardais dans un tiroir et les lui tendis après m'être laissée tomber à ses côtés sur le canapé.

Il commença à les feuilleter.

— Je suis surpris que tu ne réclames pas d'aller dîner au *Blue*.

— J'en ai un peu marre. Bon, maintenant, dis-moi ce qui s'est passé avec Michelle.

— Tu es au courant que je ne suis pas une de tes copines, j'espère ? Je ne ressens aucun besoin d'en discuter. (Il me lorgna du coin de l'œil.) De toute façon, c'est une bonne nouvelle pour toi : vu le bol que tu sembles avoir dans le domaine, tu as tout intérêt à ce que je reste célibataire à vie.

J'ouvris grande la bouche, scandalisée, et lui administrai une tape du dos de la main.

— Merci de retourner le couteau dans la plaie. Nous ne sommes pas encore assez proches de la cinquantaine pour y réfléchir sérieusement.

Las de multiplier les échecs sentimentaux, Drew et moi avions un jour décidé de faire un pacte. Si à cinquante ans nous n'avions toujours pas trouvé l'amour, nous emménagerions tous les deux dans une grande maison, un peu comme Marilla et Matthew Cuthbert, dans *Anne : la maison aux pignons verts*. Sauf qu'au lieu d'adopter une orpheline, nous emploierions quelqu'un pour s'occuper des tâches ménagères.

Drew se frotta le torse, à l'endroit où je l'avais frappé.

— Hé ! La vache…

— Comme si je t'avais fait mal… Allez, crache le morceau.

— J'ai dit à papa et à Janet que nous avions rompu parce que Michelle envisageait notre relation beaucoup plus sérieusement que moi, à ce stade. Ce qui est très probablement le cas. La vérité, c'est qu'elle me tapait de plus en plus sur les nerfs. J'en étais arrivé à me demander si elle avait toujours eu une voix si nasillarde…

— C'est vrai qu'elle a une voix agaçante.

— Et elle m'appelait sans arrêt pour savoir ce que je faisais. Je n'avais qu'une envie, c'était de lui hurler que, contrairement à elle, il y en a qui bossent.

Je me laissai aller contre le dossier.

— Tu attires les collantes, que veux-tu.

— Je devrais peut-être essayer de sortir avec des personnes qui ne sont apparemment pas mon genre, conclut-il avec un haussement d'épaules.

— Bah ! J'ai déjà tenté l'expérience : j'ai cherché à rencontrer des types qui ne m'auraient en temps normal pas intéressée et suis sortie avec eux quelques fois. Tout ce que j'en ai tiré, c'est une poignée d'aventures sans lendemain avec des hommes qui ne me convenaient pas.

— Je ne recherche rien de sérieux, pour le moment, de toute façon.

— Typique des mecs, ça, le titillai-je en secouant la tête.

Il pouffa et donna un coup de genou dans le mien.

— Parce que tu es mieux, peut-être ? Toi qui ne crois pas aux relations à long terme ?

— Je ne crois pas aux passades non plus.

Sachant que cette conversation nous attirerait inévitablement sur le terrain de la guerre des sexes, je lui arrachai le menu du *Yellow Dragon* des mains et posai le doigt sur le *lo mein* au poulet.

— Je vais prendre ça. Et toi ?

Drew désigna le poulet à l'orange et le bœuf à la Sichuan.

— Je mangerai les restes au petit déjeuner.

— Beurk. Tu ne vas quand même pas manger les restes du chinois en te levant ?

— Très bien, je les garderai pour midi. À quelle heure tu dois être au travail demain ?

— Je peux me permettre d'arriver un peu tard.

— Parfait ! (Il jeta les autres menus sur ma table basse en verre.) On commande chinois, et ensuite on part en quête de la femme et de l'homme de notre nuit.

— Tu as une très mauvaise influence, tu sais ? lui rétorquai-je en souriant. Tu devrais passer plus souvent.

Le *Wagon Wheel*, un bar rustique dont le juke-box était entièrement composé de musique country, me semblait l'endroit idéal pour Drew. Les filles qu'il y rencontrerait ne cracheraient pas sur un véritable cow-boy, même si, vêtu d'un simple tee-shirt et d'un jean large, il passait plutôt inaperçu en ville. De plus, cela me changerait. Ces temps-ci, j'avais le choix entre traîner seule ou être la cinquième roue du carrosse. Ni l'un ni l'autre n'était spécialement agréable.

Le fiancé de Stephanie, Anthony, ne jurait que par les clubs les plus branchés du coin. Ce qui signifiait que Steph suivait. Et, par conséquent, moi aussi, si j'avais vraiment envie de sortir. Malheureusement, les types qui fréquentaient ce genre de lieux étaient souvent du genre snob. Ou de gros menteurs.

Bien entendu, on trouve des menteurs partout. C'est dingue de voir à quel point un gars est prêt à exagérer pour obtenir qu'une femme s'intéresse à lui. Le plus souvent, pourtant, non seulement il n'a pas de royaume (non que vous ayez pensé une seconde que ce soit le cas, néanmoins, il s'était vanté à n'en plus finir d'être à la tête de sa boîte), mais il vit encore chez sa mère. Quant à la société qu'il dirige, il en serait plutôt la petite main.

Forcément, s'il se présentait comme un pauvre employé sans envergure vivant toujours chez maman, les filles y regarderaient peut-être à deux fois, mais s'il optait pour quelque chose du style : « Je gravis doucement les échelons au sein de mon entreprise, et j'ai à cœur de bâtir des bases solides avant de me lancer dans un nouveau projet de vie », elles seraient sans doute sensibles à cette preuve d'honnêteté, amenée avec originalité. Même s'il fallait aussi se méfier des beaux parleurs…

—Ah, ben voilà ! murmura Drew en lorgnant du côté de deux filles qui s'asseyaient à l'autre bout du bar.

— Laquelle ?

— La rousse, avec les…

Il se figea en plein geste, les mains au niveau de la poitrine, puis laissa retomber les bras.

— … qui a l'air très intelligente. Tu sais bien que c'est ce que je regarde en premier.

Je lui avais déjà expliqué ma façon de penser à propos de sa tendance à voir les femmes comme des morceaux de viande. Cette fois, au moins, il avait fait l'effort de se reprendre. Drew était un homme bourré de charisme, et j'avais souvent eu l'occasion de voir son charme à l'œuvre. Il hypnotisait sa proie, puis, lassé, passait à la suivante. Ce soir-là, il avait déjà dragué trois filles différentes. De toute évidence, il avait jugé qu'aucune d'elles ne méritait un verre, ni plus de quelques minutes de son temps.

Il frappa sur le comptoir du plat de la main.

— Allez, je me lance.

Il approcha alors de la jeune femme, me laissant me débrouiller seule dans mon coin. Prenant place à ses côtés, il se présenta, puis usa de son humour pour engager la conversation ; je connaissais bien sa tactique, je l'avais vu faire assez de fois.

La fille riait déjà, se rapprochant instinctivement de lui, visiblement séduite. C'était donc sur elle qu'il avait fini par jeter son dévolu… *Pour ce soir, du moins. Ou les cinq prochaines minutes.* On ne savait jamais, avec lui.

Un type avec assez de gel dans les cheveux pour dix m'aborda :

— Yo, beauté ! Ça va, vous ?

À son accent, on l'aurait cru tout droit sorti de *Bienvenue à Jersey Shore*. Rien qu'à l'écouter, je sentais mon Q.I. baisser.

— On fait aller.

— Ça vous dirait que Roméo vous offre un verre ?

— Vous vous appelez réellement Roméo, ou vous vous prenez pour un Roméo ?

Posant la paume sur le bar, il se pencha à mon oreille.

— Les deux, ma jolie.

Je levai mon verre : Sprite et jus de canneberges, car j'allais sans doute devoir ramener la voiture.

— Ça ira, merci.

Ce gars n'avait même pas l'air d'avoir l'âge légal de boire, je me sentis vieille. Un poil flattée aussi.

— Je vois. Vous vous la jouez hautaine. Laissez-moi deviner, vous êtes une de ces nanas coincées. Glaciales. Roméo va vous réchauffer.

— OK, c'est bon, vous pouvez y aller, maintenant. Merci d'avoir tenté votre chance.

Je jetai un coup d'œil du côté de Drew, qui avait à présent le bras autour de sa jolie rousse.

Roméo tourna la tête en direction de ses amis, ne sachant pas très bien s'il venait de se faire jeter ou pas.

J'attendis qu'il saisisse le message.

Voyant qu'il ne comprenait toujours pas, je le regardai droit dans les yeux et le congédiai pour de bon.

— Écoutez, si vous avez peur de passer pour une tache, vous n'avez qu'à dire à vos amis que je suis déjà prise, ou qu'on se retrouve plus tard, comme vous voulez. Mais dégagez. Je ne suis pas intéressée.

Tête basse, il repartit d'où il était venu.

Certains me trouveront un peu dure. Mais j'estimais plus cruel de lui faire perdre sa soirée en lui donnant de faux espoirs. C'était Drew qui m'avait appris cela. « Rembarre-les d'abord de façon subtile, disait-il, et s'ils ne pigent pas du premier coup, n'hésite pas à te montrer brutale. » J'avais des amies qui se laissaient parfois tourner autour durant des semaines – voire des mois – par des types qui ne les intéressaient pas, par peur de se montrer méchantes en les repoussant.

Roméo redressa la tête en apercevant la jeune femme qui venait de pousser la porte du bar. Sans même s'arrêter à la table de ses amis, il alla l'accoster. Vous voyez ? Il s'était vite remis. Au final, je lui avais sans doute fait une faveur, car il avait peut-être une chance avec cette fille.

Elle lui sourit, et Roméo la prit par la taille afin de la guider jusqu'au comptoir.

On dirait qu'il a trouvé sa Juliette.

Tiens, d'ailleurs, un petit mot à propos de *Roméo et Juliette*. Plus jeune, je trouvais qu'il y avait quelque chose de romantique, de poignant, dans l'histoire de ces jeunes gens, prêts à sacrifier leurs vies plutôt que de renoncer à leur amour. Maintenant que j'ai gagné en âge et en sagesse, je ne peux m'empêcher de penser que les deux tourtereaux ont eu la détente – enfin, le poignard, dans le cas de Juliette – un peu trop facile. Après tout, ils se connaissaient à peine. S'ils avaient donné à leur relation le temps de mûrir, ils auraient probablement découvert qu'ils n'avaient en fin de compte rien en commun.

— Excusez-moi, ce tabouret est-il libre ?

J'examinai l'homme avant de répondre. Il était mignon, peut-être qu'il…

— Nous n'en avons pas assez à notre table, et mon ami n'a nulle part où s'asseoir.

Rien de tel pour remettre un *ego* à sa place. Je payais sans doute là le mauvais traitement que j'avais infligé à Roméo.

— Je vous en prie, allez-y.

Tandis qu'il embarquait son tabouret, je baissai les yeux sur mon verre vide.

J'aurais dû apporter mes écouteurs. Au moins, j'aurais pu continuer mon livre audio.

Ce qui me rappela mon embarrassante rencontre de la veille avec Jake. Je me revoyais, plantée là, avec ce bouquin ridicule sur le bondage, et lui, face à moi, souriant comme un idiot. Un idiot particulièrement craquant. Je l'entendais encore : « Il n'y a aucun mal à admettre que vous me suiviez. »

L'espace d'un bref instant, je fus tentée de renoncer à mes règles, juste pour voir. Puis je me souvins de la dernière fois qu'un homme m'avait brisé le cœur et me ressaisis. Si j'étais encore debout, c'était grâce à ces règles.

Je descendis du pick-up et rangeai les clés dans ma poche. Étant donné que Drew avait un peu bu, je m'étais chargée de ramener son énorme Dodge Ram jusque chez moi.

— Alors, ça a marché avec la rousse incendiaire ?

— Incendiaire, c'est le mot, me confirma Drew tandis que nous traversions le parking souterrain pour gagner l'ascenseur. Et elle avait le mérite d'être drôle ; je la rappellerai. Et le gars avec qui tu discutais en fin de soirée ?

— Sympa. Il fallait bien que je trouve quelqu'un à qui causer, puisque tu m'avais lâchement abandonnée, lançai-je en le gratifiant – pour plaisanter – d'un regard courroucé. Mais, après avoir parlé avec lui un moment, il est devenu clair que ça n'irait pas plus loin. Et comme il avait l'air du genre à en faire tout un plat, je lui ai refilé un faux numéro. S'il appelle, il pourra se consoler en commandant la meilleure pizza de la ville.

— Dur.

J'appuyai sur le bouton pour ouvrir les portes de l'ascenseur.

— Hé ! C'est toi qui m'as appris qu'il fallait planter le couteau assez profondément pour faire passer le message.

Une fois à l'intérieur, je composai le code à cinq chiffres avant de poursuivre :

— Je te cite : « Sinon, ils t'invitent à sortir, dépensent des sommes folles et perdent leur temps à essayer de te séduire pendant des mois, alors qu'ils n'ont aucune chance. C'est beaucoup plus vicieux que de les repousser dès le départ. Alors, ne fais pas de quartier et plonge le couteau droit dans le cœur. »

— J'avais oublié ça. Je ferais peut-être mieux de suivre mes propres conseils. (Il me montra son téléphone.) Cinq appels en absence de Michelle. Il faut croire que je l'ai juste égratignée, parce qu'elle ne semble pas avoir saisi.

— Eh ouais, tout le monde n'a pas mon talent et mon expérience.

L'ascenseur s'arrêta au rez-de-chaussée. Par pur automatisme, je me décalai afin de faire de la place aux personnes qui s'apprêtaient à monter.

Bien entendu, il s'agissait de Jake. Car il était absolument partout où j'allais.

Nos regards se croisèrent, l'atmosphère se fit électrique. Notre « scandaleuse attirance mutuelle », comme il le disait si bien, était chaque jour un peu plus difficile à nier. Mais que faire ? Je levais la main, un salut sur le bout de la langue, quand Drew reprit la parole.

— Incroyable. Tu insinues que je suis un débutant, alors que c'est moi qui t'ai tout appris ? Même si je suis forcé de reconnaître que tu as su repousser les limites de mes enseignements. Le jour où tu as giflé ce type devant tout le monde au mariage de Devin, par exemple. Ça, c'est ce que j'appelle faire passer le message !

Jake haussa les sourcils en prenant place dans le coin opposé.

Tout à coup, cet ascenseur me semblait terriblement minuscule. La chaleur était étouffante.

— Certes, mais ce connard le méritait. Il s'était montré odieux avec les invités et faisait du gringue aux demoiselles d'honneur et à la mariée. C'était un cas de force majeure.

— Oh, tu n'as pas à en avoir honte. C'était énorme. Je ne me lasse pas de raconter cette histoire. Comment crois-tu que j'empêche les copains de te lorgner de trop près ?

J'aurais voulu expliquer à Jake que j'étais tout sauf une folle furieuse, mais, me connaissant, je n'aurais réussi qu'à m'enfoncer. Pourquoi me souciais-je de ce qu'il pensait, de toute façon ? Ce n'était pas comme si j'avais l'intention d'accepter ses avances.

Enfin, je ne voulais pas non plus qu'il me prenne pour un monstre.

D'accord, peut-être étais-je plus ou moins tentée de sortir avec lui. *Bon sang !* Chaque fois que l'on se croisait, j'étais un peu plus perdue, alors si je continuais à tomber sur lui dès que je mettais le nez dehors…

— La bouffe chinoise ne me tient pas au corps, déclara soudain Drew. Je propose qu'on mange les restes maintenant, et, demain matin, je nous ferai un vrai petit déj'.

L'ascenseur parvint au quatrième, et les portes s'ouvrirent. Je songeai un instant à dire « au revoir » à Jake ou à lui faire un signe, et décidai finalement de sortir de là en préservant le peu de dignité qui me restait.

Chapitre 6

Je fus réveillée par des bruits de casseroles. Après avoir jeté un coup d'œil à mon réveil entre mes paupières collées, je rabattis les couvertures sur ma tête.

La veille, Drew s'était montré d'humeur à papoter, et nous avions longuement ri en finissant les plats chinois commandés plus tôt dans la soirée. Nous nous étions bien amusés, mais j'avais ensuite peiné à trouver le sommeil. Même après avoir dormi six bonnes heures, j'étais encore épuisée.

Des sifflements joyeux accompagnaient le vacarme métallique. Je me maudis de ne pas avoir fermé la porte en allant me coucher, puis repoussai les couvertures avec un grognement et me levai.

— Tu sais que je déteste quand tu siffles, grommelai-je en entrant dans la cuisine.

— Je sais aussi que tu hais les œufs froids, rétorqua-t-il. Enfin, je suppose… En théorie, tout le monde déteste ça.

Reposant la spatule, il se dirigea vers le frigo. Il en sortit une brique de jus d'orange, qu'il plaça sur l'îlot.

— Je n'ai trouvé ni bacon ni saucisses.

— Il est rare que j'aie le temps de me préparer un petit déjeuner complet. Généralement, je me contente de céréales et de toasts.

Je pris deux verres dans le placard et nous versai un jus d'orange.

— Je pensais que tu ferais la grasse matinée.

— C'est ce que j'ai fait. J'ai l'habitude de me lever à 6 heures, et j'ai réussi à dormir jusqu'à 7. Je me sens coupable de laisser papa et Devin se coltiner tout le boulot.

J'étouffai un bâillement dans ma main.

— Comment va Devin ? La dernière fois que je vous ai rendu visite, il y avait de l'eau dans le gaz avec Anne.

— Ava est à un âge où elle pleure sans arrêt. Ça ira mieux dans quelques mois. En tout cas, c'est comme ça que ça s'est passé pour Levi.

— Je trouve ça triste. Eux qui étaient si amoureux. Depuis qu'ils ont des enfants, ils sont tout le temps en train de se disputer.

— Ce n'est pas non plus comme s'ils étaient au bord du divorce…, relativisa Drew en nous servant à chacun une portion d'œufs brouillés fumants.

— Je suis d'accord, mais cela ne fait que me conforter dans mon opinion : l'amour – le fou, le passionné – ne dure qu'un temps. Je ne dis pas que l'autre ne compte plus ni que l'on cesse de l'aimer ; simplement, arrive un moment où l'on n'est plus véritablement amoureux.

Drew enfourna une bouchée.

— Quand je pense qu'à une époque ta seule préoccupation était de trouver l'âme sœur et de te marier. Tu passais ton temps vissée à la télé, à regarder tes films à l'eau de rose.

— Oui, mais j'ai grandi, depuis ; et j'ai compris pourquoi le film se termine une fois que l'héroïne et son prince charmant se sont enfin trouvés. Tout ce qui vient après, ça craint.

Tout en attendant l'ascenseur, j'écoutai le message que Steph avait laissé sur mon portable : « Je tenais juste à te rappeler d'être aimable avec Karl. C'est le témoin d'Anthony, alors tu es amenée à le revoir. À part ça, aucune pression. » Elle riait comme si elle venait de faire la blague du siècle.

J'étais déjà allée à un rendez-vous arrangé le lundi précédent ; deux dans la même semaine me donnaient franchement l'impression d'être désespérée. Pourtant, je n'y étais pour rien, c'étaient les gens autour de moi qui essayaient de me caser, et ce, malgré mes réticences. Néanmoins, je m'étais très vite rendu compte qu'il ne servait à rien de discuter avec la mariée dès qu'un sujet touchait ne serait-ce que vaguement à son mariage. Et, comme elle me l'avait fait remarquer, il fallait bien que je fasse la connaissance de Karl un jour. Elle m'avait également affirmé qu'il n'était pas comme les autres, mais je ne me faisais pas trop d'illusions.

Les portes de l'ascenseur s'ouvrirent, et j'y pénétrai, les yeux rivés sur le clavier de mon téléphone.

« À charge de revanche. Et si cela nuit à votre mariage, Anthony et toi ne pourrez vous en prendre qu'à vous-mêmes. Je veux une déclaration signée me dégageant de toute responsabilité sur mon bureau pour midi. »

J'appuyai sur « Envoyer », puis levai la tête pour vérifier que je descendais bien au garage. Je n'étais pas seule. Jake – comme par hasard – se tenait dans un coin, emplissant l'ascenseur d'un parfum délicieux, mélange de son eau de toilette irrésistiblement musquée et de savon. Si seulement j'avais pu emporter une bouffée de ces effluves avec moi et les respirer tout au long de la journée…

— Bonjour, dis-je. Vous partez au boulot ?

Il acquiesça. Rien de plus.

Il me snobe, ou je rêve ? Peut-être à cause d'hier soir.

Enroulant une mèche de cheveux autour de mon doigt, je fis une nouvelle tentative :

— Désolée de ne pas vous avoir salué, hier, mais la situation était assez surréaliste.

Jake regardait droit devant lui ; on aurait dit qu'il cherchait à transpercer les portes en acier des yeux.

— Oui, il n'aurait pas fallu que je vienne m'immiscer entre vous et votre petit ami, répliqua-t-il d'un ton monocorde qui ne ressemblait pas au Jake insouciant que je connaissais. Petit ami, rencard ou autre.

Rien ne m'obligeait à me justifier, mais j'en ressentis le besoin. Parce que, d'un : eurk ; de deux : je n'avais pas envie qu'il pense que je ramenais un tas de mecs chez moi.

— C'était mon frère. Il était en ville hier, et c'est à lui qu'on a tenté de trouver une moitié toute la soirée. Je vous dirai dans quelques semaines si notre virée a porté ses fruits ou non.

» Vous savez, il exagérait en insinuant que j'étais une véritable harpie, précisai-je en me remémorant soudain la discussion que j'avais eue avec Drew devant Jake. Je suis plutôt gentille. En général.

Jake haussa les sourcils, une ombre de sourire sur les lèvres.

— Oh, donc vous n'avez pas vraiment giflé un pauvre gars au beau milieu d'une cérémonie de mariage ?

Je me mordis la lèvre.

— Techniquement, cela s'est passé à la réception. Je sais que, hors contexte, ça paraît horrible, mais je vous jure qu'il l'avait cherché.

Enfin, il daigna poser sur moi ses yeux si bleus. Je ne pus m'empêcher de laisser glisser mon regard jusque sur ses lèvres.

Au secours. Au secours. Au secours.

Laissant retomber la main que j'avais instinctivement portée à son bras, je déglutis tant bien que mal.

— Et moi, qu'ai-je fait pour mériter de me faire rabrouer ? me demanda-t-il.

Ce fut avec un intense soulagement que j'entendis les portes s'ouvrir. Sauvée par le « ding » !

Je fis un pas vers la sortie, mais Jake me devança. Bloquant la fermeture des portes d'une main, il se tourna vers moi d'un air interrogateur. Moi qui croyais avoir échappé à sa question…

Mon cœur affolé tambourinait à un rythme dément dans ma poitrine ; il me semblait que les parois de l'ascenseur se resserraient sur moi.

— Rien de personnel. Vous avez l'air plutôt gentil… Vous êtes même tout à fait charmant, mais ça, je suis sûre que vous le savez. Seulement, vous habitez le même immeuble que moi, et ça va à l'encontre de certaines de mes règles. Car, voyez-vous, avant que j'adhère à ces principes, ma vie était un vrai sac de nœuds.

Je me faufilai sous son bras – mince, ce qu'il sentait bon ! – et me dirigeai vers ma voiture.

Jake calqua son pas sur le mien, le bruit de nos semelles sur le béton résonnant dans tout le parking.

— Vous voulez dire que, sous prétexte que je vis à un endroit qui ne vous convient pas, je n'ai aucune chance ?

Je gardais les yeux rivés sur ma voiture, de peur de craquer si j'avais le malheur de poser le regard sur lui. Certes, la veille, j'avais envisagé d'accepter rien qu'un petit rendez-vous, pour essayer, mais il lisait trop facilement en moi, il cherchait à abattre des murs que je n'étais pas prête à voir tomber. Il était temps pour moi de les défendre. De regagner un peu de terrain.

— Pourquoi vous entêtez-vous ? Si je dis non, ce n'est pas pour le plaisir de vous faire mariner. Ce n'est pas un jeu.

Pointant la télécommande vers mon Audi gris métallisé, je déverrouillai les portières.

Jake prit les devants et m'ouvrit celle du côté conducteur.

— Je ne doute pas que vous soyez très courtisée. Vous êtes magnifique. Mais vous avez un petit quelque chose de plus qui me pousse à ne pas abandonner si facilement.

— Vous ne me connaissez pas.

— À qui la faute ?

— La faute à Cendrillon.

Jake fronça les sourcils.

— Cendrillon ?

— Oui, Cendrillon s'est bien foutue de moi.

Sans plus d'explications, je grimpai dans ma voiture et démarrai.

De tous mes anniversaires, celui dont je gardais le souvenir le plus vif était celui de mes sept ans. Papa et maman se disputaient beaucoup, mais, ce jour-là, ils avaient fait la paix et m'avaient organisé une fête au *McDonald's* du coin. J'avais mis ma robe de Cendrillon, et mes amies s'étaient déguisées en diverses autres princesses. (Mon costume était évidemment le plus ressemblant de tous : maman s'était surpassée.)

Une autre fête d'anniversaire se déroulait de l'autre côté de la salle : un groupe de garçons en panoplies de super-héros qui se bagarraient en hurlant à pleins poumons. Exaspérées, mes copines et moi secouions la tête et faisions la grimace. *Beurk. Les garçons, quelle horreur !*

Maman avait pris une photo de nous toutes, avec nos belles robes toutes propres. À l'arrière-plan, on voit les garçons. Leurs vêtements sont couverts de ketchup, et, pour une raison inconnue, Batman brandit une épée ; bref, c'était le chaos.

Si j'avais pu prendre conscience dès ce jour-là que les garçons n'aspiraient absolument pas à jouer les princes de contes de fées, je me serais épargné bien du souci en grandissant. Non, tout ce qu'ils voulaient, c'était avoir l'air cool, et se battre.

Et j'avais fait l'erreur de croire que cela leur passait avec l'âge.

Le cas Cendrillon : avec Charlie dans le rôle du Prince Charmant

Âge : 23

J'avais rencontré Charlie en boîte. On était loin du bal à proprement parler, mais ma robe scintillait, et de mes chaussures à strass aux pantoufles de verre, il n'y avait qu'un pas.

J'avais assez fréquenté les discothèques pour savoir que ce n'était pas l'endroit pour rencontrer quelqu'un. Pas quelqu'un de bien. Néanmoins, Stephanie venait tout juste de rompre avec Jimmy Delfino, un blaireau avec qui elle était sortie bien trop longtemps. Pour célébrer cela, elle avait voulu aller danser.

Charlie, un type mignon au teint mat et aux grands yeux marron, m'avait invitée à danser peu après notre arrivée. La chanson s'était achevée, et nous avions continué sur la suivante. Puis sur celle d'après, et ainsi de suite jusqu'à finalement passer la soirée ensemble. Au moment où on allait se quitter, il m'avait avoué qu'il aimerait beaucoup me revoir.

Stephanie m'avait lancé un regard appuyé. Un regard qui disait : « Rappelle-toi nos règles concernant les mecs de boîtes de nuit. »

— Tu sais quoi ? Je ne suis pas certaine que ce soit une bonne idée, avais-je soupiré.

Avec un sourire triste, Charlie m'avait déposé un baiser sur la joue, avant de partir, la tête basse.

— Content de t'avoir rencontrée. J'espère qu'un jour nos chemins se croiseront de nouveau.

— Attends ! l'avais-je arrêté. J'aime autant ne pas m'en remettre au destin. Parfois, il a besoin d'un petit coup de pouce.

Son visage s'était illuminé. Il avait sorti son portable et y avait entré mon numéro.

— Je t'appelle demain.

— Demain ? Tu ne vas pas jouer les inaccessibles pendant quelques jours ? Je croyais que c'était ce que faisaient les gars dans ton genre, non ?

Il m'avait alors pris la main.

— Je ne suis pas idiot. Quand on rencontre une fille comme toi, on ne perd pas son temps à tourner autour du pot.

Il fallait reconnaître qu'il était doué. J'avais l'habitude du baratin, mais il avait une manière de s'y prendre qui me laissait penser qu'il était peut-être différent des autres.

Le jour suivant, j'avais tant bien que mal essayé de me persuader que, s'il n'appelait pas, ce ne serait pas si grave ; pourtant, quand un numéro inconnu s'était affiché sur l'écran de mon téléphone, j'avais hurlé et bondi sur place durant quelques secondes avant de décrocher.

— Allô ? avais-je répondu, d'un ton qui se voulait naturellement cool et sexy.

— Darby ?

Au son de sa voix, mon cœur s'était mis à battre plus vite. Il avait appelé !

— Oui ?

Il avait poussé un soupir soulagé.

— Ouf. Mes potes me pariaient que tu m'avais donné un faux numéro. Je suis heureux qu'ils aient eu tort.

— J'ai pour principe de ne jamais donner mon numéro en boîte, mais un petit quelque chose m'a poussée à outrepasser les règles.

Cependant, mon sourire s'était vite envolé : ma dernière relation sérieuse avait été avec Allen, et cela m'avait rendue méfiante.

— Dis, Charlie, tu n'es pas marié, au moins ?

— Ça ne va pas, non ? D'ailleurs, pourquoi est-ce que je te draguerais si j'étais marié ?

— Je préférais m'en assurer tout de suite, avais-je répondu en haussant les épaules.

La honte. J'étais persuadée d'avoir tout foutu en l'air ; il allait raccrocher, et je n'entendrais plus jamais parler de lui.

Mais il avait repris comme si de rien n'était.

— Ça te dirait que je passe te prendre et qu'on se fasse une sortie quelque part, demain soir ? Je n'ai pas la patience d'attendre plus longtemps.

J'étais officiellement conquise.

Durant notre premier mois ensemble, Charlie et moi nous étions éclatés. Nous passions notre vie en boîte et papillonnions de soirée en soirée. Il avait toujours un copain qui organisait une fête, généralement grandiose et dingue ; de toute évidence, l'argent n'était pas un problème pour lui et ses amis. Un vrai tourbillon de folie, de bruit et de bon temps.

Quand mon apprentissage avait touché à sa fin, j'avais mis les bouchées doubles au boulot, dans l'espoir de décrocher le poste de designer que je désirais tant chez Metamorphosis. J'avais passé plusieurs semaines à travailler une palette de couleurs pour une présentation, me nourrissant exclusivement de muffins et de boissons énergisantes.

Né avec une cuillère d'argent dans la bouche, Charlie ne travaillait pas. Il me semble qu'il se rendait parfois à l'université pour suivre un cours auquel il était inscrit, mais son principal but dans la vie était de s'amuser, ce qu'il réussissait à merveille.

Un soir que je peaufinais mon pitch, il m'avait arraché mon ordinateur portable des mains.

— Tu es trop sérieuse… Lâche-toi un peu, sinon, un jour, tu te retourneras et tu te rendras compte que tu n'as pas vécu.

Lorsque j'avais essayé de récupérer l'ordinateur, il m'avait embrassée, tout en le gardant hors de portée.

— Allez, bébé… Si on sortait ? Tu as bien mérité une pause. (Il avait fait courir ses lèvres tout le long de mon cou.) Je te laisse décider où on va et ce qu'on fait.

Alors nous étions retournés faire la fête. En cette période de stress, je lui étais reconnaissante de m'obliger à prendre du temps pour moi afin de recharger mes batteries.

Puis j'avais eu le job, le rythme était redevenu moins soutenu, et nous avions commencé à passer un peu plus de moments au calme, tous les deux. Seulement, le calme ne nous convenait pas tellement. Si vous vous rappelez bien, dans *Cendrillon*, le Prince Charmant n'a que trois ou quatre répliques. Eh bien, il aurait mieux valu qu'il en aille de même pour Charlie.

Au bout de quelques grosses disputes, j'avais fini par me faire une raison : nous n'étions vraiment pas faits l'un pour l'autre. Néanmoins, je m'éclatais tellement avec lui que j'hésitais à mettre un terme à notre aventure.

Un jour, toutefois, alors que nous étions chez lui avec ses amis, tout avait subitement volé en éclats. Ils regardaient du sport à la télé, comme d'habitude.

— J'ai du mal à me remettre des nanas d'hier soir, en boîte, pas vous ? avait lancé Joe, l'un des colocataires de Charlie.

Celui-ci avait ri.

— Sérieux, il devrait y avoir des limites de poids pour les autoriser à danser dans les cages.

— Idem chez *Hooters*.

— À moins que ce ne soient leurs nichons qui fassent exploser la balance ! avait renchéri Charlie en mâchant bruyamment la poignée de chips qu'il venait d'engouffrer.

Je n'en croyais pas mes oreilles.

— Vous rigolez, ou quoi ?

Sans détacher les yeux de l'écran, il m'avait fait claquer un baiser sur la joue.

— T'inquiète, bébé. Tu as de la marge.

— Oui, bien sûr… parce que c'est mon poids qui me dérange, pas le fait que mon petit copain soit un sale macho.

— Tu n'as plus d'humour, d'un coup ?

J'avais fourré le magazine que je lisais dans mon sac à main et m'étais levée.

— Au revoir, Charlie. Toi et moi, ça ne marchera jamais.

Cette fois, il avait détourné le regard du match.

— Ne dis pas de bêtises, bébé. Ça marchera si tu apprends à déconner un peu.

— Si cela signifie accepter ce genre de propos, figure-toi que je n'en ai aucune envie. Je suis comme ça, c'est tout.

— Non, avant, tu étais cool.

— Tu te goures. En fait, tu ne me connais pas. Alors bonne chance pour tout, et bon vent.

— Tu m'emmerdes avec tes conneries, avait-il fini par pester. Dégage !

À l'entendre, on aurait cru que c'était lui qui me larguait.

Alors j'avais pris mes pseudo-pantoufles de verre et avais taillé la route.

Cendrillon était le premier conte de fées dont je me souvenais avec précision, celui auquel j'avais voué la plus grosse obsession – principalement en raison des belles robes, de la magie et des pantoufles de verre. Certes, le quotidien de Cendrillon était loin d'être idéal, et les souris qui parlent étaient sans doute le signe qu'elle aurait mérité un long séjour chez le psy, mais je lui en voulais quand même d'avoir fait germer en moi les attentes les plus irréalistes qui soient : l'amour au premier regard, la possibilité de devenir princesse et de ne plus jamais manquer de rien, ainsi qu'une histoire qui se terminait bien, zéro dispute ou mauvais jour à l'horizon.

Pire que tout : elle m'avait faire croire que la clé de mon bonheur et de mon épanouissement personnel serait de voir un homme débarquer pour m'enlever dans son beau carrosse.

Temps perdu : quatre mois. Même si, pour être parfaitement honnête, je devais reconnaître que les deux premiers avaient été plutôt géniaux.

Leçon :

- Pour apprendre à connaître une personne, encore faut-il lui parler.

- Il faut savoir concilier travail et loisir. Tout est une question d'équilibre : il ne s'agit pas de laisser le premier gus venu vous dicter comment et quand s'amuser. Ni vous dire que vous n'êtes qu'une accro au boulot hypercoincée.

- S'assurer qu'il a une ambition quelconque dans la vie, des projets…

- Ne jamais sortir avec quelqu'un qui vous considère plus comme un objet que comme un être humain capable de se servir de sa cervelle.

- Finis les dingues de sport.

- Ne JAMAIS donner son numéro en boîte.

Chapitre 7

J'appuyai plusieurs fois sur le bouton de l'ascenseur. Comme s'il allait venir plus vite!… Si je n'avais pas été perchée sur dix centimètres de talons, j'aurais presque été tentée de prendre les escaliers. Je détestais être en retard autant que je détestais attendre les gens; je ne supportais pas de devoir me presser pour me rendre quelque part. Pour éviter ce genre de stress, j'étais toujours à l'heure. Au fond, je n'étais pas encore si en retard que ça: je n'arriverais sans doute pas au restaurant plus de dix minutes après Karl, mais cela me rendait tout de même folle. Je n'avais même pas son numéro pour l'avertir.

Enfin, l'ascenseur daigna s'ouvrir.

Je profitai de la descente pour envoyer un SMS à Stephanie, lui disant que j'aurais un peu de retard à mon rendez-vous; avec un peu de chance, elle transmettrait à Karl.

Une fois sur le parking, je me précipitai en direction de ma voiture. Alors que je rangeais mon portable dans mon sac, je laissai échapper mon trousseau de clés. Alors que je me penchais pour les ramasser, mon sac à main ouvert déversa son contenu sur le sol.

—Argh!

Comme j'étais moulée dans ma jupe froncée noire, me baisser ne fut pas une mince affaire. *Ce qu'on ne ferait pas par amour de la mode.*

J'avais quasiment fini de tout rassembler, quand on m'agita mon tube de brillant à lèvres sous le nez. *Jake.* Je lui pris le gloss des mains et le fourrai dans mon sac, avant de me redresser.

— Vous êtes toute belle. Rendez-vous avec un beau mec ?

Je m'aperçus que ma jupe était remontée le long de mes cuisses, en révélant plus que je ne l'aurais voulu.

— Beau mec, je ne sais pas, grommelai-je en tirant sur l'ourlet pour couvrir mes jambes, mais j'ai un rendez-vous, oui. L'ami d'une amie.

— Laissez-moi deviner, se moqua-t-il en faisant mine de compter sur ses doigts. Il n'habite pas cet immeuble, il ne travaille pas dans votre restaurant préféré… Quelles sont les autres qualités requises ?

Afin qu'il comprenne que je ne plaisantais pas, je lui récitai le reste de la liste.

— Ne pas être chirurgien-dentiste – pour plus de sécurité, j'étendrais à tous types de dentistes. Ni avocat. Également parmi les gens que je fuis comme la peste : les menteurs, les types rencontrés en boîte, les bourreaux de travail et les tire-au-flanc.

Il prit un air surpris.

— C'est tout ?

Était-ce un défi ? Rencontrant son regard, je haussai à mon tour les sourcils.

— Plus ou moins, oui. Jusqu'à ce que je trouve autre chose à ajouter, ce qui ne manquera pas d'arriver. Maintenant, si vous voulez bien m'excuser, je suis pressée. Mais je suis sûre que nous ne tarderons pas à nous revoir. On dirait vraiment que vous êtes partout.

Il me décocha un de ces sourires à tomber par terre dont il avait le secret.

— C'est parce que je vous espionne. Ça ne semble pas être sur votre liste de défauts rédhibitoires, alors j'en profite.

Je ne pus m'empêcher de sourire. Il était impossible… Mon cœur s'affolant plus qu'il ne l'aurait dû, je souhaitai le bonsoir à Jake.

— Bonne soirée à vous, Darby.

Lors d'un rendez-vous arrangé, la conversation, c'est toujours un peu la loterie. On démarre par des questions vagues et ennuyeuses visant à en apprendre un peu plus sur la personne, après quoi on avance à tâtons, tirant parfois à l'aveuglette pour découvrir ses goûts et trouver un vrai sujet de discussion. Anthony et Stephanie étant à l'origine de ce dîner, le sujet de conversation était tout trouvé, et il présentait l'avantage de ne pas risquer de nous amener sur un terrain glissant.

— Cela fait longtemps que tu connais Anthony ? demandai-je à Karl tandis que nos plats arrivaient sur la table.

Je devais reconnaître qu'il n'était pas désagréable à regarder. Blond, finement musclé, les yeux bleu pâle, il s'habillait même avec goût.

Il prit le temps de boire une gorgée d'eau avant de répondre.

— Nous nous sommes rencontrés à la fac. Nous avons d'abord été voisins, puis nous avons fini par emménager ensemble.

— Une belle histoire d'amour, en somme.

Sourcils froncés, Karl me dévisagea d'un air perplexe.

— Parce qu'un tas de relations amoureuses commencent…, essayai-je de me justifier.

Voyant qu'il ne se déridait pas, j'abandonnai ma piètre tentative d'humour.

— Donc vous avez été colocataires pendant un temps ?

— C'est ça. Pendant trois ans.

— Steph et moi sommes amies depuis une éternité. Avant que sa famille arrive à Longmont, je n'avais pas vraiment de camarades filles. Nous nous sommes tout de suite bien entendues, nous passions tout notre temps libre ensemble. Jusqu'à ce qu'elle se mette à fréquenter Anthony. Il a de la chance d'être un chic type, sinon, je ne laisserais jamais ma meilleure copine l'épouser.

— D'après ce que j'ai pu voir, ils ont une excellente communication, tous les deux. C'est le signe d'une bonne relation de couple.

— Je ne suis pas d'accord, le contredis-je en secouant la tête. La clé de la réussite pour un couple, ce n'est pas la communication…

Il me refit le coup des sourcils et de l'air décontenancé.

— Ah non ?

— Non. Le secret, c'est d'avoir conscience que les deux sexes ne se comprendront jamais. Si tu veux mon avis, les psys prônent le dialogue parce qu'ils savent que nous sommes incapables de communiquer de manière productive. C'est avec ce genre de mensonges qu'ils remplissent leur cabinet et leurs poches.

Karl posa sa fourchette.

— Et si je te disais que je suis conseiller conjugal ?

— Ha, ha ! Très drôle.

Il resta de marbre, pas amusé pour deux sous, et un poids vint se loger sur mon estomac.

— C'est une blague, dis-moi ?

— Non. Mais il paraît que je prêche le mensonge pour me remplir les poches, alors…

L'addition, s'il vous plaît !

J'avais insisté pour payer. Après tout, j'y étais allée fort en insultant tout son corps de métier. Il avait essayé de résister, mais j'avais eu le dernier mot. Puis je lui avais dit à bientôt, puisque – à mon grand regret – je le reverrais au mariage. Pourquoi Stephanie ne m'avait-elle pas écoutée quand je lui avais assuré que sortir avec le témoin du marié avant la cérémonie était une très mauvaise idée ?

Me souvenant que je n'avais pas récupéré mon courrier depuis quelques jours, je fis un saut dans le hall et, mes lettres sous le bras, tentai de joindre ma meilleure amie. Tombant malheureusement sur le répondeur, je lui laissai un message : « Un véritable désastre. Plus jamais de rendez-vous arrangé, tu m'entends ? Plus jamais ! »

Lorsque les portes de l'ascenseur s'ouvrirent, Jake apparut, vêtu d'une chemise blanche impeccable, dont il avait remonté les manches et déboutonné le col.

— Tiens donc. Je croyais que vous aviez un rencard ? À moins que vous n'ayez fait semblant pour vous débarrasser de moi ? ajouta-t-il l'œil soupçonneux.

Je me passai une main dans les cheveux avec un soupir.

— Non, c'était la vérité. Mais ça ne s'est pas déroulé aussi bien que prévu.

Il désigna la porte de l'immeuble d'un mouvement du pouce.

— Je me rendais à une galerie, à quelques rues d'ici. Vous pourriez m'accompagner.

— C'est gentil, mais je crois que je vais me contenter de rentrer chez moi.

— Pour vous affaler devant un film avec votre chat ?

Au sourire hilare qu'il arborait, il était clair qu'il se trouvait très spirituel. Je lui donnai un coup d'enveloppes. Ce mec et son foutu sens de l'humour étaient décidément trop sexy…

— Je n'ai pas de chat, merci !

Pas encore.

Avec un éclat de rire, il vint effleurer ma hanche de sa paume. Mon cœur fit un bond : ce léger contact m'empêchait tout bonnement de faire fonctionner mes neurones.

— Venez avec moi, dans ce cas. C'est vendredi, et vous êtes déjà sur votre trente et un. Nous pouvons encore rattraper votre soirée.

Il avait réussi à ébranler ma résolution. Il était vrai que j'avais passé plus de temps à me préparer qu'avec Nick.

Jake laissa retomber son bras.

— Je vous propose cela en tant que voisin, pour apprendre à mieux nous connaître.

Un mec marrant et canon m'invitait à passer une soirée sans prise de tête avec lui, alors que je l'avais déjà rembarré un certain nombre de fois. Finalement, je décidai de tenter le coup – je n'étais jamais qu'humaine.

— C'est d'accord. Je vais remettre ça dans ma boîte, alors, dis-je en agitant mon courrier.

Jake attendit que je dépose mes lettres, puis me suivit dehors. J'aimais beaucoup cette saison, cette période de l'année où l'été prend enfin ses quartiers, où les lumières de la ville scintillent dans la nuit tombante tandis que la population profite des températures encore douces pour déambuler dans les rues. L'hiver, c'était une autre histoire.

— La galerie est sur Bannock Street, précisa Jake en indiquant la direction d'un mouvement de tête.

— Comment se fait-il que vous alliez visiter une galerie tout seul ? m'enquis-je. Êtes-vous un grand amateur d'art ?

— Je n'y vais pas seul puisque j'y vais avec vous.

Je haussai les sourcils.

Il me considéra quelques instants, un sourire au coin des lèvres, avant de reprendre :

— Mon amie Tina organise son vernissage ce soir, et je lui ai promis d'y faire un tour.

— Et il ne vous est pas venu à l'idée que, si cette amie vous a invité, c'est sans doute parce que vous l'intéressez ? Débarquer à son expo avec moi risque de lui gâcher la soirée.

— Ne vous inquiétez pas : elle fréquente l'un de mes amis, alors nous n'allons rien gâcher du tout. Au contraire, elle sera probablement ravie de voir quelqu'un à mon bras. Elle passe son temps à essayer de me caser.

Il se décala pour éviter un lampadaire, se rapprochant de moi par la même occasion.

— À ce propos, poursuivit-il, que s'est-il passé avec votre soupirant de ce soir, que je rie un peu ?

— Qu'est-ce qui vous fait croire que c'était amusant ? Peut-être s'est-il enfui en courant en me voyant. Vous croyez vraiment que j'ai envie de revivre ce… (Portant la main à ma poitrine d'un geste théâtral, je pris un air outré.) … ce traumatisme, cette souffrance ?

Une étincelle malicieuse vint danser dans ses yeux tandis que son visage se fendait d'un sourire.

— Vous avez découvert qu'il était dentiste ou avocat, c'est ça ?

— Pire que ça : conseiller conjugal.

— Et en quoi est-ce un problème ?

— À votre avis !

Je secouai la tête, repensant à la vitesse à laquelle l'atmosphère s'était dégradée dès le moment où nous avions abordé le sujet de sa profession — Stephanie avait délibérément omis de m'en parler, j'en étais sûre.

— J'ai dit des choses vexantes, et c'était extrêmement embarrassant. Surtout en raison de la situation. Mais, pour que vous compreniez, il faudrait que je commence par le commencement.

— Je vous en prie, faites !

Après avoir pris une grande inspiration, et avoir réfléchi à ce qu'il valait mieux laisser de côté, je lui expliquai que ma meilleure amie se mariait dans environ deux mois et que Karl était le témoin du fiancé. Puis je lui racontai la manière dont j'avais réussi à insulter ce dernier sans le vouloir.

— Inutile de vous dire que c'est très mal passé.

Jake eut un petit sourire amusé.

— Je comprends qu'il l'ait un peu mal pris, en effet.

— Vous voyez, c'est pour cette raison que j'évite de sortir avec des gens que je suis amenée à recroiser. Il me regardera sans doute de travers pendant tout le mariage.

Comme si je n'appréhendais pas déjà assez cette journée.

— C'est là.

D'une main au creux de mes reins, il me guida vers l'entrée de l'une des nombreuses galeries d'art du centre-ville. Il ouvrit la porte et me laissa passer la première.

Les murs, le plafond et les socles, tout était blanc, à l'exception du parquet en bois clair ; les tons neutres mettaient en valeur l'explosion de couleurs des œuvres exposées dans la pièce.

— Ça me rappelle le Rocky Mountain College of Art & Design, où j'ai étudié, dis-je. Il y avait toujours un tas de chouettes expositions dans tous les coins.

Le claquement de mes talons brisait le silence des lieux, se répercutant bruyamment dans l'immense salle où nous venions de bifurquer.

— Waouh, ça, c'est ce que j'appelle de la sculpture ! laissai-je échapper devant une œuvre qui ressemblait à s'y méprendre à un gros tas de merde – au sens propre du terme.

Bras croisés, Jake entreprit de l'étudier.

— Qu'en pensez-vous ?

— C'est très marron. Et puis, c'est là, posé sur le sol.

Le sourire qu'il m'adressa me donna l'impression de m'être fait prendre en flagrant délit, même si je n'étais pas sûre de savoir quel outrage j'avais commis.

— Je remarque que vous me donnez une description, pas un avis.

OK, j'étais démasquée.

— Sans doute parce que je trouve ça à peu près aussi joli que ce que ça évoque au premier regard.

Soudain, je me rappelai pourquoi nous étions là.

— Par pitié, dites-moi que ce n'est pas une œuvre de votre amie. Je mourrais de honte.

Jake balaya la pièce du regard.

— Je ne sais pas trop, à vrai dire. Je n'ai encore jamais vu son travail.

Il se pencha pour lire la pancarte à côté de la sculpture.

— Vous êtes sauvée. Ce n'est pas d'elle.

Poursuivant mon tour de la salle, je m'arrêtai devant une toile aspergée d'un mélange de peinture et de morceaux d'un matériau non identifié.

— De mieux en mieux… Ode à la gerbe de chat.

Ce ne fut qu'en entendant Jake rire derrière moi que je m'aperçus qu'il m'avait suivie. Bon sang, en plus du reste, il fallait que même son rire soit sexy.

— Je devrais la mettre en veilleuse avant d'encore vexer quelqu'un, dis-je en lui jetant un coup d'œil par-dessus mon épaule. Ce qui m'impressionne, ce sont les portraits et les paysages. Ces machins abstraits, ce n'est pas mon truc. Bien entendu, j'ai des clients qui aiment. Pas le marron, en revanche. Ni ce genre d'orange, avec des bouts dedans. Je n'ai encore jamais eu le privilège d'intégrer de telles gemmes dans un projet.

Jake me fit signe qu'il passait à la salle suivante, et je lui emboîtai le pas. Là, je découvris une immense sculpture de métal représentant un squelette sur un vélo.

— Ça, en revanche, c'est plutôt cool. Original et intéressant.

— Vous voulez qu'on le fasse emballer et transporter jusque chez vous ?

— Hmm. Disons que c'est cool à voir… Vous savez, quand on doit décorer un appartement de la taille du mien, il faut garder le sens des proportions.

Un brouhaha de voix nous parvint d'une autre pièce, dans le fond. Jetant un coup d'œil derrière la cloison, j'entrevis quelques visiteurs.

— Votre amie est certainement dans le coin.

— Vous avez sans doute raison.

Une marée de sculptures de verre colorées avait envahi l'arrière-salle. C'était là le genre d'œuvres que j'aurais aisément placées chez mes clients. Derrière moi, une série de langues de feu bleu et argent attira mon regard.

— Jake, te voilà !

Une petite femme aux cheveux noir corbeau et rouge vif serra Jake dans ses bras.

— Ça te plaît ? lui demanda-t-elle.

Ne souhaitant pas m'imposer, je poursuivis ma visite. Ici, une pièce jaune et violet, d'où jaillissaient une multitude de bras entortillés. Là, sur un piédestal, une sculpture de taille plus réduite, représentant une tige verte, surmontée d'une grosse fleur rose ; Mme Crabtree aurait adoré.

Jake et la jeune femme que je supposais être Tina me rejoignirent. Pour une raison que j'ignore, celle-ci me regardait comme si j'étais une adorable fée des bois.

— Tina, je te présente Darby. Darby, voici mon amie, Tina.

— Ce que vous faites est extraordinaire, la félicitai-je.

— Darby est un modèle de franchise, alors tu peux être certaine que, si elle te le dit, c'est qu'elle le pense.

Je montrai la fleur du doigt.

— Et je vais vous prendre cette œuvre. La salle de bains de Mme Crabtree sera rose, et il me manque quelques éléments de décoration. Cette sculpture est parfaite ; et l'étagère est hors de portée de sa petite-fille, alors votre création devrait survivre. (J'adressai un sourire d'excuse à Tina.) Désolée, vous ne connaissez pas Mme Crabtree, ça ne vous intéresse pas…

— Je suis néanmoins heureuse d'apprendre que mon travail sera exposé dans une salle de bains, déclara Tina en me souriant à son tour.

J'éclatai de rire.

— La salle de bains en question fait la taille d'une chambre à coucher ; je vous promets de donner à votre sculpture la place qu'elle mérite.

Je jetai un coup d'œil autour de moi.

— Vous avez une carte ? En tant que décoratrice d'intérieur, je suis toujours à la recherche de belles pièces. Et vos œuvres sont absolument époustouflantes !

Tina donna un coup de coude à Jake.

— J'aime beaucoup ton amie.

— Moi aussi, souffla-t-il en plongeant son regard dans le mien.

L'espace d'une seconde, j'oubliai de respirer.

— Laissez-moi prendre ça, me dit Jake alors que nous quittions la galerie.

Le sac contenant la sculpture de Mme Crabtree pendait à mon bras. Tina avait bien enveloppé l'objet, avant de l'emballer dans une boîte.

— Ce n'est pas comme si c'était lourd.

— Sans vouloir vous vexer, depuis que je vous connais, je vous ai vue perdre une chaussure et renverser le contenu de votre sac par mégarde.

— Je vous jure que, d'habitude, je ne suis pas si maladroite.

Avec un regard sceptique, Jake tendit la main.

— Très bien, soupirai-je en lui confiant la sculpture. Vous n'avez pas intérêt à la casser.

— Au fait, nous nous sommes occupés du parquet, au restaurant. Il y avait un écart entre les planches qu'il a fallu combler. Je pense que c'est là que votre talon s'était coincé.

Ne pouvant m'empêcher de flirter un peu, je lui donnai un léger coup d'épaule.

— Tant mieux ! Surtout si des empotées dans mon genre passent de nouveau par là.

Et il ne fallait pas que je me fasse d'illusions, je ne pourrais plus continuer d'éviter le *Blue* très longtemps.

Cette soirée m'avait permis de découvrir une nouvelle facette chez Jake. Il s'était bien sûr montré aussi charmant qu'à l'accoutumée, mais il y avait autre chose. Dans la manière dont il discutait avec Tina, la façon dont il l'écoutait avec attention tandis qu'elle expliquait le processus de fabrication de chacune de ses sculptures dans les moindres détails... Par ailleurs, j'avais pris assez de fois l'ascenseur avec lui pour savoir qu'il vivait dans la partie supérieure de l'immeuble, là où se situaient les appartements de luxe à la vue imprenable.

— Vous êtes un homme séduisant, qui a l'air de plutôt bien réussir dans la vie..., commençai-je.

— Je vous remercie.

— Ce n'est pas nécessairement un compliment. Je me demande surtout comment il se fait que vous soyez toujours célibataire. Et je mettrais ma main à couper que vous vous posez la même question à propos de moi, alors je vous le dis tout net : en ce qui me concerne, je doute de réussir un jour à bâtir une relation solide.

Jake pinça les lèvres.

— N'est-ce pas un peu pessimiste ?

— Très. Mais c'est la vérité.

Il ralentit le pas et m'étudia un moment.

— Je suppose que je n'ai pas encore trouvé la bonne personne, répondit-il. C'est tout. Mais je suis persuadé qu'elle est là, quelque part.

— Si votre but est de m'en m'être plein la vue, vous pouvez d'ores et déjà arrêter de faire semblant de croire au « grand amour », crachai-je en mimant les guillemets dans l'air pour appuyer mon propos. Je vous garantis que, moi, on ne m'y reprendra pas. J'ai perdu assez de temps avec ça par le passé, désormais, je choisis d'être réaliste. Alors, soyons honnêtes : vous et moi, il y a peu de chances que ça fonctionne.

— Et si jamais cela marchait. Et si nous nous rendions soudain compte que nous sommes faits l'un pour l'autre ?

Je secouai la tête avec désolation.

— Vous voyez, c'est ça, le problème. On a tous été élevés avec cette idée invraisemblable qu'il existe quelqu'un, quelque part, qui est fait pour nous. Une âme sœur qui nous complète. Mais ce n'est pas comme ça que ça marche. Et, à partir du moment où on l'accepte, on s'épargne bien du souci.

Jake m'attrapa le bras, m'obligeant à m'arrêter.

— On parie que j'arrive à deviner ce qui vous a rendue aussi cynique ? Si j'ai vu juste, vous me devrez un rendez-vous.

— Vous pensez en savoir assez long sur moi pour ça ?

Il me défia du regard, l'œil brillant.

— Un rendez-vous.

— Si vous trouvez.

Ce qui était impossible. Il m'avait fallu un certain nombre d'échecs sentimentaux avant d'en arriver là. Examiner toutes ces histoires à la loupe n'avait certainement pas arrangé mon état d'esprit, mais cela m'avait éclairée sur bien des points. Il paraît que la vérité rend libre.

Il me détailla de haut en bas, comme si ma simple posture recélait tous mes secrets.

— Enfant du divorce. Vous avez vu vos parents s'acharner à trouver l'amour, en vain, et êtes parvenue à la conclusion que deux personnes ne peuvent pas connaître le bonheur ensemble.

— Raté, rétorquai-je en croisant les bras. Mes parents sont effectivement divorcés, mais ils ont tous deux retrouvé quelqu'un. Ils sont à présent mariés chacun de leur côté, et très heureux en ménage.

— J'avais quand même raison.

— À moitié seulement.

Il sourit.

— Je remporte donc un demi-rendez-vous. Nous irons manger une entrée quelque part. Ou nous pourrions aller au cinéma, et quitter la salle en plein milieu du film…

Je le regardai avec des yeux ronds durant quelques instants, hésitant entre rire ou lever les yeux au ciel.

— Je ne comprends pas. Qu'est-ce qui vous attire autant chez moi ? Nous avons eu quelques discussions sympathiques, mais vous ne connaissez pas grand-chose de moi, en définitive.

L'air sévère, je posai la main sur ma hanche.

— Et n'essayez pas de m'embobiner en me disant que c'est mon regard qui vous fait chavirer, que vous avez un bon feeling ou autres idioties de ce genre.

Il se rapprocha de moi, son corps venant frôler le mien.

— Je crois que c'est la façon dont vous parlez de vos clients ; on sent que vous vous investissez véritablement auprès d'eux. Par ailleurs, peu de gens font preuve d'autant d'honnêteté que vous. Vous êtes amusante, et feriez une critique d'art hilarante. Et je trouve votre manière de mettre votre poing sur votre hanche quand vous vous apprêtez à m'envoyer vos règles à la figure tout à fait charmante.

Je laissai retomber mon bras.

— Et comment savez-vous tout cela ?

— Je le sais, parce que j'y prête attention.

Il y avait une telle intensité dans le regard qu'il posait sur moi que j'eus soudain la gorge sèche.

— Vous jugez peut-être ridicule que l'on puisse déceler quelque chose de particulier chez quelqu'un, poursuivit-il, mais ça ne m'empêchera pas de vous trouver différente des autres femmes.

La caresse de ses doigts fit naître des frissons le long de mon bras. Me prenant la main, il se remit en marche.

— Alors, dit-il, que voulez-vous que nous fassions, pour ce demi-rendez-vous ?

Chapitre 8

Savez-vous ce que je faisais au lieu de chanter, le samedi suivant, en récurant le sol de la salle de bains ? Je jurais comme un charretier. Le flot de grossièretés qui s'échappaient de ma bouche tandis que je grattais les joints dégoûtants du carrelage n'était guère digne d'une princesse, cela dit, comme il me semble l'avoir déjà précisé : je ne suis pas une princesse ; pas plus que les types dont je suis tombée amoureuse n'étaient des princes.

Parfois, je me demande si mes relations avec les hommes auraient été différentes si mon premier copain n'avait pas été un salaud de première. Cette histoire avait été une belle leçon de vie concernant la confiance que l'on accorde aveuglément. Certes, cela ne m'avait pas empêchée de faire d'autres erreurs, mais ce mec avait eu le mérite de m'apprendre que les gens ne sont pas toujours aussi bien qu'ils le laissent paraître.

Le cas Blanche-Neige : avec Sherman dans le rôle du prince

Âge : 17

Pour que vous compreniez mieux les tenants et les aboutissants de mon histoire avec Sherman, il faut encore revenir en arrière, à l'époque où mon existence fut entièrement chamboulée. J'avais treize ans.

Mes parents avaient divorcé depuis trois ans quand maman avait rencontré Dwight. Quatre mois plus tard, il l'avait demandée en mariage. Six mois après, ils étaient mariés, et, moi, j'avais gagné un beau-père et deux demi-frères. Maman et moi avions alors emménagé au ranch de Dwight, à Longmont. Ce n'avait beau être qu'à une heure de route, j'avais eu l'impression d'émigrer à l'étranger.

J'avais dû subir les tortures de Drew et Devin durant tout l'été qui avait précédé ma troisième année de secondaire. Ils me traitaient de bébé sous prétexte que je regardais encore des dessins animés Disney, me charriaient quand j'avais des boutons, et, pour une raison qui m'échappe encore, accrochaient mes vêtements et mes draps à la clôture qui fermait la prairie des chevaux. Tout ce que je faisais, je le faisais « comme une fille ». Je lançais la balle comme une fille, parlais comme une fille, pleurais comme une fille, m'habillais comme une fille... Ils me crachaient ça à la figure comme la pire des insultes, et je le prenais comme telle. J'ignore pourquoi. Car, après tout, j'étais une fille.

Maman m'assurait que cela s'arrangerait, que je rencontrerais un tas de nouveaux amis quand l'école reprendrait.

Puis l'école avait repris.

Et tout le monde m'avait prise en grippe. À cet âge-là, j'étais godiche et fine comme un haricot, avec des jambes jusque sous le menton. Mes camarades de classe se moquaient de mes habits, quand bien même les leurs n'étaient plus à la mode depuis trois ans. Seulement, à l'époque, j'avais du mal à trouver des pantalons assez longs, et il n'était pas rare que l'on me demande s'il y avait le feu au plancher.

Deux mois après la rentrée, j'avais craqué. Mon ancienne vie me manquait, ainsi que mes amis. J'étais allée me terrer avec mon plateau dans le coin le plus reculé de la cafétéria et, les yeux baissés sur mon assiette, j'avais fondu en larmes, priant pour que personne ne le remarque.

Par manque de pot, Drew et Devin étaient venus s'asseoir à ma table, jugeant probablement que ce moment de faiblesse était propice à l'attaque. J'attendais qu'ils me disent ce que je faisais comme une fille, cette fois.

Ross, le garçon le plus populaire du collège, avait levé le pouce en passant devant moi.

— Alors, Débile, il y a de l'eau à la cave ?

Un petit rigolo avait un jour décidé de transformer mon prénom en « Débile », et les autres avaient suivi le mouvement.

Devin s'était levé, avait agrippé Ross par le col et l'avait plaqué contre le mur.

— Retire ça.

— Euh… dé… désolé, Darby.

Venant se poster près de Devin, Drew avait planté un doigt dans le sternum de Ross.

— Et préviens tout le monde que, dorénavant, celui qui s'avise de se foutre de Darby, on lui botte le cul. Et je ne veux plus jamais t'entendre l'appeler « Débile », l'avait-il menacé en lui flanquant une claque à l'arrière du crâne. Pigé, débile ?

— Pigé, avait couiné Ross avant de filer.

Drew et Devin s'étaient rassis, sous mon regard ahuri.

— Mais… pourquoi vous avez fait ça ?

— Tu préfères qu'il continue à t'appeler comme ça ?

— Non…

— Tu fais partie de la famille maintenant, avait déclaré Drew. Et, entre membres d'une même famille, on se serre les coudes.

Une fois son déjeuner terminé, Devin m'avait ébouriffé les cheveux.

— À plus, fillette !

Après cela, eux et leurs cinq copains avaient pris l'habitude de manger avec moi. Ross et sa bande ne m'avaient plus jamais enquiquinée. Un groupe de pimbêches avaient continué de me faire vivre un enfer, mais je pouvais difficilement demander à mes frères de leur ficher une raclée à ma place.

La plupart du temps, après le collège, je traînais avec les garçons. Certes, ils n'avaient rien des nains de Blanche-Neige – à vrai dire, ils étaient tous bien plus grands que moi –, mais ils étaient mes amis. Mes sept géants. Savoir que, l'après-midi, je les retrouverais et monterais mon cheval, m'aidait à supporter les journées de cours.

Rien ne changea vraiment durant les années qui suivirent. Je ne devins jamais ce que l'on appellerait « populaire », et, quand je sortais, c'était en compagnie de mes sept géants.

La vie était plutôt belle à l'époque où j'avais entamé mon avant-dernière année de lycée. J'avais enfin cessé de grandir, et je me remplumais doucement ; ma mère m'avait également amenée dans un magasin à Denver pour m'acheter un pantalon à ma taille. De plus, la chevelure-touffe et les franges crêpées étant passées de mode, les baguettes dorées qui me tenaient lieu de cheveux ne détonnaient plus autant.

Le premier jour, Tabitha Newton s'était approchée de moi alors que je déposais des affaires dans mon casier. Elle n'avait jamais caché qu'elle me détestait, c'est pourquoi je fus surprise qu'elle ne commence pas aussitôt à m'insulter.

— Salut, Darby.

Étonnée, j'avais mis quelques secondes à réagir.

— Salut.

Elle passa la main dans ses cheveux avec fierté. Elle avait adopté la coupe « à la Rachel » cet été-là, le tout strié de larges mèches blondes.

— Parée pour une super année ?

— Hum… ouais.

Le pendentif en forme de pomme qu'elle avait au cou avait attiré mon œil. Les cristaux rouges étincelaient à la lumière tandis qu'elle jouait avec la chaîne.

— Tu as déjà pensé à intégrer l'équipe des cheerleaders ?

Ces dernières ne pouvaient pas me voir en peinture, ce n'était pas non plus un secret ; par conséquent, me présenter aux tests de sélection ne m'avait jamais traversé l'esprit. Je devais cependant avouer que c'était tentant.

— Pourquoi pas ?… C'est une idée.

— Commençons par voir comment tu te débrouilles sur la pyramide, avait-elle alors lancé en me poussant violemment.

Quelqu'un s'était mis à quatre pattes derrière moi afin de me faire trébucher – « la table », je crois que cette figure s'appelle comme ça –, et j'avais basculé en arrière.

Le visage de Tabitha était apparu flottant au-dessus de moi, son pendentif en forme de pomme oscillant devant mes yeux.

— On dirait que ce n'est pas encore cette année que tu vas rejoindre nos rangs.

Elle et son amie s'étaient éloignées en gloussant.

Voilà ce que ça donne quand on ne se méfie pas de la sorcière du lycée.

Allongée là, par terre, je ne me sentais soudain plus le courage d'affronter le monde.

Un garçon m'avait tendu la main. Ce n'était pas un « premier baiser d'amour », mais cela m'avait réveillée. Ses cheveux bruns étaient en bataille, et, à son teint hâlé, on devinait qu'il passait beaucoup de temps dehors. Sa tête ne me disait rien ; pourtant, un visage pareil, je m'en serais souvenue.

— Merci… Tu es nouveau ?

— Je viens d'arriver en ville. Je m'appelle Sherman… Sans commentaire, s'il te plaît. C'était le prénom de mon grand-père, et, aujourd'hui, c'est moi qui ai l'immense horreur de le porter.

— T'inquiète, je comprends : moi, c'est Darby.

— Très mignon, Darby, avait-il déclaré en me tapotant le bout du nez. Parfait pour toi.

Il était tout ce dont j'avais toujours rêvé.

Deux jours plus tard, tandis que nous étions assis dehors, après le déjeuner, il m'avait embrassée. J'avais longtemps attendu ce premier baiser, et je ne fus pas déçue. Très vite, nous n'avions plus fait que nous embrasser. Les mains baladeuses s'étaient faites de plus en plus pressantes. Il voulut rapidement passer à la vitesse supérieure ; de mon côté, je voulais prendre mon temps. Ayant trop peur de le perdre, je lui répétais sans cesse d'être patient.

Alors que nous étions ensemble depuis près de trois mois, Sherman et moi avions prévu de nous rendre à une fête sur les bords de Burch Lake. Malheureusement, le lycée avait appelé ma mère plus tôt dans la journée. La secrétaire lui avait demandé pour quelle raison j'étais toujours en retard en cours. (Sherman et moi sortions souvent en douce quelques minutes à l'interclasse pour nous peloter en toute tranquillité, mais il était hors de question que je le lui avoue.)

Je boudais dans la cuisine, songeant que la vie était décidément trop injuste, quand Drew, Devin et la bande avaient fait irruption dans la maison.

— On va à la fête, on t'emmène ?

J'avais jeté un regard noir à maman, qui nous tournait le dos.

— Ma mère trouve que je passe trop de temps avec Sherman.

— On prendra soin d'elle, Janet, avait dit Drew. On ne les quittera pas d'une semelle. De toute façon, j'avais deux mots à dire au gamin.

Maman s'était retournée, l'air soucieuse.

— Je ne sais pas… Ce garçon est en train de lui attirer des ennuis. Je ne crois pas qu'il ait une bonne influence.

— Nous les tiendrons à l'œil, avait affirmé Devin. Nous la ramènerons même plus tôt.

— Très bien, avait soupiré ma mère. Qu'ils ne fassent pas de bêtises, tous les deux, ou ça va chauffer pour votre matricule !

Ma mère n'aimait pas les grossièretés ; quand elle employait une telle expression, mieux valait donc la prendre au sérieux.

— C'est compris.

C'était donc entassées dans le pick-up de Devin que mon escorte et moi étions arrivées à la fête. À la seconde où j'étais descendue de voiture, j'avais commencé à fouiller la foule du regard, à la recherche de Sherman. Chaque minute sans lui était une véritable torture.

Enfin, je l'avais trouvé.

La langue dans la gorge de Tabitha.

J'ignorais quelle réaction adopter. Sherman était mon premier petit ami. Tous deux se tripotaient sans vergogne sur le hayon baissé de sa voiture, en dépit des gens autour. À un moment donné, Tabitha avait dû reprendre son souffle, et nos regards s'étaient croisés. Avec un sourire machiavélique, elle était aussitôt repartie à la charge.

La logique aurait voulu que je fasse une scène, que je le gifle, bref, que je fasse quelque chose. N'importe quoi. Mais j'étais restée paralysée et avais continué de regarder mon petit copain – du moins, celui que je considérais comme tel – embrasser cette sorcière. Les larmes me piquaient les yeux, j'avais l'impression que l'on me plantait un poignard en pleine poitrine.

— Tu le vois ? m'avait demandé Gil, le plus sympa des amis de mes frères.

Puis, apercevant sans doute la même chose que moi :

— Oh. Darby, je suis désolé…

Quand Sherman et Tabitha avaient de nouveau interrompu leur séance d'apnée, Ross avait tapoté l'épaule de Sherman avant de me désigner du doigt. Sans se presser, celui-ci s'était levé et m'avait rejointe, tandis que quelques larmes roulaient sur mes joues.

— Comment as-tu pu me faire une chose pareille ?

— On ne s'est jamais interdit de voir d'autres personnes, si ?

— Je ne pensais pas avoir besoin de le préciser !

J'avais alors baissé la voix.

— Tu essayais de me convaincre de coucher avec toi. Jamais je ne ferai ça avec un mec capable d'aller fourrer sa langue dans la bouche de Tabitha.

— Que veux-tu que je te dise ? Il fallait te réveiller avant, ma belle.

Gil m'avait attrapée par la main.

— Laisse tomber ce minable. Tu seras bien mieux sans lui.

Puis il m'avait entraînée à l'écart de Sherman et des curieux qui avaient commencé à s'amasser autour de nous, avides de sensationnel. Je ne sais pas comment Gil avait fait pour rassembler les gars aussi vite – la nouvelle avait dû se propager rapidement. Toujours est-il qu'il n'avait pas fallu longtemps pour que tout le monde grimpe dans le pick-up pour reprendre la route de la maison.

Si idiot que ce soit, j'avais longtemps espéré que Sherman m'appellerait pour s'excuser, afin que tout redevienne comme avant entre nous.

Temps perdu : trois mois.

Leçon :

- Tabitha était une véritable sorcière.
- Certains mecs ne pensent vraiment qu'à une chose.

- Les types les plus charmants sont les plus dangereux.

- Celui ou celle qui prend des vessies pour des lanternes n'est pas nécessairement le plus con des deux.

J'allai ouvrir à Jake.

— Je suis presque prête. Faites comme chez vous. Asseyez-vous, faites le tour du propriétaire, ce que vous voulez…

L'attrapant par le bras, je le pressai de ma voix la plus inquiétante :

— Mais, quoi qu'il arrive, n'ouvrez pas le placard du couloir. C'est là que je planque mes cadavres.

Je le laissai alors pour regagner ma chambre. Céderait-il à la tentation de jeter un coup d'œil dans ledit placard ? La veille, comme nous réfléchissions à une idée pour notre demi-rendez-vous, nous nous étions rendu compte que nous avions tous deux prévu d'assister au même gala de charité. Nadine et moi avions travaillé sur les maisons – oui, au pluriel – de M. et Mme Hammond. Virginia Hammond s'était prise d'amitié pour moi et m'invitait invariablement à toutes ses soirées mondaines. Elle avait été jusqu'à téléphoner à mon bureau le jour précédent pour s'assurer que j'assisterais bien au dîner de bienfaisance en faveur de l'hôpital pour enfants qu'elle finançait.

Je mis mes grosses boucles d'oreilles fantaisie puis enfilai mes escarpins. Lorsque je revins au salon, Jake n'avait pas le nez dans le placard : il examinait la plante sur le rebord de ma fenêtre.

— Je trouve admirable que vous conserviez cette plante, même crevée, dit-il en donnant une pichenette dans une feuille desséchée.

— Elle n'est pas morte. Elle a peut-être un peu soif, mais regardez-moi cette pousse, là !

— Bon, au milieu de toutes les feuilles brunes, il y en a une qui résiste encore et toujours, et puis ?

— Tant qu'elle se bat, je continuerai de l'arroser. Quand j'y pense.

Je levai les yeux ; comme d'habitude, il était très beau et sentait délicieusement bon.

— Au fait, repris-je, ma patronne sera là, ce soir, alors il va falloir se tenir.

— Hmm… Moi qui pensais piquer un micro et vous dédicacer une chanson. J'avais même envisagé un petit discours ! Vous aimez Journey ?

Je secouai la tête, faisant tinter mes boucles d'oreilles.

— Ne me faites pas regretter cette décision.

— Très bien, disons Meat Loaf, alors.

Un petit rire idiot s'échappa de ma gorge. Super, ce presque rendez-vous n'avait pas encore commencé que je gloussais déjà.

Reprends-toi, me dis-je. Cependant, je n'avais aucune raison de paniquer. J'avais la situation bien en main.

J'ouvris le placard de l'entrée et décrochai mes clés de voiture. J'avais prévenu Jake que, si nous nous rendions à ce dîner ensemble, c'était moi qui conduirais.

Mon cavalier d'un soir regarda par-dessus mon épaule, une main dans mon dos.

— Ces cadavres ne m'ont pas l'air si terribles. Je pense que je saurais m'en accommoder.

— Les plus effrayants sont rangés ailleurs, répliquai-je en refermant la porte.

— Prête ?

Tout au long de la journée, j'avais tourné et retourné le problème dans ma tête. Il devait bien y avoir un juste milieu. Je n'avais plus aucun désir de l'éviter, et nous passions de bons moments tous les deux. *Je peux le faire. Il me suffit de me détendre et de profiter de la soirée. Aucune pression, aucun engagement.*

Si j'avais un jour pris la peine de coucher mes études de cas sur écran, ce n'était pas pour tomber une énième fois dans le même panneau. J'avais déjà enfreint les règles que j'avais établies et, chaque fois, j'avais payé le prix fort.

Dédaignant le bras qu'il m'offrait, j'ouvris la porte d'entrée.

— Prête.

J'avais fait plusieurs fois le tour de la salle, parlé boutique avec Patricia durant quelques minutes – bien que le champagne l'ait rendue plus aimable qu'à l'accoutumée, elle avait quand même trouvé le moyen d'insinuer que je ne faisais pas mon boulot sur le projet de la 7e Rue, dont elle m'avait en réalité dit vouloir s'occuper elle-même – et salué quelques autres clients. Grâce à Virginia, qui n'avait de cesse de me recommander à ses connaissances, j'avais noué un certain nombre de contacts. Jake semblait lui aussi connaître tout le monde, et j'avais fini par le perdre de vue.

Un espace dégagé au centre de la pièce accueillait des couples de danseurs virevoltant au rythme de l'orchestre qui jouait dans un coin. Des tables recouvertes de nappes blanches étaient disposées le long des murs. Des brassées de pois de senteur parfumaient l'air. Le discours d'ouverture s'était déroulé pendant le dîner, et les gens avaient fait des donations considérables au Hammond's Children's Hospital ; à présent, chacun profitait de la soirée. C'était la première fois que je prenais part à ce qui ressemblait presque à un bal.

Virginia me rejoignit et posa une main sur mon épaule. Vêtue d'une robe noir et blanc, elle portait au cou son éternel collier de perles.

— Darby, très chère, il faut absolument que je vous présente quelqu'un. Séduisant, une bonne situation… Vous verrez, cet homme est fait pour vous.

Je cherchai Jake du regard, mais la salle était pleine à craquer, et je ne parvins pas à le retrouver parmi la foule.

— Merci, mais, à vrai dire, je…

— Tut tut, pas d'excuses, répliqua-t-elle en me prenant par le coude. Vous devez au moins le rencontrer. Si au bout de quelques minutes de conversation vous n'êtes pas captivée, je vous autoriserai à retourner vaquer à vos occupations.

Il ne servait à rien d'argumenter avec Virginia. Ne voyant toujours pas Jake, je me laissai entraîner vers cet homme si brillant et si captivant, qui se révélerait à coup sûr un autre de ces égocentriques ennuyeux à mourir qu'elle avait le don de dénicher.

Un visage connu sur lequel je ne réussissais pas à mettre un nom m'adressa un sourire. Je rendis son salut à la femme, sans pouvoir me souvenir d'où je la connaissais.

— Tenez, le voilà ! s'écria Virginia.

Je détachai le regard de la mystérieuse inconnue afin de découvrir cet homme dont mon hôtesse vantait tant les mérites.

— Darby Quinn, j'aimerais vous présenter Jake Knight. Ce charmant jeune homme m'est d'une grande aide, je ne sais pas ce que je ferais sans lui.

Puis elle me désigna d'un geste élégant.

— Darby est une décoratrice d'intérieur très réputée. Elle a fait de mes propriétés d'authentiques œuvres d'art. Et vous serez d'accord avec moi pour dire qu'elle est tout à fait délicieuse.

— Je ne peux qu'approuver, déclara Jake en passant le bras autour de ma taille. Je l'ai d'ailleurs trouvée si délicieuse que je lui ai demandé d'être ma cavalière pour ce soir. Elle a bien tenté de refuser, mais, comme vous l'avez si aimablement fait remarquer, je suis quelqu'un d'extrêmement charmant.

Virginia porta les deux mains à sa poitrine, tout en nous couvant du regard.

— J'étais certaine que vous vous entendriez à merveille ! Je suis si heureuse de vous savoir ensemble.

— Oh, nous ne sommes pas…

— Merci, Virginia, m'interrompit Jake, lâchant ma taille pour me prendre la main. Maintenant, si vous le voulez bien, j'aimerais vous voler Darby le temps d'une danse.

Il me conduisit sur la piste, et, bientôt, nous tourbillonnions parmi les autres couples.

— Alors, comme ça, votre nom de famille est Knight ?

— Cela vous pose un problème ?

— Non…

Seulement, pour une anti-contes de fées comme moi, sortir avec un type dont le nom se traduit littéralement par « chevalier », bonjour l'ironie.

— Vous êtes un excellent danseur.

Il me fit tournoyer sur moi-même avant de me ramener contre lui.

— Je fréquente ce genre de soirées d'aussi loin que je m'en souvienne. Mes parents ont toujours baigné là-dedans. Aujourd'hui encore, d'ailleurs.

J'aurais aimé en apprendre davantage sur sa famille. Apparemment, il était un riche héritier : un détail qui en aurait fait chavirer plus d'une. Pour ma part consciente de la valeur du travail, j'avais souvent constaté que les mecs nés avec une cuillère d'argent dans la bouche étaient d'une paresse sans égale. Jake s'occupait pourtant d'un restaurant, ce qui n'avait pas l'air facile. Il ne m'apparaissait pas comme quelqu'un de flemmard.

Il resserra son étreinte, pressant son corps ferme contre le mien. Mon cœur menaçait d'exploser ; j'étais persuadée qu'il le sentait battre contre sa poitrine. Je posai alors la tête sur son torse et me laissai emporter au rythme de la musique, ne désirant plus que fermer les yeux pour savourer ce moment de perfection avant qu'il m'échappe.

Il inclina la tête de côté, une ombre de sourire au coin des lèvres.

— Hmm. Je m'attendais à ce que vous essayiez de conduire.

— Vous croyez peut-être que je suis incapable de suivre quelques pas de base ?

À mon grand soulagement, ma voix ne trahissait en rien l'émotion qui m'avait soudain saisie.

— Je ne doute pas une seconde que vous en soyez capable, m'assura-t-il avec ce sourire qui me faisait tant d'effet. Je n'aurais simplement pas cru que vous vous laisseriez faire.

Je tâchai tant bien que mal de dissimuler mon trouble et levai le menton en affectant un petit air hautain.

— Eh bien, si vous n'aviez pas su danser, j'aurais pris les choses en main. Mais, puisque vous ne vous débrouillez pas trop mal, je vous laisse cet honneur…

Je fis alors glisser ma main de son épaule à son cou, me délectant de le voir un instant déstabilisé.

— … pour le moment.

Les portes de l'ascenseur s'ouvrirent, et, au lieu de continuer jusqu'à son étage, Jake descendit avec moi.

Je sais que je rabâche sans cesse que je ne crois pas aux relations durables ; néanmoins, je ne suis pas non plus en faveur des liaisons plus que passagères ni des aventures d'un soir. Certaines femmes prétendent savoir gérer ce genre de rapports, et peut-être quelques-unes y arrivent-elles.

Une ancienne collègue connue pour clamer haut et fort qu'elle n'y voyait aucun inconvénient venait pourtant pleurer quand le mec avec qui elle avait couché la semaine précédente ne l'avait toujours pas rappelée. Vous vous posez sans doute la même question que moi : si je ne croyais ni aux grandes histoires d'amour ni aux passades, que me restait-il ?

Je ne savais pas très bien. Quel est le juste milieu entre la relation sérieuse et fidèle, et le papillonnage intensif ? L'idée était d'enchaîner les histoires à moyen terme ; de ne pas prendre de risques. Devenir monogame en série, en somme. J'ai conscience que cela paraît impossible, mais j'en étais encore à peaufiner le concept. Tout ce dont j'étais sûre, c'était que je ne voulais pas de tout ce qui complique les histoires de cœur au quotidien.

Jake avait malgré tout un petit je-ne-sais-quoi auquel il était difficile de résister. Il y avait longtemps que je n'avais pas autant apprécié une soirée en compagnie d'un homme. Ce moment passé entre ses bras avait été magique, il n'avait eu d'yeux que pour moi.

N'y pense même pas, Darby. Tu le croises tous les jours. Tu vas déjeuner au Blue *trop souvent. Mieux vaut se contenter d'être amis.*

Dans ce cas, j'aurais peut-être mieux fait d'éviter de flirter avec lui toute la soirée.

Ou de me coller à lui tant que je pouvais… Rien que d'y penser, je sentis une vague de chaleur enfler en moi. *En plus, s'il sait bouger comme ça sur une piste de danse…* Mon cœur fit un bond dans ma poitrine, et mon pouls s'emballa. Bon sang, cela faisait tellement longtemps que je n'avais pas ne serait-ce qu'embrassé un homme !

Souviens-toi des règles. Tiens-t'en aux règles.

Me secouant intérieurement pour oublier la sensation de son corps musclé contre le mien, je fouillai dans mon sac pour retrouver les clés de mon appartement. J'ouvris la porte, puis me retournai pour lui dire bonsoir et ainsi clore notre demi-rendez-vous.

— Merci pour cette…

Jake ne me laissa pas le temps de lui exposer les raisons pour lesquelles il valait mieux que l'on en reste là. Le baiser qu'il déposa sur mes lèvres fut aussi sage que bref, mais me fit l'effet d'une décharge électrique. Puis il me souhaita une bonne nuit et reprit le chemin de l'ascenseur.

Muette de surprise, je le regardai s'en aller. Plus il s'éloignait, plus il me semblait ridicule de lui crier au revoir. J'entrai donc dans mon appartement et refermai la porte à clé derrière moi.

— Bon, eh bien, pour la rupture, c'est raté.

Chapitre 9

— Alors, raconte-moi tout, me lança Steph en franchissant le seuil.

Elle avait apporté des viennoiseries pour nous aider à tenir le coup pendant que nous nous penchions sur les millions de détails qui nous restaient à voir concernant les préparatifs de mariage.

— J'ai du boulot par-dessus la tête et mon ordinateur refuse de coopérer. Je crois qu'il ne va pas tarder à passer par la fenêtre.

— Quand je disais « tout », je te parlais de Jake.

Je m'affalai sur le canapé, refermai mon ordinateur portable capricieux et le poussai dans un coin.

— Je t'ai déjà tout raconté au téléphone. On a passé une bonne soirée, il y a eu un petit bisou, et c'est tout.

— Je sais, mais est-ce qu'il a promis de t'appeler ?

— Il n'a pas mon numéro.

Soulevant le couvercle de la boîte que mon amie avait mise sur la table de salon, je choisis un roulé à la cannelle, avant de reprendre :

— De toute façon, ça n'a aucune importance, puisque je comptais lui expliquer que je préférais qu'on reste amis. S'il avait mentionné un éventuel coup de fil, je lui aurais répondu que ce n'était pas une bonne idée.

Stephanie posa le classeur consacré aux préparatifs à côté de la boîte et jeta son dévolu sur un beignet au sirop d'érable avant de se laisser aller contre le dossier du canapé. Son haut rouge était si bien assorti à la housse que l'on ne voyait plus que sa tête et ses bras.

— Pourquoi veux-tu l'envoyer balader ? Tu dis toi-même que vous vous entendez bien.

— Tu sais très bien pourquoi. Bon, on s'y met ?

— Les tantes d'Anthony se sont fâchées, alors il va falloir que je refasse tout le plan de table, c'est le bordel. (Elle se redressa et ouvrit le classeur.) Toi, tu es là. Oooh, regardez le petit point rose, c'est mon amie Darby ! Et la place à côté d'elle est vide, au cas où elle déciderait de venir avec Jake !

— Hors de question que j'invite Jake. Les mariées insistent toujours pour qu'on vienne à deux, mais c'est la pire sortie qu'on puisse envisager avec quelqu'un qu'on connaît à peine.

Je voyais déjà où cette discussion allait nous mener, aussi coupai-je court à toute tentative de protestation.

— Dois-je te rappeler ce qui est arrivé la dernière fois que j'ai amené un mec à un mariage ?

Stephanie fit la moue.

— Certes, ça s'est plutôt mal passé... Mais la situation est totalement différente. Tu connais déjà Jake. Qu'est-ce qui sera le pire selon toi ? Venir avec lui ou subir les regards désolés de mes invités quand ils s'apercevront que tu n'avais personne pour t'accompagner aux noces de ta meilleure amie ?

Je pris le temps d'avaler ce que j'avais dans la bouche avant de répondre.

— Si je leur explique tout le bien que je pense de l'institution du mariage, ils me laisseront vite tranquille, ne t'inquiète pas.

En toute honnêteté, le mariage de Steph s'annonçait comme une épreuve difficile. Je m'inquiétais à l'idée de perdre ma meilleure amie, mais j'avais surtout peur qu'elle ne finisse le cœur brisé à jamais. Une fois que l'on s'engageait sur la voie de la propriété, des comptes joints et du certificat de mariage, les ruptures ne se résumaient plus à un festival de pleurs autour d'un pot de glace. Il s'agissait de désassembler toute une vie pièce par pièce.

— Quand je pense que, quand Jimmy Delfino m'a larguée, c'est toi qui me traitais de pessimiste. Tu m'assurais que je trouverais beaucoup mieux et m'incitais à sortir avec d'autres hommes dans le but de rencontrer le grand amour. Et, à présent que je l'ai déniché, c'est toi qui n'y crois plus…

— À l'époque, j'étais encore endoctrinée. Et puis tu pouvais difficilement faire pire que Jimmy Delfino.

— Ce n'est pas moi qui vais te contredire.

À la manière dont elle me regardait, j'eus la nette impression qu'elle attendait que je lui dise que tout serait différent avec Anthony. Certes, j'avais décidé de la soutenir dans sa décision, mais les paroles en l'air, très peu pour moi. D'ailleurs, elle aurait eu vite fait de me percer à jour. Je me penchai donc sur le classeur et fis mine de m'y intéresser.

Stephanie intervertit quelques étiquettes sur le plan de table.

— Je te laisse avec Drew et son éventuelle cavalière, Dwight et ta mère, ainsi que Devin et Anne, au cas où tu viendrais seule. Soit dit en passant, je suis persuadée que tu finiras par dénicher l'homme idéal. Qui sait, peut-être l'as-tu déjà rencontré.

Avec un regard sévère, elle ajouta :

— Promets-moi de donner une chance à Jake.

Je poussai un soupir.

— Qu'ai-je à y gagner ?

— Le bonheur, peut-être.

— Ou pas.

J'essuyai mes mains poisseuses de sucre l'une contre l'autre. De toute évidence, Steph attendait une réponse un peu plus élaborée. Qu'avaient-ils tous, ces temps-ci, à vouloir que je m'épanche ?

—Écoute, tu as trouvé chaussure à ton pied, et je suis sincèrement heureuse pour toi. J'admire l'optimisme dont tu réussis encore à faire preuve, bien que ta future belle-mère soit une affreuse manipulatrice et qu'Anthony n'hésite pas à porter du bleu marine avec du noir.

—C'est arrivé une fois ! Une seule ! Je lui ai expliqué que les deux couleurs n'allaient pas ensemble, et, depuis, il fait attention. Quant à sa mère, elle a seulement du mal à se détacher de son fils, parce qu'elle l'aime, c'est tout.

—Tu vois ? C'est ce que je dis, tu t'efforces de voir le meilleur chez les gens. C'était mon cas aussi, dans le temps, mais je suis trop souvent tombée de haut. Je ne crois pas que j'aurais la force de me relever encore une fois. C'est une chose de tirer un trait sur les connards qui m'ont menti, blessée et traitée comme la dernière des merdes ; c'en est une autre d'oublier ceux qui valaient le coup.

—Et tu crains que Jake ne fasse partie de ceux-là ?

Je ne sus que répondre. Jake semblait être un type bien, mais il fallait être réaliste : je l'avais rencontré moins d'une semaine et demie auparavant. Je ne savais rien de lui. Apprendre à se connaître était déjà trop s'impliquer.

—Depuis combien de temps est-on amies ? poursuivit-elle.

—Depuis l'avant-dernière année de lycée, quand tu as débarqué en plein milieu d'année dans ma classe et que j'ai découvert qu'il existait des filles cool.

—Une seule, et c'est moi, dit Steph en souriant. Déjà presque douze ans… Ouah, on se fait vieilles.

Je pris un air outré.

— Hé, parle pour toi !

— Quoi qu'il en soit, je te connais mieux que personne. Les membres de ta famille ne doivent pas être loin derrière, mais je suis sûre que je les bats. Tout ce que je veux dire, c'est que je souhaite ce qu'il y a de mieux pour toi. Faire le bilan de mes pires relations amoureuses m'a beaucoup aidée. Après ça, j'ai décidé d'arrêter de craquer pour le même genre de types. C'est d'ailleurs la raison qui m'a incitée à donner une chance à Anthony.

Comme chaque fois qu'elle pensait à son fiancé, son regard se fit rêveur.

— Et regarde-moi, aujourd'hui, reprit-elle. Je suis sur le point d'épouser un homme que j'adore. De ton côté, au lieu de te servir de tes échecs sentimentaux comme d'un guide, tu as choisi de ne plus croire en l'amour. Et maintenant tu refuses de voir où une relation avec Jake pourrait te mener sous prétexte qu'il a un petit quelque chose en commun avec Evan.

— Tu ne le connais même pas, pourquoi est-ce que tu insistes tant pour que je lui donne une chance ?

— Parce que, depuis que tu l'as rencontré, tu n'as que son nom à la bouche. Et, comme je te connais, toi, cela en dit long.

La semaine précédente, j'avais croisé Jake absolument partout ; depuis notre rendez-vous, il ne se montrait plus nulle part. En tout cas, nulle part où je me trouvais. Lundi passa. Puis mardi. Mercredi… Quand arriva jeudi, je commençais à croire qu'il faisait exprès de m'éviter.

Assise devant l'ordinateur, au bureau, je m'amusais avec mon logiciel de design, modifiant des couleurs et réarrangeant des éléments d'électroménager virtuels.

Soudain, la voix de Katy, notre réceptionniste, résonna dans l'interphone.

— Stephanie te demande.

Je soulevai le combiné et priai Katy de la laisser entrer.

Quelques secondes plus tard, Steph poussait la porte de mon bureau, les yeux brillants et les traits crispés. Elle fondit aussitôt en larmes, incapable de se retenir plus longtemps.

Je bondis sur mes pieds, affolée.

— Qu'y a-t-il ? Que s'est-il passé ?

Anthony avait dû faire quelque chose d'affreux. J'allais le tuer.

— C'est ridicule, je sais. Je ne comprends pas moi-même pourquoi je me mets dans un état pareil, mais après toutes ces heures passées à tout planifier dans les moindres détails…

Elle s'effondra sur le fauteuil qui faisait face à mon bureau.

— Ils m'en ont cassé cinq. Cinq… et ils ne peuvent pas m'en livrer d'autres en remplacement parce qu'il faut passer commande trois mois à l'avance. Nous ne les aurions jamais à temps pour le mariage !

Je poussai un soupir de soulagement. Anthony l'avait échappé belle. *Cette fois.*

— De quoi me parles-tu ?

— De mes centres de table.

— Les vases roses en forme de cœurs ?

Stephanie se prit la tête entre les mains.

— Oui… La fleuriste m'a téléphoné pour me dire qu'elle les avait reçus, mais que certains n'avaient pas survécu au transport. Elle s'est plainte au fournisseur, et, de mon côté, j'en ai ajouté une couche. On m'a largement dédommagée, alors j'ai cru que je pourrais facilement remédier au problème, mais j'ai fait le tour de la ville et n'ai rien trouvé de similaire.

— Personne ne va remarquer que tous les vases ne sont pas les mêmes. On t'en trouvera de jolis. Ça mettra un peu de variété.

— En plus de ça, Anthony et moi nous sommes disputés hier soir. Je lui ai dit que sa mère abusait un peu de décider de certains changements sans me consulter, et il s'est énervé parce qu'« elle essaie simplement d'aider ». Je me doute qu'elle pense bien faire… ; du coup, je n'ose pas lui en parler directement, ça me met dans une position inconfortable, alors j'espérais qu'il lui en toucherait deux mots.

Elle essuya quelques larmes.

— Vas-y, je sais que tu en meurs d'envie : dis-le que tu le voyais arriver gros comme une maison.

Sauf qu'à présent qu'elle me le demandait j'en étais incapable. Elle était déjà dévastée, nul besoin d'en rajouter. Je fis le tour de mon bureau et m'assis sur le rebord. Dans un premier temps, mieux valait s'attarder sur son premier souci.

— On va arranger tout ça. On va aller déjeuner et trouver une solution. Tu verras, une fois que nous aurons fait une liste et que nous aurons tout organisé sur papier, tu te sentiras mieux.

Et ma patronne va piquer une crise si elle s'aperçoit que je ne suis pas à mon poste, même si j'ai rattrapé mon retard. Tant pis, il s'agit d'une urgence !

Stephanie sortit un mouchoir et s'essuya le nez.

— Je te remercie. On va au *Blue* ?

— Certainement pas. Je ne mets pas les pieds là-bas.

— Allez. Ça nous permettrait de prendre la température. Et ça m'aiderait à oublier mes problèmes un moment.

— Je sais déjà ce que Jake pense de moi. On est sortis tous les deux, il ne m'a pas trouvée si chouette que ça, et maintenant il m'évite. Ça m'épargne bien des ennuis, au fond. Ce sera peut-être un peu gênant quand on se recroisera, mais toujours moins que si l'on était passés par la case « grosse relation sérieuse ». Cela dit, ajoutai-je en attrapant mon sac à main, je n'ai pas le courage de l'affronter ce midi. De toute façon, je suis d'humeur cuisine mexicaine, aujourd'hui.

Une fois notre repas – nageant allégrement dans la sauce chili et le fromage – terminé, il fut temps de s'attaquer à ce problème de vases. Je jetai sur le papier tous les noms des boutiques susceptibles de vendre quelque chose dans l'esprit de ce que nous cherchions. Les centres de table en forme de cœurs qu'elle avait fait faire sur commande étaient en verre filigrané rose et blanc. Destinés à recevoir des branches de cerisier, ils étaient plus hauts que des vases standard.

Avec tout ce qui se trouverait sur les tables de la réception, je doutais fort que quiconque s'aperçoive que tous les vases n'étaient pas identiques. Cela ne dérangerait que Stephanie, et encore… elle aurait sans doute d'autres chats à fouetter le jour J.

Ou pas. À cet instant en tout cas, elle semblait réellement penser que c'était la fin du monde.

Anthony téléphona alors que je mettais un point final à ma liste. Il ne leur fallut que quelques minutes pour en venir aux « Non, c'est moi qui m'excuse », et autres « Je t'aime tellement ». Le genre de trucs que les couples se roucoulent à l'oreille pour se rabibocher. J'avais beau être la dernière des cyniques, je pensais sincèrement que Stephanie et Anthony allaient bien ensemble. Ils auraient recommencé à s'appeler toutes les heures avant même que Steph et moi trouvions comment remédier à cette histoire de vases.

Mon téléphone sonna. C'était Mme Crabtree, qui tenait à me dire combien elle aimait la sculpture que j'avais choisie pour sa salle de bains. Ce qui me donna une idée.

Lorsque Steph eut à son tour raccroché, j'arrachai la liste du bloc-notes pour l'enfouir dans mon sac à main.

— J'ai peut-être une solution. Je ne suis pas sûre du prix qu'elle te demandera, ni même si elle acceptera, mais ça ne coûte rien d'essayer.

Vingt minutes plus tard, nous entrions dans la galerie où Tina exposait ses œuvres.

— C'est gentil de venir me voir, déclara-t-elle.

Elle nous regarda tour à tour.

— C'est votre sœur, je suppose ? Eh ben, ce que vous vous ressemblez !

— Raté ! Nous ne sommes pas du tout de la même famille, s'exclama Steph en me passant un bras autour des épaules. Même si je considère Darby comme la sœur que je n'ai jamais eue.

J'exposai rapidement la situation à Tina, puis lui demandai si elle verrait un inconvénient à produire des vases similaires – certains artistes estimant insultant de recréer le travail d'un autre.

— Le mariage est dans six semaines, et il nous faudrait cinq vases.

Tina étudia la photo des centres de table un moment.

— OK, donc à peu près grands comme ça… (Elle écarta les bras de la longueur des vases.) Avec un tout petit trou pour la branche, c'est ça ?

— Tout à fait.

— Aucun problème. Vous me donnez de quoi acheter les matières premières, et je vous fais ça.

— C'est vrai ? s'écria Stephanie. Enfin une bonne nouvelle !

Elle m'attira contre elle pour m'embrasser.

— Tu es la meilleure ! Tu as beau ne pas croire au mariage, tu te démènes quand même pour sauver le mien.

— C'est ton repas, que je sauve. Pour ce qui est du mariage, tu devras te débrouiller toute seule.

— Ne joue pas les rabat-joie, Darby ! Je suis heureuse, tout est parfait, me dit-elle avec une bourrade. Tu devrais être contente, toi aussi !

Je souris et fis semblant d'être moi aussi emballée. Il ne fallait jamais contrarier la future mariée.

Le cas Raiponce : avec Ralph dans le rôle du prince
Âge : 23

De nombreux princes de contes de fées n'ont pas de nom. Comme si le simple fait qu'ils soient princes était censé suffire. Même s'il est vrai qu'on est parfois si désespérée que n'importe quel bonhomme ferait l'affaire. C'est probablement ce que se disait Raiponce. Quand on a passé sa vie cloîtrée dans une tour, on prend ce qui se présente.

Personne ne m'avait enfermée en haut d'une tour, mais je venais d'obtenir mon premier client, et je bossais comme une folle, de peur de tout faire foirer. Je quittais à peine le bureau ; ma longue tignasse ne ressemblait plus à rien et aurait eu besoin d'un sérieux coup de ciseaux. Pour couronner le tout, j'essayais d'aider ma mère, qui assistait mon frère et sa fiancée dans les préparatifs de mariage.

Tous deux sortaient ensemble depuis leur première année d'université, et, une fois leurs diplômes en poche, Devin avait demandé la main d'Anne. Quand ils avaient commencé à planifier la cérémonie, je voyais encore Charlie, j'avais donc répondu à l'invitation en précisant que je viendrais accompagnée.

Je suppose que la nouvelle de notre rupture était passée à la trappe, car, lorsque j'avais annoncé à Anne que je n'aurais pas de cavalier le samedi précédant ses noces, elle avait explosé. Tout était prêt, les plats étaient commandés : il fallait que j'amène quelqu'un. En temps normal, j'aurais demandé à Stephanie, mais elle partait rendre visite à ses grands-parents en Floride.

Plus tard dans la soirée, j'avais pris Devin à part.

— Je n'aurai jamais un cavalier pour le week-end prochain ! Ce n'est pas comme si ça se trouvait en épicerie, ces machins-là. Et depuis quand Anne pique des crises comme ça ?

S'assurant d'abord que nous étions hors de portée d'oreille, Devin s'était légèrement penché vers moi.

— Ce sont ces histoires de mariage. Ça rend les nanas complètement dingues. Je vais être franc : les femmes et leur obsession pour le parfait mariage de princesse… ça suffirait presque à faire fuir n'importe qui.

Je n'avais pu m'empêcher de sourire.

— Tu veux dire qu'elle se comporte « comme une fille » ?

— Ça n'a rien de drôle, avait-il rétorqué avec une œillade noire. Fais-lui plaisir et trouve quelqu'un. Je ne te demande jamais rien, Darby, mais là…

— Tu rigoles ? Tu passes ton temps à me demander des trucs. Je te rappelle que tu m'as piqué la moitié de ma collection de CD.

— Chéri ? Où es-tu ? avait lancé Anne, avant d'entrer dans la cuisine.

Nous surprenant en plein conciliabule, elle nous avait jeté un regard soupçonneux.

— Que se passe-t-il ?

Devin avait alors levé la tête, une lueur de panique dans les yeux.

— Euh… Darby me disait qu'elle connaît un gars qui serait ravi de l'accompagner.

J'en étais restée coite. J'avais rêvé ou il venait de me pousser sous un bus ? Conduit par la future mariée hystérique, le bus.

Le visage de sa fiancée s'était illuminé d'un sourire.

— Oh, super. Je sais que ça peut paraître étrange que je me soucie de ce genre de détails, mais je suis tellement stressée, je veux que tout soit absolument parfait.

Devin était allé la prendre dans ses bras.

— Bien sûr, c'est normal. Tu mérites ce qu'il y a de mieux.

Voyant qu'ils commençaient à s'embrasser, j'avais quitté la pièce, sans la moindre idée de la manière dont j'allais m'y prendre pour trouver un cavalier à temps. D'autant plus que proposer à un mec de vous accompagner à un mariage, ce n'est pas vraiment comme l'inviter au resto ou au cinéma. Du point de vue du type, cela équivaut à dire : « Hé, toi, j'ai l'intention de t'épouser un jour, alors allons voir comment on fait ! »

Ne tenant pas à gâcher la journée des mariés, j'avais concentré tous mes efforts sur la recherche d'un rencard pour la soirée. À cette époque, Steph et Jimmy Delfino étaient de nouveau tout feu tout flamme ; ne sachant plus vers qui me tourner, j'avais demandé à Jimmy s'il avait des copains célibataires.

Et voilà comment je m'étais retrouvée à amener Ralph au mariage de mon frère. Lorsque j'étais passée le chercher, les premières paroles qui avaient franchi ses lèvres étaient :

— T'es loin d'être moche. Je me disais que tu devais être un sacré laideron pour ne trouver personne pour t'accompagner.

J'aurais dû fuir en courant, refuser tout net de me plier à la lubie d'Anne. Je ne sais pas vous, mais, personnellement, je m'interroge sur ce qui a bien pu traverser l'esprit de Raiponce une fois qu'elle a été sauvée. A-t-elle fini par se dire que, même si elle se sentait redevable, ce prince-là ne lui convenait pas du tout ?

S'il était du même genre que Ralph, cela ne fait aucun doute. J'avais beau l'avoir fait sciemment entrer dans ma vie, je l'avais aussitôt regretté.

Durant toute la durée de la cérémonie, il avait fallu que je repousse la main qu'il s'obstinait à poser sur ma cuisse, remontant chaque fois un peu plus haut. Nous étions dans une foutue chapelle, et il essayait de me tripoter ! Après l'église, je mourais d'envie de lui demander de ficher le camp, mais j'étais son chauffeur. Et il me faisait une faveur, je pouvais difficilement le jeter comme un malpropre.

Lors du banquet, les choses n'avaient fait qu'empirer. Quand il m'avait finalement laissée en plan en me traitant de prude, je n'aurais pu être plus soulagée. Qu'il aille donc s'empiffrer, et qu'il me laisse tranquille ! Je n'étais pas mécontente de ne plus l'avoir sur le dos. J'en avais profité pour rire et discuter avec mes sept géants. Drew, Devin, Gil…, ils étaient tous là. Entre deux conversations, nous avions même fait un tour sur la piste de danse. Je revenais à ma table quand l'une des demoiselles d'honneur avait accouru et m'avait prise à part.

— Il faut que tu fasses quelque chose. Ton jules fait du rentre-dedans à toutes les demoiselles d'honneur, et il vient de dire à Anne qu'il appréciait tout particulièrement les femmes mariées et qu'elle pouvait l'appeler quand elle voulait. Elle n'ose rien dire à Devin, parce qu'elle ne veut pas que son mari se batte le jour de son mariage.

J'avais laissé échapper un gémissement. Je n'avais vraiment aucune envie de surveiller mon cavalier. D'ailleurs, n'était-ce pas la faute d'Anne si l'on en était là ? Je trouvais un peu injuste qu'elle me demande de réparer les dégâts. Me tournant vers Gil, je lui avais pressé le bras, impatiente de le retrouver avant même de l'avoir quitté.

— Je dois aller régler un petit problème. Ne t'éloigne pas trop !

Je lui avais décoché ce que j'espérais être un sourire sexy et aguicheur qui lui occuperait l'esprit durant mon absence.

— J'essaie de faire vite.

Sur une légère pression de la main, je l'avais laissé seul et m'étais mise en quête de Ralph.

— Hé, poupée ! m'avait lancé celui-ci tandis que je l'approchais.

Il empestait l'alcool. M'attrapant le bras, il m'avait entraînée de force sur la piste de danse et attirée contre lui – près, trop près. Puis il m'avait plaqué les mains sur les fesses et m'avait murmuré la pire des obscénités à l'oreille. Une chose que je ne pourrai jamais répéter : complètement déplacée, on ne peut plus explicite et salace.

Sans réfléchir, je m'étais écartée et l'avais giflé. J'avais ensuite tiré quelques billets de ma pochette et les lui avais fourrés dans la main.

— Tiens. Tu rentres en taxi. Et j'espère bien ne plus jamais te revoir.

Le reste des invités m'avaient regardée pousser Ralph en direction de l'ascenseur avec des yeux ronds, stupéfaits. Anne était dans tous ses états parce que j'avais fait une scène, mais Drew et les autres m'avaient trouvée géniale. Au moins, cette fois, je ne m'étais pas laissé faire.

Temps perdu : un jour seulement, mais sans doute l'un des pires de ma vie, alors cela m'avait paru une éternité. Et, bien sûr, tout le monde se rappelle combien je me suis montrée charmante au mariage d'Anne et Devin. Cette gifle est entrée dans la légende.

Leçon :

- Les futures mariées sont de vraies bombes à retardement. (Je parie qu'Anne regrette encore de ne pas m'avoir autorisée à venir seule.)

- Ne jamais demander à un inconnu de vous accompagner à un mariage.

- Jimmy Delfino était un parfait gentleman à côté de ses potes.

- Gifler quelqu'un peut se révéler très grisant.

Note (ajoutée en 2011) : en dépit de mon *boycott*, je me suis un jour accidentellement retrouvée à regarder *Raiponce* avec mon neveu. Alors, certes, la version Disney insuffle une touche de *girl power* à l'histoire, ce qui est plutôt sympa. Et, oui, il est difficile de ne pas succomber au charme de Flynn Rider. Il se pourrait même que je me sois surprise à l'applaudir à la fin. Malheureusement, comme Aladdin, il n'hésite pas à mentir (Eugene Fitzherbert, de son vrai nom, est en réalité un criminel). Si adorable qu'il soit, il est donc automatiquement disqualifié. Cela dit, je considère que ma baffe à Ralph vaut bien Raiponce et sa poêle à frire. Point bonus pour le *girl power*.

Chapitre 10

Étant donné que ma pause-déjeuner avec Stephanie avait duré plusieurs heures, et que j'avais reçu un mail de Patricia me rappelant à l'ordre à mots à peine couverts, j'avais travaillé tard au bureau afin de terminer ce boulot « urgent », même si je savais pertinemment que la réunion prévue avec notre client n'aurait lieu que la semaine suivante. Lorsque enfin je rentrai chez moi, je n'avais aucune envie de cuisiner. Je fus tentée de commander un plat à emporter chez *Blue*, de manière à n'y passer qu'en coup de vent, mais le risque d'y croiser Jake était encore trop grand. Après inspection de mes placards et de mon frigo, je décidai de me préparer un sandwich jambon-fromage. À mon grand dam, il ne restait de mon pain que les deux entames. Je ne mangeais les entames qu'en cas de sérieuse pénurie de vivres. Comme ce soir-là. J'avalai péniblement mon repas de fortune, regrettant de ne rien avoir de plus appétissant sous la main.

J'avais à peine fini de ranger la vaisselle quand on frappa à ma porte.

L'avantage de l'interphone était que l'on ne recevait jamais de visiteur-surprise. Ce devait donc être Steph ou Drew. Ou quelqu'un qui s'était trompé de porte. J'allai jeter un coup d'œil par le judas. *Jake.*

Je me recoiffai rapidement d'une main, vérifiai qu'il ne me restait rien entre les dents, puis je lui ouvris.

— Visite impromptue ! s'écria-t-il en souriant. Un des avantages à vivre dans le même immeuble.

— Je n'appellerais pas ça un avantage, rétorquai-je.

Malgré tout, mon cœur dansait dans ma poitrine. OK, peut-être m'avait-il un petit peu manqué, et, du fait qu'il ne soit pas venu me voir depuis notre rendez-vous, je m'étais sentie légèrement rejetée – ce qui n'est jamais drôle, même quand on ne recherche rien de sérieux.

Il me tendit un DVD : *Just Friends.*

— Un film, ça vous dit ?

« Juste amis ». Il semblerait qu'il essaie de me faire passer un message avec ce titre. C'est très bien. « Amis », c'est tout ce que je demande.

J'avais beau me le répéter, cela ne suffit pas à couper court aux galipettes de mon estomac. Ni à m'empêcher de remarquer la façon dont son tee-shirt gris mettait en valeur ses bras musclés et faisait ressortir les nuances de vert dans ses yeux bleus.

Et voilà, j'aurais la bave aux lèvres que ça ne m'étonnerait pas.

— Entrez, fis-je en désignant le canapé. Asseyez-vous.

J'étais contente qu'il soit arrivé avant que je me mette en pyjama. Cependant, j'étais en jupe, et n'avais aucune envie de rester assise les genoux serrés pendant tout le film.

— Laissez-moi aller passer quelque chose de plus confortable.

Ce n'est qu'en le disant que je m'en rendis compte : c'était ce que lançaient souvent les filles dans les films, juste avant de réapparaître en petite nuisette sexy.

— Et par « confortable », j'entends un jean et un tee-shirt.

Je me sentis encore plus bête de le préciser, mais je ne maîtrisais plus ma langue.

— Je ne voudrais pas que vous pensiez… Je veux dire que je ne suis pas… Je reviens tout de suite.

Je me précipitai dans ma chambre avant de m'enfoncer davantage – remarquez, j'avais sans doute touché le fond. Pourtant, sans avoir la prétention de me prendre pour un Casanova au féminin, je ne me débrouillais en général pas si mal avec les hommes.

Tu es seulement un peu rouillée. Détends-toi, et tout se passera bien.

J'enfilai un débardeur noir et un jean. Pour donner un peu de pêche à mes cheveux raplapla, je les ramenai en un chignon lâche sur le sommet de ma tête.

Je retournai à la cuisine et mis le pop-corn à exploser dans le micro-ondes.

— La semaine dernière, je ne pouvais pas faire un pas sans tomber sur vous, et, cette semaine, vous n'étiez nulle part en vue. Je suppose que vous êtes tous débordés au *Blue.*

— C'était un peu la folie, en effet. Vous devriez passer de temps en temps. Tout le monde m'a dit que d'ordinaire vous venez déjeuner chez nous au moins deux fois par semaine.

— Oh, je n'ai pas rencontré de clients ces derniers jours, alors…

Je sortis un grand bol du placard.

— Aujourd'hui, j'ai vu mon amie Stephanie – je vous en ai déjà parlé : c'est elle qui se marie… Eh bien, il est arrivé une catastrophe à ses centres de table. Pour faire court : Tina va lui confectionner des vases de remplacement, donc tout va bien, on a évité le drame.

Après avoir versé le pop-corn dans le bol, je rejoignis Jake. Au vu de son choix de film, je ne savais que penser. M'installer trop près de lui me ferait sans doute passer pour une désespérée ; m'asseoir trop loin lui donnerait l'impression de ne pas être le bienvenu.

Bon... je me mets là, au milieu. C'est bien, le milieu, ça ne craint rien.

Fidèle aux clichés masculins, il s'était déjà emparé de la télécommande. Drew s'était occupé des branchements à ma place, et il y avait toute une technique pour mettre le lecteur DVD en route ; aussi, je fus surprise de voir que Jake avait déjà trouvé le truc. Il pressa le bouton « Play » et le film commença.

Jake tourna la tête.

— Vous ne voulez pas vous rapprocher un peu ?

Mon cœur, ce traître, fit un bond dans ma poitrine.

Donc il est toujours intéressé.

— Vous êtes trop loin pour que je puisse piocher dans le pop-corn, poursuivit-il.

Ah, d'accord... Le pop-corn.

Les papillons qui me chatouillaient l'estomac s'évaporèrent comme ils étaient venus.

Cependant, lorsque je me fus décalée vers lui, il glissa un bras derrière mes épaules et toucha à peine au pop-corn. Je posai le bol sur la table basse, puis ramenai mes jambes sous moi.

Le film était drôle. Moi qui m'étais attendue à une comédie romantique ordinaire, j'eus l'agréable surprise de découvrir un film comique plutôt qu'une histoire à l'eau de rose. De plus, l'aspect sentimental était relativement crédible, même si je doutais fort que l'amour des protagonistes soit éternel.

Alors que le générique défilait, Jake approcha son visage du mien. Le souffle coupé et le cœur battant la chamade, j'eus tout juste le temps de comprendre ce qui était en train de se passer. Mes lèvres s'animèrent instinctivement au contact des siennes, et, petit à petit, son baiser se fit plus appuyé. Il prenait son temps, y mettant toutefois assez de fougue pour faire naître la fièvre dans tout mon corps. Voilà longtemps que je n'avais pas eu l'occasion d'en arriver là avec un homme, j'avais oublié à quel point c'était délicieux.

— Je pensais que tu essayais de me dire quelque chose avec le titre de ce film.

— Mais c'est le cas, dit-il, son souffle s'entremêlant au mien. Je voulais m'assurer de ne pas être catalogué en tant qu'« ami et rien d'autre ».

Il vint de nouveau à la rencontre de mes lèvres, et je ne pus résister plus longtemps à l'envie de l'attirer contre moi, me laissant absorber tout entière par la sensation de son corps contre le mien, de ses lèvres, de sa langue... Une petite voix au fond de moi hurlait : *Stop ! C'est une très mauvaise idée !*

Mais cette partie de moi ne faisait pas le poids contre celle qui se délectait des baisers de Jake.

Chapitre 11

Stephanie se gara devant la maison de ses parents. D'habitude vide, la rue était ce jour-là bordée de voitures et autres pick-up. L'heure de trajet entre Denver et Longmont avait principalement été meublée par sa conversation au téléphone avec Anthony : il y avait eu un ou deux malentendus concernant la venue de l'oncle du fiancé et de ses quatre enfants.

Lorsqu'elle avait enfin raccroché, elle avait voulu en savoir plus à propos de Jake, et j'étais en train de lui raconter notre soirée impromptue du jeudi précédent.

Elle fronça les sourcils.

— Donc vous avez passé un bon moment, vous vous êtes embrassés, et plus de nouvelles depuis ?

— Tu dis cela comme si cela faisait une éternité. On n'est que samedi matin.

Je descendis du véhicule et inspirai à pleins poumons l'air frais de la campagne.

Steph fit le tour de la voiture.

— Mais il ne t'a même pas appelée ?

— Il ne s'agit pas d'une relation super sérieuse, Steph, et c'est très bien comme ça. Il m'a prévenue qu'il travaillait ce week-end, mais que, si l'envie me prenait de passer au *Blue*, j'étais la bienvenue.

Avant d'atteindre le pavillon, il fallait réussir à traverser la pelouse sans se prendre les pieds dans les divers ornements de jardin. Il y avait là des bains à oiseaux, des fées et des sphères brillantes de toutes les couleurs.

— Oh non, elle a encore perdu sa tête, m'écriai-je en désignant la statue de fée qui avait déjà été recollée tant de fois.

— Sales mioches.

Steph ramassa la tête par terre. Les enfants du quartier n'aimaient rien de mieux que de réarranger, de voler et de briser les décorations de Mme Taylor. Du temps où Zeus, le rottweiller de la famille, était en vie, les statues n'avaient jamais été vandalisées ; toutefois, depuis qu'il était mort – de vieillesse, mais c'était tout de même triste – les gosses avaient repris le carnage.

Sa tête de fée sous le bras, Steph grimpa les marches du perron.

— Alors tu comptes aller au *Blue* ce soir, pour lui faire un petit coucou, c'est ça ?

— Non, raté. Une fois qu'on aura fini de faire la fiesta ici, j'irai passer un peu de temps en famille. Je dors au ranch. Drew m'a dit qu'il était hors de question qu'il me ramène « à la ville », ce soir.

Je m'attendais à une remarque ou à un conseil, mais Steph se contenta de secouer la tête. Elle ouvrit la porte-moustiquaire et entra. À peine eut-elle fait un pas dans le salon qu'un concert de félicitations et d'exclamations suraiguës s'éleva. Toutes les femmes de la ville étaient rassemblées là pour une petite fête en l'honneur de la future mariée.

Mme Taylor accrocha une pince à linge à ma chemise en m'expliquant que je n'avais pas le droit d'évoquer quoi que ce soit ayant rapport au mariage, sous peine de la perdre. À la fin du jeu, la personne avec le plus de pinces à linge remporterait un prix. *Quel genre de prix ? Mystère...* Tout ce que je savais, c'était que la pince à linge ne s'accordait pas avec ma tenue.

J'étudiai la foule de visages, jusqu'à trouver celui que je cherchais. Ma mère enleva le grand paquet cadeau blanc qui trônait sur la chaise voisine de la sienne et tapota le coussin.

Oh, c'est trop gentil, elle m'a gardé une place...

J'abandonnai Stephanie à la nuée de femmes se pressant autour d'elle pour admirer sa bague de fiançailles.

— Comment vas-tu, ma puce ? me demanda maman tandis que je m'asseyais.

Le simple fait de la voir me faisait toujours oublier tout ce qui clochait.

— Mieux, maintenant que je suis là.

Puis, baissant la voix, j'ajoutai :

— Dépêche-toi de me mettre au courant des ragots, pendant que tout le monde est occupé ailleurs !

Avec un coup d'œil circulaire pour s'assurer que nous n'étions pas à portée d'oreilles indiscrètes, elle me raconta tous les derniers potins. La fête ne tarda pas à démarrer, et je me trouvai bientôt embarquée dans toute une série de jeux plus horribles les uns que les autres, de vraies tortures qui auraient fait craquer les terroristes les plus endurcis, j'en suis sûre. Il devait me manquer l'un de ces gènes réservés aux filles et censés rendre ce genre d'idioties amusantes.

Les voix se firent de plus en plus perçantes à mesure que la journée avançait. Mme Taylor fit passer des cartes afin que chacune note ses conseils à la future mariée. « Fuis tant qu'il est encore temps » me semblant quelque peu déplacé, je choisis de marquer : « Appelle-moi quand il se comporte comme un « gronnard ». Darby. » Mme Taylor et ma mère étaient très strictes concernant les jurons et les insultes, Steph et moi avions donc inventé un mot. Nous nous étions crues malignes.

Le jeu suivant était intitulé : « Connaissez-vous la mariée ? »

— Ça va être du gâteau, marmonnai-je en parcourant les premières questions.

— Ah, donne-moi ça ! rugit Mme Hildabrand en m'attrapant par mes vêtements. Tu as dit « gâteau » !

Je mis quelques secondes à comprendre pourquoi elle s'était jetée sur moi ; puis cela fit tilt, et je m'empressai de lui céder ma pince avant qu'elle me l'arrache. *On se calme ! Ce n'est qu'un jeu idiot.*

Je rajustai le col de ma chemise et reportai mon attention sur ma feuille. Il fallait donner de sa couleur favorite à sa pointure. Je connaissais tout ça sur le bout des doigts. Une fois que j'eus battu tout le monde à plates coutures, Mme Taylor m'offrit ma récompense : une petite plante en pot.

Les fleurs bleues me rappelèrent les moqueries de Jake au sujet de ma plante en piteux état. Je souris intérieurement et levai le pot à hauteur de mes yeux.

— Il va falloir te montrer forte si tu veux vivre avec moi.

Pour l'instant, je la plaçai sous ma chaise.

Notre hôtesse interrompit ensuite les activités afin de nous inviter au buffet. L'occasion rêvée pour toutes les femmes de ma connaissance de venir me demander si je voyais quelqu'un en ce moment. Même s'il ne faisait aucun doute qu'elles avaient déjà posé la question à ma mère. Les premières à qui j'avais confié que j'étais toujours célibataire m'avaient pris la main en geste de réconfort, avec un air désolé.

— Il ne faut pas t'inquiéter, ma chérie, m'assura Mme Hildabrand. Ça viendra.

Leur pitié commençait à me taper sur les nerfs.

— Pour tout dire, je ne cherche pas. Je suis parfaitement heureuse seule.

Ayant récemment entamé un roman traitant de meurtres en série, je m'étais équipée d'un spray au poivre et d'une matraque électrique, et vérifiais systématiquement les verrous, le soir. Se montrer indépendante et toujours préparée au pire : c'était ça, le secret.

Cela ne sembla pas soulager Mme Hildabrand. Au contraire, elle eut l'air plus bouleversée encore, ses rides se creusant sous ses grimaces.

— Il ne faut pas désespérer comme ça. Le prince charmant est toujours là, quelque part ! Et, quand tu le rencontreras, tu le sauras.

— Eh bien, il va devoir venir me trouver lui-même, parce que, moi, je ne ferai pas l'effort d'aller le chercher.

Bien sûr, à peine ces mots avaient-ils franchi mes lèvres que l'image de Jake s'imposait à mon esprit. En revanche, plutôt manger ma nouvelle plante que de faire allusion à lui.

Mme Hildabrand était sur le point de répliquer, mais maman vola à mon secours et coupa court à la discussion.

— C'est vous qui avez fait cette petite sauce, Martha ? Elle est exquise.

Le visage de l'intéressée s'illumina.

— En effet, c'est moi, mais vous n'aurez pas la recette : secret de famille !

Argh, je détestais ça. *Les gens et leurs recettes secrètes.* Comme elle m'avait déjà passablement agacée, j'étais à deux doigts de lâcher que sa sauce n'était pas si bonne que ça et que, sa recette à faire tourner de l'œil à un vampire, elle pouvait se la garder.

Heureusement pour elle, Mme Taylor se leva pour annoncer l'activité suivante.

— Nous allons faire le tour de la pièce, et chacune nous parlera de son histoire. Dites-nous où vous vous êtes rencontrés, quand vous vous êtes embrassés pour la première fois, comment il vous a demandé de l'épouser, etc.

Je regardai autour de moi. J'étais la seule à ne pas être mariée. À l'exception de Stephanie, bien entendu – qui, elle, raconterait à l'assistance comment Anthony l'avait amenée au Garden Café, lieu de leur premier rendez-vous, pour lui faire sa demande. Ces dames s'en pâmeraient d'émotion.

Mme Smith fut la première.

— Le soir même de notre rencontre, j'ai su que Melvin était l'homme de ma vie…

Bon sang, achevez-moi tout de suite.

Si mon enveloppe corporelle survécut à cette journée de la mariée, j'étais un peu morte de l'intérieur d'avoir dû écouter toutes ces histoires de coup de foudre. J'avais entendu plus de la moitié de ces femmes débiner leur mari lors d'autres rassemblements de commères. Toutes n'étaient pas heureuses. Elles s'accommodaient simplement de la médiocrité.

Tout cela n'avait fait que me conforter dans ma vision de l'amour.

Revenir au ranch me fit instantanément un bien fou. Après avoir passé un jean, un tee-shirt, et enfilé mes vieilles bottes élimées, je sautai par-dessus la clôture à l'arrière de la maison et sifflai. Le seul mâle de mon existence qui ne me laisserait jamais tomber accourut aussitôt.

— Salut, Major ! C'est bien, mon grand, dis-je en voyant l'alezan approcher.

Je lui tendis le seau d'avoine. Tandis qu'il mastiquait le grain, je fis glisser ma main sur sa puissante encolure brun-rouge puis caressai la marque blanche qui courait le long de son chanfrein.

Je reposai le seau à l'extérieur du pré, soulevai ma selle pour la lui mettre sur le dos.

— Tu es prêt pour un peu d'exercice ? lui demandai-je tout en le harnachant.

Je pris son petit hennissement pour un « oui ». M'accrochant au pommeau de la selle, un pied dans l'étrier, je me hissai enfin sur son dos.

— C'est parti !

Major fila au galop en direction des arbres au loin, vers mon endroit préféré au monde : l'étang.

Le ranch Wilson s'étendait sur plus de cent vingt hectares. Avant de venir y vivre, j'étais une pure fille de la ville. Autant dire qu'à l'époque la prairie à perte de vue, la maison façon cabane dans les bois ainsi que le bétail et les chevaux ne m'avaient pas fait grande impression. Mon truc, c'étaient la mode et la déco. Et, comme mes demi-frères me le faisaient si souvent remarquer, je faisais tout « comme une fille ».

Cependant, petit à petit, je m'étais mise à apprécier les longs trajets à vélo. Devin et Drew m'avaient appris à conduire le quad, ce qui me permettait d'aller à l'étang quand l'envie me prenait de nager, ou simplement d'être seule.

Nous vivions au ranch depuis environ un an quand, un jour, Dwight était venu frapper à la porte de ma chambre.

— Darby, j'aimerais te montrer quelque chose.

Il s'était toujours révélé gentil envers moi, mais nos relations se résumaient généralement à quelques mots polis lorsque l'on se croisait. Drew, Devin et moi passions de plus en plus de temps ensemble, mais, s'il m'arrivait de me trouver seule avec Dwight, je montais généralement dans ma chambre.

Il avait glissé ses pouces dans les poches de son jean Wrangler.

— Mets des vêtements qui ne craignent pas trop et rejoins-moi dehors.

Si maman avait été à la maison, je lui aurais demandé de dire à Dwight qu'il ne servait à rien de me forcer à passer du temps avec lui pour créer des liens : je n'étais pas intéressée.

J'avais cependant enfilé une paire de jeans troués aux genoux et un tee-shirt. Lorsque j'étais sortie, Dwight était en train de faire descendre du van un jeune cheval à la robe brun-rouge.

— Je viens d'acheter ce hongre aux enchères, avait-il déclaré. Et, cet été, je compte sur toi pour m'aider à le débourrer.

J'avais plongé le regard dans les grands yeux sombres de l'animal.

— Mais je n'y connais rien aux chevaux !

— Ça tombe bien, il ne connaît pas grand-chose aux humains non plus. Et nous allons changer cela, avait déclaré Dwight en flattant l'encolure du poulain. Approche-toi, si tu veux, histoire que vous fassiez connaissance, tous les deux.

L'animal avait levé la queue et déposé un crottin sur le sol.

Génial. Moi qui rêvais justement de passer l'été à esquiver les merdes de cheval.

— À toi de lui choisir un nom, avait repris Dwight. Et rien de gnangnan ni de farfelu, OK ?

— Major ?

C'était le nom du cheval de Cendrillon.

Dwight nous avait observés tour à tour, le poulain et moi.

— J'aime bien.

Je m'étais rapidement prise de passion pour le dressage de Major. Dwight supervisait les opérations, me donnant des conseils, et parlant de choses et d'autres tandis que nous progressions dans le débourrage. Sans même m'en apercevoir, j'avais commencé à l'aimer lui aussi.

Lorsque le dressage était arrivé à son terme, il m'avait demandé de m'asseoir, car il avait à me parler.

— Darby, je veux que tu saches que je te considère comme un membre à part entière de ma famille. Je suis conscient que cela n'a pas toujours été facile pour toi, au milieu de tous ces gars, mais, même s'ils ne le montrent pas, Drew et Devin sont heureux de vous avoir ici, Janet et toi. Tout comme moi, d'ailleurs.

— Moi aussi, je suis bien ici.

— Et je tiens à ce que tous mes enfants aient deux choses : un prénom qui commence par un D – ça, tu as déjà – et une monture. Alors, si tu le veux, Major est à toi.

L'émotion m'avait gagnée.

— À moi ?

— Il faudra t'en occuper.

J'avais hoché la tête avec enthousiasme.

— Je prendrai bien soin de lui. Merci !

Je n'avais jamais été une adepte des grandes embrassades, mais je m'étais jetée à son cou avant même de m'en rendre compte.

Il m'avait tapoté le dos, avant de me dire d'aller nourrir mon cheval. Lorsque l'école avait repris, j'avais eu du mal à me faire à l'idée de ne plus voir Major toute la journée. Lui aussi était entré dans une phase de rébellion, cherchant à jeter à terre toute personne essayant de le monter. Et, même si j'avais conscience qu'il n'y avait pas de quoi, je ne pouvais m'empêcher d'en être fière.

— Ho !

Je tirai sur les rênes et le ramenai au trot à l'approche de l'étang. Je me laissai glisser à terre et allai m'asseoir à l'ombre d'un arbre tandis que Major s'abreuvait à la mare. Encore aujourd'hui, il ne permettait pas à n'importe qui de grimper sur son dos. Il tolérait Dwight, Drew et Devin, et venait à regret quand ceux-ci l'appelaient, mais il n'y avait qu'à moi qu'il faisait la fête.

Allongée dans l'herbe, j'aperçus les initiales gravées sur le tronc de l'arbre. Voilà une idylle qui avait un jour été aussi romantique que celles dont on m'avait rebattu les oreilles, cet après-midi-là. Néanmoins, graver ses initiales accompagnées du signe « égal » et de la mention *« forever »* ne garantissait en rien l'amour éternel. Même ici, dans mon refuge, j'avais la preuve que les histoires d'amour – même les meilleures – ne durent pas.

Des éclats de voix accompagnés des pleurs d'un nourrisson filtraient à travers la porte d'entrée. Debout sous le porche, je me demandais combien de temps leur dispute allait durer cette fois.

— Je m'en suis occupée toute la journée, hier, tempêtait Anne. Tu peux bien t'en sortir quelques heures, non ?

— Je la prends avec moi, soupira Devin. Je voulais juste savoir si tu pensais être de retour avant que je doive rentrer coucher les enfants.

— Je n'en sais rien. Tout ce dont je suis sûre, c'est que si je reste ici plus longtemps je vais devenir dingue !

Anne ouvrit alors la moustiquaire avec tant de forces que je dus faire un bond pour l'éviter. Elle dévala les marches du perron et grimpa dans sa voiture. Elle ne m'avait probablement même pas vue.

À l'intérieur, je trouvai Devin en train d'installer Ava dans le porte-bébé. Levi, mon neveu de quatre ans, aux cheveux si blonds qu'ils en étaient presque blancs, était scotché devant la télévision et regardait des dessins animés.

J'adressai un petit sourire désolé à Devin.

— Salut. Je te demanderais bien comment ça va, mais je pense déjà connaître la réponse.

Il secoua la tête.

— Ava fait ses dents, alors elle est un peu grognon. Et moi, je fais des heures supplémentaires : je dois donner un coup de main avec les vaches et la préparation des machines pour la première coupe.

Il se passa une main dans les cheveux. Il avait les yeux rouges, bordés de cernes sombres.

— Donc autant te dire que l'ambiance est un peu explosive, en ce moment, reprit-il. J'essaie de détendre l'atmosphère en plaisantant un peu. Du temps où l'on sortait ensemble, Anne disait qu'elle adorait mon sens de l'humour. Maintenant, la moindre plaisanterie me vaut un regard qui tue. Ce que je fais n'est jamais bien, et on repart dans le cycle infernal.

Je regardai Ava et ses joues prodigieusement dodues. Depuis sa venue au monde, six mois auparavant, je ne l'avais vue que pleurer et dormir. Ballottée contre son papa, en revanche, elle n'avait pas l'air si malheureuse.

— Il faut voir le bon côté des choses : vous avez des gosses tout à fait adorables.

— C'est bien tout.

Cela ne sembla pas plaire à la petite, qui recommença à hurler. Apparemment, le fait que je la trouve adorable ne comptait pas.

— Je vais aller la promener dehors. Papa et Janet ont dû faire un saut au supermarché, mais ils ne devraient plus tarder. Je peux te demander de garder un œil sur Levi, en attendant ?

— Aucun problème.

J'avais de la peine pour Devin, mais également pour Anne. Tout le monde ne cessait de dire qu'elle avait beaucoup changé. J'avais entendu quelque part que les femmes épousent leurs maris avec l'espoir de réussir à les faire changer, tandis que les hommes épousent leurs femmes en priant qu'elles ne changent jamais.

Il y avait donc peut-être un peu de vrai. Après tout, un paquet de types sur le marché auraient bien eu besoin de quelques transformations, voire d'une refonte complète. Et, si je n'avais jamais été mariée moi-même, j'avais déjà connu des relations sérieuses sur le long terme. J'avais également fréquenté mon lot de couples mariés. Les hommes se plaignaient toujours que leur épouse avait changé, sans se rendre compte qu'ils n'étaient pas mieux : finis les efforts pour organiser des soirées en amoureux ; désormais, c'étaient les pieds puants sur les genoux de leur moitié, le regard vide rivé à la télé ; la conversation se résumait à : « Qu'est-ce qu'on mange, ce soir ? » Finis les efforts vestimentaires, c'était tout juste s'ils enfilaient un pantalon. Oui, les choses évoluaient avec le temps. Franchement, vous croyiez quoi, les gars ?

Bon, fin du coup de gueule.

J'allai m'asseoir près de mon neveu.

— Coucou, Levi. Comment ça va, toi ?

Détachant les yeux de l'écran, il tourna la tête vers moi.

— Ava pleure tout le temps. Alors maman pleure. Tout le monde pleure beaucoup à la maison.

Je lui ébouriffai les cheveux.

— Ça s'arrangera, va.

En tout cas, je l'espère.

Quelques minutes plus tard, ma mère franchit la porte, Ava blottie contre elle. Maman avait un don avec les bébés. Contrairement à moi, qui fuyais au moindre cri, elle prenait le nourrisson dans ses bras pour le réconforter.

Devin et Dwight apparurent à leur tour, chargés de courses.

— Il en reste ? demandai-je en désignant les sacs.

— Non, on a pu tout prendre, me rassura Dwight.

Je suivis tout ce petit monde dans la cuisine.

Une fois qu'il eut posé ses paquets sur la table, Dwight me prit dans ses bras.

— Comment tu vas, ma grande ? Tu leur apprends toujours la vie, à ces citadins ?

— La vie, je ne sais pas, mais, en tout cas, je leur montre comment réarranger leur intérieur. Dépenser l'argent des autres est toujours un bonheur !

Il tira un tabouret pour moi et s'assit à mes côtés.

— T'as fait faire un tour à Major ?

— Tu penses bien que oui. Comment se porte-t-il ?

— Ce foutu canasson a mordu Caleb, l'autre jour.

Maman cessa de fredonner et darda un regard sévère sur son mari. Elle tentait en vain de le guérir de cette habitude de jurer pour rien depuis dix-sept ans, mais n'était visiblement toujours pas découragée.

Sans se démonter, Dwight poursuivit son récit des mésaventures de Caleb, le fils des voisins, qui venait parfois donner un coup de main à la ferme.

— Bref, le gosse a essayé de lui mettre la selle, mais ton cheval n'arrêtait pas de le mordre, alors il lui a filé une claque sur le nez.

— Oh, non…

Dwight n'avait pas besoin d'en dire davantage, cela ne pouvait que mal finir. Non seulement Major était une vraie tête de mule, mais il était aussi extrêmement rancunier. Il fallait lui montrer qui était le patron, mais cela nécessitait un certain doigté.

— Revanchard comme il est, cette teigne de Major l'a laissé mettre un pied à l'étrier, puis il est parti au galop et s'est mis à ruer.

— Comment va Caleb ?

— Il ne risque pas de s'approcher de ton cheval de sitôt, mais il y a eu plus de peur que de mal. Il s'en est seulement sorti avec quelques bleus. Tu l'as pourri gâté, cet animal, ajouta-t-il. Il n'aime que toi. C'est tout juste s'il me tolère, et si quelqu'un d'autre s'avise ne serait-ce que de le regarder, il mord, il donne des coups de pied et il rue.

— Mais moi il m'adore, dis-je en haussant les épaules, un grand sourire aux lèvres.

Dwight secoua la tête et marmonna :

— Foutue bestiole.

Les pleurs d'Ava reprirent de plus belle. Maman recommença à la bercer en faisant les cent pas et essaya de chantonner plus fort.

Devin lui offrit de s'en occuper, mais, au ton de sa voix, il était clair que c'était la dernière chose dont il avait envie.

— Je vais aller lui donner le bain ; avec un peu de chance, ça la calmera, déclara ma mère. Je vous laisse ranger les courses. Si vous avez un petit creux, il y a des restes dans le frigo.

Les hurlements s'éloignèrent tandis que ma mère montait à l'étage avec Ava.

Devin posa les coudes sur le plan de travail et enfouit son visage dans ses mains.

— Je n'en peux plus des pleurs. Et je m'inquiète pour Anne. Elle ne veut pas m'écouter, mais je crois vraiment qu'elle aurait besoin de parler à quelqu'un, avant que la dépression empire. Il lui était arrivé la même chose après Levi.

Dwight plaça une main rassurante sur le dos de son fils.

— Tout finira par rentrer dans l'ordre, ne t'inquiète pas.

Devin soupira.

— Je ne sais pas combien de temps je peux encore tenir le coup.

Il leva la tête vers moi.

— C'est peut-être toi qui as raison de t'en tenir à tes positions contre le mariage. J'aime Anne et les enfants plus que tout au monde, mais je ne me serais jamais imaginé que tout ça serait si dur.

— C'est marrant, j'ai entendu un tout autre son de cloche cet après-midi, à la réunion que Mme Taylor avait organisée pour Stephanie : tout le monde prétendait que la vie de couple était quelque chose de formidable. En fait, Mme Hildabrand a même eu la délicatesse de me dire que c'était bien dommage que j'aie laissé échapper Gil.

Posant moi aussi le coude sur le plan de travail, j'appuyai la joue sur mon poing.

— Je suppose que l'herbe est toujours plus verte dans le pré du voisin. Quoi que l'on décide, on se demande toujours si on n'a pas fait le mauvais choix.

Je savais de quoi je parlais, j'avais songé à l'herbe du voisin toute la journée.

Le conte de fées version adulte : avec Gil dans le rôle du héros de films d'amour

Âge : 17

Oui, je sais, je triche un peu : ce n'est pas une histoire de prince ni de princesse. Mais Gil n'était pas comme les autres. De plus, il était entré dans ma vie au moment où j'abandonnais les films Disney pour les comédies romantiques, soit le genre d'histoires qui pouvait se produire dans la vraie vie. C'était en tout cas ce que j'avais été assez bête pour avaler.

On connaît toutes ces films dans lesquels l'héroïne est amie avec un type absolument génial et craquant, mais ne se rend pas compte à quel point il est parfait, et encore moins qu'il est fou d'elle. Parfois, il arrive que ce soit lui qui ne s'aperçoive pas tout de suite qu'il est amoureux de sa meilleure amie. Il existe plusieurs variantes, mais toutes se terminent de la même manière, lorsqu'ils découvrent qu'ils sont faits l'un pour l'autre.

Ma rupture avec Sherman m'avait anéantie. Le croiser tous les jours au lycée était une torture, d'autant plus que lui et Tabitha passaient leur temps à se lécher les amygdales dans les couloirs. Il m'avait terriblement blessée, et, pourtant, si ridicule que ce soit, je ne cessais de m'imaginer divers scénarios, dans lesquels il prenait conscience qu'il n'était qu'un idiot et faisait tout pour se racheter ; je finissais par céder, et nous nous retrouvions enfin.

Dans mes rêves. En réalité, je le soupçonnais d'avoir purement et simplement tourné la page – ce qui était d'autant plus vexant que cela signifiait qu'il n'en avait jamais rien eu à faire de moi. Je traînais beaucoup en compagnie de mes frères et de leurs copains. Après les cours, nous allions faire un tour à cheval ou en quad. Nous passions aussi pas mal de temps chez *Margie's*, le bistro du coin. Cela m'épargnait de trop me morfondre. En fait, chaque fois qu'ils me voyaient m'apitoyer sur mon sort, Drew et Devin me disaient d'arrêter de chialer, parce que chialer, c'était un truc de nanas.

En janvier, Stephanie avait emménagé à Longmont. Nous avions un cours en commun, et nous avions tout de suite accroché. Déjà à l'époque, les gens trouvaient que nous nous ressemblions énormément. Tout comme moi, Steph aimait tout ce qui touchait à la mode. Très vite, nous étions devenues inséparables.

Un jour que je brossais Major dans le paddock, Gil était venu me voir.

— Salut ! Si tu cherches les gars, je crois qu'ils sont partis acheter des pièces pour le John Deere, l'avais-je informé, mais ils ne devraient plus tarder.

— Ça tombe bien, c'est à toi que je voulais parler.

Agacé de ne plus avoir toute mon attention, Major avait tordu le cou et claqué des mâchoires en direction de Gil.

Lui prenant la tête entre les mains, je l'avais regardé droit dans les yeux.

— On ne mord pas, Major !

Puis j'avais soulevé le seau d'avoine.

— Tu en veux ?

Alors qu'il hennissait en tendant les lèvres vers les céréales, j'avais écarté la nourriture.

— Alors tu ne mords pas.

L'air le plus malheureux du monde, il avait baissé la tête.

— Excuse-le, avais-je repris en me tournant vers Gil. Tu disais ?

Celui-ci s'était appuyé à la barrière.

— On ne te voit plus beaucoup depuis que tu t'es fait une nouvelle amie.

— Ça fait du bien d'avoir quelqu'un de ma classe avec qui discuter… J'apprécie de passer un peu de temps entre filles, aussi, lui avais-je avoué, avant de reposer le seau. Mais je n'ai rien de prévu avec Stephanie, cet après-midi. Vous aviez l'intention de faire quelque chose, vous ?

Gil avait poussé un soupir.

— Tu m'as mal compris : c'est à moi que tu manques.

— Attends, tu veux dire que… ?

Je n'avais pas pu continuer ; j'avais eu trop peur de passer pour une idiote.

Gil, lui, ne s'était pas embarrassé de mots et s'était penché pour déposer sur mes lèvres un baiser qui avait fait palpiter mon cœur d'émotion.

— Je t'aime beaucoup, Darby, avait-il déclaré lorsqu'il avait enfin détaché ses lèvres des miennes. Cela faisait longtemps que j'attendais le bon moment ; je me disais toujours que je t'en parlerais la prochaine fois que l'on se retrouverait seul à seul. Et puis j'ai trop tardé, et tu t'es faite rare. Bref, je te laisse y réfléchir. Si tu préfères qu'on reste amis, j'espère que ça ne changera rien entre nous.

Passé quelques secondes de stupeur, j'avais regardé Gil comme si je le voyais pour la première fois. Avec ses cheveux bruns bouclés et ses grands yeux marron, il était vraiment très mignon. Puis j'avais repensé à la manière dont il avait toujours pris soin de moi ; le jour où j'avais surpris Sherman et Tabitha, c'était lui qui m'avait ramassée à la petite cuillère. Je n'avais jamais considéré les copains de mes frères comme des petits amis potentiels, tout simplement parce que nous nous connaissions depuis une éternité. J'avais toujours cru n'être qu'une sale gamine à leurs yeux.

— Je ne suis pas sûre d'avoir bien compris, avais-je murmuré. Répète.

— Quelle partie ?

Mon cœur cognait si fort que je sentais chaque pulsation contre mes côtes.

— La partie où tu m'embrasses.

Avec un sourire euphorique, il m'avait attirée contre lui et avait repris son baiser là où il l'avait interrompu, m'embrassant, encore et encore, jusqu'à ce que la tête me tourne.

Si le reste des garçons avaient d'abord été perplexes de nous voir ensemble, Gil et moi, ils s'étaient vite faits à l'idée. Steph était sortie avec Drew, mais cela n'avait duré qu'un mois. Les relations avaient été un peu tendues entre eux durant quelques semaines, puis tout avait fini par rentrer dans l'ordre. C'était à la fois l'inconvénient et l'avantage de fréquenter quelqu'un dans une petite ville : on n'avait pas d'autre choix que d'enterrer la hache de guerre.

Quand le temps s'était réchauffé, Gil et moi avions pris l'habitude de nous rendre à l'étang, pour rêvasser ou nager. Un jour, il avait sorti son couteau et gravé nos initiales dans l'écorce de l'arbre. Il m'avait dit qu'il m'aimait. Un mois plus tard, à l'ombre de ce même arbre, nous avions tous deux perdu notre virginité. Très prévenant et doux, il s'était ensuite assuré que tout allait bien et que je ne regrettais rien. Ma seule crainte était que cela n'affecte notre relation.

Et, effectivement, beaucoup de choses avaient changé entre nous, mais pas de la manière que j'appréhendais. Bien au contraire, nous étions plus amoureux que jamais.

Puis sa dernière année de lycée était arrivée à son terme, et notre histoire s'était soudain trouvée dotée d'une date d'expiration : il partait étudier en Californie, et nous étions tous deux conscients qu'une relation à distance serait trop compliquée.

Nous ne nous étions pas quittés de l'été, profitant de chaque seconde ensemble. La veille de son départ pour l'université, nous étions allés nous dire adieu à l'étang, et, malgré tous mes efforts, je n'avais pu m'empêcher de verser quelques larmes. *OK, des flots de larmes.*

Lorsque le soleil avait touché l'horizon, Gil m'avait tendu la main.

— On rentre ?

J'avais refusé d'un signe de tête.

— Je vais rester un peu.

— Je suis obligé d'y aller. Mes parents vont m'attendre.

Le baiser qu'il avait déposé sur mes lèvres était gorgé d'amour et de peine, chargé de pas loin d'une année de sentiments et de trois ans d'amitié. Sous sa caresse, je m'étais sentie à la fois vide et comblée.

— Au revoir, Darby. Je t'aime.

— Moi aussi.

Je n'avais pas cherché à retenir mes larmes plus longtemps. Pour moi, c'était la fin du monde.

Gil était revenu aux vacances de Noël, et nous avions passé trois semaines idylliques ensemble ; rien ne semblait avoir changé. J'avais la certitude que nous étions faits l'un pour l'autre. Patienter jusqu'à l'été suivant ne serait pas facile, mais, lorsqu'il serait de retour, nous nous retrouverions comme si nous n'avions jamais été séparés.

Seulement Gil avait décroché un emploi en Californie, tandis que Steph et moi parlions d'aller poursuivre nos études à Denver. J'avais envoyé ma candidature au Rocky Mountain College of Art & Design, et elle avait l'intention de s'inscrire à l'université d'État. Au cas où mon histoire avec Gil deviendrait plus sérieuse durant l'été, j'avais également postulé à une école de design en Californie, mais, comme il n'était finalement pas revenu pour les vacances, nous nous étions peu à peu éloignés. Gil et moi, c'était fini. Il fallait que je tourne la page.

Et c'est ce que j'avais fait.

Puis il y avait eu le mariage de Devin et Anne, et nous nous étions revus. Toujours aussi séduisant, il m'avait invitée à danser, et, tandis que nous tourbillonnions sur la piste, j'avais eu l'impression d'avoir de nouveau dix-sept ans. Nous étions si à l'aise tous les deux. Comme s'il n'y avait rien de plus naturel.

Tout le monde adorait raconter comment j'avais houspillé puis giflé Ralph ; personnellement, je préférais de loin le moment qui avait suivi.

Je regardais mon rendez-vous d'un soir disparaître dans l'ascenseur quand j'avais entendu une voix dans mon dos :

— Tu n'as vraiment aucun goût en matière de mecs.

Faisant volte-face, prête à en découdre, j'avais alors découvert un Gil goguenard.

— Tu as raison. Il n'y a eu qu'une exception.

Il avait pointé le doigt sur sa poitrine, le regard plein d'espoir.

— Non, tu rêves…, avais-je répondu.

Puis j'avais ajouté avec un grand sourire, accompagné d'une bourrade :

— Mais oui, toi ! En toute honnêteté, tu es sans doute le seul type avec qui je suis sortie qui ne soit pas un parfait

« gronnard ». Je tiens quand même à préciser que je n'ai pas choisi ce tocard. C'était un rendez-vous arrangé. Le pire de ma vie.

Drew nous avait rejoints, la main en l'air.

— Bravo, c'était absolument grandiose ! Tope là !

Lui donnant une grande claque dans la paume, j'avais remarqué que les gens me dévisageaient toujours.

— Eh ben, tous les invités sont encore en train de regarder. À croire qu'ils n'ont jamais vu personne s'en prendre une à des noces…

— Oh, il y a quelqu'un avec une caméra, avait lancé Drew en me désignant le cameraman du mariage. Je vais voir s'il a filmé ça.

Je m'étais alors inclinée vers Gil.

— Est-ce qu'Anne a l'air de beaucoup m'en vouloir ?

— J'ai l'impression que Devin est en train d'essayer de la calmer, avait-il déclaré en jetant un coup d'œil par-dessus mon épaule.

— Super. Déjà qu'elle me déteste… Maintenant, tout ce que les gens vont se souvenir de son mariage, c'est comment j'ai giflé mon rencard.

— Il ne tient qu'à nous de leur fournir un autre sujet de discussion.

Me soulevant délicatement le menton, il avait alors approché ses lèvres des miennes. J'avais enroulé les bras autour de sa taille et m'étais laissé emporter. Ses baisers étaient exactement comme dans mes souvenirs : délicieux.

Avec un soupir, il était ensuite venu presser son front contre le mien.

— J'en mourais d'envie depuis que je suis arrivé. J'étais un peu triste de voir que tu avais un cavalier.

— J'ai bien fait de me débarrasser de lui…, avais-je murmuré en plongeant le regard dans ses grands yeux marron.

Et bien que conscients que cela ne mènerait à rien, car il vivait toujours à des heures de là, nous avions passé les quelques jours qui avaient suivi scotchés l'un à l'autre. J'aurais aimé mettre le sujet d'une relation longue distance sur le tapis, demander à Gil s'il pensait qu'il y avait une chance que cela fonctionne, mais je ne voulais pas gâcher ces instants en sa compagnie. Sans doute me doutais-je inconsciemment qu'une telle histoire serait trop compliquée, mais aussi que je serais dévastée s'il se révélait que ses sentiments n'étaient pas assez forts pour l'inciter à tenter l'expérience. Je m'étais donc tue, me contentant de lui dire au revoir lorsqu'il avait été temps pour lui de repartir pour la Californie.

Pas loin d'un an plus tard, j'avais reçu l'annonce de ses fiançailles par la poste. Il avait rencontré une fille magnifique et en était tombé amoureux. Une part de moi avait toujours cru que Gil et moi finirions par nous retrouver. Un peu comme ces couples de cinéma que le destin essaie de rapprocher tout au long de leur existence, jusqu'à ce qu'arrive enfin le bon moment.

J'avais accompagné Drew, Devin et Anne à son mariage. Si nous avions été dans l'un de ces foutus films à l'eau de rose dont j'étais à l'époque si friande, je me serais levée et aurais proclamé mes sentiments pour Gil. Il aurait abandonné sa fiancée de magazine au pied de l'autel pour m'enlacer et m'embrasser avec passion. Fondu au noir. Générique de fin.

Mais j'étais restée assise sur mon banc d'église, à regarder le seul petit ami décent que j'aie jamais eu en épouser une autre.

Alors vraiment, merci, Julia Roberts, de m'avoir fait croire que le véritable amour vient à bout de tous les obstacles, que l'on gagne sa croûte en faisant le trottoir ou que l'on s'obstine à fuir les hommes qui nous aiment. Et toi aussi, Molly Ringwald… Peut-être faut-il être rousse pour que ça marche ? Pourtant, Sandra Bullock aussi finit toujours par remporter le gros lot.

C'est le propre des films d'amour : les deux âmes sœurs se débrouillent pour se retrouver, et tout se termine bien.

Le lavage de cerveau, encore et toujours…

Temps perdu : je refuse de considérer mon histoire avec Gil comme du temps perdu. Nous étions sortis ensemble durant neuf mois au lycée, deux ou trois semaines aux vacances de Noël suivantes, puis trois jours à la suite du mariage de Devin. J'avais, en revanche, gâché un certain nombre d'années à espérer que nous finirions par nous remettre ensemble.

Leçon :

- Il existe tout de même des mecs qui ne sont pas de parfaits abrutis. Mais ça ne change strictement rien quand ce putain de destin a décidé de vous mener la vie dure.

Chapitre 12

Le narrateur reprit là où j'avais interrompu ma lecture : l'héroïne, agent du FBI, n'était plus très loin de coincer le tueur qui s'attaquait aux jeunes femmes vivant seules.

Je grimpai sur le tapis de course et le mis en route. Mon rythme cardiaque ne tarda pas à s'emballer, non seulement à cause de l'effort, mais également parce que j'avais peur pour la victime suivante. Le meurtrier se planquait sous son lit, attendant patiemment qu'elle s'endorme.

Ne t'endors pas.

L'enquêtrice du FBI avait reçu une info, mais je n'étais pas certaine qu'elle arriverait à temps.

Le tueur s'extirpait avec lenteur de sa cachette, prêt à frapper. Prêt à tuer une autre fille.

— Salut ! lança Jake en se plantant devant moi, me faisant trébucher.

Je m'agrippai à la barre pour ne pas tomber et me rattrapai de justesse. J'arrêtai alors la machine, puis mis mon roman sur pause, la respiration haletante.

— Tu as failli me faire avoir une attaque !

— Je voulais juste te dire bonjour. Je ne pensais pas te faire une telle frayeur.

— C'est le genre de truc qui a tendance à faire sursauter quand le tueur est sur le point de passer à l'acte.

Un air d'incompréhension se peignit sur le visage de Jake.

— J'étais absorbée par mon livre audio, lui expliquai-je en désignant mes écouteurs. C'est un passage plein de suspense.

Un coup d'œil à l'écran d'affichage m'indiqua que j'avais couru un peu plus de trois kilomètres.

Ça suffira pour aujourd'hui.

M'épongeant le visage avec ma serviette, je descendis du tapis.

— Ça a été, la cohue du week-end au *Blue* ?

— On n'a pas eu le temps de s'ennuyer. J'espérais qu'une certaine personne passerait me voir pour égayer mes longues heures de travail, mais elle ne s'est pas montrée. D'après Mindy, je me suis pris une veste.

Adossée au mur, je bus une gorgée d'eau à la bouteille.

— Parce que cette personne n'est pas venue ?

Jake s'appuya lui aussi au mur, posant la main près de ma tête, et me regarda droit dans les yeux.

— Apparemment, si tu t'intéressais ne serait-ce qu'un tout petit peu à moi, tu aurais fait un saut au restaurant. Il paraît qu'il faudrait que j'apprenne à décoder les signaux.

— Pour t'en avoir déjà envoyé quelques-uns qui ne nécessitaient pourtant pas de décodeur, je suis assez d'accord sur ce dernier point.

J'achevai ma phrase sur un sourire, au cas où il n'aurait pas compris qu'il s'agissait d'une plaisanterie. La proximité de son corps décuplait mes sens. Une veine palpitait dans le creux de son cou, et je remarquai une cicatrice pâle sous son menton ; tout en lui respirait l'aisance et l'assurance. Ma peau frémissait de le sentir si proche, je mourais d'envie de faire courir ma main le long de son torse.

Je crois qu'il le remarqua, car son petit rictus se transforma soudain en une expression triomphante.

— Ce qui me fait penser que je voulais te demander si tu avais quelque chose de prévu aujourd'hui. J'ai pris ma soirée, et j'aimerais qu'on sorte.

Peu importait ce que je ressentais si près de lui, il était temps que je fasse preuve d'un peu d'honnêteté. Envers Jake et envers moi-même. J'aimais passer du temps avec lui et j'avais en effet dit que je recherchais une relation correcte à plus ou moins long terme. Certes, il vivait dans mon immeuble, mais, tant que les choses ne devenaient pas trop sérieuses entre nous, je pensais pouvoir supporter de le croiser par la suite.

— Je ne sais pas où tu crois que tout cela va nous mener, mais j'aimerais juste que, quoi qu'il se passe entre nous, ça reste sans prise de tête. Ton passé, le mien…, ça ne m'intéresse pas ; je ne veux pas avoir à gérer une relation de couple et tout ce que cela implique.

Jake ne sourcilla pas.

— Je passe te prendre à 18 heures.

À 18 heures tapantes, il frappa à ma porte. Je l'invitai à entrer.

— Laisse-moi juste le temps d'arroser mes plantes, j'en ai pour une minute. Je n'ai pas arrêté d'oublier aujourd'hui.

Après avoir rempli un verre d'eau, je me dirigeai vers la fenêtre.

— Tu en as une seconde ? me demanda-t-il en me regardant verser l'eau sur la terre noire de ma nouvelle plante.

— Je l'ai gagnée à une petite fête en l'honneur de la future mariée. Comme il s'est révélé que c'était moi qui la connaissais le mieux, on m'a donné une plante en récompense.

Jake me rejoignit près de la fenêtre et m'enlaça.

— Tu ne crois pas que tu aurais dû la confier à quelqu'un qui ne la tuera pas ?

Je lui flanquai un coup de coude dans les côtes.

— Hé, ne sois pas mesquin. Elle s'est renversée et a perdu un peu de terreau sur le chemin du retour, mais je suis sûre qu'elle ne tardera pas à s'en remettre. Et puis regarde celle-ci, dis-je en désignant l'autre, qui trônait sur le rebord de la fenêtre depuis que j'avais acheté l'appartement, mon unique feuille verte se porte comme un charme.

— Tu ne m'enlèveras pas de l'idée qu'il vaudrait mieux abréger leurs souffrances.

Il fit courir ses lèvres dans mon cou, et un agréable frisson me parcourut de la tête aux pieds.

Après avoir déposé mon verre à côté des pots, je me retournai pour lui faire face.

— N'es-tu pas censé essayer de me plaire, plutôt que de te moquer de mon absence totale de main verte ?

Il sourit.

— Allons-y, alors, avant que tu changes d'avis.

Me prenant par la main, il m'entraîna jusqu'au parking. Il me conduisit alors à une Chevrolet Camaro Z28. Noire avec deux bandes blanches sur le capot ; d'époque, probablement de la fin des années 1960. Ayant passé une grande partie de mon adolescence entourée de garçons, j'en avais appris un rayon sur les bagnoles.

Drew et Devin auraient tué pour faire un tour là-dedans. Moi aussi d'ailleurs ! Mais, cela me rappelait trop Allen et sa Dodge Viper, et j'avais établi des règles claires concernant les dingues de voitures.

— Belle bête.

J'aurais préféré que ce ne soit pas le cas, j'aurais peut-être réussi à avoir l'air blasée.

— Merci. Je l'aime bien, avoua-t-il en m'ouvrant la portière du côté du passager.

Si je m'en tiens à mes règles, il vient de griller sa troisième et dernière chance. Cela dit, il ne semblait pas si obsédé que ça, et le fait qu'elle soit d'époque le faisait remonter de quelques points dans mon estime. *Alors, disons, un demi-strike.*

Après un instant d'hésitation, je me glissai à l'intérieur. Le volant était fin, les lève-vitres étaient manuels, et certaines jauges étaient placées au centre du tableau de bord, de même que le levier de vitesse chromé.

Jake monta dans la voiture, répandant son parfum dans tout l'habitacle.

— Je me disais qu'on aurait pu sortir un peu de la ville. Il y a un resto à Boulder qui…

— Je préférerais qu'on évite Boulder, laissai-je brutalement échapper.

Il y avait comme un air de déjà-vu.

— Au cas où tu aurais envie d'écourter le repas ? Comme avec ton conseiller conjugal ?

— Exactement, dis-je en essayant d'adopter un ton détaché. Qui sait à quel moment tu sortiras un truc qui me fera partir en courant ?

— OK. J'en connais un autre plus près d'ici.

Je n'aurais pas dû en faire une montagne, mais c'était plus fort que moi. À cause d'Allen, la simple idée d'aller au restaurant à Boulder me filait de l'urticaire. Surtout associée à la voiture de collection. Je me rappelai soudain que Jake ne m'avait jamais invitée chez lui et fus prise de panique.

Qu'a-t-il donc à cacher ?

Je saisis la ceinture de sécurité et pris une profonde inspiration pour calmer les remous qui agitaient mon estomac. Il fallait que j'essaie d'être un peu rationnelle : Jake et moi vivions dans le même immeuble ; il m'avait présentée à son amie Tina ; il insistait pour que je passe au *Blue*… Oh, et

Virginia Hammond avait tenu à nous présenter. Je n'avais aucune raison de croire qu'il était marié.

OK, tout va bien, fin de l'alarme.

Le moteur rugit, puis le vacarme se mua en un doux ronronnement tandis que Jake manœuvrait pour sortir du garage.

—Tu as trouvé le temps de continuer ton livre ? Il avait l'air de t'avoir mise dans un drôle d'état, tout à l'heure.

—J'aurais sursauté aussi si j'avais été en train d'écouter de la musique. Quand je grimpe sur la machine, je décroche de la réalité. (Je lui glissai un coup d'œil.) Mais il est vrai que ce bouquin m'aura tenue en haleine jusqu'au bout. Le suspense était si insoutenable que je n'ai pas pu le lâcher. Enfin, si on peut dire, puisque je ne le tenais pas exactement entre les mains.

—Tu aimes bien lire, donc… ou écouter des romans, en tout cas.

—Je me suis rendu compte que cela me permettait de courir plus longtemps. Il va falloir que je fasse un saut à la librairie pour en choisir un autre, d'ailleurs.

—On pourra y passer plus tard, si tu veux.

Il tendit alors le bras et me prit la main, mêlant ses doigts aux miens. Le moindre de ses gestes me donnait l'impression de redevenir adolescente.

Je me forçai à profiter de l'instant, sans toutefois parvenir à occulter complètement la petite voix qui répétait au fond de moi : *Ce genre de bonheur n'est pas fait pour durer.*

—Je t'avais dit que c'était délicieux, ici, déclara Jake. C'est l'avantage d'être ami avec l'un des meilleurs chefs de la ville : il connaît toutes les bonnes adresses.

—Alors, demandai-je, raconte-moi ce qui t'a décidé à te lancer dans la restauration ?

— C'est une longue histoire.

Je piquai un tortellini sur ma fourchette.

— Tu as déjà l'intention de te défiler ? Je ne t'ai pourtant pas encore montré les photos de ma collection d'horribles poupées de porcelaine.

Un sourire passa sur ses lèvres.

— Je croyais que tu ne voulais pas que l'on entre dans les détails de nos vies ? Que tu préférais t'en tenir aux discussions superficielles ? ironisa-t-il. Il me semblait que c'était la condition…

— C'est vrai, mais le fait que tu refuses de me répondre me donne à penser qu'il s'agit d'une histoire intéressante. Alors, maintenant, j'ai très envie de l'entendre.

— Très bien… C'était ouvrir un restaurant ou devenir clown professionnel, soupira-t-il avec une expression tragique. Malheureusement, je me suis fait virer de l'école du rire en raison de mes résultats pitoyables, et mes parents m'ont renié. On m'a éjecté de la voiture à pédales où s'entassaient douze autres clowns, et j'ai dû débarrasser le plancher.

Je secouai la tête, retenant un sourire.

— Je n'en reviens pas qu'on t'ait mis dehors, tu as pourtant un talent fou !

— J'ai ça dans le sang, que veux-tu…

— Ne crois pas que ça te dispense de me raconter la vraie raison, monsieur Le-Recalé-de-l'École-du-Rire.

Repoussant son assiette, il croisa les avant-bras sur la table.

— Mon père a monté son propre groupe de marketing et de communication à partir de rien. Il a toujours accordé une grande valeur au travail, il n'était pas question pour lui de m'offrir un poste dans son entreprise tant que je n'aurais pas les qualifications nécessaires. J'ai donc étudié le *marketing* et les sciences économiques à l'université de New York. Une fois mon diplôme en poche, j'ai commencé à travailler pour mon père. Je gagnais bien ma vie, mais j'ai détesté chaque seconde passée assis derrière ce bureau.

» Un jour, j'ai rencontré Brent par hasard. Lui et moi avions cohabité durant un temps à New York, quand il était en formation à l'école de cuisine. Il était en ville pour une semaine, il venait rendre visite à sa famille. Bref, on a commencé à discuter ; il m'a dit qu'il avait déménagé à Denver et essayait d'ouvrir un restaurant. Il avait du mal à trouver un local, mais n'avait pas l'intention d'abandonner si vite.

La serveuse nous interrompit pour remplir nos verres et nous demander si nous avions besoin de quelque chose.

— Où en étais-je ? reprit Jake lorsqu'elle fut repartie avec son pichet d'eau.

Je reposai ma serviette à côté de mon assiette.

— Brent cherchait à ouvrir un resto à Denver.

— En l'entendant parler, je ne pouvais m'empêcher de réfléchir à l'aspect financier et commercial de son projet. Je lui ai fait quelques suggestions, en lui disant que, s'il souhaitait un coup de main, je pourrais peut-être l'aider. Il m'a répondu en plaisantant que nous devrions nous associer. Mais je l'ai pris au mot et suis venu à Denver pour voir ce que je pouvais faire. La suite, tu la connais.

— Comment ton père a-t-il réagi quand tu as quitté l'entreprise familiale ?

— Je pense qu'il était un peu déçu, mais il nous a toujours encouragés à faire ce qui nous plaisait, ma sœur et moi. D'ailleurs, elle, elle travaille encore pour mon père ; ce boulot la passionne.

— C'est une chouette histoire. Je m'attendais à quelque chose de plus glamour, mais c'est pas mal.

Jake posa son regard sur moi ; grâce à sa chemise bleu marine, la couleur de ses yeux ressortait particulièrement, ce soir-là.

— Et toi ? Qu'est-ce qui t'a amenée au design d'intérieur ?

— J'adore rassembler et arranger des trucs pour transformer une pièce. Je sais que mon métier ne sauve pas des vies, mais ça m'amuse, et je suis plutôt douée.

Jake traça le contour de son verre du bout des doigts.

— C'est important, d'aimer ce qu'on fait. Évidemment, il y a des jours sans, où l'on préférerait ne pas être venu au bureau, mais il faut qu'il y en ait de bons, aussi.

— Tout à fait d'accord.

Ces derniers temps, j'appréciais de moins en moins d'aller travailler à l'agence ; toutefois ça ne m'empêchait pas d'aimer mon métier.

— Et qui ne rêve pas de retrouver un cocon bien douillet à la fin d'une longue journée ? poursuivis-je. C'est là que j'entre en scène.

— Tu risques d'être déçue quand tu découvriras mon appartement. C'est triste à mourir, je n'ai aucune déco.

Je me penchai légèrement dans sa direction.

— Qui a dit que j'allais monter chez toi ?

— Moi, parce que c'est là que nous allons prendre le dessert.

Un sourire espiègle se dessina sur ses lèvres.

— Et, crois-moi, tu ne veux pas manquer le dessert.

Jake s'arrêta devant le rayon érotique de la librairie.

— Tiens, ce ne serait pas ton rayon préféré ?

Mes joues s'enflammèrent.

— Ce jour-là, j'essayais de t'éviter. J'ai simplement eu le malheur de me cacher dans cette allée. C'est seulement en regardant le livre que j'avais dans les mains que je m'en suis aperçue. (Je levai les yeux vers lui.) Alors, si c'est la raison pour laquelle tu t'obstines à me courir derrière, tu risques de rester sur ta faim.

Luttant pour ne pas sourire, il fit signe qu'il avait compris.

— Bien reçu.

— Et, au cas où tu aurais oublié quel bouquin je feuilletais quand tu m'as surprise, je te rappelle que je suis une spécialiste du bondage ; je pourrais t'attacher quelque part où personne ne te retrouverait jamais, alors ne me cherche pas.

— Je n'oserais pas, dit-il en me prenant par la taille. Quel rayon alors ?

— Direction les livres audio.

Je le conduisis au fond du magasin, puis parcourus les titres dans l'espoir que l'un d'entre eux me plaise.

Jake souleva un coffret de l'étagère et étudia la quatrième de couverture.

— Quel genre de lecture recherches-tu ?

Je tirai une boîte qui m'avait paru intéressante, puis me ravisai et la remis à sa place.

— Le genre passionnant. Plus ça fait peur, plus j'aime.

— Il faudrait que ce soit terrifiant à quel point pour que tu m'appelles pour me demander de venir te réconforter ? murmura-t-il en laissant courir un doigt le long de mon bras.

Un frisson naquit là où sa peau était entrée en contact avec la mienne.

— Et admettre que je ne me suffis pas à moi-même ? protestai-je avec virulence. Jamais !

Il déposa un léger baiser au coin de mes lèvres.

— Je vais faire un tour au rayon histoire.

— Il faudrait que ce soit barbant à quel point pour que tu me demandes de venir te rejoindre chez toi ?

— Pas énormément, dit-il en souriant. Contrairement à toi, je n'ai aucun mal à reconnaître avoir besoin de quelqu'un.

Il m'attira contre lui et s'attarda plus longtemps sur mes lèvres, avant de s'éloigner dans la boutique.

Un peu étourdie, et un sourire idiot plaqué sur le visage, je repris mes recherches. Au bout de quelques minutes, je portai mon choix sur un roman de Dennis Lehane puis me dirigeai vers la caisse.

— Darby ?

Je fis volte-face, et me trouvai nez à nez avec Allen. Une vague de nausée me gagna. De toutes les librairies du monde, il avait fallu qu'il pousse la porte de la mienne. Il s'approcha, comme pour me prendre dans ses bras, mais j'esquissai un pas en arrière.

Il laissa retomber les bras, l'air blessé. Les rides qui marquaient son front semblaient plus prononcées qu'à l'époque, mais il était toujours aussi séduisant. *Pour un salaud infidèle et menteur.*

— Après toutes ces années, tu es encore fâchée ?

— Fâchée ? répétai-je, le sang bouillant dans mes veines, la respiration de plus en plus saccadée. Tu as fait de moi ta maîtresse, et je n'étais même pas au courant ! Alors, oui, je suis toujours fâchée !

— Alicia et moi avons divorcé un an après la naissance de notre fille. Nous n'avons pas réussi à régler nos différends.

— Même si je te croyais, ça n'aurait aucune importance. Je me contrefiche de toi et de ta femme, ex-femme, ou que sais-je.

— Écoute, j'essaie simplement de m'excuser. Je n'ai jamais voulu t'impliquer dans les difficultés de mon mariage. Je t'aimais vraiment beaucoup, et je suis désolé que cela t'ait fait du mal. (Il fit un pas vers moi.) J'aurais voulu que les choses se passent…

— Ah, ne commence pas ! le coupai-je. C'est trop tard pour les regrets. Tout ce que je te demande, c'est de ne plus jamais m'adresser la parole. Tu me dois bien ça.

Je sentis qu'on me prenait par la taille.

— Tout va bien ? s'enquit Jake.

— C'est bon, on peut y aller.

Je suffoquais. Reposant le coffret du livre audio sur le premier étalage que je trouvai, je me ruai hors de la boutique, dans l'air frais de la nuit.

Quelques instants plus tard, Jake me rejoignait.

— Qu'est-ce qui t'arrive ?

— Rien du tout.

— Ce « rien du tout » a l'air de t'avoir sacrément secouée, pourtant.

— Je n'ai pas envie d'en parler.

Je tirai sur la main qu'il avait glissée dans la mienne et l'entraînai en direction de notre immeuble.

Tomber sur Allen m'avait bousillé ma soirée. J'avais réussi à l'éviter pendant huit ans, pourquoi avait-il fallu qu'il resurgisse le jour où je commençais à revoir mes positions à propos des relations amoureuses ? Le plus drôle, dans tout ça, c'était que, si j'avais accepté d'aller dîner à Boulder, je ne l'aurais jamais croisé.

Je suivis Jake dans le hall puis l'ascenseur. Je me disais qu'il allait sans doute me laisser descendre à mon étage, avant de poursuivre jusque chez lui, mais il appuya immédiatement sur le bouton du dix-neuvième. Puisque personne ne l'arrêta en cours de route, l'ascenseur nous propulsa à une telle vitesse que mon estomac fit une pirouette lorsque l'on arriva à destination.

Jake me fit franchir une série de portes. Au bout du couloir, il ouvrit celle de son appartement et alluma la lumière. Il ne plaisantait pas lorsqu'il parlait du manque de déco.

Un canapé noir trônait au milieu de la pièce, face à un écran de télé géant, posé sur une minuscule console.

C'est bien un mec. Une télé monstrueuse, et c'est tout.

À l'opposé, d'immenses baies vitrées offraient une vue imprenable sur la ville.

— C'est plutôt épuré, pour l'instant.

— J'ai toujours été d'avis qu'il vaut mieux ne pas décorer du tout que de mal décorer.

D'un placard de son coin cuisine, il sortit deux bols.

— J'ai fait ma petite enquête, et si j'en crois ce qu'on m'a dit, quand tu commandes un dessert, tu as tendance à opter pour du chocolat… alors j'ai fait des brownies, m'annonça-t-il en attrapant le plat qu'il avait mis à refroidir sur la cuisinière.

— Tu les as faits toi-même ?

— Je suis loin d'être un mauvais cuisinier, tu sais. À vivre avec un cuistot, on apprend quelques trucs.

Il alla chercher un pot de glace à la vanille et de la sauce au chocolat dans le réfrigérateur.

— Et ce sont les employés du *Blue* qui t'ont révélé ma passion pour le chocolat ?

— Je savais que je n'arriverais pas à percer la carapace tout seul, alors je leur ai demandé de me fournir toutes les infos dont ils disposaient sur toi.

Après nous avoir servi chacun une part de brownie, il ajouta une boule de glace dans chaque bol.

Appuyée contre le plan de travail en granit gelé qui surmontait son îlot de cuisine – deux fois plus grand que le mien –, j'essayai d'en savoir davantage.

— Que t'ont-ils appris d'autre ?

— Qu'on te voit souvent au restaurant ; enfin… il paraît que c'était le cas avant que tu me rencontres. Que tu y amènes tes clients ; que tu es toujours aimable, que tu laisses un bon pourboire. Et que tu n'accepterais jamais de sortir avec moi. Ils m'ont dit que tu avais fait une croix sur les hommes après que ton dernier petit ami…

Il s'interrompit, regrettant visiblement d'avoir prononcé cette phrase. Poussant l'un des bols de mon côté, il me tendit la sauce au chocolat.

Le personnel du *Blue* ne pouvait faire allusion qu'à une personne.

— C'est le problème quand on fréquente toujours les mêmes endroits. Les gens finissent toujours par en savoir un peu trop long sur vous.

— Tout le monde t'adore. Les employés ont été jusqu'à dire qu'ils m'en voudraient à mort si tu cessais de venir manger chez nous par ma faute… Mindy, du moins. Elle est la seule à oser me parler comme ça.

Une fois la glace et le brownie recouverts de chocolat, on se dirigea tous les deux vers le canapé.

Quelle soirée! Cette rencontre avec Allen, c'est une piqûre de rappel: souviens-toi de ce qui s'est passé la dernière fois que tu t'es laissée aller.

Je m'étais doutée que Jake et moi ne couperions pas au silence gêné. Au moins, j'avais le brownie pour m'occuper. Lorsque j'eus terminé mon dessert, je cherchai du regard où poser mon bol.

— Donne, dit-il en m'en débarrassant.

Tandis qu'il allait rincer la vaisselle, j'allais admirer la vue qui s'étalait au pied de la gigantesque baie vitrée. La lune pointait le bout de son nez derrière un filet de nuages gris. À mes pieds, les feux des voitures formaient des guirlandes mouvantes. Où tous ces gens allaient-ils? Quelle était leur histoire?

Jake vint passer les bras autour de moi. Je commençais à m'habituer à sa manière de m'envelopper dans son étreinte tiède et sûre. Son souffle dérangea une mèche de mes cheveux.

— Alors, dis-moi, que s'est-il passé avec le type de la librairie ?

Je fis courir mes doigts le long de son avant-bras, traçant le chemin de ses veines saillantes sur le dos de sa main.

— C'est juste quelqu'un que j'ai connu. Une erreur, il y a très longtemps. Que j'appellerais aussi « la raison pour laquelle je n'accepte pas de rendez-vous avec les mythomanes ».

— Tiens, il me semble que tu as déjà mentionné quelque chose dans ce style, railla Jake en frôlant ma tempe de ses lèvres. Après m'avoir accusé d'en être un moi-même.

— Je ne suis pas encore cent pour cent convaincue, tu sais. Le problème des menteurs, c'est qu'on ne se rend généralement pas compte qu'ils mentent avant de les avoir pris la main dans le sac.

— Et quel genre de mensonge t'a-t-il servi ? Je suppose que ce devait être plutôt grave ?

— Plutôt grave, en effet, soupirai-je. Allen était marié.

J'étais en train d'en dire trop. Je n'avais pas eu l'intention d'aborder un sujet si personnel et je ne comprenais pas pourquoi je n'avais pas tout simplement éludé la question. Je m'écartai donc de la fenêtre et me libérai de son étreinte.

— Je ferais mieux de rentrer.

— Ah oui, c'est vrai, rétorqua amèrement Jake. Rien de sérieux…

Percevant sa frustration, j'effleurai ses lèvres des miennes.

— J'ai enfreint assez de mes règles pour un soir.

Chapitre 13

Le lundi suivant, je m'installai à mon bureau, allumai mon ordinateur et ouvris une page Internet. Dans un coin clignotait une pub pour un nouveau régime, dans l'autre s'affichait la météo. L'un des articles à la une s'intitulait : « Tous les conseils de drague des stars de la National Football League ».

— Bien sûr… Premier conseil : être une star du football américain, grommelai-je.

Guère intéressée par le point de vue d'une bande de bourrins sans cervelle sur le sujet, j'allai consulter mes mails, dont la plupart m'annonçaient seulement une promotion à ne pas manquer. Voilà ce qui arrive quand on se laisse aller à quelques emplettes en ligne.

Nadine entra, un café à la main.

— Salut, toi. Je dois rencontrer Mme Covington, une cliente potentielle, au *Blue* aujourd'hui. J'espérais que tu te joindrais à nous pour m'aider à la convaincre de travailler avec nous. J'ai déjà appelé pour réserver une table ce midi.

Si j'avais longtemps essayé d'éviter Jake, passer le voir au restaurant me paraissait à cet instant une excellente idée pour briser la monotonie de ma journée de travail. De toute façon, le fuir à tout prix n'avait, semblait-il, fait que compliquer les choses. J'étais tout de même capable de le croiser sans en faire tout un plat… En plus, la cuisine du *Blue* me manquait.

— Compte sur moi.

— Super.

Nadine n'avait pas fait un pas hors de mon bureau qu'elle faisait marche arrière.

— C'est toi qui as le dossier que l'on avait monté sur les plans de travail pour Virginia ? Je pense que c'est ce genre de choses qu'elle a en tête.

— J'apporterai tout ce que je peux trouver.

La majorité des décorateurs avaient des idées très arrêtées et détestaient collaborer avec des collègues. Chacun voulait tirer la couverture à soi, et cela se terminait toujours mal. Certains projets collectifs auxquels j'avais participé avaient été le théâtre de tant de caprices de divas qu'on se serait cru dans une émission de téléréalité sur une chaîne du câble.

Toutefois, Nadine et moi formions une équipe de choc. Nous partagions nos visions et rebondissions sur les idées de l'autre afin d'aboutir au meilleur résultat possible. Ensemble, nous avions effectué de magnifiques transformations. L'une de nos collaborations avait même figuré dans le magazine *Modern Homes*, nous attirant assez de clients locaux pour que Patricia soit ravie de nous laisser continuer à travailler toutes les deux. Pour un temps, du moins. Il ne fallait pas non plus trop lui en demander.

Je jetai un coup d'œil à la pendule, comptant les minutes qui me séparaient encore de l'heure du déjeuner.

Hmm… Je devrais peut-être dire à Nadine de me rejoindre directement ; comme ça, je pourrais y aller un peu plus tôt et grappiller quelques minutes avec Jake.

Il commençait à y avoir du monde au *Blue*. En définitive, j'avais eu une très mauvaise idée en voulant arriver avant ma collègue.

Mindy m'aperçut et me fit signe, avant de consulter la liste.

— Salut, Darby. Tu déjeunes avec Nadine ?

— Oui. Je suis un peu en avance.

Je m'approchai pour ne pas avoir à crier par-dessus les clients qui patientaient à l'entrée du restaurant. Oserais-je lui demander de prévenir Jake ?

— Veux-tu que j'aille dire à Jake que tu es là ? s'enquit-elle avec un petit sourire.

De toute évidence, cette fille était capable de lire dans les pensées.

— Oh, il doit être occupé.

— Je suis sûre qu'il trouvera un peu de temps à te consacrer.

Elle baissa de nouveau les yeux sur la liste.

— Laisse-moi conduire ces deux personnes à leur table, et je te le ramène.

Puis elle haussa la voix.

— Ruth, votre table pour deux est prête.

Un couple s'avança, et elle l'invita à la suivre jusqu'au fond de la salle.

Quelques minutes plus tard, Jake fit son apparition, un sourire ravi aux lèvres.

— Enfin, elle daigne me faire l'honneur de sa présence !

M'attirant contre lui, il m'embrassa. Un peu plus langoureusement que je ne m'y attendais.

Immédiatement, le sang se mit à cogner contre mes tempes ; il me fallut un petit moment pour recouvrer mon souffle et me remettre de mes émotions.

— J'ai un déjeuner avec une cliente dans un quart d'heure… mais je mentirais si je disais que je n'étais pas d'abord venue là pour te voir. Je préfère juste te prévenir ; ce ne serait pas très professionnel de ma part d'être en train de me laisser embrasser dans l'entrée quand Nadine et elle arriveront.

— Dans ce cas, allons faire cela en privé.

Il me prit alors par la main et m'entraîna à l'autre bout du restaurant. Il ouvrit la porte à laquelle était accroché le casier où je mettais parfois un mot à Brent – la porte de son bureau. La table qui occupait la pièce minuscule était couverte de piles de papiers.

— Alors, dis-moi : comment ça va ?

— Le planning est chargé. Nadine et moi essayons de nous mettre dans la poche une nouvelle cliente. J'ai appelé les peintres pour Mme Crabtree, et…

Je levai les yeux vers lui.

— … mais tu t'en fous un peu.

— Pas du tout !

— Moi si. J'ai d'autres chats à fouetter, tout de suite.

Je me jetai à son cou et pressai mes lèvres contre les siennes. Je m'en voulais encore de l'avoir quitté si précipitamment la veille. Jake me rendit aussitôt mon baiser. Chaque caresse de sa langue faisait monter la température d'un cran. Mon esprit se brouilla. J'avais le souffle coupé, mais respirer me semblait tout à coup très surfait.

Je faisais jouer mes doigts sur les boutons de sa chemise, tentée de l'ouvrir afin de mieux profiter du torse qu'elle dissimulait. Seulement je ne voulais pas brûler les étapes. De plus, quelqu'un pourrait faire irruption dans la pièce à n'importe quel moment, et je devais aller en mettre plein la vue à une cliente potentielle.

Je m'écartai à regret, haletante.

— Je devrais y aller, soufflai-je. Il ne faut pas que j'arrive en retard.

Jake blottit son visage dans le creux de mon épaule dévorant mon cou de baisers brûlants.

— On se donne rendez-vous ou vais-je devoir passer la soirée à faire des allers et retours avec l'ascenseur en priant pour te voir apparaître ? murmura-t-il d'une voix rauque.

Faisant glisser ma main sur ses côtes, je me surpris à regretter d'avoir des projets pour la soirée. Habituellement, je n'attendais que ça : sortir.

— Désolée, j'ai déjà accepté d'aller boire un verre avec Stephanie, son fiancé et des amis à lui. La soirée promet d'être longue et riche en anecdotes mortellement ennuyeuses. Cerise sur le gâteau : Karl, le conseiller conjugal, sera là.

— Si jamais tu revenais plus tôt que prévu, ronronna Jake en me mordillant la lèvre inférieure, tu sais où me trouver.

Une vague de désir me secoua jusqu'à la moelle.

— Je crois vaguement me rappeler où tu habites.

Je l'embrassai de nouveau avec avidité, puis me détachai de lui avant de perdre totalement la raison. Une fois que j'eus réarrangé ma jupe et mon chemisier, je quittai la pièce.

Tandis que je traversais la salle, Nadine poussa la porte du restaurant ; je hâtai donc le pas pour aller à sa rencontre. Lorsqu'elle m'eut présenté Mme Barbara Covington, Mindy nous conduisit à notre table.

J'attendis que Mme Covington ait reposé son menu pour en venir à son projet :

— Puis-je vous demander quels travaux vous envisagez, Barbara ?

— Il se trouve que j'ai touché le jackpot lors de mon dernier divorce, alors j'ai l'intention de tout redécorer. (Elle balaya l'air de la main.) Que ce type aille au diable, son argent me permettra de tout recommencer à zéro. Les hommes ont tous une date d'expiration. Si vous voulez mon avis, le mieux est encore de s'en débarrasser avant que les choses se gâtent.

— C'est exactement ce que pense Darby, déclara Nadine.

Sur ces entrefaites, Jake s'approcha de notre table. À son expression, je devinai qu'il n'avait pas perdu une miette de l'échange.

Je reposai mon verre à côté de mon assiette, puis fis de mon mieux pour rectifier le tir.

— Non, pas vraiment. Je crois juste que les gens se voilent la face en espérant voir une belle histoire d'amour durer toute la vie.

— Les histoires d'amour ne durent jamais toute une vie, renchérit Barbara. C'est bien pour cela qu'il vaut mieux viser les hommes riches. Au moins, l'argent, il reste.

Je n'avais jamais été aussi mal à l'aise. Je lançai un regard implorant à Jake priant pour qu'il ne prenne pas cette conversation de travers ! J'aurais tellement honte s'il me croyait cupide et vénale. La situation financière d'un homme n'influençait en rien mon attitude concernant les relations amoureuses.

— Mesdames, pardonnez-moi de vous interrompre, s'excusa-t-il, avant de se tourner vers moi. Tu n'aurais pas oublié quelque chose, par hasard ? Je les ai trouvées par terre, dans le bureau.

Je saisis les clés qu'il secouait à hauteur de mon visage.

— Merci, je risque effectivement d'en avoir besoin.

Les yeux ronds, Nadine m'interrogeait du regard.

— N'hésitez pas à me faire signe si vous avez besoin de quoi que ce soit, reprit Jake.

Puis il me sourit, et le désir qui brillait encore dans ses yeux fit renaître le tourbillon brûlant au creux de mon ventre. Il prit ensuite congé, et je m'efforçai de me recentrer sur notre réunion de travail.

— Désolée, où en étions-nous ?

On discuta longuement de palettes de couleurs et de styles, et, à la fin du déjeuner, Nadine et moi avions une nouvelle cliente.

Une cliente qui me poussait à m'interroger sur l'image que je renvoyais aux gens, avec mes positions cyniques à propos de l'amour.

Chapitre 14

Je grimpai dans la voiture et me laissai aller au confort du siège du passager. Steph et moi n'avions pas tellement eu l'occasion de discuter ces derniers temps, et j'étais contente de pouvoir enfin passer un peu de temps avec elle. J'étais en revanche un peu moins enthousiaste à l'idée de devoir subir en prime la compagnie d'Anthony et de ses copains.

Stephanie baissa le son de la radio.

— Accouche avant que mon téléphone sonne.

— Pourquoi est-ce que tu ne l'éteins pas, tout simplement ? dis-je tandis que nous sortions du parking.

Je m'estimais toutefois heureuse que son téléphone lui permette d'envoyer des mails, car c'était en train de devenir notre principal moyen de communication.

— Si on était sur le point de sombrer et que tu avais le choix entre me sauver moi ou sauver ton portable, que ferais-tu ? l'asticotai-je.

— Si j'ai mon portable pour appeler à l'aide, je peux vous sauver tous les deux, et moi avec !

Je secouai la tête, atterrée.

— Trop tard, j'ai disparu sous les eaux. Je vous souhaite tout le bonheur du monde, à toi et à ton téléphone.

Steph tendit le bras et prit ma main dans la sienne.

— Promets-moi que tu vas survivre, que tu n'abandonneras jamais, souffla-t-elle dans une parfaite imitation de Leonardo DiCaprio dans *Titanic*.

Je ne pus m'empêcher d'éclater de rire.

—Je n'arrive pas à croire qu'on soit allées tant de fois au cinéma voir ce foutu film…

—Combien en tout ? Trois ?

—Quatre, il me semble. Et, chaque fois, on a pleuré comme des Madeleine… Si tu le répètes à qui que ce soit, tu peux tirer une croix sur notre amitié, ajoutai-je en lui décochant mon regard le plus menaçant.

Soudain, la sonnerie de son portable retentit ; je fis de mon mieux pour résister à l'envie de le balancer par la fenêtre. Après avoir jeté un rapide coup d'œil au numéro qui s'affichait, elle fit basculer l'appel sur le répondeur.

—Ça se calmera une fois la cérémonie passée.

—Après le mariage, tu seras une femme très occupée et tu n'auras plus du tout de temps à consacrer à ta vieille copine. Mais ce n'est pas grave. Dans vingt ans, je prends ma retraite et j'emménage avec Drew. Je suis certaine que ça filera vite…

—Arrête d'essayer de changer de sujet. Raconte-moi comment ça s'est passé avec Jake quand tu l'as revu aujourd'hui.

—Quand je suis arrivée au *Blue*, il m'a amenée à son bureau, et on s'est embrassés un moment.

À ce simple souvenir, une douce sensation m'envahit. Bon sang, ce mec savait comment s'y prendre !

—Ensuite, j'ai dû rejoindre Nadine et une nouvelle cliente, repris-je, en réglant la bouche d'air pour qu'elle ne me souffle plus dans les yeux. Et figure-toi que cette femme a pour habitude de se marier avec des bonshommes pleins aux as, puis de leur piquer leur fric et de redécorer avec les maisons qu'elle obtient lors du divorce. Nadine lui a sorti que nous avions la même vision de la vie.

Je portai les mains à ma poitrine d'un air outré avant de poursuivre :

— Je suis tout sauf une croqueuse de diamants. Je n'aurais jamais l'idée de me marier avec un homme pour le plumer !

— Est-ce qu'elle les aime au moment de les épouser, au moins ?

— Je n'en sais rien. En tout cas, elle nous a dit clairement qu'épouser un type sans argent était un très mauvais calcul, parce que le jour où rien ne va plus dans le couple, c'est la seule chose qu'on peut encore en tirer.

— Elle est encore plus cynique que toi, ma parole ! Et elle a même trouvé le moyen d'en tirer profit.

— Ce n'est pas fini : comme en ce moment j'ai un bol monstre, Jake est venu me rendre mes clés au moment même où Nadine disait que Mme Covington et moi étions pareilles. Bonjour la gêne…

Stephanie prit un virage un peu raide, si bien que je fus forcée de m'agripper à la poignée.

— Désolée, je ne l'avais pas vu arriver… Mais, Jake, tu l'aimes bien, pour l'instant ? Ça ne se passe pas trop mal ? me demanda-t-elle tandis que le GPS lui indiquait le prochain tournant.

— Oui, je l'aime beaucoup. Du moins, ce que je connais de lui. Je passe de très bons moments avec lui ; il est drôle et canon – ce qui ne gâche rien. Et il est parfaitement au courant de mes règles strictes. Il aurait voulu qu'on se voie, ce soir, mais, comme j'avais déjà des plans, je lui ai dit que ça ne serait pas possible.

— Tu te fous de moi ? Pourquoi tu ne l'as pas invité à se joindre à nous ?

Je la regardai bouche bée, effarée de ma propre bêtise.

— Je n'y ai même pas pensé.

Il aurait suffi que je lui pose la question, et il aurait pu être à mes côtés ce soir, rendre tout cela plus supportable. Ou tout compliquer.

— C'est probablement aussi bien comme ça. Si l'on se voit trop souvent, l'un de nous deux va finir par s'attacher et devenir collant. Et ce ne sera pas nécessairement lui. En moins de temps qu'il n'en faut pour le dire, on en sera aux « Où étais-tu hier soir ? » ou « Pourquoi tu n'as pas appelé », etc. Et je ne veux pas rentrer là-dedans.

— Pourtant, c'est bien toi qui parlais de « monogamie en série », non ? Ce n'est pas ce que tu avais décidé d'expérimenter ?

Je me mordis la lèvre.

— En théorie, oui. Je n'en suis encore qu'aux tâtonnements.

Steph tourna une nouvelle fois à droite.

— En tout cas, savoure ce début d'idylle. C'est souvent le meilleur moment d'une relation.

— Mais comment profiter au mieux de la magie des débuts sans pour autant s'attacher ?

— C'est impossible.

Rejetant la tête en arrière, je poussai un grognement de frustration.

— Je commence à croire que mon plan comporte quelques failles.

— Ça fait un an que je te le répète, ma grande.

Elle s'interrompit le temps de se garer devant un bar du nom de *Hot Shots*, puis reprit :

— Eh ben, ça m'a l'air un peu craignos ici. Anthony avait pourtant l'air de dire que c'était la nouvelle boîte à la mode.

Les vitres de l'établissement délabré étaient obscurcies par des couches et des couches de poussière ; un peu partout dans la salle clignotaient péniblement des tubes au néon publicitaires pour diverses marques d'alcool. L'endroit n'avait rien d'un club branché. Plusieurs personnes étaient assises au comptoir et regardaient le match, un verre à la main. À l'autre bout de la pièce étaient alignées des tables de billard. La clientèle n'était pas vraiment du genre à ne porter que des vêtements griffés ni à commander le meilleur vin de la carte… L'un des gars avait même le derrière qui débordait du pantalon. Pourtant, Anthony mettait un point d'honneur à fréquenter les boîtes les plus récentes et les plus cool de la ville, planifiant ses sorties du week-end à l'aide des guides et annuaires en ligne les plus en vogue, ainsi que la rubrique « avis et critiques » de son journal.

Les trois hommes vinrent à notre rencontre, et Anthony embrassa sa fiancée sur la joue.

— Je me suis trompé d'adresse, déclara-t-il. L'endroit où j'avais prévu de vous emmener s'appelle *Shots*, et non *Hot Shots*.

Il balaya la salle du regard avec une moue de dégoût.

— On y va ? Le bar est au nord de la ville.

Même s'il ne m'avait rien demandé, je lui offris mon avis.

— Je propose de rester là. Si on part en quête de ta fameuse boîte, on va passer la soirée dans la voiture.

Et il est hors de question que je monte avec Karl et Finn, comme tu me le suggérerais sûrement.

— On peut très bien manger un morceau ici et faire une petite partie de billard. Qu'est-ce que vous en dites ?

Steph enroula les bras autour du cou d'Anthony.

— Moi, je m'en fiche, tant qu'on est ensemble…

Beurk. L'amour a fait d'elle une vraie guimauve. Certes, j'étais très heureuse pour elle, mais la fille qui ne se gênait pas pour balancer le fond de sa pensée et faire trembler les mecs dans leurs chaussettes me manquait parfois.

Anthony désigna une table dans un coin.

— Dans ce cas, allons nous asseoir… Tu te souviens de Finn, j'imagine ? me demanda-t-il alors.

— Bien entendu. Salut, Finn, comment ça va ? dis-je en souriant.

Ce dernier se contenta de m'adresser un signe de tête.

— Darby.

C'était tout ce que je pouvais espérer tirer de lui. Finn n'était pas un grand bavard. D'après Anthony, il avait été un sacré fêtard durant leurs années d'université, puis s'était calmé avec l'âge. Je n'étais pas persuadée qu'Anthony soit le mieux placé pour déterminer ce qui faisait ou non un fêtard, mais passons.

Il présenta une chaise à Stephanie, avant de reprendre :

— Et Karl et toi avez fait connaissance il y a une semaine.

L'intéressé s'assit en face de moi.

— En effet. Elle m'a appris que je gagnais ma vie en prêchant le mensonge. J'ai une licence de psychologie, un master avec pour spécialité le conseil conjugal et familial. J'anime des ateliers sur le sujet, et pourtant, elle en sait apparemment plus long que moi.

Je dus serrer les dents afin de garder mon sang-froid.

— Tu déformes mes propos. Je n'ai fait que donner mon opinion sur les échanges entre hommes et femmes.

— Exactement, et tu estimes qu'essayer de communiquer est une pure perte de temps.

L'air soudain nerveux, Anthony agita la main en l'air.

— Bon sang, où sont les serveurs ?

Mais son embarras n'allait pas me faire taire.

— Tout ce que j'ai dit, c'est que les gens tentent d'appréhender la communication entre les sexes comme si nous fonctionnions tous de la même manière. Pour ma part, je suis convaincue que, si nous admettions enfin que nous ne nous comprendrons jamais, nous ne nous sentirions plus si mal. Concernant les conseillers qui seraient tous des menteurs, c'était une boutade. Mais, visiblement, ils ne s'y connaissent pas énormément non plus en matière d'humour. Et ça, assenai-je avec un grand sourire, pas besoin de diplôme pour s'en rendre compte.

— Et si on allait jouer un peu ? déclara Stephanie. Je n'ai pas si faim que ça, pour le moment.

— Mais moi si, gémit Anthony.

Sans détacher mon regard de celui de Karl, je rebondis :

— Tu vois ? Stephanie vient de faire une subtile tentative pour changer le sujet de manière que nous cessions d'échanger nos sentiments respectifs. Seulement, Anthony n'est pas une femme, et il n'a pas percuté. Tout ce qu'il a entendu, c'est que Steph n'avait pas faim.

Karl se pencha légèrement par-dessus la table et susurra :

— Je n'ai plus trop d'appétit non plus… Et si, au lieu de nous lancer des piques toute la soirée, nous allions faire une partie de billard ? Les perdants règlent la note.

Je me levai, faisant crisser les pieds de ma chaise sur le sol.

— D'accord ! Et, puisqu'il est si bon de communiquer, est-ce le moment de t'avouer que je suis tout sauf mauvaise au billard ?

— Personnellement, je crois que rien ne vaut une démonstration, me taquina Karl. Parfois, la communication non verbale peut se révéler tout aussi efficace.

— Hmm. Finalement, tu as peut-être plus d'humour que je ne le pensais.

La partie fut serrée, noms d'oiseaux et provocations fusèrent entre Karl et moi. Tandis qu'il se concentrait sur un coup quasi impossible afin d'empocher sa dernière bille cerclée, je me mis à prier mentalement pour qu'il le rate.

— Tiens ! Prends ça ! hurla un type à la table adjacente.

Les hommes qui jouaient à côté de nous étaient devenus de plus en plus bruyants au fil de la soirée. À présent complètement soûls, ils braillaient et riaient sans raison. J'avais beau tâcher de les occulter, l'un d'eux ne cessait de se frotter « accidentellement » chaque fois qu'il passait derrière moi, se croyant sans doute très malin et très drôle.

La boule de Karl manqua la poche de peu, et ce fut à mon tour.

À la recherche de l'angle idéal, je me penchai sur la table. Le type de la table voisine vint se coller à moi pour la troisième fois, avec une attitude encore plus suggestive.

Faisant immédiatement volte-face, je le repoussai sans ménagement.

— Écoute, mon gars, ça va peut-être suffire, maintenant ?

L'homme revint à l'attaque et agita un index sous mon nez.

— Pose encore la main sur moi, connasse, et je vais t'apprendre, moi !

Je levai les bras au ciel.

— Qu'est-ce que tu vas faire ? Me frapper, pour faire le fier devant tes petits copains ?

Ce fut alors que Karl s'interposa.

— Monsieur, je vais devoir vous demander de vous calmer.

— Non, mais écoute-le, l'autre snob ! Tu ferais bien de dresser ta femelle avant que je m'en charge pour toi.

— Pourquoi ne retourneriez-vous pas tranquillement à votre partie ? suggéra Karl sans se départir de son calme. Et nous retournerons à la nôtre.

Les camarades de jeu de l'homme nous avaient encerclés et l'aiguillonnaient, crachant des flots d'insultes sur Karl.

— Botte-lui le cul ! s'exclama l'un d'entre eux.

— Personne ne se battra ce soir. Nous allons simplement régler cela comme…

Je voulus avertir Karl, mais tout se déroula trop vite, et il reçut la droite décochée par le gros porc en pleine figure, reculant sous le choc. Je me précipitai pour le rattraper, partagée entre l'incrédulité et la colère.

— Qu'est-ce que tu dis de ça, le snobinard, hein ?

Au vu de son air hébété, mon chevalier servant semblait peiner à enregistrer ce qui venait de se passer.

— À ta place, je ne me vanterais pas, ripostai-je. C'était un coup bas.

Stephanie, Anthony et Finn nous rejoignirent en même temps qu'un type aux gros bras – le videur, présumai-je. Ce dernier nous demanda aussitôt de cesser les hostilités.

— Nous ferions bien de partir, murmura Stephanie en tirant sur ma manche.

— Je crois que ça vaudrait mieux, lança l'armoire à glace, comme si tout était notre faute.

Ne souhaitant pas envenimer la situation, je me retins de dire ce que j'avais sur le cœur et suivis Steph.

Alors que nous quittions les lieux, cette troupe d'idiots continuait de nous arroser d'insultes.

— Eh bien, quelle soirée, grommela Karl.

Il tâta la zone rougie près de son œil avec une grimace. Je lui pris le menton et levai son visage en direction de la lumière afin d'y jeter un coup d'œil.

— Il va falloir mettre de la glace. C'est grave si tu arrives au boulot avec un coquard demain ?

— Je risque d'effrayer les clients. Je suppose que je pourrais leur raconter que je me suis blessé dans un match de basket. Mais je déteste mentir. Je suis censé prêcher l'honnêteté dans ce cabinet.

— Tu n'as qu'à leur dire que tu t'es fait ça en jouant au billard.

Je m'écartai d'un pas, détaillant cet homme que je n'avais jusqu'alors pas pu voir en peinture. Voilà qu'à cause de moi il s'était trouvé mêlé à une bagarre, simplement parce qu'il avait voulu prendre ma défense.

— Merci de… d'être intervenu. Je pensais qu'humilier un peu ce type suffirait à le faire déguerpir. Mon sale caractère a tendance à m'attirer des ennuis.

— C'est pas vrai ? fit Karl faussement choqué. (Un sourire se dessina au coin de ses lèvres.) Je ne devrais pas dire ce genre de choses, étant donné que je suis pour la résolution pacifique de tout conflit, mais je suppose qu'il fallait bien que je me prenne un coup de poing un jour. C'est une sorte de rite de passage pour un homme.

— Je te déconseille d'en faire une habitude. Contrairement à ce qu'on pourrait penser, les filles ne raffolent pas tellement de ça.

— Darby, ça t'embêterait que Karl te ramène ? me demanda Anthony. J'aimerais rentrer avec ma charmante fiancée, et Finn n'habite pas très loin de chez nous.

Derrière lui, Stephanie haussa les épaules d'un air fataliste.

On ne me donnait pas vraiment le choix.

— Pas de problème.

Je tendis donc la main devant Karl.

— Donne tes clés. Il vaut mieux que je conduise.

Le temps que l'on arrive chez moi, la paupière de Karl avait triplé de volume.

— Tu habites loin ?

— Au nord de la ville ; j'en ai encore pour quarante minutes.

— Tu devrais monter, je te donnerai de quoi essayer de faire dégonfler ton œil avant que tu repartes. Et puis, ajoutai-je en retirant la clé du contact, je me sens coupable. Je suis sûre que j'aurais gagné la partie, lançai-je d'un air malicieux, mais, du coup, tu n'as rien mangé ce soir. Tu dois avoir faim.

Je traversai le hall, Karl sur les talons, et décidai de faire escale au distributeur pour nous prendre une canette de soda. J'avais besoin d'une bonne dose de caféine.

— Qu'est-ce qui te fait envie ?

— Un Pepsi, s'il te plaît.

Je pris donc un Pepsi pour lui et un Dr Pepper pour moi, puis me dirigeai vers l'ascenseur. Je plaquai ma canette sur l'œil du blessé.

— Tiens, ça devrait te faire du bien.

Le métal glacé faisait des miracles quand il s'agissait de faire dégonfler des zones tuméfiées.

À ce moment précis, les portes de l'ascenseur se rouvrirent, et Jake pénétra à l'intérieur…

— Ne t'inquiète pas, plaisantai-je tandis que nous commencions à monter. Je n'ai pas tapé fort.

Karl rit.

— Après tout ce que tu m'as fait subir ce soir, laisse-moi au moins un semblant de dignité !

— Tiens, tu as de la dignité ?

— Je croyais qu'on avait enterré la hache de guerre ?

— Désolée, il va me falloir un peu de temps pour m'adapter.

L'ascenseur s'arrêta à mon étage.

— On est arrivés !

Karl sortit dans le couloir. Je bloquai les portes un instant, le temps de me tourner vers Jake.

— C'est une longue histoire. Pour faire court : ce n'est pas aussi terrible qu'il y paraît.

— Tu as mon numéro, dit-il. Et tu sais où j'habite.

Je lui décochai un sourire taquin.

— Je pense être capable de retrouver le chemin.

Je lâchai la porte et lui envoyai un baiser juste avant qu'elle se referme.

Une fois chez moi, je dirigeai Karl vers le canapé.

— Assieds-toi, je t'apporte de la glace. La canette n'est sûrement plus assez froide.

Je trouvai un sachet de petits pois dans mon congélateur et le lui tendis.

— Les petits pois, c'est ce qu'il y a de mieux dans ces cas-là, car le sachet épouse bien les formes de la zone.

— C'est l'expérience qui parle ?

— Malheureusement… C'est ce qui arrive quand on dresse un cheval ou qu'on a un petit ami qui aime aller se fourrer dans les bagarres.

— Qui l'aurait cru après notre rendez-vous catastrophique ? Tu sais être gentille quand tu veux.

— Ne le répète à personne. J'ai une réputation à tenir, moi.

Le sourire qui se peignit sur le visage de Karl se transforma en grimace de douleur.

— Je sais que ça n'aurait rien arrangé, mais je regrette un peu de ne pas avoir essayé de lui en allonger une, moi aussi.

— Dis-toi que tu t'es épargné un poing explosé en plus de l'œil au beurre noir, rétorquai-je en me carrant dans le canapé. Pourtant, j'aurais bien aimé le voir mordre la poussière, ce « gronnard ».

Vingt minutes plus tard, la paupière avait désenflé, l'ibuprofène avait fait son effet, et nous nous étions gavés de toasts au fromage. Karl estimant qu'il était en assez bonne forme pour reprendre le volant, je le raccompagnai à la porte.

Quelle soirée !

Je ramassai le sac de petits pois décongelés. *Voilà qui me rappelle des souvenirs…*

Le cas de la Belle et la Bête : avec Boone dans le rôle de la Bête

Âge : 19

J'étais entrée à l'université avec le sentiment qu'aucun garçon que je pourrais y rencontrer n'arriverait jamais à la cheville de Gil. Et, par bien des côtés, j'avais eu raison. Toutefois, il vient un moment où l'on se doit de passer à autre chose. Boone faisait partie de l'un de mes groupes d'études de deuxième année. Ce n'avait pas été le coup de foudre : je ne l'avais trouvé ni canon ni mignon, rien. Il avait un grand nez et arborait une indomptable tignasse brune. Il avait néanmoins ce je-ne-sais-quoi de l'artiste torturé, qui l'avait vite rendu irrésistible à mes yeux.

Nous avions commencé à nous tourner autour, et, chaque fois que je le voyais, il me semblait un peu plus beau. Il m'avait amenée chez lui pour me montrer ses toiles. Son œuvre était profonde, dérangeante. Les images cauchemardesques évoquaient la douleur, la rage et la souffrance. J'étais impressionnée par la violence des émotions qu'elles parvenaient à générer en moi.

Malgré mes signaux, je n'avais toujours aucune idée de ce qu'il pensait de moi. Alors, un soir que l'on étudiait, j'avais pris mon courage à deux mains et abordé le sujet.

— Boone, si je te disais que tu m'intéresses, et pas seulement en tant qu'ami, quelle serait ta réaction ?

Il m'avait regardée comme si je lui demandais de prendre la prochaine fusée pour la Lune.

Les joues en feu, j'avais rassemblé mes affaires de cours, pressée de disparaître pour échapper à cette humiliation.

— Non, rien, oublie…

Boone m'avait alors rattrapée par le bras.

— Comment une fille comme toi peut-elle s'intéresser à un gars comme moi ? Tu es vraiment très jolie. Et intelligente. Je ne suis rien de tout ça…

— Tu te sous-estimes. Je te trouve très drôle, j'aime bien être avec toi, et tes toiles sont fantastiques.

Il s'était penché vers moi et avait maladroitement plaqué sa bouche grande ouverte sur la mienne. Heureusement, notre technique s'était améliorée avec le temps. Très vite, nous étions devenus inséparables, mais plus je passais de temps avec lui, plus j'avais l'occasion de le voir perdre son calme. Quand une toile lui donnait du fil à retordre, il balançait ses pinceaux à travers la pièce en poussant des hurlements ; les accrochages avec ses colocataires étaient fréquents ; il était si énervé au volant que j'avais fini par demander à conduire dès que nous prenions la voiture. Pourtant, une fois ses crises de colère passées, il redevenait le garçon que je connaissais.

Puis il avait commencé à m'appeler sans arrêt, pour « vérifier que tout allait bien ». Si j'avais le malheur de me trouver à un endroit qui ne lui plaisait pas, cela se terminait invariablement en dispute. Je ne pouvais pas discuter avec un autre homme à une fête, sur le campus ni même en cours sans qu'il me fasse une scène. Il n'hésitait jamais à jouer des poings, et il fallait généralement que quelqu'un intervienne pour mettre un terme au pugilat. Alors je mettais de la glace sur ses ecchymoses, nettoyais ses plaies, et l'écoutais me répéter qu'il était terrifié à l'idée de me perdre. Je me disais que, si je lui montrais combien il comptait pour moi, il comprendrait que je n'avais aucune intention de partir et cesserait d'agresser tout le monde.

Mais les choses n'avaient fait qu'empirer.

— C'est toi qui as bu tout le jus d'orange ? m'avait-il demandé un jour que nous étions dans son appartement.

J'avais levé les yeux de mon livre.

— Non, je n'y ai pas touché. Tu ne l'aurais pas fini hier, par hasard ?

— Je pense que je m'en souviendrais. Tu me prends pour un imbécile ? avait-il violemment craché.

— Et toi, tu crois que je vais me laisser crier dessus sans rien dire ? Je n'ai pas mérité que tu me traites comme ça !

— Et voilà, comme d'habitude, il faut que tu en fasses un drame. Pourquoi, avec toi, le moindre truc prend toujours des proportions démesurées ?

— Ce qui est démesuré, c'est que tu m'engueules pour du jus d'orange.

Chaque fois que j'ouvrais la bouche, il essayait de me faire passer pour une folle. Une vraie tarée, complètement parano et irrationnelle. Le mec qui me prenait la tête pour du jus d'orange me soutenait que c'était moi qui avais un problème !

— Je rentre. Appelle-moi quand tu auras décidé d'arrêter de te comporter comme un connard.

J'allais ouvrir la porte, mais Boone avait surgi derrière moi pour la claquer, coinçant le battant de son pied afin de m'empêcher de sortir. J'avais aussitôt fait volte-face.

— Boone, ne fais pas l'idiot, laisse-moi passer.

— Si tu pars, tu ne reviens pas.

Le cœur battant la chamade, j'avais planté mon regard au fond du sien.

— Dans ce cas, je suppose que c'est le moment de se dire adieu.

Il avait alors flanqué un violent coup de poing dans la porte. Pensant être sa prochaine victime, j'avais eu un mouvement de recul, mais il s'était contenté de regagner sa chambre en débitant un flot d'obscénités.

Le week-end suivant, Stephanie et moi nous étions rendues à une fête, et j'avais entamé une discussion avec Carlos, qui vivait dans le même immeuble que nous. En voyant Boone arriver, j'avais été à deux doigts de paniquer ; toutefois, s'il m'avait gratifiée d'une œillade assassine, il n'avait pas cherché à approcher. Quelques minutes plus tard, Steph était allée parler à quelqu'un d'autre, me laissant seule avec Carlos.

Boone avait fini par croiser mon regard, et l'avait visiblement pris pour une invitation à me rejoindre. Mon cœur s'était emballé à mesure qu'il s'avançait vers nous.

— C'est qui, celui-là ? avait-il craché en dardant un œil mauvais sur mon voisin.

— Juste un ami.

Il était venu se planter à quelques centimètres à peine de Carlos.

— On peut savoir pourquoi tu dragues ma copine, comme ça ?

— Oh, du calme, mec… Darby et moi, on discute, c'est tout.

— C'est bien ça, le problème. Tu as intérêt à arrêter ça tout de suite.

— C'est toi qui vas arrêter, Boone, étais-je intervenue de mon ton le plus ferme. Nous ne sommes plus ensemble, et, si tu es là pour faire une scène, sache que tu n'es pas le bienvenu.

Cela avait suffi à le faire reculer. Heureuse de le voir partir, j'avais poussé un soupir de soulagement.

Posant une main sur mon épaule, Carlos m'avait demandé si tout allait bien. Malheureusement, c'était le moment qu'avait choisi Boone pour jeter un coup d'œil derrière lui. Fou de rage, il s'était alors rué sur mon ami tous poings dehors. Par manque de chance, Carlos était un passionné de sport – de musculation et de boxe, plus précisément –, et Boone était très loin de faire le poids : cette fois, il s'était attaqué à beaucoup plus fort que lui. Il avait fallu s'y mettre à plusieurs pour les séparer. Boone saignait du nez, et il semblait bien parti pour se réveiller avec un œil au beurre noir, voire deux.

En l'observant dans cet état, je m'étais rendu compte qu'il avait perdu beaucoup de son charme, ces derniers temps. Et, effectivement, c'est un peu ce qui se passe dans *La Belle et la Bête* aussi. On crève d'impatience de découvrir le prince, et quand enfin il recouvre forme humaine, on s'aperçoit qu'il était bien plus beau avant que Belle le délivre du mauvais sort. Qui aurait cru qu'au final on redemanderait la Bête ?

Ma grand-mère avait toujours détesté cette histoire, clamant qu'il était ridicule qu'une si jolie fille tombe sous le charme de la Bête. C'était néanmoins l'un de mes contes préférés, j'aimais l'idée que l'amour véritable surmonte n'importe quoi. La Belle était d'une patience à toute épreuve : elle avait supporté les accès de colère de la créature et lui avait même pardonné de l'avoir emprisonnée et d'avoir failli tuer son père. Je ne suis pas certaine qu'il soit très intelligent de laisser croire aux petites filles qu'il suffit d'amour et de patience pour venir à bout des défauts d'une personne ; dans la réalité, la plupart des hommes ne changent jamais. Toujours est-il que, dans le film, la Bête apprend enfin à aimer, et sa cruauté n'est bientôt plus qu'un lointain souvenir. Peut-être Boone en avait-il été guéri lui aussi, mais je me félicitais de ne pas avoir attendu pour le découvrir.

Temps perdu : trois mois et demi.

Leçon :

- S'énerver de temps à autre est parfaitement naturel. Face à quelqu'un qui pète un plomb pour tout et n'importe quoi, en revanche, mieux vaut prendre ses jambes à son cou.

- Pas de types agressifs ni de jaloux maladifs.
- Ne jamais se laisser marcher sur les pieds.
- Nous ne sommes pas là pour guérir les blessures des autres. Il faut qu'ils apprennent à se reconstruire seuls.

Chapitre 15

Incapable de me concentrer sur mon travail, je pianotais nerveusement sur mon bureau. Jake devait commencer à se demander dans quoi il s'était lancé, avec moi. J'aurais sans doute dû m'abstenir de dire que c'était moi qui avais frappé Karl, même pour plaisanter. En particulier alors qu'il avait déjà entendu parler de la gifle que j'avais administrée à Ralph. Mais il avait compris que je n'étais pas sérieuse, n'est-ce pas ? Je lui avais même envoyé un baiser pour lui montrer que lui seul comptait à mes yeux. Non pas que j'aie à me justifier, bien sûr… Après tout, nous n'étions toujours que deux adultes indépendants dans une relation sans engagement. En tout cas, si les rôles avaient été inversés et que je l'avais vu ramener une autre fille chez lui, j'aurais aimé avoir des explications.

J'attendis d'être sûre qu'il soit levé pour composer le numéro de son téléphone portable. Tombant sur le répondeur, je m'éclaircis la voix.

—Salut, c'est moi…

Je détestais les gens qui faisaient ça. Souvent, je ne reconnaissais la personne qu'aux trois quarts du message.

—OK, c'est un peu présomptueux de ma part de croire que tu te souviens si bien de ma voix. Ou peut-être as-tu déjà enregistré mon numéro. Enfin, je ne dis pas que… (Que n'aurais-je donné pour recommencer à zéro, rester calme et posée…) Bref, c'est Darby. Qui d'autre te laisserait ce message sans queue ni tête ? Tout ce que je voulais te dire c'est : appelle-moi. Si tu en as envie. La soirée d'hier était plutôt dingue, et j'aimerais que tu saches que…

Un « bip » sonore m'interrompit.

Génial. Je n'aurais pas fait mieux si j'avais été soûle.

Laisser un second message pour terminer ce que j'avais à dire me ferait passer pour plus désespérée que je ne l'étais. Surtout s'il filtrait volontairement mes appels.

Je jetai donc mon téléphone sur le bureau et me passai les mains sur le visage.

— Argh. Et voilà pourquoi je ne veux pas d'une relation sérieuse…

Une brève sonnerie retentit. Récupérant mon portable, je découvris un nouveau SMS, en provenance d'un numéro inconnu. C'était une photo de Karl. Une marque mauve et rouge ornait le haut de sa pommette. Au moins, sa paupière avait désenflé.

Je me suis dit que ça t'amuserait. En tout cas, ça a fait rire tout le monde, au cabinet. En revanche, quand je raconte que je me suis fait ça en jouant au billard, les gens ont l'air perplexes. J'ai l'impression qu'ils préfèrent nettement la version "baston dans un bar pour les beaux yeux d'une fille".

Je fis immédiatement courir mes pouces sur le clavier :

Pour que l'on considère cela comme une baston, il aurait fallu qu'il y ait au moins deux personnes impliquées. Techniquement, tu as servi de *punching-ball* à un mec bourré à cause d'une fille.

Après avoir appuyé sur « Envoyer », je reposai mon téléphone, puis ouvris les fichiers de mon projet pour Mme Crabtree. Mon téléphone bipa de nouveau. Karl avait répondu.

Eh bien, j'aime mieux ma version. On va dire que nous avons des manières différentes de communiquer.

Éclatant de rire, je lui envoyai un dernier message.

C'est drôle, il me semblait justement avoir entendu il y a peu une personne d'une intelligence rare déclarer que les hommes et les femmes ne savaient pas communiquer entre eux… Je ferais bien de me mettre au boulot. À la prochaine.

J'étais moi-même surprise de constater à quel point j'avais fini par trouver Karl sympathique. Initialement, Stephanie nous avait présentés dans l'espoir de nous voir nouer des liens tout autres, mais l'étincelle n'avait pas été au rendez-vous. Néanmoins, nous semblions en bonne voie pour devenir amis. Peut-être même qu'il réussirait à rendre plus supportable le mariage d'Anthony et de Steph. Et, bien que je n'accorde toujours pas beaucoup de foi à ces histoires de thérapie conjugale, cela me rassurait qu'un homme de sa profession, qui voyait défiler chaque jour un grand nombre de couples très différents, estime que celui d'Anthony et Stephanie était fait pour durer. Malgré mon pessimisme en la matière, je leur souhaitais sincèrement d'être de ceux qui, envers et contre tout, s'aimeraient jusqu'à la fin des temps. *Et si eux peuvent y arriver…* Je songeai soudain à Jake ; cela devenait une habitude, chez moi. Une mince lueur d'espoir essayait de s'infiltrer jusque dans mon cœur, me soufflant que, cette fois peut-être, ce pourrait être différent.

Ne te laisse pas faire. L'espoir ne mène à rien, sinon à la déception.

Trop tard : une douce sensation de chaleur m'envahissait déjà. Steph avait raison : il fallait que je savoure cette idylle naissante. Je ne demandais même qu'à y plonger tête la première et à en profiter au maximum. Patricia déboula en trombe dans mon bureau. Son air peu commode suffit à faire fuir toutes ces bonnes ondes.

— Vous avez décroché ce projet avec Nadine, hier ?

— Oui.

— Et on peut savoir où est le contrat ? Je n'en ai pas encore vu la couleur.

J'étais quasiment certaine que c'était Nadine qui l'avait, mais je n'en aurais pas mis ma main à couper. C'était l'un de ces moments gênants où, quoi que je dise, je passerais pour une incompétente.

— Je m'en occupe tout de suite.

Elle me toisa longuement. Lorsqu'elle eut réussi à me mettre mal à l'aise, elle tourna les talons avec un soupir exaspéré. La journée promettait d'être longue.

Je changeai mon sachet de courses de bras et fouillai dans mon sac à main, à la recherche de mon téléphone. Je jetai un coup d'œil à l'écran avant de répondre. *Jake.*

— Tu aimerais que je sache quoi ? lança-t-il alors que j'avais à peine décroché.

— Comment ?

— Ton message. Il a été coupé.

Alors que je tentais de trouver une meilleure prise sur mes courses, mon portable glissa de mon épaule et alla rebondir sur le sol. Je parvins à ne pas tout lâcher de surprise et déposai le paquet devant ma porte pour ramasser mon téléphone. Je fus soulagée de constater qu'il n'avait pas une égratignure.

— Jake ?

— Oui ?

— Désolée, j'ai laissé glisser mon portable. Bref, je pense que je te dois quelques explications. Tu es libre, ce soir ?

J'avais passé une journée pourrie au bureau, rien ne m'aurait fait plus plaisir que de me détendre en compagnie de Jake et d'oublier tout le reste le temps d'une soirée.

— C'est la folie au *Blue*, alors je risque de rentrer encore plus tard que d'habitude.

Était-il en train de m'envoyer promener ?

— OK. Eh bien, bon courage…

Un grand fracas accompagné de vociférations me parvint depuis l'autre bout de la ligne. Quelqu'un non loin de Jake n'était apparemment pas satisfait de la manière dont se déroulaient les choses.

— Un nouveau problème vient de nous tomber sur les bras. Il faut que j'y aille. On se reparle bientôt.

— C'est ça, à bientôt…

Je raccrochai, les yeux rivés sur les courses à mes pieds et le cœur lourd. De toute évidence, je m'étais fait tout un plat d'une relation qui n'existait que dans ma tête. Ou avais-je mal interprété notre échange ? Après tout, il était peut-être réellement très occupé ; c'était l'impression qu'il m'avait donnée au téléphone en tout cas. Stressée par le travail, je l'avais mal pris, voilà tout. Ce ne pouvait être que cela, n'est-ce pas ?

Je savais bien que, si je me laissais aller à espérer, ça finirait par me retomber sur la tronche.

J'ouvris la porte et entrai avec mon paquet de courses. Hors de question de ruminer ou de rester à attendre devant le téléphone. J'avais lancé une invitation, il avait décliné.

La balle est dans son camp, maintenant.

La journée du mercredi commença par une visite de la propriété de Barbara Covington afin d'évaluer notre projet. Nadine avança la voiture jusqu'au portail en fer forgé et considéra un instant la maison.

— Waouh !

— Waouh, effectivement. C'est donc à cela que ressemble une résidence de plus de mille mètres carrés… On doit se sentir drôlement seul dans une aussi grande baraque.

— Sans blague.

Ma collègue baissa sa vitre et annonça à l'interphone que nous venions à la demande de Mme Covington, le portail s'ouvrit.

— J'ai fait la connaissance d'un mec plutôt sympa sur Internet, déclara Nadine en s'engageant dans l'allée. On va peut-être se voir ce week-end. Franchement, *Cupidon s'en mêle* est un super site. Tu serais surprise du nombre de types séduisants qu'on y trouve.

Elle m'incitait à m'inscrire sur ce site de rencontre depuis une éternité. Elle-même avait cru avoir déniché l'âme sœur en la personne du dernier homme qu'elle avait connu par ce biais, mais, deux mois plus tard, l'idylle avait tourné court. Ayant aussitôt décidé de se remettre en selle, elle essayait de nouveau de m'entraîner avec elle.

— À quand remonte ton dernier rendez-vous qui n'ait pas été un désastre ?

— À dimanche dernier, figure-toi.

Elle tourna vivement la tête vers moi.

— Tu vois quelqu'un ? Raconte !

— Nous ne sommes pas réellement ensemble. Il s'agit de Jake.

— Je le savais ! J'avais bien remarqué qu'il y avait quelque chose entre vous !

Avec un soupir, je me laissai aller contre l'appui-tête.

— J'ignore si c'est encore le cas. Je… je ne suis pas sûre de savoir où nous en sommes.

Il n'avait pas rappelé, et je commençais à croire que, quoi qu'il y ait eu entre nous, c'était déjà terminé. Ce qui m'embêtait doublement : non seulement je devrais à présent éviter le *Blue*, mais j'allais aussi beaucoup regretter les bons moments que nous passions ensemble.

Bref.

— Allons voir le boulot qui nous attend.

Mme Covington nous invita à entrer chez elle. On aurait pu croire que personne ne vivait là. Murs et sols étaient complètement nus. L'architecture elle-même était cependant grandiose : plafonds voûtés, escalier en colimaçon jusqu'au dernier étage et grandes baies avec vue sur la montagne.

— J'ai demandé au personnel de me débarrasser de tout, nous expliqua Barbara en nous faisant visiter. Que mon ex se débrouille avec son mobilier vieillot et prétentieux. Je vais vous emmener déjeuner dans un petit restaurant dont vous me direz des nouvelles, puis nous rendrons visite à l'une de mes amies. Je veux vous montrer quelques petites choses qu'elle a fait faire chez elle et que j'adore.

Elle nous guida jusqu'à un garage pouvant contenir jusqu'à trois voitures et nous fit grimper dans sa BMW Série 7. Tout au long du trajet, ce fut elle qui fit la conversation. Elle nous parla de son projet de réaménagement, de ce nouveau départ, de son ex-mari, qui était déjà à la recherche d'un nouveau modèle, plus jeune.

— Voyez-vous, j'étais absolument folle de mon premier mari. Il n'avait pas un sou, mais je m'imaginais que notre amour me suffirait. Notre enfant n'avait encore que deux ans quand j'ai découvert qu'il me trompait. Après ça, il m'a fallu trouver un moyen de subvenir à mes besoins, ainsi qu'à ceux de ma fille…

Nous en apprîmes davantage sur ses maris successifs durant le déjeuner puis pendant la visite de la maison de son amie. Elle n'avait jamais été amoureuse de son deuxième époux, mais celui-ci roulait sur l'or ; le troisième, qui lui avait tout de même inspiré un minimum de sentiments, était plus riche encore ; quant au numéro quatre, il lui avait fait vivre un véritable conte de fées, voyages romantiques à l'étranger compris.

L'entendre faire le tour de ses conquêtes amoureuses fut presque suffisant pour me faire renoncer aux hommes à vie. Si vous me trouviez défaitiste, ce n'était rien comparé à Barbara. Pourtant, il y avait une certaine forme d'optimisme dans son attitude. Sa philosophie semblait être : « Quand la vie te donne un mari et que ça ne fonctionne pas, fais-en de la millionade. »

— Retire ça, aboyai-je à Nadine à la fin de la journée, tandis que nous quittions la propriété.

Ma collègue fronça les sourcils.

— Quoi donc ?

— Ce que tu as dit l'autre jour, que je suis comme Barbara. Sa vision de l'amour est affreusement déprimante.

— La tienne n'est pas spécialement gaie non plus. Au moins, elle, elle en tire un avantage pécuniaire.

— Parce que tu comptes te joindre au club des croqueuses de diamants ?

Nadine rit.

— Non. Je doute qu'elle soit aussi heureuse qu'elle veut le faire croire. Si elle en parle comme ça, c'est avant tout pour donner l'impression qu'elle tient les rênes. Personne n'aime voir la situation lui échapper.

Elle s'engagea sur l'autoroute, puis reprit :

— C'est comme tous ces gens qui se prétendent contre le mariage pour la simple raison qu'ils meurent d'envie d'épouser quelqu'un, mais que personne ne leur a encore demandé.

— De mieux en mieux, grognai-je.

— Je ne parle pas de toi, se défendit-elle. Tu aurais pu te faire passer la bague au doigt, à l'heure qu'il est, mais tu as refusé. Deux fois.

— Une seule…

— Je suis sûre qu'il t'aurait fait sa demande si tu…

— Je n'ai pas envie d'en discuter, l'interrompis-je avec un long soupir. Tout ce que nous a raconté Barbara… c'est précisément ce genre d'histoires qui me dégoûte du mariage. Je me demande si tous ses maris étaient dupes. Tous avaient l'air de penser qu'elle les aimait, alors qu'elle n'en voulait qu'à leur argent.

— On ne va pas s'en plaindre : nous allons bien profiter de leur fric, nous aussi ! Ce projet n'a rien de facile, mais il nous promet de belles commissions.

Mon téléphone se mit à sonner. Je fouillai dans mon sac et jetai un coup d'œil au numéro. C'était Jake.

Cela faisait trois jours que je mourais d'envie de lui parler, mais, après ma journée avec Barbara, j'étais d'humeur ronchon, et il me semblait de nouveau que toute relation amoureuse était vouée à l'échec. *Si je discute avec lui dans cet état d'esprit, il ne voudra sans doute plus jamais m'adresser la parole.*

Je fis basculer l'appel sur le répondeur. J'aurais dû être extatique à l'idée d'avoir une nouvelle maison splendide à redécorer entièrement. Au lieu de cela, je désespérais une fois de plus du genre humain. Quoi qu'il arrive, où que l'on regarde, chacun cherchait sa moitié.

Et celui qui refusait de suivre le mouvement se faisait bouffer tout cru.

Chapitre 16

En me rendant chez Barbara le jeudi suivant, j'ajustai mon oreillette et passai un coup de fil à Jake. Dans son message de la veille, il me disait seulement de l'appeler ; j'avais donc décidé de suivre ses instructions et de voir ce qui allait se passer.

— À quelle heure je passe te prendre pour le dîner ?

Je vérifiai rapidement que j'avais bien composé le numéro de Jake.

— Il doit y avoir un malentendu. C'est Darby à l'appareil.

— Je sais. Alors, quelle heure te convient le mieux ?

— Tu donnais l'impression d'avoir déjà planifié quelque chose ; du coup, j'ai cru que tu te trompais de personne.

— J'ai effectivement des plans, dit-il. Il ne te reste plus qu'à accepter.

Je ne pus m'empêcher de sourire, parcourue d'un frisson d'impatience.

— Je suis libre après 18 heures.

— Très bien, disons donc 18 h 30.

Quelques longues heures plus tard, je redoutais de ne pas survivre à cette journée, ni même jusqu'à 18 h 30.

Bien sûr, il fallait que je choisisse de casser mes nouveaux escarpins gris aujourd'hui…

Nous en étions déjà à notre sixième magasin de meubles ; Nadine et moi peinions à tenir le rythme. Barbara méritait la médaille d'or du shopping. Entre deux tirades à propos de ses ex-maris, elle nous avait également interrogées sur nos propres vies amoureuses. Lorsqu'il apparut que nous n'avions pas grand-chose à raconter sur le sujet, elle pinça les lèvres et nous examina de la tête aux pieds.

— Hmm. Deux jolies jeunes femmes intelligentes qui n'ont encore jamais été mariées ? À votre âge, j'en étais déjà à mon deuxième mariage. Je vais vous dire ce qui ne va pas : vous intimidez trop les hommes. Vous louez ou vous êtes propriétaires ?

— Je suis propriétaire, répondit Nadine.

— Moi de même.

Barbara fronça les sourcils. Étrangement, j'avais l'impression qu'elle nous reprochait d'être indépendantes et d'avoir une belle carrière.

— Les hommes veulent une fille dont ils peuvent s'occuper. Entre mes maris numéros deux et trois, j'ai lu un excellent livre…

Elle nous expliqua ce que recherchaient ces messieurs chez une compagne. Apparemment, porter des robes et des talons ne suffisait pas à affirmer ma féminité. Il fallait paraître plus fragile, plus désemparée. Montrer au mec qu'on avait besoin de lui. Eh bien, s'il fallait jouer les empotées en manque d'affection pour garder un homme, j'étais bien mieux toute seule.

Nadine, en revanche, buvait les paroles de notre cliente. Elle profita même de ce que Barbara pose une question à un vendeur pour noter sur son téléphone les titres des ouvrages que celle-ci nous conseillait.

— Ne me dis pas que tu vas lire ces trucs ? soufflai-je.

Elle haussa les épaules.

— Quel mal y a-t-il à regarder ce qu'ils racontent ? Je n'ai pas l'intention de me contenter du premier venu ni d'épouser quelqu'un pour de l'argent, mais j'espère bien me marier un jour. Si je ne me dépêche pas, il risque d'être trop tard pour faire des enfants, or j'ai toujours voulu des enfants.

Ayant vu ce que les gosses faisaient à un couple, je me demandais sincèrement comment les gens arrivaient à en faire plusieurs.

— Avez-vous vu ce canapé, là-bas ? s'exclama Barbara. Il est d'une laideur !

Mes pieds meurtris protestèrent avec véhémence à l'idée de faire un pas de plus, mais l'appel de l'argent fut plus fort, et je passai outre à la douleur pour m'approcher dudit canapé.

Il était en effet hideux. Le motif à carrés et à losanges marron et orange piquait sacrément les yeux.

— Voilà le genre d'antiquités dont je me passerai volontiers, commenta Barbara en glissant un bras sous le mien. Je connais une autre boutique pas loin. Allons y jeter un coup d'œil.

Certains clients étudiaient quelques échantillons puis nous laissaient nous débrouiller, d'autres souhaitaient s'impliquer davantage. Barbara était de ceux qui voulaient tout superviser. Y compris notre vie privée.

— J'organise un cocktail le week-end prochain, il faut absolument que vous en soyez, dit-elle tandis qu'elle nous faisait presque courir sur le trottoir. Vous devrez probablement vous satisfaire d'un homme d'un certain âge, mais ce sont souvent les plus fortunés et les plus enclins à vous couvrir de cadeaux. Bien entendu, si vous préférez quelqu'un de plus jeune, certains de mes ex ont des fils tout à fait séduisants…

Plus je l'écoutais, plus je me sentais devenir cynique.

Jake n'ayant pas précisé où nous allions, j'avais enfilé un petit haut à paillettes noir et un jean un peu habillé de couleur sombre. Les talons plus ou moins hauts faisaient partie de mon quotidien, et je n'avais encore jamais eu de problèmes. Pourtant, après cette journée de shopping avec Barbara, l'idée même de devoir poser un pied devant l'autre – quelle que soit la taille des talons – me décourageait. Mon choix se porta donc sur une paire de ballerines noires.

Je tuais le temps en regardant la télé, affalée sur le canapé, quand quelqu'un frappa.

Lorsque j'eus vérifié qu'il s'agissait bien de celui que j'attendais, j'ouvris la porte et m'appuyai à l'encadrement.

— Salut ! Dis-moi, tu n'avais pas l'intention d'aller danser ou autre folie de ce genre, si ?

— Je suis ouvert à tout, dit-il. Pourquoi ? Tu avais un endroit précis en tête ?

— Tout ce que je demande, c'est qu'il n'y ait pas à marcher. J'avais de nouvelles chaussures aux pieds aujourd'hui, et ma cliente nous a fait courir dans trente-six mille magasins. Je suis sur les rotules.

— Tu as de la chance, j'ai justement fait les courses. Je vais nous préparer un petit quelque chose, et nous n'aurons pas à sortir.

— Oh non, je ne veux pas que tu t'embêtes à cuisiner, protestai-je. Ce n'est pas comme si j'étais incapable de tenir sur mes jambes. Je n'ai pas envie de rester debout toute la soirée, c'est tout.

— Ça ne m'embête pas le moins du monde. En fait, j'aime autant cela. Je n'ai pas arrêté de courir, moi non plus.

Il me tendit la main.

— On y va ?

Le trajet jusque chez lui ne fut pas long. Ce soir-là, je devais admettre que j'étais bien contente que l'on habite le même immeuble.

Il ouvrit le réfrigérateur et inspecta son contenu.

— Que dirais-tu d'une escalope de poulet poivre-citron ?

— Ça m'a l'air parfait, dis-je en le regardant rassembler tous les ingrédients, adossée à l'îlot. De quoi veux-tu que je m'occupe ?

— Occupe-toi de me tenir compagnie.

L'odeur de viande grillée et de citron ne tarda pas à me mettre l'eau à la bouche. Après s'être lavé les mains, Jake se tourna pour me faire face.

— Bon, alors, ce type avec toi dans l'ascenseur l'autre soir… ?

— J'avais presque oublié, tiens ! J'ai l'impression que c'était il y a une éternité.

Je me demandais comment évoluait l'œil au beurre noir de Karl. Il avait sans doute viré au jaune à présent.

— Je craignais que ce ne soit à cause de lui que tu m'évites.

— Je ne t'évite pas, je te le jure ! Je n'ai juste pas eu le temps de souffler.

Me calant contre le plan de travail, je croisai les chevilles et commençai par lui raconter comment nous avions atterri dans le mauvais bar. Lorsque je lui décrivis le comportement des types à la table de billard, je le vis crisper les mâchoires.

— Et le gars ? Il s'est fait jeter dehors, au moins !

— Je pense qu'il s'agissait d'habitués, le videur était de leur côté.

Jake secoua la tête.

— Si ç'avait été moi, je lui aurais arraché la tête…

Le ton protecteur sur lequel il avait dit cela me rendit toute chose.

— Crois-moi, ce n'était pas l'envie qui me manquait. Karl n'a même pas essayé de bloquer le coup, alors son œil a salement enflé. Puisqu'il vit au nord de Boulder, je lui ai proposé de monter mettre un peu de glace dessus. En faisant davantage connaissance, je me suis aperçue qu'il était plutôt drôle quand il le voulait.

Jake posa une main de chaque côté de moi.

— Il semblerait que j'aie de la concurrence. Est-ce que cela signifie que je vais devoir redoubler d'efforts ?

Portant la main à son bras, je traçai délicatement le contour de son biceps avec mon pouce.

— Ton seul rival, c'est moi.

Il inclina légèrement la tête de côté, l'air perplexe.

— Tu veux dire que je vais devoir me battre contre toi pour te conquérir ?

— Exactement. Moi et mes problèmes. Ainsi que les ex à l'origine de mes problèmes. Oh ! Et Mme Barbara Covington.

Jake haussa les sourcils.

— Voilà qui devient intéressant.

— C'est une nouvelle cliente – celle que tu as vue au *Blue*, l'autre jour. Elle a été mariée quatre fois, et passe ses journées à nous raconter combien c'était affreux.

— Laisse-moi deviner : elle t'a dit que tu ferais mieux de ne jamais te marier.

— En réalité, elle est d'avis que je devrais épouser un homme qui roule sur l'or, de façon à avoir de quoi me consoler quand tout sera terminé. Je lui ai rétorqué que, d'après mon expérience, ces types-là sont soit des bourreaux de travail qui ne t'accordent même pas un regard, soit des connards aussi fainéants qu'ils sont riches.

Je fis remonter ma main le long de son bras, jusqu'à sa nuque, avant de poursuivre :

— Elle m'a suggéré d'opter pour un bourreau de travail, afin de pouvoir prendre un amant.

— Sympa.

Je sentis sa voix profonde vibrer contre ma paume.

— Elle a également une drôle de philosophie concernant la manière dont une femme doit s'y prendre pour attirer les hommes… Je préfère ne pas entrer dans les détails, parce que, rien que d'y repenser, ça me met en colère.

Ses yeux bleus étaient si clairs ce soir, nulle trace des nuances vertes que j'avais pu observer en d'autres occasions.

J'eus soudain une révélation : et si Barbara avait raison ?

— Me prends-tu pour une de ces demoiselles en détresse qui ont besoin qu'un homme fort vienne les sauver ? Est-ce que c'est ça qui t'attire ?

Jake pouffa.

— Tu es sérieuse ?

— Chaque fois qu'on se voit, je suis à ramasser à la petite cuillère. Je ne trouve que ça pour expliquer le fait que tu continues à m'inviter à sortir. Tu penses que j'ai besoin qu'on me sauve.

Jake vint se plaquer contre moi et me regarda droit dans les yeux.

— Je t'apprécie beaucoup, Darby. C'est uniquement pour cette raison que j'insiste pour te revoir. Tu joues les dures – et je ne prétends pas que tu ne l'es pas –, mais tu as surtout bon cœur. Tu me fais rire. Et, au lieu de me mener en bateau, tu me dis ce que tu penses sans détour.

Il approcha alors son visage, sa bouche venant effleurer la mienne.

— Et tu es aussi terriblement sexy.

Lorsqu'il fit courir sa langue le long de ma lèvre inférieure, j'eus de la chance qu'il me maintienne entre lui et le plan de travail, car mes genoux se dérobèrent et un feu brûlant se répandit en moi comme une coulée de lave. Un gémissement rauque monta du fond de sa gorge, et il sembla devoir faire un énorme effort pour s'arracher à mes lèvres. Il se détourna avec un soupir pour retourner le poulet.

Je m'approchai, l'enveloppai dans mes bras, puis posai la joue sur son dos puissant.

— Un homme qui sait à la fois baratiner et faire la cuisine ? Je pourrais m'y habituer.

Chapitre 17

Le vendredi suivant, Stephanie avait fait irruption dans mon bureau en m'annonçant que notre session de préparatifs de mariage hebdomadaire aurait lieu au *Blue*, cette semaine-là. Elle tenait absolument à rencontrer « ce fameux Jake ». Voyant que je ne parviendrais pas à l'en dissuader, je lui avais rappelé que ce qu'elle pensait de lui ne comptait guère, puisque notre relation n'avait rien de sérieux. Elle s'était contentée de lever les yeux au ciel en rétorquant qu'elle connaissait la chanson, ce qui n'avait fait qu'empirer mon appréhension.

Lorsque Mindy nous eut installées à notre table, Stephanie secoua la tête en me regardant d'un air dépité.

— Je n'arrive pas à croire que tu ne lui aies pas fait savoir que tu étais là.

— Je ne vais pas débarquer sans invitation et exiger de le voir sur-le-champ, rétorquai-je en dépliant ma serviette sur mes genoux. Mindy va le prévenir, et, s'il a une minute, il viendra.

Stephanie saisit vivement son portable lorsqu'il se mit à sonner. À ma grande surprise, elle renvoya l'appel sur son répondeur, avant d'éteindre le téléphone et de le ranger dans son sac.

— Peu importe de quoi il s'agit, ça peut attendre.

— Si je pouvais tendre la main pour vérifier que tu n'as pas de fièvre sans renverser les verres au passage, je le ferais.

— J'ai l'impression de ne plus te voir. Les mails express et les échanges de textos sont loin de me suffire, dit-elle en reposant son sac sur la chaise voisine. À propos, Karl m'a appelée, et je lui ai donné ton numéro. J'espère que ça ne te dérange pas.

— Oui, pas de souci. Il m'a envoyé une photo de son œil au beurre noir, et on a plaisanté un peu par SMS interposés. Il est plutôt marrant.

Stephanie se pencha légèrement sur la table.

— Dis-moi, entre vous… il n'y aurait pas quelque chose ?

— Non. Non, pas du tout. Mais on ne se déteste plus.

— Je ne suis jamais sûre de rien, avec ta philosophie concernant les relations amoureuses…

Jake apparut et s'approcha de notre table. Je lui rendis son sourire et me sentis soudain sur un petit nuage.

— … il se pourrait que tu jongles entre la moitié des mecs de la ville et que tu aies simplement oublié de me prévenir, acheva alors Stephanie.

Mon sourire s'évanouit aussitôt. Je n'étais pas certaine de savoir comment réagir. Chaque fois qu'il était dans le coin, quelqu'un racontait des horreurs à mon sujet.

— Dans ce cas, je suppose que je devrais m'estimer heureux d'être l'un d'entre eux, déclara Jake dans le dos de Stephanie, la faisant sursauter.

Cela suffit à me redonner le sourire.

— Stephanie, j'aimerais te présenter Jake. Jake, Stephanie, ma meilleure amie.

Cette dernière se tourna davantage et leva les yeux vers lui.

— Cette histoire de jongler entre plusieurs hommes à la fois, c'était une blague. Elle n'est pas comme ça…

Jake vint prendre place à côté de moi et me passa un bras autour des épaules.

— Je sais que tu as pour principe de ne pas te laisser embrasser devant tes clients, mais, devant tes amis, quelles sont les règles ?

Je me penchai pour déposer un baiser sur ses lèvres.

— Ma vie entière n'est pas régie par des règles.

Jake me jeta un regard sceptique, puis reporta son attention sur Stephanie.

— J'ai cru comprendre que vous vous mariez bientôt ?

— Dans cinq semaines et un jour, répondit mon amie la mine rêveuse. J'ai tellement hâte, soupira-t-elle.

Puis, revenant brutalement à la réalité, elle pointa un doigt accusateur dans ma direction.

— Toi, tais-toi.

Je levai innocemment les mains.

— Je n'avais aucune intention de me moquer de ton compte à rebours ultraprécis, je le jure.

Sarah approcha, bloc-notes et stylo en main.

— Mesdames, je vous laisse, lança Jake en m'embrassant sur la joue.

Il s'attarda à quelques millimètres de ma peau, et, lorsqu'il reprit la parole, ses lèvres effleurèrent le lobe de mon oreille.

— Si tu peux, passe me dire au revoir. Sinon, je suppose qu'il faudra que j'attende que tu aies fini de jongler entre tous tes autres mecs…

Gagnée par la chair de poule, j'avais toutes les peines du monde à rester de marbre.

— J'essaierai de trouver un peu de temps pour toi, promis-je.

Puis j'ajoutai, l'air interrogateur :

— Jake, c'est ça ?

— Appelle-moi comme tu veux, tant que tu m'appelles.

Face à son sourire canaille, mon cœur fit un bond. Si j'avais été avec quelqu'un d'autre que Stephanie, j'aurais sans doute essayé de jouer les blasées. Mais je ne réussis qu'à le regarder partir en souriant comme une idiote.

Lorsque Sarah eut pris notre commande, Stephanie se pencha vers moi.

— Waouh, Darby. Il est vraiment canon !

— Je t'avais prévenue.

— Je sais, mais waouh ! En plus, il est sympa et a l'air dingue de toi. Comment se fait-il que tu ne sois pas déjà amoureuse ?

Ce mot suffit à me faire redescendre sur terre, et tout mon corps se crispa. Je n'étais pas amoureuse de Jake, mais il s'en fallait de peu pour que je bascule ; et, si cette idée me terrifiait, ma peur était également teintée d'une certaine excitation. Toutefois, si je l'avouais à Stephanie, je n'avais pas fini d'en entendre parler, aussi haussai-je les épaules et fis-je comme si de rien n'était.

— Disons que je me méfie. Tout ce que j'ai jamais récolté en tombant amoureuse si vite et si intensément, ce sont des crises de larmes.

— Tu le vois, ce soir ?

— Pas sûr. Il travaille généralement beaucoup, le week-end.

— Ça ne fait pas de lui un obsédé du boulot, rétorqua Stephanie en me faisant les gros yeux. Il trouve toujours du temps à te consacrer.

— Je sais.

— Promets-moi de ne pas tout gâcher avec tes règles ridicules.

Je fis courir mes doigts sur l'arête de la table. Il m'avait toujours été impossible de lui cacher quoi que ce soit. Nous étions amies depuis trop longtemps, et si je décidais de me laisser aller – même un tout petit peu – il fallait qu'elle le sache.

— Je commence à repenser un peu mes règles. Jusqu'à présent, on ne peut pas dire qu'elles m'aient beaucoup aidée.

Un immense sourire illumina le visage de mon amie.

— Est-ce que ça signifie… ?

— Non ! l'interrompis-je d'un geste. Je n'ai pas l'intention d'y renoncer entièrement. J'ai fait cette erreur avec Porter, tu te souviens ? Non, ce que j'entends par là, c'est que je m'autorise à en enfreindre certaines, en laissant par exemple passer le fait qu'il vive dans mon immeuble, qu'il possède une voiture de collection et qu'il travaille dans mon restaurant favori. En revanche, il y a des choses sur lesquelles je ne suis pas prête à revenir, comme le fait de ne rien entamer de sérieux.

Stephanie fit la moue.

— Je suppose que c'est mieux que rien.

Elle se mit à tapoter des doigts sur la table, puis, coulant un regard en direction de son sac à main, pianota de plus belle.

— Vérifie, si tu veux.

Elle releva la tête, l'air coupable.

— Je ne… Pardon, j'ai juste peur qu'Anthony n'essaie de me joindre.

— C'est bon. Tu as parfaitement le droit de regarder s'il t'a appelée. J'ai appris à t'accepter telle que tu es, moi. Je n'espère plus te faire changer.

Sur le point de plonger la main dans son sac, elle interrompit soudain son geste.

— Non. Tu sais quoi ? Je suis capable de changer. Même si c'est important, cela peut attendre une heure.

Une expression satisfaite sur le visage, elle me défia du regard et reprit :

— Tu vois, les gens évoluent. Il suffit d'être patient, « Rome ne s'est pas faite en un jour… »

Jake entra dans mon champ de vision. Il dit un mot à Chad, puis tourna la tête vers notre table. Mon premier instinct fut de détourner les yeux ; seulement, je fus incapable de rester indifférente au sourire qu'il me décocha. Stephanie avait peut-être raison. Je n'avais pas besoin de revoir toute ma philosophie d'un coup, mais je pouvais essayer de m'ouvrir à l'idée d'une belle histoire, même si j'avais parfaitement conscience qu'elle ne durerait pas pour l'éternité. Comme elle l'avait si bien dit : « Rome ne s'est pas faite en un jour. »

Chapitre 18

C'est assez dingue ce que l'on peut accomplir quand on a le vendredi soir pour soi. Je courus cinq kilomètres, passai la serpillière, peaufinai une ou deux propositions, puis fis un saut à la librairie. Fort heureusement, cette fois, je ne rencontrai aucun ancien petit ami et n'eus pas non plus à me planquer au rayon érotique.

Le problème d'en faire autant un vendredi soir était que l'on se sentait un peu mis à l'écart. Le reste du monde était sorti célébrer ce début de week-end, et moi, j'étais assise sur mon canapé, à me demander quelle était la suite du programme.

Je dois avouer que je commençais un peu à m'apitoyer sur mon sort. Certes, cela allait à l'encontre de la mentalité de « femme indépendante », mais ce n'était pas comme si j'avais désespérément besoin d'un homme. J'aurais juste apprécié d'avoir quelqu'un avec qui passer un moment sympa.

Nadine avait rendez-vous avec le type rencontré sur *Cupidon s'en mêle*, Steph et Anthony dînaient avec M. et Mme Taylor, et Jake était au boulot.

J'aurais peut-être dû aller passer la nuit au ranch.

C'est trop tard, maintenant. Le temps que j'arrive là-bas, maman sera couchée.

Je ne suis pas une grande adepte du téléphone, mais, quand je m'ennuie, je suis capable d'appeler tout mon répertoire, juste pour parler un peu. La plupart du temps, je regrette mon geste au bout de trois minutes, puis m'échine pendant un quart d'heure à trouver un moyen de mettre poliment un terme à la conversation.

Quitte à tailler le bout de gras ce soir, j'aimais autant que ce soit avec Drew. Je saisis mon portable et composai son numéro. Quatre sonneries plus tard, j'atterris sur le répondeur. Ma mère ne décrocha pas non plus. Je fis défiler mon répertoire, essentiellement composé de contacts professionnels. Mon regard s'arrêta soudain sur le numéro de Jake. Appeler sans raison, c'était vraiment un truc de couples...

Oublie ça tout de suite.

Je reposai le téléphone sur la table basse et m'installai plus confortablement sur le canapé. Cherchant à tout prix à m'occuper l'esprit, j'attrapai la télécommande de la télévision et épluchai le programme affiché à l'écran. Trois fois.

Je défiai ensuite mon téléphone du regard durant une bonne minute ; ce satané truc ne cilla même pas. Je finis par le prendre en main pour retrouver le numéro de Jake, puis appuyai sur la touche d'appel.

Que vais-je bien pouvoir dire s'il décroche ?

Du temps du lycée, je me serais empressée de raccrocher en prenant conscience de ce que j'étais en train de faire, mais, de nos jours, la technologie nous empêchait de faire marche arrière aussi facilement. Mon numéro apparaissait déjà sur son appareil, avec l'heure exacte où j'avais essayé de le joindre.

Que vais-je bien pouvoir raconter si je tombe sur le répondeur ?

— Salut, ma belle, fit-il à l'autre bout du fil.

— Salut, répondis-je, à deux doigts de défaillir. Tu es occupé ?

Du plat de la main, je me frappai le front.

Évidemment, qu'il est occupé, triple idiote ! Il est au travail.

— Pour toi, je peux bien trouver cinq minutes.

N'ayant toujours rien trouvé à dire, je fus soudain prise de panique. Il ne s'était rien passé d'extraordinaire au bureau, je n'avais rien fait de très intéressant ce jour-là, et j'avais beau me creuser désespérément la tête, aucun sujet susceptible de vaguement justifier mon appel ne me venait à l'esprit.

— Devine qui est venu dîner au *Blue*, ce soir, enchaîna Jake.

— Si j'ai manqué Christian Bale, je fais un scandale.

— Pas loin, dit-il en riant. Figure-toi que les Crabtree sont passés nous rendre visite. Mme Crabtree m'a demandé de tes nouvelles, et je lui ai confié que tu avais enfin cédé et que tu avais accepté mon invitation à sortir. Après m'avoir serré dans ses bras, elle m'a fait promettre de me comporter en gentleman et de te traiter comme il faut. Elle est étonnamment intimidante pour une vieille dame !

Je souris en imaginant la discussion entre ces deux-là.

— C'est agréable de savoir que quelqu'un assure mes arrières.

— Je m'en doute ! Avec toutes ces bagarres que tu déclenches dans les bars, tu vas avoir besoin de toute l'aide que tu peux trouver.

Et, sans même m'en rendre compte, je me laissai emporter par une conversation tout ce qu'il y avait de plus décontracté, dépassant allégrement le seuil des trois minutes.

Lorsque la sonnerie de mon portable retentit le lendemain matin, je tâtonnai durant de longues secondes avant de mettre la main dessus. *Drew.*

J'acceptai l'appel et portai le téléphone à mon oreille.

— Tu as intérêt à être aux portes de la mort.

— Bien le bonjour à toi aussi, lança-t-il d'une voix inhabituellement guillerette. Je descends sur Denver, alors lève-toi. Tu ne vas tout de même pas perdre la journée à dormir !

Je plissai les yeux jusqu'à parvenir à déchiffrer les caractères lumineux rouges qu'affichait mon réveil.

— Huit heures du matin, c'est encore la nuit.

— Cela va faire deux heures que je suis debout. J'ai eu le temps de passer voir les chevaux, de vérifier que les veaux avaient tété et de traiter quelques vaches malades. Et toi, que peux-tu te vanter d'avoir accompli ?

— J'ai élaboré un plan pour remplacer toutes les sources d'énergie du monde par des sourires et du rire. Ça t'en bouche un coin, hein ?

— Ce matin, l'un des nouveau-nés m'a chié dessus quand je l'ai pris dans mes bras pour le ramener à l'étable. Je me suis dit que c'était une bonne histoire de merde, mais j'avoue que, sur ce coup-là, tu me bats.

J'éclatai de rire.

— Tout de suite, je suis trop crevée pour jouer à celui qui aura la réplique la plus spirituelle. Mais je suis sûre que j'aurai trouvé un truc quand tu arriveras.

— Parfait. Je pense être là vers 10 heures.

— À plus tard, alors.

Je raccrochai et rabattis aussitôt mon oreiller sur ma tête, dans l'espoir de grappiller quelques minutes de sommeil supplémentaires avant d'entamer ma journée.

— Je me trompe ou c'est le deuxième samedi d'affilée que tu passes avec ta rouquine ? interrogeai-je Drew tandis que nous nous installions sur le canapé.

— Elle s'appelle Lisa, et, en effet, c'est le deuxième samedi.

Il quitta ses chaussures et posa les pieds sur ma table de salon. Je n'essayais même plus de l'en empêcher, c'était peine perdue.

— Et on s'est retrouvés à Broomfield, mercredi. On s'est aussi téléphoné.

— Tu détestes le téléphone.

— D'habitude, c'est vrai..., grommela-t-il en haussant les épaules.

Puis un sourire illumina graduellement son visage.

— Sauf avec Lisa : on discute au moins une heure tous les soirs.

— Michelle est-elle au courant qu'elle a été remplacée ?

— Michelle a plus ou moins pété un plomb. Elle a commencé à se pointer sans arrêt à la maison pour me hurler dessus, me crier que je n'étais qu'un pauvre type qui vivait toujours chez ses parents, et que j'étais con comme mes pieds. Du coup, je lui ai demandé pourquoi elle s'accrochait, si j'étais un si gros nul... Et, là, elle s'est mise à pleurer en me suppliant de la reprendre. (Il secoua la tête d'un air désolé.) Finalement, j'ai dû lui dire la vérité. Et je n'ai pas fait dans la dentelle, pour être bien sûr qu'elle comprenne qu'elle et moi, c'était terminé et qu'il n'y avait plus aucune chance. Alors elle me l'a carrément joué à la *Liaison fatale*.

— Elle a passé ton lapin à la casserole ?

— Elle a rayé mon pick-up.

— Toi, on peut dire que tu sais les choisir...

— Lisa est différente.

— On en reparlera quand tu l'auras larguée et que tu découvriras que c'est une hystérique, comme les autres.

S'il y avait une fille instable dans le coin, on pouvait compter sur Drew pour être attiré comme un aimant. *L'espace de deux ou trois mois, du moins.*

— Je suis certain que non. De toute façon, c'est probablement elle qui rompra la première, et moi qui l'appellerai à toute heure du jour et de la nuit pour la supplier de me donner une seconde chance.

Il se pencha en avant, les bras sur les genoux.

— Et toi, alors, quoi de neuf ?

— Il y a ce gars, que je vois plus ou moins. Rien de sérieux, ni engagements ni contraintes. Oh, et un des copains d'Anthony s'est fait tabasser dans un bar par ma faute.

— Et tu dis que je suis un aimant à problèmes ? railla Drew en me donnant un coup de coude. Parle-moi de cette bagarre. Tu as mis quelques droites ?

— Si seulement…

Je lui expliquai donc que les types à côté de nous avaient eu un comportement absolument odieux (omettant toutefois de mentionner les attouchements pour éviter de le rendre fou). Je lui montrai ensuite la photo de l'œil au beurre noir de Karl sur mon téléphone.

— Son boulot est d'aider les gens à résoudre les conflits de manière pacifique, et regarde dans quel état il a dû aller travailler.

— Mais ce n'est pas lui que tu vois ?

— Non, lui, c'est juste un… je suppose que je peux dire « ami », maintenant.

— Quand est-ce que tu me présentes ton petit ami, alors ? Il faut que je sache s'il est assez bien pour toi. C'est mon devoir, en tant que frère, tu comprends.

Je reposai mon portable.

— Et d'un, il n'est pas mon petit ami. Et de deux, tout ce que vous voulez, toi et Devin, c'est torturer tous les types que je ramène à la maison.

— Ce n'est pas notre faute si tu t'obstines à sortir avec des gars de la ville sans un brin d'humour. Tu n'as encore jamais été capable de te dégotter un copain convenable. À l'exception de Gil, mais c'était il y a une éternité.

— Merci de retourner le couteau dans la plaie, enfoiré. Allons chercher à manger, je crève de faim, dis-je en me levant du canapé.

Drew ôta les pieds de la table et enfila ses chaussures.

— Quand on aura déjeuné, on fera un saut au centre commercial, et tu m'aideras à choisir une chemise. Mais rien de trop cucu. Je veux impressionner Lisa, pas qu'elle se pose des questions sur ma sexualité.

Je le regardai d'un air incrédule. Avais-je bien entendu ?

— Tu vas me laisser te choisir une chemise ? Hmm… En effet, cette fille a peut-être bien quelque chose de différent.

— Un peu, ouais !

Mon téléphone sonna.

— Je te parie que c'est le diable, pour me dire qu'il se gèle le cul en enfer.

Ce n'était cependant pas Lucifer. Seulement un type charmant, avec un sourire à se damner, qui appelait pour savoir ce que je faisais le lendemain soir.

Chapitre 19

Je jetai un coup d'œil à l'horloge en entendant frapper à ma porte.

Il doit vraiment être pressé ; il est en avance.

Jake m'avait demandé de l'aider à choisir de quoi meubler son appartement. Le plus urgent était de lui trouver une table de salon. Depuis qu'il avait emménagé, il mangeait soit au restaurant, soit sur ses genoux.

J'enfilai rapidement mes créoles et me précipitai dans l'entrée.

— Hé, je…, lâchai-je en ouvrant la porte en grand.

Sur le seuil se tenait, non pas Jake, mais Stephanie, en larmes.

— Que se passe-t-il ?

— Anthony et moi nous sommes sérieusement accrochés… J'aurais dû te prévenir que j'arrivais. Mais je suis tellement énervée, et triste, argh ! J'ai tapé le code et me suis dépêchée de monter, en priant pour que tu sois chez toi. Je me disais que, même si tu n'étais pas là, je pourrais toujours me réfugier ici un moment.

— Entre. Tu sais que tu peux venir quand tu veux, même quand je suis sortie.

Je la conduisis jusqu'au canapé, et l'on s'assit.

— Nous ne nous chamaillions jamais avant, commença Stephanie en se massant les tempes. Mais dernièrement… tout est sujet à dispute. Souvent, je me demande si l'on parle encore la même langue. Il s'est vraiment comporté comme un connard, et après il prétend que c'est moi qui dramatise.

Je posai une main compatissante dans son dos.

— Raconte-moi ce qui s'est passé.

Elle secoua la tête et prit une grande inspiration.

— Je n'aurais jamais cru qu'il puisse être macho. Il voudrait une bonne ménagère des années 1950 à la maison : que tout soit nickel, le dîner sur la table à l'instant où il franchit le pas de la porte. Il oublie que j'ai un boulot, moi aussi !

— Et tu bosses comme une folle. J'ignore comment tu te débrouilles pour faire tout ce que tu fais.

— Je sais que je travaille moins en ce moment, mais c'est parce que je dois m'occuper de préparer le mariage. Quand je lui demande son opinion sur quelque chose, il me répond qu'il s'en fiche ; sauf que, sa mère, elle ne s'en fiche pas et a un avis sur tout. Et puis j'ai cette histoire de coquille à régler, et tout ce qu'il trouve à me dire quand il rentre c'est : « Qu'est-ce qu'on mange, ce soir ? » comme si j'étais sa bonne. (À mesure qu'elle parlait, sa voix grimpait dans les aigus.) Est-ce à cela que je suis sur le point de m'engager ? Je n'aurais jamais dû accepter d'emménager avec lui. Je regrette le temps où nous habitions toutes les deux.

On frappa de nouveau à ma porte.

— Je reviens tout de suite.

— Prête, ma belle ? lança Jake avant de déposer un baiser au coin de mes lèvres.

Puis, comme s'il savait à quel point cela me rendait folle, il plaça une main au creux de ma hanche.

— Hum…, hésitai-je, tournant la tête en direction de mon amie. Petit changement de programme.

— Je suis désolée, dit Stephanie en essuyant ses larmes. Je ne savais pas que tu avais quelque chose de prévu. Ne vous en faites pas pour moi et sortez tous les deux. Je vais rester là un moment, si ça ne te dérange pas, Darby.

— Il n'est pas question que je te laisse toute seule dans cet état, ripostai-je.

Jake entra, nous observant tour à tour.

— Est-ce que tout va bien, Stephanie ?

Celle-ci renifla.

— Je suis désolée. Moi qui suis tellement ravie de voir comme Darby a changé depuis que vous vous fréquentez – ou peu importe le terme qu'elle préfère employer –, voilà que je viens tout gâcher en lui racontant que tous les hommes sont des salauds. Même ceux que l'on croyait parfaits.

Une nouvelle larme roula sur sa joue.

— C'est elle qui avait raison, finalement, poursuivit-elle d'une voix si haut perchée qu'elle en devenait presque inintelligible.

Puis elle désigna la salle de bains d'un geste du pouce.

— Je vais chercher un mouchoir.

Me tournant alors vers Jake, je lui expliquai la situation à mi-voix.

— Elle s'est disputée avec Anthony. Je n'ai pas encore réussi à lui tirer les vers du nez. Tout ce que je sais, c'est qu'à partir du moment où une fille se fiance tout semble prendre des proportions démesurées.

Jake acquiesça, mais je doutais qu'il comprenne réellement.

— Enfin..., repris-je. Je crois qu'on va devoir repousser notre virée shopping.

Stephanie reparut, un mouchoir en boule dans la main, et revint s'affaler sur le sofa.

— Hé, toi qui es un homme, lança-t-elle à Jake, est-ce que tu pourrais me dire pourquoi les mecs pensent que c'est aux femmes de s'occuper de tout à leur place ?

— Il est encore temps de fuir, soufflai-je à l'intéressé en posant une main sur son torse. Tu n'es pas obligé de rester.

Il me prit alors par la main et m'entraîna vers le canapé. Il s'assit à une extrémité et se tourna vers Stephanie.

— Raconte-moi tout, et j'essaierai de t'éclairer en te donnant un point de vue masculin.

Stephanie retira ses chaussures et ramena ses pieds sous ses fesses.

— Toute la journée, je m'étais fait une joie de le retrouver, et, quand il est enfin rentré du travail, tout ce qu'il a trouvé à faire, c'est de me demander ce qu'il y avait à dîner.

Jake attendit la suite sans mot dire.

— Comme si j'étais là pour le servir ou je ne sais quoi, insista-t-elle. Pourquoi ce serait mon boulot de faire à manger ?

— Nous, les hommes, nous ne réfléchissons pas toujours, nous expliqua-t-il. Il nous arrive souvent de sortir la première chose qui nous passe par la tête. Il devait seulement avoir faim. Je suis sûr que si tu lui avais répondu quelque chose comme : « Je n'en sais rien. Où m'emmènes-tu dîner ? » il aurait été ravi de t'inviter au restaurant.

— Mais..., voulut protester mon amie, sourcils froncés.

— Comment ça se passe : vous préparez les repas à tour de rôle, c'est généralement toi qui t'en charges, ou vous sortez souvent le soir ?

— La plupart du temps, c'est moi qui cuisine. J'aime plutôt ça, en fait.

Elle se laissa aller contre le dossier du canapé.

— Super, je me sens vraiment bête, maintenant. Ces préparatifs de mariage sont en train de me rendre folle. Aujourd'hui, j'ai reçu mes cartes de remerciement par la poste et je me suis aperçue qu'elles comportaient une faute à mon nom. Trouver une solution à ce problème et réfléchir à ce que j'allais préparer à dîner, c'était trop à la fois.

Elle fit la grimace.

— Et de le dire tout haut, je me rends compte que c'est encore plus idiot que je ne l'imaginais. Je ferais mieux d'appeler Anthony.

Sur ces mots, elle disparut dans le couloir, le téléphone à l'oreille.

Je me tournai vers Jake, n'en revenant pas de la facilité avec laquelle le problème avait été résolu.

— Tu as réglé ça en un temps record. Si tu n'avais pas été là, je me serais probablement contentée de casser du sucre sur le dos des mecs jusqu'à ce qu'elle se calme. Toi, tu arrives, tu prononces trois mots, et la voilà qui téléphone déjà à Anthony pour s'expliquer.

Je haussai un sourcil soupçonneux.

— Tu n'aurais pas secrètement étudié la thérapie de couple, par hasard ?

Jake posa le coude sur le dos du canapé. M'effleurant délicatement l'épaule, il enroula la pointe de mes cheveux autour de ses doigts.

— Non. J'ai déjà vécu ce genre d'expérience, c'est tout.

— Tu crois connaître les femmes sur le bout des doigts, n'est-ce pas ?

— Absolument pas. Chaque fois qu'on croit tout savoir, elles modifient les règles du jeu. Un jour elles adorent notre façon d'être ; le jour suivant, elles nous détestent pour les mêmes raisons.

— De temps à autre, on change d'avis. C'est un peu notre prérogative. Le grand secret, ajoutai-je en me penchant vers lui d'un air conspirateur, c'est que, le plus souvent, on ne sait même pas pourquoi. Il y a des fois où, après avoir provoqué une dispute, nous sommes tout aussi perdues que vous.

Mais il est bien sûr hors de question de l'admettre, fis-je en haussant une épaule. C'est pour cette raison que l'on a une paire de seins.

Jake darda sur moi un regard perplexe.

— Vois-tu, quand nous nous sommes comportées comme des folles furieuses et que nos hommes se demandent ce qu'ils fichent avec nous, nous nous en servons pour les subjuguer et leur faire oublier que nous sommes des hystériques en puissance.

Je lui décochai mon sourire le plus enjôleur en venant presser les appas en question contre son bras.

— En revanche, même si c'est moi qui ai abordé le sujet, si tu as le malheur de laisser errer un œil sur mon décolleté, je t'accuserai de ne pas m'écouter et de me traiter comme un morceau de viande.

Jake déglutit bruyamment, le regard fermement planté dans le mien, malgré une évidente envie de baisser les yeux. Une lueur malicieuse traversa ses prunelles.

— Et ce serait mal, j'imagine ?

— Tout dépend de l'enthousiasme que tu mets à d'abord complimenter mon esprit, mon humour, mes talents, etc., etc.

Glissant sa main derrière ma nuque, il traça les contours de ma mâchoire de son pouce.

— T'ai-je déjà dit combien je te trouvais intelligente, drôle, talentueuse, etc. ?

— Tu crois sincèrement que je vais tomber dans le panneau alors que je viens juste de te souffler les mots magiques ?

Je ne lui laissai pas le temps de répliquer et l'embrassai. La main toujours dans mes cheveux, il m'attira contre lui et fit jouer sa langue entre mes lèvres. Son autre main remonta le long de ma cuisse, imprimant une traînée brûlante sur ma peau, en dépit de l'épaisseur de mon jean.

La voix de Stephanie nous parvint soudain, plus forte. Je me détachai de Jake, la respiration hachée. Durant un instant, j'avais oublié jusqu'à la présence de ma meilleure amie.

Je ne percevais que des bribes de conversation ; toutefois, la discussion semblait tendue.

— Je n'ai peut-être pas fait du si bon boulot que ça, en fin de compte, fit remarquer Jake. Je suppose que son fiancé n'est pas un si mauvais gars.

— Il est même très gentil. Ils se chamaillent de temps en temps, comme tout le monde.

Tendant l'oreille, j'entendis Steph prononcer le mot « mère ».

— Apparemment, ils continuent de se disputer à cause de sa mère… Tous les couples ont un sujet de discorde majeur : chez eux, c'est la mère d'Anthony. C'est le genre de problème dont on se plaint quand on se retrouve entre filles. On se lâche un bon coup, ça nous permet de relativiser. Sauf en cas de trucs impardonnables, comme les mensonges et les infidélités.

Je détournai mon attention de l'échange de Stephanie pour revenir à Jake.

— Tu prétends que les hommes disent tout ce qu'ils pensent ; si on t'écoute, vous êtes tous des modèles d'honnêteté. Mais j'ai croisé trop de menteurs dans ma vie pour avaler une chose pareille.

— Disons qu'on tait généralement ce qui risque de nous attirer des ennuis. C'est pour cette raison que, lorsqu'on dit quelque chose que l'on pense être tout à fait innocent, on ne comprend pas que vous disjonctiez. Et on vous fait le coup classique du : « Il faut toujours que tu dramatises. »

— À ce propos, un petit conseil : les femmes détestent ça. Rien de tel que de me dire que j'exagère ou que je suis désagréable pour que je le devienne.

— Comme ça, subitement ?

— Subitement, oui.

— Et si on faisait le test ? suggéra-t-il.

D'un œil appuyé, je lui signifiai qu'il ferait mieux de se méfier.

— Tu es complètement dingue… de moi, souffla-t-il. (Il approcha son visage du mien.) Est-ce que ça marche ?

Je secouai la tête, incapable de réprimer un sourire.

— Tu vois, c'est ça le problème. Tu retournes systématiquement les choses à ton avantage. De ce que j'ai pu observer, les types les plus charmants sont souvent les plus dangereux. Ils se montrent adorables et attentionnés, mais ils ont toujours une idée derrière la tête. D'ailleurs, tu viens de m'avouer que tu gardes pour toi tout ce qui pourrait poser un problème ; comment veux-tu que je te fasse confiance ?

Il posa sa main sur mon genou, caressant ma cuisse de son pouce.

— Si je te promets que tu peux, tu ne me croiras pas, du coup ?

— Tu as tout compris.

— Il va donc falloir que je te le prouve, proclama-t-il, en plongeant son regard dans le mien. Je relève le défi, peu importe le temps que cela prendra.

Chapitre 20

Stephanie rinça son assiette et la plaça dans le lave-vaisselle.

— Merci pour hier soir, c'était exactement ce dont j'avais besoin. Ça m'a fait du bien de me détendre, de rire et d'oublier tout le reste l'espace de quelques heures.

Elle s'essuya les mains sur le torchon étendu sur la poignée du four puis me fit face.

— En revanche, j'ai un peu honte d'avoir gâché ton rendez-vous avec Jake.

Je terminai mon verre de jus d'orange d'un seul trait.

— Tu n'as rien gâché du tout. Jake s'est débrouillé sans table de salon durant des semaines. Ça ne va pas le tuer de patienter une journée de plus.

— Tu te rappelles, quand je ne jurais que par les bad boys, je passais mon temps à les houspiller et à m'engueuler avec eux…

— Puis vous vous réconciliiez, avant de rompre le lendemain.

— Pour mieux se réconcilier une nouvelle fois. (Elle secoua la tête.) Quelle galère… Mais Anthony et moi ne nous disputons jamais. Nous ne sommes pas toujours d'accord, mais nous n'avions jamais crié comme ça.

S'appuyant sur le plan de travail, elle poursuivit :

— Moi qui pensais que la vie avec Anthony m'avait adoucie ! Finalement, on dirait que je n'ai pas perdu cette capacité à m'enflammer.

— Ce n'est pas plus mal, affirmai-je en mettant mon verre au lave-vaisselle, avant de fermer la machine. Ça empêchera ton chéri de prendre ses aises et de tout tenir pour acquis.

— J'ai lu que, si l'on se dispute plus souvent une fois fiancés, c'est parce qu'on se sent davantage impliqués dans la relation. Comme on met tout en œuvre pour que cela fonctionne, les petits détails agaçants prennent une importance démesurée.

À la manière dont elle me regardait, je compris qu'elle attendait de moi que je la rassure.

— Tu as conscience que tes amies déjà mariées seraient plus qualifiées que moi pour te remonter le moral et t'assurer que tout ira bien…

— Je veux que ce soit toi qui me le dises, me répondit-elle.

Sa vulnérabilité transparaissait jusque dans son regard, dans sa voix.

Je repensai à l'avis de Karl à propos de son couple ; j'aurais pu répéter son analyse mot pour mot, mais il aurait été évident que cela ne sortait pas du cœur. J'aurais voulu lui dire que, même si cela n'allait pas être du gâteau, cela valait le coup d'essayer, mais qu'il ne fallait pas être trop déçue si cela ne marchait pas. Ce n'était cependant pas non plus ce dont elle avait besoin. Alors je me concentrai sur le peu d'espoir que je tentais d'entretenir.

— Anthony t'aime, tu aimes Anthony, et il n'y a pas de raisons que vous n'arriviez pas à surmonter ces petits aléas. Vous deux, c'est pour la vie… ne serait-ce que pour me prouver que j'ai tort, ajoutai-je avec un sourire.

Steph me serra dans ses bras.

— Merci. C'est tout à fait ce que j'avais envie d'entendre. (Elle jeta un coup d'œil à sa montre.) Je ferais bien d'y aller. Merci pour les vêtements. J'adore les soirées pyjama ! Nous n'aurions jamais dû arrêter d'en organiser.

— On recommence quand tu veux.

— La prochaine fois, j'appellerai, au cas où toi et Jake aimeriez faire votre propre soirée pyjama.

— OK, ne nous emballons pas. Ça ne fait que quelques semaines que l'on sort vaguement ensemble, et tu connais ma règle à ce sujet.

— Ah, c'est vrai. « On ne fait pas l'amour sans amour. » Voilà une règle avec laquelle je suis d'accord.

— Et celle-là, aucun homme, si génial et si mignon qu'il soit, ne me persuadera de la transgresser.

Stephanie fronça les sourcils.

— Il y a quelque chose que je ne comprends pas… Si tu décides de respecter tous tes principes à la lettre pour être sûre de ne plus jamais tomber amoureuse, est-ce que cela signifie que tu as l'intention de faire vœu d'abstinence ?

— Le mot important ici est « tomber ». On peut avoir des sentiments amoureux, sans pour autant l'être.

— Ça n'a aucun sens !

— Ce que j'entends par là, c'est qu'on peut aimer de façon réaliste, sans croire que cela durera éternellement. Écoute, j'ai déjà admis que ma théorie n'était pas encore tout à fait au point, alors il ne faut pas te sentir obligée de pointer la moindre incohérence du doigt.

Stephanie croisa les bras, l'air outrée.

— Ah ? et pourquoi cela ? Tu essaies bien de me démontrer par a + b tout ce qui ne va pas dans le mariage.

Bien que cela m'embête de le reconnaître, elle n'avait pas tout à fait tort. Ce ne devait pas être évident de me supporter tout en se démenant avec ses préparatifs ; pourtant, à aucun moment elle ne m'avait laissée tomber.

— Ce n'est pas faux… La vérité, c'est je ne suis pas encore certaine de savoir quoi faire du facteur sexe. Il faut que je connaisse la personne – assez pour éprouver des sentiments –, mais que je garde à l'esprit que ce n'est pas pour la vie. Quelque chose de ce genre.

Je poussai un soupir : j'aurais aimé faire preuve d'une logique sans faille, mais je m'embrouillais moi-même.

— Jusqu'à ce que je détermine le moyen de gérer les sentiments qui vont avec le sexe, je ne m'aventurerai pas sur ce terrain.

» De toute façon, je vais passer une grande partie de la semaine en compagnie de Barbara, conclus-je en attrapant mon sac à main. Je doute croire encore en quoi que ce soit ressemblant de près ou de loin à l'amour une fois qu'elle en aura fini avec moi.

Au cours de ma virée avec Barbara, j'avais découvert un nouveau magasin de meubles à l'ouest de la ville. Lorsque nous en avions eu terminé, j'avais appelé Jake pour lui demander s'il voulait me rejoindre au *Grand Bric-à-brac, tout votre mobilier.*

J'eus tout juste le temps d'avaler un sandwich et de retourner au point de rendez-vous avant que Jake arrive. Je le guidai jusqu'au centre de la boutique, au milieu des salons miniatures. La plupart des ensembles exposés présentaient des tons monochromes – pas vraiment ce que je préférais –, mais on trouvait quelques pièces uniques.

— Tu m'as dit que tu voulais quelque chose de simple et de moderne. Que penses-tu de celle-ci ? m'enquis-je en dirigeant son regard vers une table basse noir et chrome.

Jake la considéra un moment d'un œil critique.

— Pourquoi si basse ?

Je l'étudiai à mon tour, un doigt sur les lèvres.

— Hmm. Il est vrai qu'elle est un peu basse. Sinon, tu as celle à trois niveaux, là-bas, lui proposai-je en lui montrant un salon d'exposition sur la droite. Ce serait pratique pour ranger toutes tes télécommandes. Tu as même la possibilité de l'agencer comme tu veux ; imagine les heures d'amusement… Ou, si tu préfères le look futuriste, il y a la laquée blanche…

Je fis un tour sur moi-même, essayant de me rappeler où je l'avais aperçue.

— Hum… là-bas. Au milieu du salon imitation pôle Nord. On ne partirait pas sur du tout-blanc, mais une petite touche fonctionnerait bien dans un salon à dominante noire.

— Bonjour, je peux vous aider ? s'enquit une voix féminine.

Me retournant, je découvris une vendeuse au rouge à lèvres criard qui nous souriait. À l'exception de la veste de tailleur qu'elle avait enfilée par-dessus son bustier pigeonnant, elle ressemblait davantage à une stripteaseuse qu'à une vendeuse de mobilier.

— Ça ira, merci, l'arrêtai-je immédiatement. On regarde un peu les meubles de salon, pour voir ce qui nous plaît.

Elle porta alors son attention sur Jake.

— Oh, vous redécorez et cherchez quelque chose qui aille avec ce que vous avez déjà, ou vous emménagez ?

— Ni l'un ni l'autre. Nous ne vivons pas ensemble. Je suis sa… décoratrice d'intérieur. Je l'aide à garnir sa garçonnière, qui est pour l'instant entièrement vide. Nous avons décidé de nous concentrer sur les tables de salon dans un premier temps, afin que les jeunes femmes qu'il invite chez lui n'aient plus à poser leur assiette sur leurs genoux.

La vendeuse passa les doigts dans sa crinière brune.

— Effectivement, ça ne va pas du tout, ronronna-t-elle en prenant Jake par le coude. Suivez-moi. Je pense que j'ai ce qu'il vous faut.

Quel sans-gêne ! Elle le drague carrément sous mon nez.

Je leur emboîtai le pas, mais mon attention fut bientôt attirée par une lampe qui aurait tout à fait sa place dans ma chambre.

Je fis un rapide détour afin de l'examiner de plus près, puis me dirigeai vers l'arrière du magasin, où je retrouvai Jake et la jeune femme. *Très proches l'un de l'autre.*

— Ce genre de chose tient plus de l'œuvre d'art que de la table ordinaire, lui assurait-elle en se pressant contre lui. Les filles aiment ça.

La table basse en question était composée de cubes transparents disposés à la va-comme-je-te-pousse.

— Trop prétentieux à mon goût, dis-je. Et on ne peut rien ranger à l'intérieur.

La vendeuse me jeta un coup d'œil, avant de se tourner vers Jake.

— Moi je trouve ça super tendance. Tout le monde ne peut pas se permettre de telles excentricités, mais je pense que vous vous en tireriez très bien, s'exclama-t-elle en lui faisant les yeux doux, un sourire charmeur au coin de ses lèvres carmin.

Je plaçai une main au creux du coude de Jake – celui auquel l'autre fille n'était pas pendue.

— Viens, j'ai quelque chose à te montrer, lui dis-je, avec un rictus pincé en direction de Miss Tout-Sourires. Merci de votre aide, mais nous allons d'abord faire un tour. Si nous avons des questions, nous vous le ferons savoir.

— Aucun problème.

Elle sortit une carte de visite de sa poche et la tendit à Jake.

— Prenez ça. Comme cela, si vous avez besoin de quelque chose, vous saurez où me joindre.

Jake et moi n'avions peut-être pas une relation bien définie, cela ne signifiait pas pour autant que j'avais envie de voir n'importe quelle nana se précipiter sur lui. Resserrant mon étreinte sur son bras, je le conduisis jusqu'à un salon de démonstration au milieu duquel on aurait pu perdre un zèbre.

— Eh ben, cette fille se serait presque jetée à ton cou. Ça t'arrive souvent quand tu sors ?

Les coins de sa bouche tressautèrent.

— Pourquoi ? Tu es jalouse ?

— Bien sûr que non, ne sois pas ridicule. Je ne trouve pas cela très professionnel de sa part, c'est tout. À moins que son véritable boulot ne soit *escort-girl*. Elle pourrait, dans cette tenue.

— C'est toi qui t'es présentée comme ma décoratrice d'intérieur, dit-il en riant et en m'attirant contre lui avec une fierté non dissimulée. À ce propos, combien je te dois ?

Je le défiai alors du regard.

— Ne cherche pas, tu n'as pas les moyens.

Je regardai autour de moi, sans savoir de quel côté me diriger. M'apercevant soudain que Miss Tout-Sourires ne nous avait toujours pas quittés des yeux, j'attrapai Jake par le col et l'embrassai sans réfléchir. Avec une fougue que l'on réservait habituellement à l'intimité.

— Il va falloir que je t'amène ici plus souvent, murmura-t-il ensuite à mon oreille.

Si mon accès de jalousie semblait l'amuser, il me retourna l'estomac. Ma réaction me terrifiait, car je n'aurais pas dû être aussi affectée par la situation.

Car c'était ce que je ressentais habituellement alors que j'étais déjà amoureuse.

Chapitre 21

— Les meubles et le reste ont été livrés, m'annonça Jake à l'autre bout du fil. Donc, quand tu auras un moment de libre, j'aurais besoin de toi pour m'indiquer où mettre tout ça. Je ne veux pas faire n'importe quoi.

Durant deux jours, j'avais fait en sorte de me tenir occupée, restreignant mes contacts avec lui à quelques SMS. La crise était passée. Il était tout à fait possible de ressentir un peu de jalousie avant d'être véritablement tombée amoureuse. Et j'étais sa décoratrice. Il fallait bien que je fasse mon travail, non ? En fait, qu'il me voie à l'œuvre m'excitait même plutôt.

— J'arrive tout de suite.

Je me précipitai dans le placard, à la recherche de mes baskets. En temps normal, ce n'était pas le type de chaussures que j'aurais choisi pour une soirée en compagnie de Jake, mais il n'existait rien de plus pratique lorsqu'on avait l'intention de déplacer des meubles.

— Je n'ai pas dit que tu devais monter maintenant. Ce n'est pas que je n'ai pas envie de te voir, au contraire, mais je sais que tu te lèves plus tôt que moi. Nous ne sommes pas obligés de nous en occuper ce soir.

J'enfilai une basket, puis changeai mon téléphone d'oreille pour mettre la seconde.

— Il n'y a pas grand-chose, ça ne devrait pas nous prendre trop de temps. Et puis c'est la partie que je préfère.

— À tout de suite, alors.

Je raccrochai et lançai mon portable sur le lit, planifiant déjà l'agencement du salon de Jake dans ma tête. Il avait acheté une table basse et le panneau TV-hifi assorti. Je n'avais pu m'empêcher de lui montrer deux ou trois autres éléments susceptibles de parfaire l'ensemble. J'avais convaincu le magasin de lui faire une remise de vingt pour cent, avais obtenu ma lampe pour presque rien et décroché une livraison gratuite. Point bonus : Jake s'était dit impressionné par mes talents de marchandage.

Quelques secondes d'ascenseur plus tard, je frappai à sa porte, ma caisse à outils à la main.

— J'ai des outils, tu sais, s'indigna-t-il.

— On n'est jamais trop prévoyant, répliquai-je en posant ma caisse sur le sol. Bon, première chose : le tapis ; ensuite, on disposera le reste autour.

Durant les quarante-cinq minutes qui suivirent, j'arrangeai et réarrangeai la pièce avec l'aide de Jake. Lorsque je commençais, je n'arrêtais plus tant que je n'étais pas satisfaite.

Je pris un peu de recul pour admirer le résultat.

— Qu'est-ce que tu en penses ? Personnellement, j'aime beaucoup le paysage en noir et blanc dans ce coin-ci, mais, si ce n'est pas à ton goût, n'hésite pas à me le dire. Si jamais quelque chose ne te plaît pas, je préfère que tu sois honnête.

— J'aime bien. Je me sens chez moi.

Puis il m'attrapa par la main.

— Nous ferions mieux d'essayer ce canapé.

— Tu n'as pas changé ton canapé.

— Rien ne nous dit qu'on y est toujours aussi bien.

— Il est tard, et j'ai une réunion tôt demain matin.

Malgré mes protestations, il m'entraîna jusqu'au sofa. Il s'assit, le dos contre l'accoudoir, et m'attira contre lui.

M'enveloppant de ses bras, il pressa ses lèvres contre ma tempe.

— Finalement, on y est cent fois mieux.

Je retirai mes chaussures et ramenai mes pieds sous mes cuisses, la tête posée contre sa poitrine.

— Je dois avouer qu'il est assez confortable.

— Donc, c'est ce que tu fais avec la plupart de tes clients ? demanda-t-il.

— Un câlin sur le canapé ?

Jake éclata de rire.

— Oui. C'est exactement ce que je voulais dire.

— Les gens m'emploient souvent pour remodeler entièrement leur intérieur. On monte des étagères, on tombe des cloisons… enfin j'engage des ouvriers pour le faire. Nouvelles couleurs aux murs, nouveaux revêtements de sol, divers éléments de décoration et autres bibelots. Certains préfèrent travailler avec un tas de textures et de motifs. J'aime mieux m'en tenir aux lignes simples et épurées, tout en gardant le confort à l'esprit.

— Au moins, maintenant, j'ai de quoi poser mes pieds et mon assiette.

— Évite peut-être de faire les deux en même temps…

Je lui caressai la joue du bout des doigts. Étrange comme une ombre de barbe piquante pouvait être sexy chez un homme.

— Tu ne te rases plus ?

— L'autre jour, j'ai eu la flemme et, hier, je me suis réveillé trop tard. Je m'étais promis de le faire aujourd'hui, mais Lindsay – ma sœur – m'a appelé. Nous n'avions pas discuté depuis un moment, alors je n'ai pas non plus eu le temps de me raser avant de partir travailler.

— Vous êtes proches, toi et ta sœur ?

— Assez, oui. Nous ne nous entendions pas toujours bien, plus jeunes, mais en vieillissant nous nous sommes beaucoup rapprochés. Ma nièce Addie est en pleine crise des deux ans, alors Lindsay a toujours une anecdote rigolote ou une énorme bêtise de sa fille à me raconter.

— C'est elle qui travaille avec ton père, c'est ça ?

— En effet. Elle adore son boulot au bureau. Son mari est illustrateur. Il travaille à la maison et s'occupe de la petite. Addie dessine à côté de lui pendant la journée, et, quand Lindsay rentre, il peut bosser tranquillement deux heures de plus.

Tout en parlant, il m'effleurait le dos, la caresse régulière de ses doigts étant si relaxante que je devais lutter pour garder les yeux ouverts.

— J'ai été surpris quand j'ai rencontré Cameron, poursuivit-il. Il n'était absolument pas le genre de personne que j'imaginais avec Lindsay. Mais leur couple fonctionne à merveille. Mes parents aussi forment un couple soudé. Je pense qu'une fois que l'on a trouvé l'âme sœur il faut faire en sorte d'entretenir sa relation pour renforcer les liens qui nous unissent.

Si je n'avais pas eu les paupières si lourdes, j'aurais levé la tête pour protester. J'estimai finalement que changer de sujet serait moins fatigant.

— Tu crois qu'un jour tu retourneras à New York pour y ouvrir un restaurant ?

— La compétition est beaucoup plus féroce à New York. À Vegas aussi, seulement, là-bas, nous avons eu la chance de pouvoir nous installer dans un tout nouvel hôtel, et ça marche du tonnerre.

On m'avait déjà larguée pour New York une fois, je préférais donc savoir tout de suite s'il y avait un risque que cela se reproduise avec Jake. Même si cela signifiait enfreindre un peu mes propres règles en envisageant l'avenir.

— Et tu as déjà pensé à retourner habiter là-bas et à entreprendre autre chose ? Peut-être qu'un jour tu auras envie de t'asseoir de nouveau derrière un bureau.

— Il ne faut jamais dire jamais, mais, pour l'instant, je suis parfaitement heureux où je suis.

Parlait-il du restaurant ou de ce moment précis, avec moi ? Je songeai à faire une plaisanterie, mais articuler m'aurait demandé trop d'efforts. Tout à coup, j'avais du mal à former mes mots, mes paupières se fermaient malgré moi.

Je me réveillai percluse de douleurs. Ma nuque et mon dos étaient en compote, et, après quelques secondes d'incompréhension, je m'aperçus que je n'étais pas dans mon lit mais dans les bras de Jake. Il grogna dans son sommeil tandis que je me dégageais de son étreinte.

Je me demande quelle heure il est.

Il ne semblait pas y avoir d'horloge dans la pièce.

Note à moi-même : trouver une pendule pour Jake.

Mon téléphone portable n'était pas dans ma poche. Où l'avais-je vu pour la dernière fois ? *Je crois qu'il est resté dans ma chambre.*

Étouffant un bâillement, je me levai pour m'étirer. La lumière matinale me paraissait plus vive qu'en temps normal, mais c'était sans doute dû aux baies immenses. En m'approchant de la cuisine, je pus lire l'heure affichée sur l'horloge du four.

— C'est pas vrai, m'exclamai-je, soudain envahie par la panique. Pitié, dis-moi qu'elle n'est pas à l'heure…

Jake s'assit sur le canapé, les yeux plissés dans le soleil, et sortit son téléphone de sa poche.

— Il est 7 h 30.

— Non, non, non. C'est impossible. Pas aujourd'hui. N'importe quel jour, mais pas aujourd'hui. J'ai rendez-vous avec ma patronne à 8 heures. Une chance que je vive tout près, sinon je serais dans la merde.

J'enfilai mes chaussures sans prendre la peine de les lacer, puis enchaînai :

— Et encore je ne suis même pas sûre d'arriver à temps. La patronne ne rigole pas avec la ponctualité, et je déteste, je hais ! être en retard. Et aujourd'hui je n'ai vraiment pas intérêt.

Jake se leva à son tour et me caressa le bras d'une main rassurante.

— Tu as le temps.

— Je ne suis pas un mec, moi. Il me faut un certain moment pour me préparer.

— Tu es parfaite comme ça, tu sais…

Je l'arrêtai aussitôt d'un geste.

— Ne commence pas. Je ne suis pas d'humeur à entendre tes flatteries ; il faut que je file.

J'attrapai mes clés sur la table basse et gagnai la porte.

L'ascenseur avait évidemment choisi ce jour-là pour descendre à la vitesse d'un escargot. Je me précipitai jusque chez moi, pris la douche la plus rapide de ma vie, puis remontai mes cheveux mouillés en chignon. Après avoir posé une touche de mascara sur mes cils, je quittai enfin l'immeuble, priant pour arriver à l'heure.

Bien entendu, il y avait une circulation folle, et j'eus droit à tous les feux rouges. Jurant dans ma barbe, je passai en coup de vent dans mon bureau pour attraper mon fidèle classeur. Lorsque je pénétrai dans la salle de conférences, il était 8 h 01.

Un seul coup d'œil réprobateur de Patricia me fit comprendre que mon retard n'était pas passé inaperçu, et la réunion fut un désastre de bout en bout. Au bout de vingt minutes, je me retrouvai à tourner frénétiquement les pages de mon classeur, donnant l'impression de n'être absolument pas préparée pour affronter cette journée, et encore moins ce *brain-storming.*

— Tu l'as, oui ou non ?

— Je sais qu'il est quelque part là-dedans.

Non seulement je ne trouvais pas ce que je cherchais, mais j'avais également de gros blancs. S'il y avait un jour où je devais être au top, c'était celui-là, et j'étais totalement à côté de la plaque.

Nadine tendit un papier à Patricia.

— Le voilà. Je suis persuadée que ces gens travailleront avec nous si nous leur proposons un chantier important, comme pour les appartements. C'est Darby qui était parvenue à les décider, à l'époque.

Patricia m'interrogea du regard, arquant un sourcil trop maquillé.

— Penses-tu pouvoir les convaincre, cette fois encore ?

— Explique-moi ce qu'il te faut, et je m'y attelle tout de suite.

En temps normal, je choisissais moi-même mes clients. Cependant il arrivait que l'on décroche un contrat qui nécessitait que toute l'agence mette la main à la pâte ; c'était ce qui s'était passé avec l'immeuble dans lequel je vivais à présent. Patricia préparait une présentation pour la rénovation d'un hôtel, ce qui voulait dire qu'elle devrait se charger de donner les ordres.

— Il va falloir se secouer. Ce contrat avec *Lion Inn* est capital pour nous. Parfois, il faut avoir l'esprit d'équipe.

Elle appuya sur un bouton de son ordinateur portable, et la diapositive suivante s'afficha sur le mur opposé.

Lorsqu'elle nous eut présenté les plans de la Red Lion Inn, Patricia nous libéra.

Je me ruai hors de la salle de conférences et courus me réfugier dans mon bureau. Vous pouviez vous tuer à la tâche pour impressionner Patricia, et ne jamais obtenir le moindre signe de reconnaissance de sa part. En revanche, au moindre faux pas, vous étiez fiché pour le restant de vos jours.

— Tout va bien, Darby ? s'enquit Nadine en me rejoignant dans le couloir.

— Je me suis levée trop tard et je n'ai pas eu le temps d'organiser mes notes, en plus, mon esprit fonctionne au ralenti, ce matin. Merci de m'avoir sauvé la mise.

— De rien. D'ailleurs, je n'aurais pas eu ces infos si tu ne me les avais pas données.

Elle s'arrêta devant la porte de son bureau, puis poursuivit :

— Barbara aimerait savoir si tu veux qu'elle ajoute un nom à la liste pour demain.

Un nom à la liste ? Il me fallut quelques secondes pour comprendre de quoi me parlait Nadine.

— Oh, la soirée, c'est vrai… Avec tout ça, j'ai complètement oublié de proposer à Jake de m'accompagner, hier.

À bien y réfléchir, je n'étais même pas certaine que ce soit une bonne idée.

— De toute façon, il est souvent très occupé au restaurant, le vendredi.

— Tu es consciente que, si tu t'y rends seule, elle va passer la soirée à vouloir te caser ? me fit remarquer Nadine, avant de hausser les épaules. Cela dit, il y aura peut-être des hommes tout à fait intéressants.

— Si par « intéressants » tu entends des types pleins aux as, mais une à trois fois divorcés, sans doute, soupirai-je. Je l'appelle et je te tiens au courant.

Je regagnai mon bureau et jetai mon classeur sur la table ; glissant jusqu'à l'autre bord, il alla s'écraser par terre. Alors que je me penchais pour le ramasser, je m'aperçus qu'il s'était précisément ouvert à la page que j'avais été incapable de retrouver quelques minutes auparavant.

— Classique.

Au vu de mon comportement ce matin-là, je n'aurais pas été étonnée que Jake cherche à m'éviter durant quelques jours. Je soupirai. Il allait falloir que je m'excuse. Entre passer la soirée en sa compagnie et faire face au défilé d'hommes que Barbara essaierait inévitablement de me présenter, la question ne se posait même pas, aussi décrochai-je le combiné.

— Comment s'est passée ta réunion ? me demanda-t-il aussitôt.

— Un vrai désastre. Je n'étais absolument pas préparée, et ma patronne ne s'est pas gênée pour m'en faire la remarque. Pour faire court, je sors de la pire réunion de ma vie.

Je m'assis, puis rapprochai mon siège du bureau, l'estomac noué. Je n'avais jamais été très douée pour les excuses.

— Écoute, dis-je, je suis désolée pour ce matin. J'étais stressée et en retard. Je déteste être en retard.

— Pour te faire pardonner, tu n'as qu'à me rejoindre au *Blue* pour le déjeuner.

— J'aurais adoré, mais ça ne va pas être possible. Je dois me dépêcher de terminer mes projets en cours et élaborer une proposition, histoire que ma patronne cesse de me prendre pour une incompétente. En revanche j'avais une question pour toi…

Je saisis un crayon et entrepris de griffonner sur mon bloc-notes.

— Je dois me rendre à une soirée demain soir. Il s'agit d'une fête organisée par la cliente aux mille ex-maris, impossible d'y couper. Je sais que je m'y prends à la dernière minute et que tu es rarement libre le vendredi, mais, si tu ne viens pas avec moi, je vais être contrainte et forcée de me laisser approcher par un tas de riches célibataires qui n'ont pas nécessairement leur crinière et leurs dents d'origine.

J'attendis sa réponse en me rongeant les ongles, me préparant comme je pouvais à un probable refus.

— Tu ne me laisses pas vraiment le choix, dans la mesure où je connais ton penchant pour les hommes chauves à dentier.

Comme chaque fois que Jake et moi flirtions de la sorte, je ne pus m'empêcher de sourire, grisée.

— L'argent fait vite oublier ce genre de détails. Oui, je suis superficielle, comme ça…

J'aperçus alors Patricia par la vitre de mon bureau ; à la manière dont elle avait ralenti, elle avait l'intention de me rendre visite. Elle réservait toujours ses critiques les plus acerbes pour les réunions en tête à tête.

L'euphorie laissa place à l'appréhension. Je sentais que ma journée était sur le point de virer au cauchemar.

Quelques clients étaient encore attablés dans la salle du *Blue*. Dans cinq minutes, le restaurant fermerait. Après être rentrée tard du bureau, j'étais descendue courir, puis avais longuement tourné en rond chez moi, mais rien n'avait pu me faire oublier cette horrible journée. J'éprouvais le besoin de parler à quelqu'un, toutefois j'avais raccroché le téléphone avant même d'avoir fini de composer chacun des numéros qui m'étaient venus à l'esprit. Steph avait assez de stress à gérer avec son mariage, et maman m'encouragerait à faire comme je le sentais. Alors j'avais décidé de sortir flâner en ville.

Après avoir fait le tour de quelques magasins, j'étais passée devant le *Blue*. Une fois. Deux fois. Enfin, je m'étais résolue à entrer.

Assise face à Jake, je picorais des morceaux de fondant au chocolat et m'emportais un peu plus chaque seconde.

— Patricia récolte une fortune grâce à des projets sur lesquels Nadine et moi travaillons seules. Et c'est moi qui entretiens les meilleures relations avec les fournisseurs. Quand ils appellent à l'agence, c'est moi qu'ils demandent. Certes, j'admets que je n'étais pas franchement opérationnelle lors de notre réunion de ce matin, en raison de certaines circonstances particulières…

— C'est pour cela que je t'offre du chocolat.

Jake porta un morceau de fondant à ses lèvres, puis poussa l'assiette vers moi. Du bout de la fourchette, je traçai des arabesques dans la sauce crémeuse.

— En plus, je déteste ces gros boulots commerciaux. C'est si ordinaire, si impersonnel. Alors me faire sonner les cloches, alors que c'est moi qui ai tous les contacts, c'est rageant.

— Tu n'as jamais pensé à te mettre à ton compte ? Seule ou avec Nadine ?

— Ça m'a traversé l'esprit il y a un an environ, répondis-je. À l'époque, j'envisageais carrément de déménager.

— Où ça ?

— À New York. J'ai caressé l'idée durant un temps, avant de revenir sur terre.

N'ayant aucune envie de m'étaler sur le sujet, j'enchaînai avant qu'il m'interroge sur ce qui m'avait fait changer d'avis :

— Le truc, c'est que j'ai démarré ma carrière à Metamorphosis. Je travaille là depuis huit ans. Tous mes clients m'engagent au travers de la compagnie ; techniquement, ce sont donc les clients de l'agence, pas les miens. Si je pars, je les perds.

— Crois-tu qu'ils seront beaucoup à vouloir faire redécorer leur intérieur dans un avenir proche ? En revanche, s'ils recommandent quelqu'un à leurs amis, je suppose qu'ils te recommanderont toi, pas l'agence, raisonna-t-il en reposant sa fourchette. Je peux faire quelques calculs et te dresser un plan de développement, si tu veux. C'est un peu ma spécialité, tu sais.

Je pris une nouvelle bouchée et lui rendis l'assiette.

— Je n'ai réellement affaire à Patricia qu'en cas de gros contrat. Je peux m'en sortir, je l'ai déjà fait. Si seulement ça ne durait pas si longtemps…

— Trop de gens s'habituent à leur petite situation confortable et craignent le changement, alors ils s'accommodent de ce qu'ils ont.

— C'est exactement ce que je pense des relations amoureuses.

— Dans toute relation, rétorqua Jake, y compris les relations de travail, le plus important est de savoir si l'on est prêt à faire les efforts nécessaires pour que ça marche.

Je m'affalai contre le dossier de ma chaise.

— Super. Pourquoi faut-il que même le job que j'adore connaisse une fin tragique ?

— Ça ne dépend que de toi. Si le scénario ne te plaît pas, il te suffit de faire en sorte que ça change.

— Au premier abord, ça peut sembler plein de bon sens, mais je ne me fais pas d'illusions : les choses ne se terminent jamais comme on le voudrait.

Un affreux pressentiment me rongeait de l'intérieur : ma vie était sur le point de devenir très compliquée.

Je le savais sans doute mieux que quiconque.

CHAPITRE 22

Le cocktail de Barbara risquait fort d'être ennuyeux à mourir, mais c'était l'occasion rêvée pour mettre ma robe imprimée noir et argenté. J'entortillai mes cheveux en un chignon lâche sur ma nuque, laissant quelques mèches s'échapper de chaque côté de mon visage. J'étudiai ensuite ma collection de chaussures et décidai d'ajouter une note de couleur à ma tenue avec une paire d'escarpins prune. Des boucles d'oreilles pendantes mauves vinrent terminer l'ensemble.

On frappa à ma porte.

Jake se tenait dans le couloir, beau comme un dieu dans son costume noir. Il se pencha pour m'embrasser.

—Salut, toi.

Mon stress se dissipa instantanément. Passant les bras autour de son cou, je m'imprégnai de son allure, de son odeur, de la sensation de son corps contre le mien. Puis je me mis sur la pointe des pieds pour déposer un baiser sur sa joue rasée de près.

—Tu t'es fait beau.

Ce fut le moment que mon portable choisit pour se mettre à sonner. Je poussai un gémissement ; Patricia m'appelant non-stop, j'avais programmé une sonnerie spéciale pour ses coups de fil.

—Il faut que je réponde.

— Où est ce rapport ? entendis-je à la seconde où je portai le téléphone à mon oreille.

— Dans ton casier. Je l'ai déposé en partant.

— Je ne retourne pas au bureau ce soir. Envoie-moi un mail.

Tâchant de ne pas laisser percer mon agacement, je pris une longue inspiration. C'est ce que j'avais eu l'intention de faire au départ. Seulement elle avait insisté pour avoir un exemplaire papier.

— Je ne vais pas pouvoir. Je dois filer au cocktail de Barbara, et les fichiers sont sur mon ordinateur de travail.

— Je croyais t'avoir demandé de faire preuve d'esprit d'équipe… Et maintenant tu me dis que tu ne peux pas sous prétexte que tu as une soirée ?

— Une soirée organisée par l'une de nos clientes les plus importantes. C'est l'occasion rêvée de me faire de nouveaux contacts. Je t'enverrai toutes les informations demain à la première heure.

Un lourd silence s'abattit au bout de la ligne.

— Très bien, cracha-t-elle enfin. J'espère que tu as conscience que ceci est un énorme contrat. Nous ne pouvons pas nous permettre de nous planter.

— Le gros du travail est déjà fait. Il ne te reste plus qu'à prendre les dernières décisions, après quoi nous pourrons présenter le projet.

— Ce mail a intérêt à être dans ma boîte demain matin.

— Il le sera.

Je raccrochai, au comble de la frustration. Durant cette année, je m'étais un peu trop habituée à choisir mes clients. Cette affaire d'hôtel me donnait déjà la migraine.

Lorsque je revins au salon, Jake était près de la fenêtre et versait un verre d'eau dans ma plante presque morte.

— Ce n'est pas toi qui disais que ça ne servait plus à rien de l'arroser ?

— Je pensais effectivement qu'il aurait mieux valu que tu abrèges ses souffrances, mais je m'aperçois qu'elle n'a pas encore abandonné le combat, et j'admire sa ténacité.

Il regarda alors autour de lui.

— Où est passée l'autre ?

— Elle n'a pas survécu… Mais je jure que ce n'était pas ma faute, ajoutai-je face à son air moqueur. Elle était déjà sur la fin quand on me l'a donnée.

Je fourrai mes clés et mon téléphone portable dans ma pochette brodée de perles, et pris Jake par le bras.

— Allez, allons faire la fête.

Des serveurs évoluaient tout autour de la pièce, proposant champagne et canapés aux invités. Nadine fendit la foule pour nous rejoindre.

— Vous ne pouvez pas savoir comme je suis contente de vous voir arriver.

— À ce point ? demandai-je.

— Barbara m'a déjà présentée à deux hommes qui pourraient être mes grands-pères.

— Comment va-t-elle, ce soir ?

— Elle est en grande forme. Je la soupçonne d'avoir trouvé sa prochaine victime. Elle risque de se marier une cinquième fois avant même que je me sois dégotté un premier mari.

— Barbara et toi avez des critères très différents en matière d'hommes.

Sur ces mots, je levai les yeux.

— Tiens, la voilà.

Notre hôtesse me fit deux bises en l'air.

— Bonsoir, Darby.

Puis elle étudia mon cavalier de la tête aux pieds.

— Et qui est donc ce charmant jeune homme ?

— Voici Jake Knight, dis-je. Jake, je te présente Barbara Covington.

— Ravie de faire votre connaissance, Mme Covington.

— Appelez-moi Barbara, ronronna-t-elle en posant une main sur le bras qu'il lui tendait. Darby, je vais vous voler votre homme un moment afin de le présenter à mes invités.

Elle m'indiqua une table dans un coin.

— Mes amis, assis là-bas, veulent absolument rencontrer mes fantastiques décoratrices. Un certain nombre d'entre eux songent à transformer leur intérieur depuis que je leur ai montré ce que vous projetez de faire du mien. Vous devriez aller faire leur connaissance.

Jake me lâcha la main pour emboîter le pas à Barbara, nous laissant seules, Nadine et moi.

— Et maintenant ?

— Maintenant, je suppose qu'on part à la chasse aux nouveaux clients, soupira ma collègue. Même si nous n'aurons pas le temps de nous lancer dans de nouveaux projets avant des mois. Je hais ces contrats commerciaux. Toute l'année, nous nous débrouillons pour dénicher nous-mêmes des clients et rapporter un maximum de profit à Patricia, et, dès qu'elle décroche ce genre de projets, elle nous traite comme des incapables.

— Il va juste falloir s'arranger pour venir à bout des missions qu'on nous assigne au plus vite. Une fois qu'on en aura terminé, on pourra revenir à des choses plus intéressantes.

— Je suppose que nous n'avons pas le choix.

Revêtant une expression toute professionnelle, je m'approchai alors des amis de Barbara d'un pas déterminé, Nadine sur les talons. Après avoir passé vingt minutes à discuter des divers choix et styles de décoration en vogue, je commençai à m'inquiéter de la disparition de Jake. Jetant un coup d'œil circulaire dans la salle, je l'aperçus dans un coin, au centre d'un petit groupe. À sa gauche, Barbara conversait avec un homme plutôt âgé au crâne poli comme une boule de billard.

— Je vais voler au secours de mon cavalier, murmurai-je à ma collègue.

Elle se pencha à son tour à mon oreille.

— Si tu croises un type de moins de quarante-cinq, cinquante ans, tu me l'envoies, OK ?

Elle ne plaisantait sans doute qu'à demi. M'efforçant de ne pas perdre Jake de vue, je traversai la pièce. Il me tournait le dos, en pleine discussion avec les invités qui l'entouraient. Je me frayai donc un passage jusqu'à lui et posai une main au creux de son coude.

Aussitôt, il me saisit par la taille.

— Ce fut un plaisir, messieurs dames.

Un ou deux hommes tinrent à lui serrer la main avant de nous laisser nous éloigner.

— Que te voulaient-ils tous ? m'enquis-je, en prenant garde de ne pas lui lâcher le bras tandis que nous louvoyions à travers la foule.

Enfin, Jake dénicha un endroit à l'écart de la cohue, où nous pourrions nous discuter en tête à tête sans nous faire bousculer.

— Quand Barbara a tenté de se renseigner à propos de ma situation financière, je lui ai raconté que j'étais propriétaire d'une baraque à frites.

— Tu n'as pas fait ça ? dis-je en riant.

— Je l'ai fait marcher un peu avant de lui parler du *Blue*. Apparemment, ce n'est pas suffisant. Elle a voulu me présenter à quelques personnes potentiellement à même de m'offrir une meilleure carrière. Selon elle, si je veux fréquenter une fille de ton calibre, il faut que je sois en mesure de t'offrir tout le confort que tu mérites.

— Je suis sûre que ça part d'un bon sentiment… Je ne comprends pas pourquoi tout le monde s'entête à croire que l'on ne peut être heureux qu'en couple. Les gens s'imaginent que trouver leur moitié résoudra tous leurs problèmes comme par magie, mais personne au monde ne pourra vous rendre heureux si vous n'êtes pas capable de l'être seul.

M'attrapant par la taille, Jake m'attira contre lui.

— Il est quand même plutôt agréable de savoir que vous pouvez compter sur quelqu'un pour vous remonter le moral.

— Ou vous accompagner à une soirée ennuyeuse? risquai-je en faisant remonter mes mains le long de ses bras musclés pour venir nouer les doigts derrière sa nuque.

Un sourire irrésistible retroussa une fois de plus ses lèvres.

— Tu vois, ça commence à rentrer. Toutes les relations amoureuses ne sont pas si terribles.

Il fit glisser ses mains le long de mon dos, me plaquant littéralement contre lui.

— Certaines sont faites pour fonctionner.

La gorge soudain sèche, je peinais à détacher les yeux de sa bouche, imaginant tout ce que j'aurais voulu qu'elle me fasse.

— Je n'ai jamais prétendu que toutes étaient mauvaises.

Mon cœur se mit à s'emballer, tambourinant avec frénésie contre mes côtes. Son regard enflammait tout mon corps, et la passion qui brûlait dans ses yeux ne laissait guère de doute quant à ce qu'il avait en tête. Au-delà du désir, pourtant, j'y voyais également de la tendresse.

Je sentais presque les liens se tisser de mon cœur au sien. Si je ne me méfiais pas, je serais bientôt irrémédiablement attachée à lui et ne pourrais plus m'en séparer sans avoir l'impression de perdre une partie de moi-même.

Et merde, je suis en train de me laisser dépasser par les événements.

Je me retrouvai soudain oppressée par la panique, la respiration difficile. Cela m'était déjà arrivé trop de fois, et mes deux dernières histoires sérieuses avaient failli tout engloutir : mon boulot, moi… tout.

Je dois absolument faire quelque chose avant qu'il soit trop tard. Je ne peux pas m'infliger ça une nouvelle fois. Il en est hors de question.

Je m'écartai alors d'un pas. L'espace entre nous me sembla aussitôt insupportable, anormal – autre preuve que tout cela devenait trop sérieux.

Jake fronça les sourcils, l'incompréhension se lisait clairement sur son visage.

Me frottant la nuque avec embarras, je pris la parole :

— J'aime beaucoup les moments que l'on passe ensemble. Tu t'es toujours montré génial, mais je crains de t'avoir donné de faux espoirs. Or, il ne faut pas t'attendre à ce que je revienne sur ma décision à propos de notre relation.

Le regarder dans les yeux était trop douloureux, je fus forcée de détourner le regard et de me concentrer sur la manière dont les lumières se réfléchissaient sur le mur.

— Je crois que nous ferions mieux d'arrêter de nous voir si souvent, avant de nous faire du mal.

Lorsque quelqu'un posa la main sur mon épaule, je bondis sous l'effet de la surprise.

— Ça va, vous deux ?

Barbara. Je l'avais entendue raconter tant d'histoires que sa voix était gravée dans mon esprit.

— Plusieurs de mes amis ont l'air d'être prêts à vous engager, Nadine et vous.

Elle se tourna vers Jake, le sourire aux lèvres.

— Et on ne me dit que du bien de vous, jeune homme. Je suis sûre que vous ne tarderez pas à voir fleurir les propositions d'affaire.

— Voilà qui fait plaisir à entendre, répondit mon cavalier avec un rictus que je devinai forcé.

Savoir que j'étais responsable de la souffrance qu'il tentait de dissimuler me fendait le cœur.

— Cependant, je suis parfaitement heureux dans mon travail, disait-il. Et Darby s'est montrée on ne peut plus claire : elle n'a besoin et ne veut de personne pour prendre soin d'elle.

Une douleur sourde me vrilla la poitrine, et je dus cligner des paupières d'une manière pas très naturelle pour retenir mes larmes.

Ne pleure pas, ne pleure pas, ne pleure pas.

Barbara balaya l'argument d'un geste de la main.

— C'est ce qu'elles racontent toutes, alors qu'en réalité elles attendent secrètement qu'un prince charmant arrive et les emporte sur son beau cheval blanc.

— Je ne suis pas une grande fan d'équitation, répliquai-je. Je préfère garder les pieds sur terre.

— Darby, vous finirez par regretter de ne pas vous être laissé enlever de temps à autre. Il est évident que ce garçon vous aime beaucoup, insista-t-elle en tapotant le bras de Jake. Je l'ai soumis à un interrogatoire poussé, et il s'en est très bien sorti.

» Je dois retourner m'occuper de mes autres invités, mais je vous souhaite une excellente soirée à tous les deux.

Retardant le moment de faire face à l'inévitable gêne entre Jake et moi le plus longtemps possible, je la regardai s'éloigner. Finalement, je n'eus plus d'autre choix que de l'affronter.

— Je demanderai à Nadine de me ramener.

Jake passa une main nerveuse dans ses cheveux.

— Il y a à peine quelques minutes, tout allait bien, et, tout à coup, tu ne supportes plus ma vue ?

— Tout ce que je voulais dire, c'est que, si tu préfères t'en aller, il n'y a pas de problème. Je comprends.

— Est-ce ce que tu veux ?

— Non. Je te l'ai dit : j'apprécie les moments que nous passons ensemble. J'essaie simplement d'être honnête.

Et de garder mon cœur en un seul morceau. Durant l'heure qui suivit, Jake ne quitta pas mes côtés. Comme si de rien n'était, nous prêtions l'oreille aux anecdotes des autres invités au sujet de leurs petits-enfants, aux conseils d'investissements, et autres discussions animées sur l'état du pays. Si les sourires et les contacts discrets n'avaient cessé, on aurait pu croire qu'il ne s'était rien passé. Lorsque nous fûmes de retour à notre immeuble, je pressai le bouton de l'ascenseur. La montée me sembla interminable, j'avais l'impression que les parois se refermaient peu à peu sur moi. L'atmosphère était lourde, crispée ; envolées la décontraction et l'harmonie qui s'étaient installées entre nous au fil de ces dernières semaines.

Les portes s'ouvrirent à mon étage, et Jake descendit avec moi.

— Tu n'es pas obligé de me reconduire jusqu'à ma porte, tu sais.

Pour toute réponse, il posa la main au creux de mes reins. M'avait-il seulement écoutée ? Avait-il compris que les choses allaient devoir changer ; que si je ne fixais pas de limites nous finirions par le regretter tous les deux ?

Le couloir me parut trois fois plus long que d'habitude. Je commençais à croire que je ne verrais jamais le bout de cette soirée. Enfin, miracle des miracles, je parvins à destination. Le regarder dans les yeux comportait trop de risques, je baissai donc la tête et me concentrai sur mes mains, jouant avec mon bracelet.

— Merci encore de m'avoir accompagnée, ce soir. Je suppose qu'on se recroisera un de ces jours.

— C'est ta façon de me demander de ne plus t'appeler ? soupira Jake d'un air contrarié.

Je m'obstinai à faire tourner mon bracelet autour de mon poignet.

— Pas du tout. Mais je vais être très occupée avec ce nouveau boulot, et il faudrait que j'aide Stephanie davantage avec ses préparatifs de mariage.

Jake m'attrapa le poignet pour m'empêcher de continuer à triturer le bijou à mon bras.

— Dans ce cas, que dirais-tu que l'on se voie dimanche matin ?

Il aurait été si facile de céder à la tentation, mais je ne pouvais m'y résoudre.

— Je dirais que ce n'est pas une bonne idée, répondis-je, les yeux rivés sur ses longs doigts, enroulés autour de mon poignet.

Me soulevant le menton de son autre main, il déposa un chaste baiser sur mes lèvres.

— À un de ces jours, Darby.

Je le suivis du regard tandis qu'il regagnait l'ascenseur. Je ne pouvais plus attendre de lui trouver un vice rédhibitoire, je m'étais déjà trop attachée. Je me reposais beaucoup trop sur lui. Or, je n'arriverais jamais à gérer à la fois mes problèmes au boulot et une relation trop sérieuse. Et, en cas d'échec amoureux, j'aurais besoin de mon travail. Mon métier était ce qui m'avait aidé à surmonter tous mes chagrins d'amour passés, je ne pouvais pas me permettre de perdre mon poste.

Plusieurs décharges lancinantes me transpercèrent le cœur : comme si les liens invisibles qui s'étaient tissés entre nous se rompaient. La douleur était cuisante, mais je survivrais.

Au revoir, Jake.

La prochaine fois que je déciderais de m'embarquer dans une histoire à moyen terme, je jetterai mon dévolu sur un homme moins irrésistible.

Chapitre 23

Parmi toutes mes aventures, il y en avait deux auxquelles j'évitais à tout prix de penser – mis à part lorsqu'il s'agissait de me rappeler à quel point l'amour fait mal. C'est pourquoi, chaque fois que je me surprenais à regretter de dresser des barrières entre Jake et moi, j'ouvrais la porte à ces souvenirs et me laissais submerger par la douleur qui subsistait au fond de mon cœur. J'allai même jusqu'à ressortir le dossier où j'avais consigné mes études de cas.

Je regardai fixement le nom qui s'étalait devant moi, jusqu'à ce que les lettres se mélangent. Quelques années auparavant, j'avais fini par décréter que tous les mecs n'étaient que des imbéciles Puis j'avais rencontré Robert. J'avais cru à un miracle tant il était différent des autres : mature, extraordinaire, drôle…

Je m'étais dit qu'il était peut-être l'homme de ma vie.

Le cas Robin des bois : avec Robert dans le rôle de Robin des bois

Âge : 25

J'avais retrouvé Steph, Nadine et quelques autres amies au bar. Ne voyant pas un seul serveur à l'horizon, je m'étais levée pour aller commander un verre. J'attendais mon tour près du comptoir grouillant de monde quand quelqu'un m'avait tapotée sur l'épaule.

— Hé, toi, avait lancé une voix masculine. Viens voir.

— Désolée, mon nom n'est pas « Hé, toi », avais-je répondu sans même prendre la peine de me retourner. Trouvez quelqu'un d'autre à qui montrer votre truc.

— Comment tu t'appelles, dans ce cas ?

J'avais fait volte-face, avec la ferme intention d'envoyer ce type balader. Ses yeux verts, sa mâchoire carrée et sa tignasse blonde ondulée m'en avaient dissuadée. Je m'étais d'abord demandé pourquoi il me regardait fixement, l'air interrogateur, comme s'il attendait quelque chose. Puis je m'étais souvenue qu'il venait de me poser une question.

— Darby. Je m'appelle Darby.

— Enchanté, Darby. Moi, c'est Robert. Tu veux bien venir voir, alors ? C'est assez important, et mes amis et moi avons besoin d'un avis objectif. (Il aperçut les billets dans ma main.) Ensuite, je te paie un verre.

Je l'avais dévisagé un moment. Après tout, qu'est-ce que je craignais ?

— OK. Montre-moi ce qu'il y a de si important.

Robert m'avait pris la main et m'avait entraînée à l'autre bout de la pièce.

— Ne t'avise pas d'y toucher, Joe, avait-il tonné à l'adresse du petit homme rondouillard vers lequel nous nous avancions. Si je m'aperçois que tu as triché…

— Pourquoi tricherais-je, alors que j'ai déjà gagné ?

— Ça, c'est à Darby d'en juger.

J'avais désigné la cible devant laquelle s'était arrêté Robert d'un geste incrédule.

— C'est ça, ton truc important ? Une partie de fléchettes ?

— Écoute, il y a 50 dollars en jeu. Joe est d'avis que…

— Hé ! N'essaie pas de l'influencer, était intervenu l'intéressé.

— Très bien. Pourrais-tu compter les points pour chaque groupe de fléchettes pour déterminer qui a gagné ? Je ne te dis pas à qui appartient chaque couleur.

Il s'agissait d'une vieille cible défoncée. Contrairement à celles que l'on voyait d'habitude, les segments n'étaient pas délimités par un fil de ferraille, et quelques fléchettes étaient venues se ficher pile sur la démarcation, ne facilitant pas le comptage des points. Une fléchette bleue plantée entre la zone blanche à six points et la zone noire à dix points m'avait posé plus de problèmes que les autres. Je m'étais rapprochée pour étudier le point d'entrée sous toutes les coutures.

Pour moi, c'est un six, pas un dix.

— C'est le rouge qui remporte la manche.

— Tu te fous de moi ! avait protesté Joe.

— Bouffe ça ! avait beuglé Robert en agitant le poing en signe de victoire.

Je sais que j'ai fait l'éloge de sa maturité plus haut et que cela n'était pas exactement la réaction d'un homme mature, mais j'y reviendrai plus tard.

Il m'avait finalement prise par les épaules.

— Allez, Darby, je te l'offre, ce verre ?

Lorsque j'avais rejoint mes amies à la table quelques minutes plus tard, Steph s'était penchée à mon oreille.

— C'était qui, ce mec ?

— Il s'appelle Robert. Il avait besoin de moi pour arbitrer une partie de fléchettes.

— Il t'a demandé ton numéro ?

J'avais secoué la tête pour lui signifier que non.

— Ce n'est pas comme s'il m'avait repérée et choisie parmi une foule d'autres filles. Il a pris la première personne qu'il a trouvée.

—Il est mignon, avait fait observer Stephanie en jetant un coup d'œil par-dessus mon épaule. Tu devrais aller lui demander le sien.

—Arrête de mater ! Qu'est-ce que j'ai manqué ?

Les filles m'avaient fait le résumé de leur conversation, qui avait principalement tourné autour de Nadine et de sa rupture toute fraîche.

Sans crier gare, Stephanie m'avait donné un coup de coude.

—Il vient par là.

Robert avait approché de la table, les yeux rivés sur moi et un sourire charmeur au coin des lèvres.

—Hé, toi ! Une partie de fléchettes, ça te branche ?

—Tu as déjà oublié mon prénom ?

Son sourire s'était élargi.

—Absolument pas. Mais puisque tu as clairement l'air d'apprécier de te faire appeler « Hé, toi ! », je me suis dit que j'allais te faire plaisir.

Croisant les bras, je l'avais toisé d'un air sévère.

Je le savais. Il ne se rappelle même pas mon prénom.

—Darby, me ferais-tu l'honneur de te joindre à moi pour une partie de fléchettes ? avait-il reformulé, à ma grande surprise. Joe a déjà perdu trois manches, alors je l'enverrai à tes amies. Si ça ne vous dérange pas, mesdemoiselles, avait-il ajouté en se tournant vers les filles.

—Ce sera un plaisir, avait répondu Steph. De ton côté, tu as intérêt à ce que notre copine chérie passe une bonne soirée.

Sur ces mots, elle m'avait poussée de ma chaise pour m'obliger à me lever.

Manquant de m'étaler par terre, je lui avais décoché un regard noir, avant d'emboîter le pas à Robert. Une fois débarrassé de Joe, il m'avait tendu les trois fléchettes rouges.

—À toi l'honneur.

N'ayant encore jamais joué aux fléchettes, je m'étais imaginé que ce ne serait pas sorcier. Cependant, viser avec application ne suffisait pas, et mon premier projectile était allé s'enfoncer dans le bas de la cible. J'avais tout de même marqué trois points.

—Eh ben, c'est plus dur qu'il n'y paraît.

—Attends, je vais te montrer comment il faut s'y prendre, m'avait-il proposé en se postant derrière moi.

—Ne me dis pas que tu as l'intention de te coller à moi pour guider mes gestes, comme si j'étais trop bête pour comprendre une simple explication…

Il avait aussitôt laissé retomber les bras.

—Il faut croire que non.

Mon deuxième lancer m'avait rapporté treize points; j'avais visé plus haut, et avais manqué de peu le centre de la cible.

—Je crois que j'ai trouvé le coup.

Au bout de quelques parties – invariablement perdues, en dépit des points imaginaires que Robert m'accordait par pitié –, il avait brandi sa dernière fléchette.

—Si je la mets dans le mille, tu acceptes un rendez-vous avec moi ce week-end, c'est d'accord?

Je n'avais plus flirté depuis une éternité, mais il était craquant, et je n'avais pas grand-chose à perdre, au fond.

—Tu m'as l'air bien sûr de faire mouche… ou alors, tu n'es pas réellement intéressé et tu te fiches de gâcher tes chances à cause d'un jeu de fléchettes.

Il avait souri, visiblement confiant.

—Je me dis que, si je réussis à atteindre le milieu de la cible, tu accepteras mon invitation; mais, si j'échoue, tu seras si flattée de tous mes efforts pour te conquérir que tu me laisseras au moins ton numéro.

— Tu manipules les règles du jeu à ton avantage de manière à en sortir gagnant quoi qu'il arrive…

Je m'étais penchée vers lui, si près que nos deux corps se touchaient presque.

— … C'est de la triche.

— Il se trouve que je suis avocat ; contourner les règles pour parvenir à mes fins, ça me connaît.

— Ooh, un menteur professionnel. Eh bien, voilà, qui règle le problème : je ne pourrai pas accepter ta proposition, même si tu vises dans le mille. J'ai pour principe de ne jamais sortir avec des menteurs. C'est le meilleur moyen de se faire avoir.

Glissant un bras autour de ma taille, il s'était positionné dans l'axe et, d'un mouvement sec, avait envoyé sa fléchette se planter en plein cœur de la cible.

— Dans ce cas, je vais devoir réclamer mon prix tout de suite.

Avant d'avoir eu le temps de lui demander ce qu'il entendait par là, j'étais dans ses bras. Les jambes en coton, je m'étais surprise à lui rendre son baiser, et le reste du monde avait disparu dans un tourbillon de couleurs.

Notre premier rendez-vous officiel avait eu lieu deux jours plus tard.

Robert travaillait en tant qu'avocat commis d'office. Il défendait les gens qui n'avaient pas les moyens de s'en payer un autre. Autrement dit, il était surmené, sous-payé, et entièrement accaparé par son travail.

C'était un homme plein d'esprit, sûr de lui, et j'admirais sa passion pour son métier. Même si cela signifiait qu'il croulait parfois tellement sous le travail qu'il n'avait plus guère de temps à me consacrer. Il tâchait cependant de me retrouver aussi souvent que possible pour un rapide déjeuner ou un dîner. Si nous ne pouvions pas nous voir, nous discutions au téléphone, quelquefois jusque tard dans la nuit.

Malgré nos emplois du temps plus que chargés, tout allait pour le mieux entre nous. Il ne cessait de me dire combien il me trouvait intelligente et belle, se rappelait ce que j'aimais ou non et, quand je lui faisais la surprise de passer le voir à son cabinet parce qu'il était trop débordé pour sortir, il me remerciait d'être si compréhensive et me présentait avec fierté à ses associés.

Durant cinq mois, je fus sur un petit nuage.

Puis il y avait eu la première dispute.

J'avais invité Robert à venir dîner chez moi. Nous avions tous deux connu quelques semaines éprouvantes, mais, en dépit de la fatigue, nous avions tout mis en œuvre pour nous retrouver le temps d'une soirée.

Durant le repas, il m'avait raconté comment s'était déroulée l'affaire qu'il venait de boucler.

— Et, étant donné que le policier n'avait pas suivi la procédure à la lettre, nous avons réussi à faire libérer mon client, avait-il conclu.

— Il était pourtant coupable, non ?

C'était en tout cas ce que Robert avait eu l'air d'insinuer.

— Oh, ça ne fait aucun doute.

— Ce n'est pas normal. J'admire le travail que tu fais pour empêcher les innocents de finir en prison, mais les criminels ne devraient pas pouvoir y couper. Surtout pas pour des raisons bidons.

— Darby, c'est ainsi que fonctionne la justice. Si la police ne respecte pas certaines procédures, des innocents peuvent se retrouver condamnés. De la même façon, il arrive parfois que certains coupables soient relâchés. Mais ne t'inquiète pas, ce n'était pas grand-chose. Une simple histoire de vol.

— Ton client recommencera certainement. Ça ne te pose aucun problème ?

— Mon métier est de faire en sorte que la loi soit appliquée, avait-il riposté sèchement. Si la police a des preuves solides à présenter, on plaide coupable, et le gars file en taule. Si elle n'a rien contre lui, il s'en tire.

— Je crois que je ne pourrais pas faire un boulot pareil. J'aurais trop envie de le voir derrière les barreaux.

— C'est pour ça que je suis l'avocat et que toi, tu es la décoratrice.

Son ton condescendant m'avait hérissée.

— À t'entendre, on dirait que ce que je fais est parfaitement insignifiant. Je ne prétends pas sauver des vies, mais en transformant la maison de quelqu'un pour en faire un endroit où il aura plaisir à vivre, je contribue à son bien-être, et il y a des gens pour qui c'est important.

— Et ces personnes se rendent-elles compte de la chance qu'elles ont de pouvoir se permettre d'embellir leur baraque monstrueuse ? Certains de mes clients dorment sur un matelas dans une chambre miteuse.

— J'en suis parfaitement consciente, mais ne crois-tu pas que le monde serait bien triste sans un peu de couleur, de beauté ? D'art ?

— Certes, avait-il répondu après avoir avalé une gorgée d'eau, ce serait terriblement déprimant. Mais ce n'est pas non plus nécessaire à notre survie.

J'avais alors laissé éclater ma colère.

— Tu sais ce qui n'aide pas non plus à notre survie ? Les criminels qui se baladent dans les rues parce que leurs avocats les ont fait acquitter !

Levant les bras au ciel, Robert avait repoussé sa chaise.

— Bon, eh bien, je pense qu'il est temps que je regagne mon petit appartement sans vie afin d'imaginer de nouvelles combines visant à laisser les vilains criminels en liberté. Amuse-toi bien dans ton bel intérieur à la mode.

Je n'avais même pas essayé de le retenir.

Durant les jours qui avaient suivi, Robert m'avait horriblement manqué. Nos conversations me manquaient. Nos fous rires me manquaient. Et je me répétais intérieurement : « Qui suis-je pour décider qui mérite ou non d'être remis en liberté et pourquoi ? »

J'avais alors pris conscience que j'étais amoureuse.

J'avais donc résolu d'aller le trouver à son cabinet après le travail. Cependant, il m'avait devancée, faisant irruption à l'agence pour m'avouer combien il était malheureux sans moi et me demander pardon. Je m'étais excusée à mon tour et lui avais avoué mes sentiments. Il m'avait confié qu'il m'aimait lui aussi, et tout était rentré dans l'ordre.

Trois mois plus tard, nous avions commencé à parler d'avenir. Nous envisagions d'acheter une maison, le mot en « M » avait été évoqué. Nous étions assis à la table de ma cuisine et étudiions des prospectus immobiliers quand il avait abordé le sujet des enfants.

— On pourrait démarrer avec une maison de ce genre, avait-il déclaré en me montrant l'une des annonces. Mais nous devrons trouver plus grand le jour où nous voudrons des enfants.

— Je ne suis pas spécialement chaude pour les gamins, l'avais-je prévenu. Mais si jamais nous décidons d'en faire un ou deux, trois chambres suffisent.

Finissant mon biscuit, je me frottai les mains pour me débarrasser des miettes.

— Pour ce qui est des enfants, je pencherais plutôt pour cinq ou six.

J'avais failli m'étouffer.

— Il est hors de question que je fasse cinq ou six gamins ! À la suite du divorce de mes parents, j'avais même décidé que je n'en voulais pas. À l'époque, la cohabitation avec Drew et Devin n'a fait que me conforter dans mon choix. C'est tout nouveau pour moi, et je commence tout juste à me faire à l'idée d'en avoir un jour.

— Ayant rencontré ces deux-là, je comprends tout à fait.

— Hé, c'est de mes frères que tu parles ! Personne d'autre que moi n'a le droit de les débiner. Et puis ils sont devenus beaucoup plus sympas en vieillissant.

— C'est vrai, j'ai adoré quand ils m'ont traîné à travers tout le ranch pour me montrer ce que c'était qu'un « vrai travail d'homme », avait-il lâché en mimant les guillemets ; et quand ils m'ont traité de « gars de la ville » parce que j'étais tombé de cheval. Ou encore quand ils ont omis de m'avertir qu'il y avait un énorme taureau dans l'enclos et que je me suis trouvé nez à nez avec la bête en voulant les suivre.

— Il n'y a pas plus doux que Minus, à la ferme ! avais-je protesté en m'imaginant la rencontre entre Robert et l'impressionnant taureau noir que Dwight avait élevé comme un chiot.

— Il m'a foncé dessus !

— Il t'a donné un petit coup de tête parce qu'il voulait des grattouilles. Une chance que tu n'aies pas eu un bâton dans les mains. Il adore qu'on le gratte avec un bout de bois. Dès qu'il en voit un, il accourt.

Robert avait poussé un soupir, de toute évidence profondément agacé.

— Bref, tout cela pour dire que je suis issu d'une fratrie de sept enfants et que j'ai toujours voulu une grande famille moi aussi. C'est intense, mais c'est super. En revanche il faut les faire rapprochés, de façon qu'ils aient toujours un frère ou une sœur avec qui jouer.

— Tu travailles toujours comme un dingue. Où veux-tu trouver le temps d'élever six gosses ? Parce que ne compte pas sur moi pour m'occuper de six enfants toute seule. Ni même un seul, d'ailleurs. De toute manière, nous n'avons pas les moyens.

— Tu as la possibilité de travailler à la maison. Nous achèterons une demeure à retaper. Tu es douée, tu sauras en faire quelque chose de joli.

J'aurais dû être flattée d'un tel témoignage de confiance, mais ce fut la frustration qui prit le pas. Il était clair qu'il n'avait rien compris à ma profession.

— Je ne peux pas peindre par-dessus une tuyauterie vétuste et des trous dans les murs. Quant à travailler à la maison, c'est tout simplement inenvisageable. Tu as déjà oublié ce qui s'est passé chez mes parents l'autre jour ? Devin et Anne ont failli devenir chèvres, alors qu'ils étaient deux à essayer de calmer Levi. Et le gamin pleurait, pleurait, impossible de le consoler.

» Non, je ne pourrai jamais bosser tout en me chargeant d'enfants. Je ne suis même pas sûre d'être capable de me débrouiller avec plus d'un bébé. Sans compter que la plus grande partie de mon boulot s'effectue en déplacement, dans les endroits que je rénove, et non au bureau.

Robert avait jeté le prospectus sur la table.

— Nous ne sommes pas obligés de réfléchir à cela dans l'immédiat.

J'avais effectivement préféré laisser tomber le sujet pour le moment. Même si j'avais conscience que nous ne pourrions pas éternellement fermer les yeux sur le problème. J'avais cependant réussi à me convaincre que ce n'était pas grand-chose. Après tout, les relations de couple n'étaient-elles pas faites de compromis ? Nous devions simplement trouver un juste milieu.

Deux mois avaient passé. Je travaillais avec acharnement sur un projet d'immeuble, et Robert croulait sous les dossiers. Nous poursuivions nos recherches immobilières dès que nous trouvions un créneau dans nos emplois du temps surchargés. Je me répétais sans cesse que nous saurions résoudre nos désaccords. Nous nous aimions, n'est-ce pas ?

Arriva mon vingt-sixième anniversaire. Assise seule à une table du *Little Italy*, j'attendais Robert depuis une demi-heure. Il m'avait dit vouloir faire quelque chose en amoureux ; Steph et moi avions donc prévu de fêter cela le lendemain.

Tandis que je patientais, je n'avais pu m'empêcher de repenser à la conversation que Robert et moi avions eue quelques jours auparavant. Il m'avait longuement expliqué à quel point il avait apprécié que sa mère soit là pour s'occuper de lui et de ses frères et sœurs.

— Nous devrions peut-être chercher une maison du côté de Longmont quand nous aurons des enfants, avait-il conclu. Comme ça, tu serais plus près de ta mère, et tu pourrais passer la voir lorsque je rentre tard.

— Cela nous ferait faire chacun une heure de route matin et soir…

— Mais, si tu restais à la maison, tu n'aurais pas à faire le trajet.

La discussion s'était achevée comme toujours.

— Nous avons le temps d'y penser, mais je crois que, quand les enfants seront là, tu verras qu'il vaut mieux pour tout le monde que tu arrêtes de travailler.

Peut-être avait-il raison. Ou pas.

Quand Robert était enfin arrivé, j'étais au bord des larmes. Tout d'un coup, plus rien ne tournait rond, et je n'avais aucune idée de ce que je devais faire.

— Désolé pour le retard, s'était-il excusé. Je sais que tu détestes attendre, mais tu connais ça. Une chose en entraîne une autre, et puis…

Il s'était penché pour me faire une bise furtive, avant de prendre place en face de moi.

J'étais dans un tel état d'agitation que je ne respirais plus que par à-coups.

— Je commençais à penser que j'allais devoir célébrer mon anniversaire toute seule.

— Je suis là, maintenant. Et je n'attendrai pas une minute de plus pour t'offrir ton cadeau ! Je suis tellement impatient, je n'ai pas arrêté d'y penser de la journée.

— Et si je n'ai pas envie de rester à la maison avec nos gamins ? lâchai-je de but en blanc. Et si je préfère une petite famille et que je ne veux pas quitter Denver pour la banlieue ? Dernièrement, tu as fait des heures impossibles. C'est la première fois de la semaine que l'on se voit, et j'ai bien peur que cela ne fasse qu'empirer.

» Je n'ai pas l'intention de devenir une de ces femmes au foyer avec des enfants plein les pattes, regrettant de n'avoir rien dit tant qu'il était encore temps. Ce sont des sujets importants, et ce n'est pas en tournant autour du pot que nous parviendrons un jour à nous mettre d'accord.

Robert avait cillé, visiblement surpris par mon coup de gueule. Puis, reprenant ses esprits, il m'avait pris la main.

— Nous en reparlerons plus tard. Attends un peu de voir ton cadeau !

— Robert, je ne sais pas si…

— Darby Quinn, veux-tu m'épouser ?

De sa poche de manteau, il avait sorti un petit écrin de velours.

J'avais considéré la bague qu'il me présentait d'un air ahuri. Un simple anneau en or blanc, surmonté d'un solitaire étincelant.

Il m'aurait posé la question le jour précédent, j'aurais dit oui. Même à cet instant, j'avais été tentée d'accepter. Je savais que son métier était très important pour lui. Après tout, n'étais-je pas moi-même passionnée par mon travail ? Certes, je n'épargnais pas à des innocents de finir en prison – cela dit, ce n'était pas toujours le cas de Robert non plus, ce que j'avais encore un peu de mal à digérer –, mais j'adorais mon métier. J'adorais l'art. C'était ce qui me rendait heureuse. Lui estimait que c'était une occupation futile, une perte de temps.

Assise là, enfin rattrapée par la réalité, je m'aperçus que Robert et moi n'avions de toute façon jamais attendu les mêmes choses de l'existence. Au-delà de ces histoires de gosses, nous n'étions d'accord ni sur l'endroit où nous installer, ni à propos de l'éducation desdits enfants (six, si je l'écoutais), ni même sur le style de vie auquel nous aspirions. J'avais essayé de me montrer compréhensive, mais le simple fait qu'il soit perpétuellement en retard me mettait dans une rage folle. Les visites à nos familles respectives étaient également un sujet de friction. Il n'avait jamais le temps de m'accompagner au ranch ; en revanche, nous nous arrangions toujours pour aller voir sa mère deux fois par mois. Et, il disparaissait systématiquement avec ses frères, m'abandonnant avec sa mère et ses sœurs, avec qui je n'avais pas le moindre point commun.

Si nous n'avions dû affronter qu'un de ces problèmes, nous aurions sans doute pu trouver un terrain d'entente, mais, là, cela devenait impossible.

Les yeux emplis de larmes, et une douleur aiguë me transperçant la poitrine, je peinais à respirer.

C'est pas vrai…

Robert avait poussé l'écrin dans ma direction.

— Darby, dis oui… Je commence à m'inquiéter.

— Je ne peux pas. Je t'aime, de tout mon cœur ; seulement, nous ne sommes pas sur la même longueur d'onde. J'ai essayé de me convaincre que les choses s'arrangeraient, mais… je me rends compte que ça ne marchera jamais entre nous, avais-je achevé d'une voix curieusement haut perchée.

Les gens nous regardaient. Quelques personnes s'étaient lancées dans des applaudissements, pensant que nous venions de nous fiancer ; personne ne s'était rendu compte que nous étions sur le point de rompre.

Ce jour-là, j'avais compris que l'on m'avait menti : j'avais rencontré un homme fantastique, responsable, un homme que j'aimais et qui m'aimait en retour, et, pourtant, cela s'était révélé insuffisant. J'étais dévastée. Furieuse. Et j'avais bien entendu le cœur brisé.

Temps perdu : je refuse de considérer nos dix mois de relation comme du temps perdu. Cette histoire m'a appris énormément sur moi-même. C'était également la première fois que j'éprouvais des sentiments aussi forts. Il avait également fallu que je surmonte cette rupture, ce qui n'avait pas été du gâteau. De dépit, je m'étais plongée dans le monde du cinéma d'horreur, en particulier les films de zombies. Mes passages préférés étaient ceux où tout le monde crevait. Si un personnage avait le malheur de trouver l'amour en cours de route, je sifflais les acteurs et balançais du pop-corn sur l'écran.

Leçon :

- Ma famille compte plus que tout pour moi.
- J'ai besoin que l'on m'accorde un minimum de temps (non aux accros au boulot).
- Ne jamais sortir avec quelqu'un qui dit vouloir six mioches.
- La plus dure leçon de toutes : parfois, l'amour ne suffit pas.

J'étais assise à une table non loin du bar, en compagnie de Stephanie, Anthony et Karl. Éprouvant plus que jamais le besoin de sortir après avoir passé ma journée à travailler, j'avais passé un coup de fil à Steph, et nous nous étions retrouvés au *Shots*, le club où nous étions censés nous rendre la fois précédente. De toute évidence, c'était un lieu populaire le samedi soir, car nous pouvions à peine bouger un orteil. Lorsqu'un groupe avait libéré une table, nous nous étions rués dessus.

— Alors, que s'est-il passé ? m'interrogea mon amie.

Je savais très bien de quoi elle voulait parler ; toutefois, je n'avais aucune envie d'aborder le sujet. Le but de cette soirée était précisément de ne pas penser à Jake.

Elle rapprocha sa chaise, puis insista :

— Tu as conscience que je ne te lâcherai pas les baskets tant que tu n'auras pas craché le morceau…

Je poussai un soupir exagéré afin de lui faire comprendre combien elle était fatigante.

— Il s'entêtait à essayer de me convaincre que certaines relations amoureuses valaient le coup.

Steph inclina la tête de côté, m'observant avec intensité.

— Oh, Darby… Ce n'est quand même pas la seule raison ?

— Il m'est aussi arrivé de l'appeler sans raison particulière, juste pour discuter, n'importe quand. Quand j'avais eu une mauvaise journée, c'était à lui que j'allais m'en plaindre. Je lui ai demandé de m'accompagner à un cocktail ennuyeux à mourir… Je m'appuyais trop sur lui. Je sentais que tout ça était sur le point de déraper.

Karl se pencha vers nous et hurla par-dessus la musique.

— Qu'y a-t-il ?

— Darby a largué un type parce qu'il l'aimait beaucoup et qu'elle commençait à bien l'aimer aussi.

Je fis les gros yeux à mon amie.

— Merci de ce raccourci horrible au possible.

— Je suppose que je devrais m'estimer heureux que tu m'aies trouvé horripilant, plaisanta Karl avec un sourire.

— Fais gaffe. J'aurai peut-être un peu plus de mal à trouver quelqu'un pour te coller un coup de poing ici qu'à *Hot Shots*, mais le challenge ne me fait pas peur.

En temps normal, cette réplique aurait été bien plus cinglante, mais, ce soir, le cœur n'y était pas. Sans doute parce qu'il y avait une importante part de vérité dans ce qu'il venait de dire. Mes ex avaient peut-être eux aussi un dossier de filles à éviter dans lequel étaient listées mes « qualités ».

Anthony tendit soudain la main à Stephanie et l'invita à danser. Mon amie me jeta un regard inquiet.

— Ça ira, fis-je en la poussant dans les bras de son fiancé. Va danser.

Anthony détestait cela, mais mon amie adorait se déhancher sur la piste, alors il se forçait pour lui faire plaisir…

Dès qu'ils furent partis, Karl se pencha à mon oreille.

— Tu veux en discuter ? Je sais que tu me prends pour un charlatan, mais tu pourrais être étonnée de l'étendue de mes connaissances sur le sujet.

— Je n'ai pas besoin qu'un thérapeute me dise que ma vision de l'amour est particulièrement tordue.

Je lui glissai un regard de biais.

— Ne m'en veux pas, mais comment fais-tu pour convaincre tes clients que tu sais de quoi tu parles, alors que tu es célibataire ?

Il pinça les lèvres, puis prit le temps d'avaler une longue gorgée de son verre avant de répondre.

— Je ne l'ai pas toujours été. J'ai été marié durant six ans. Ma femme était atteinte de la mucoviscidose. Elle était en attente d'une greffe des poumons, mais les médecins n'ont pas pu trouver de donneur à temps, et elle est morte. C'était il y a un peu plus de deux ans.

— C'est… Je suis désolée. Je n'arrive pas à croire que Steph m'ait caché cela.

— C'est moi qui lui ai demandé de ne pas t'en parler. Je ne veux pas que ce soit la première chose que les gens apprennent à mon sujet. Je préfère le leur dire quand j'estime le moment venu. Tout le monde me pousse à rencontrer des femmes, mais, la vérité, c'est que je ne peux pas m'empêcher de toutes les comparer à Monica.

— Au moins, vu ta profession, vous avez dû vivre six ans sans remous.

— Détrompe-toi ! Cela la rendait folle quand j'avais le malheur de lui poser le même genre de questions qu'à mes clients. Je devais trouver des moyens détournés pour qu'elle ne se rende pas compte que j'utilisais mes techniques de travail. Et encore elle pigeait vite.

Son regard se perdit sur la surface de la table, puis le coin de sa bouche se releva en un demi-sourire.

— Mon expérience pratique en matière de couple, c'est à elle que je la dois.

— Et, après tout ça, tu n'hésites pas un peu à replonger ?

Il hocha la tête.

— Bien sûr que si. Pourquoi crois-tu que je suis encore là, à papoter, au lieu d'être en train de draguer la blonde au bout du bar ?

Je jetai un coup d'œil que j'espérais subtil en direction de la fille en question. Mignonne, elle portait une tenue sexy mais pas trop, ainsi qu'une très jolie paire de lunettes à monture noire.

— Tu devrais te lancer, l'encourageai-je. Au pire, elle te dira non.

— Est-il bien sage de suivre les conseils de quelqu'un qui vient de rompre avec un homme tout à fait correct ? me lança-t-il avec un regard en coin.

— Ce n'est pas parce que j'accumule les échecs sentimentaux que je n'ai pas raison à propos de ta blonde. Elle n'arrête pas de regarder par ici, elle va finir par croire que nous sommes ensemble. Allez, fonce ! le motivai-je en le poussant du bout du pied.

Il se leva à regret et prit la direction du bar.

Un nouveau morceau avait commencé, mais Steph et Anthony ne revinrent pas s'asseoir. Quand j'avais décidé de sortir, rester assise seule au milieu d'un club n'était pas réellement ce que j'avais eu en tête.

C'est mon téléphone, qui sonne comme ça ? J'avais failli ne pas l'entendre, noyé dans tout ce boucan. Je fouillai dans mon sac à main et l'en sortis. *Jake.*

Le pouce flottant au-dessus de la touche « Accepter », j'hésitai quelques instants à répondre.

— Vous avez l'air bien triste, toute seule à votre table, m'interrompit une voix grave, coupant court à mon dilemme.

Je levai la tête et aperçus la main que l'homme me tendait.

— Venez danser.

J'étais sur le point de décliner l'invitation, sous prétexte de devoir garder la table, quand je vis réapparaître Anthony et Stephanie.

Et puis zut ! Puisque je suis là, autant en profiter pour m'amuser un peu.

J'acceptai donc de le laisser m'entraîner sur la piste. Cela faisait un moment que je n'avais pas mis les pieds dans un club. Rien n'avait vraiment changé : des filles moulées dans des fringues minuscules se déhanchaient comme si elles auditionnaient pour un concours de striptease ; une m'as-tu-vu sur le podium ; des gens se frottant les uns contre les autres…

Le gars m'enlaça et commença à se mouvoir en rythme. Quelques secondes plus tard, il essayait de m'embrasser.

J'eus un brusque mouvement de recul.

— Ouah, attends, là. Tu n'es pas censé me payer un verre d'abord ?

— J'ai une bouteille de vin qui t'attend chez moi, susurra-t-il en se plaquant contre moi. C'est à quelques rues d'ici.

— Comme c'est pratique, crachai-je en faisant un pas en arrière. Je crois que j'ai suffisamment dansé pour aujourd'hui.

Irritée, j'allai retrouver mes amis.

— Ce fut rapide, me fit remarquer Steph.

— Ouais. Il pensait que je serais contente d'apprendre qu'il avait un appartement à deux pas d'ici. Il avait tort.

Elle posa la tête sur l'épaule de son fiancé.

— Je suis bien contente de ne plus devoir me coltiner ce genre de lourdauds… Si tu n'étais pas si tête de mule, tu n'aurais pas à subir ça non plus, ajouta-t-elle avec un regard appuyé.

— Si je suis sortie ce soir, c'est pour oublier toutes ces histoires. Pas pour que tu retournes le couteau dans la plaie.

— C'est le boulot d'une meilleure amie de te dire les choses que tu n'as pas forcément envie d'entendre.

Bien sûr. Comme quand je t'ai suggéré de larguer Jimmy Delfino et que tu ne m'as pas adressé la parole pendant une semaine.

Karl revint s'asseoir à mes côtés.

— Comment cela s'est-il passé ? m'enquis-je.

— Nous avons eu une charmante conversation. Elle m'a donné son numéro. Alors on verra bien.

Le silence s'installa à la table, et chacun se laissa absorber par la musique et les jeux de lumière. Voir tous ces gens interagir ne faisait rien pour me remonter le moral. Moi qui avais tant attendu de cette soirée. À présent, je me demandais bien ce qui m'avait pris.

Chapitre 24

Puisque je connaissais plus ou moins les horaires de Jake, l'éviter ne fut pas tellement difficile. Je partais au travail plus tôt et m'assurais de ne pas traîner dans les couloirs de l'immeuble aux alentours de l'heure de fermeture du *Blue*.

Ce maudit boulot pour la *Lion Inn* glissait un peu plus dans le chaos et l'anarchie chaque jour. Les propriétaires parlaient à présent d'ajouter quelques suites long séjour. Ils désiraient un style tout à fait différent, mais je n'arrivais tout simplement pas à y mettre autant de cœur que pour un projet à moindre échelle.

Au moins, aujourd'hui, je vois Mme Crabtree, songeai-je en me garant non loin de chez elle. Elle m'avait initialement invitée à déjeuner au *Blue*, mais je lui avais répondu que je ne pouvais pas quitter le bureau aussi tôt. Ce qui était la vérité. Je n'avais cependant pas non plus le courage de me trouver face à Jake. Nous étions seulement mercredi, et je ressentais déjà le manque. Ma cliente m'accueillit comme une grand-mère accueille ses petits-enfants, m'offrant des gâteaux secs, me demandant comment s'était passée ma journée.

Je ne serai pas mécontente de terminer ce contrat, mais elle va quand même me manquer.

— J'ai hâte de voir le résultat, maintenant que les peintres sont passés par là, dis-je.

Lorsqu'elle m'eut guidée jusqu'à la salle de bains, j'étudiai le mur rayé de rose. Les ouvriers avaient fait du beau travail. Je me penchai ensuite pour examiner les nouvelles plinthes.

— Superbe. Ça vous plaît ?

Mme Crabtree hocha la tête, l'air extatique.

— Je suis ravie ! Clyde a cru que j'avais perdu la boule quand je lui ai annoncé que je voulais une salle de bains rose. Mais, quand je la lui ai montrée, il m'a prise dans ses bras et m'a dit que, si j'étais satisfaite, ça lui allait aussi. Je pense qu'une fois que tout sera en place ce sera absolument parfait.

— Je ferais bien de me mettre au travail, dans ce cas.

Je retirai mes escarpins en daim rouge et entrepris de terminer l'aménagement de la pièce. Je commençai par accrocher des étagères cubes pour y déposer quelques bibelots, dont la sculpture que j'avais achetée à Tina.

La vue de la fleur de verre soufflé me rappela Jake. Si seulement j'avais refusé son invitation ce soir-là, je ne me serais jamais trouvée dans ce bourbier.

Je chassai ces pensées de mon esprit et mis les dernières touches : serviettes de toilette roses, tapis de bain… Bien que tout ait déjà été planifié dans ma tête, je fus agréablement surprise du résultat final.

Le visage de Mme Crabtree s'éclaira lorsqu'elle découvrit la pièce terminée.

— Il faut que Clyde voie ça ! Je vais le chercher. Il doit être dans sa tanière, en train de lire son journal.

Je remis mes chaussures, puis rangeai marteau et niveau dans ma boîte à outils, que je posai à côté de mon sac à main.

Un bruit atroce retentit alors. Un bruit que je ne parvins pas immédiatement à identifier, mais qui me fit aussitôt prendre conscience qu'il y avait un problème. Je me précipitai dans le couloir et tentai d'en localiser l'origine. La porte du bureau de M. Crabtree était ouverte, et Mme Crabtree était penchée sur son mari.

— Il lui est arrivé quelque chose, s'écria-t-elle.

Sur le bureau ancien se trouvait un téléphone. Je saisis aussitôt le combiné et appelai une ambulance.

Je me garai dans le parking de l'immeuble et pris la direction de l'ascenseur. J'essayais désespérément de tenir le coup, mais je me sentais craquer. Mes yeux piquaient, une boule persistante s'était logée dans ma gorge, et une douleur lancinante battait dans mes tempes.

Je m'adossai à la paroi de l'ascenseur, me passant une main dans les cheveux d'un geste mécanique.

Lorsque les portes s'ouvrirent au rez-de-chaussée et que Jake entra, je gardai la bouche fermée, de peur d'éclater en sanglots.

— Darby, que se passe-t-il ? s'inquiéta-t-il.

S'il n'avait pas été là, j'aurais sans doute pu me retenir, jusqu'à l'appartement ; cependant, le simple fait qu'il m'adresse la parole libéra une larme, qui roula le long de ma joue.

— Le mari de Mme Crabtree a fait une attaque cérébrale. J'ai dû rester à l'hôpital avec elle, c'était affreux. Pendant que nous attendions le reste de la famille, elle m'a longuement parlé des soixante ans qu'elle avait passé à ses côtés. J'ai prié pour que Clyde s'en sorte, mais… il ne s'est pas réveillé, articulai-je avec peine.

Jake m'attira contre lui, et j'enfouis mon visage dans le creux de son épaule. J'aurais préféré avoir le temps de rentrer chez moi avant de m'effondrer, mais, quand il me serra dans ses bras, je fondis en larmes. Mme Crabtree était l'une de mes clientes préférées, et je venais de voir son monde s'écrouler.

L'ascenseur s'arrêta à mon étage, et, me soutenant par la taille, Jake me reconduisit jusqu'à mon appartement. Il me guida ensuite jusqu'au canapé, et je me nichai entre ses bras réconfortants.

— Je le connaissais à peine, mais c'était si triste.

Lorsque mon téléphone sonna, je ne bougeai pas.

— Tu es obligée de répondre ? murmura-t-il.

— C'est ma patronne. Elle a déjà essayé d'appeler dix fois, mais je n'ai pas eu le courage de décrocher. Elle doit encore avoir quelque chose à me reprocher.

La chemise de Jake était imprégnée du parfum de son eau de Cologne, auquel se mêlaient de vagues effluves du *Blue*. L'idée d'un bon petit plat réveilla instantanément mon estomac. Je plaquai le bras sur mon ventre dans l'espoir d'atténuer le bruit des gargouillis.

— Tu n'as pas encore mangé ?

— Ça va. Je prendrai un peu de céréales plus tard.

— Ne bouge pas, m'ordonna-t-il en me tapotant le genou. Je vais te cuisiner un petit quelque chose.

— Ne t'embête pas. C'est bon, je t'assure !

Après ce qui s'était passé entre nous, la gentillesse dont il faisait preuve me donnait l'impression d'être un véritable monstre.

— Ça me fait plaisir, m'assura-t-il en se dirigeant vers la cuisine.

Il se mit donc à explorer le vide intersidéral de mes placards.

— Des pancakes, ça te dit ?

— C'est parfait.

J'attendis de m'être un peu remise de mes émotions pour écouter les messages de Patricia. Je n'avais pas la force de lui rapporter les événements de la journée ; d'ailleurs, n'ayant pas envie de lui parler du tout, je lui envoyai un long texto pour lui expliquer les grandes lignes.

Jake déposa devant moi une énorme pile de pancakes, ainsi qu'une bouteille de sirop d'érable.

— Je dois retourner au restaurant. As-tu besoin d'autre chose, avant que je m'en aille ?

Je lui fis signe que non.

— Merci, Jake. Je ne mérite pas que tu t'occupes de moi comme ça.

— Appelle-moi s'il te faut quoi que ce soit, éluda-t-il en essuyant délicatement une larme sur ma joue.

Je dus lutter pour ne pas le supplier de rester.

Je ne parvenais pas à oublier Mme Crabtree et ses souvenirs. Je m'endormis en songeant à elle, et elle fut la première personne qui me vint à l'esprit lorsque je me réveillai le lendemain. Dès mon arrivée au bureau, je lui fis envoyer des fleurs, regrettant de ne pouvoir faire davantage pour elle.

Je pensais également beaucoup à Jake, au fait qu'il m'ait raccompagnée et m'ait fait à dîner, alors que j'avais techniquement rompu, et que j'avais fait de mon mieux pour l'éviter. La tâche me paraissait insurmontable, mais je n'avais pas le choix : je devais m'attaquer au projet *Lion Inn*. En raison de tout le travail que j'avais à rattraper, je sautai le déjeuner.

À 17 heures, j'en eus assez.

Le trajet à pied jusqu'au *Blue* fut des plus agréables. Marcher un peu me permit de préparer ce que j'allais dire à Jake pour le remercier de son aide de la veille. Son amitié comptait beaucoup pour moi, mais il méritait quelqu'un qui ait la même vision des relations amoureuses que lui.

Quand j'arrivai au restaurant, Mindy m'informa qu'il était sorti.

Je retournai au bureau afin de récupérer ma voiture et rentrai à la maison, étoffant encore mon discours au fil du trajet. Plus j'y réfléchissais, plus j'étais convaincue de faire ce qu'il fallait. Je tenais à ce qu'il sache que je l'aimais beaucoup, mais qu'il était bien mieux sans moi. J'espérais qu'il comprendrait ce qu'il représentait à mes yeux, même si nous ne pouvions pas être ensemble.

Craignant de me défiler si je passais d'abord par mon appartement, j'appuyai sur le bouton qui me ferait grimper jusqu'au dix-neuvième étage.

Le cœur battant, l'estomac noué, je sortis de l'ascenseur, puis remontai le couloir. Lorsque je frappai enfin à sa porte, j'étais en nage et tremblais d'angoisse.

Jake m'ouvrit, et toutes mes belles résolutions s'envolèrent. Je me jetai aussitôt à son cou pour l'embrasser comme j'en rêvais depuis des jours.

Jake m'attira à l'intérieur, referma la porte et me plaqua contre le battant. La caresse brûlante de sa langue fit rapidement grimper la température, mon corps tout entier le réclamait. J'étais à deux doigts de me laisser emporter et de lui arracher sa chemise quand il se détacha de mes lèvres.

Sa poitrine se soulevait à un rythme affolant contre la mienne. Effleurant ma pommette de la pointe de son nez, il déposa un baiser dans le creux juste sous mon oreille, déclenchant une vague de frissons dans tout mon être.

Je dus me mordre la lèvre pour réprimer un gémissement.

—Je suis venue te remercier pour hier soir.

—C'est tellement mieux qu'une carte, souffla-t-il dans mon cou.

C'était le moment ou jamais de déballer le reste.

—J'allais rejoindre des amis pour dîner, poursuivit-il. Tu veux venir ?

— Je ne voudrais pas m'imposer. Je tenais simplement à te dire combien je te suis reconnaissante de ce que tu as fait pour moi, même si je ne le méritais pas.

Jake posa alors une main sur ma hanche, comme lors de notre première rencontre. Cette fois encore, mon cœur se mit à battre à cent à l'heure.

— Tu es la bienvenue. On a prévu de se retrouver au *Buffalo Wild Wings* pour regarder le match. Tina et son petit ami seront là, ainsi qu'un ou deux copains de mon équipe de basket.

Rencontrer ses amis était un pas de plus vers la relation sérieuse que je cherchais désespérément à éviter... Lorsqu'il fit glisser sa main dans le bas de mon dos et me rapprocha de lui, je sentis mes défenses fléchir.

— Allez, dis oui. Ce sera super.

Son sourire acheva de me faire craquer. Ainsi que sa tenue spéciale sport. Il portait particulièrement bien le jean-tee-shirt et la casquette de baseball. En revanche, mon chemisier en soie couleur crème ne me paraissait pas le meilleur des choix pour aller manger des ailes de poulet dégoulinantes de gras.

— J'ai le temps de me changer ?

Je suivis Jake à l'intérieur du bar-grill. Les murs étaient littéralement couverts d'écrans plats, de sorte que, où que l'on se trouve dans la pièce, on pouvait suivre un sport ou un autre. Il me prit la main pour me conduire à une table dans le fond, avec une vue imprenable sur un écran de télé géant.

— Salut, tout le monde ! Je vous présente Darby.

Je fus accueillie par un flot d'« Enchanté » et de « Bonsoir ».

— Tu connais déjà Tina...

Celle-ci était assise aux côtés d'un type plutôt pas mal ; il avait le crâne rasé et les bras les plus impressionnants que j'aie jamais vus.

— … Voici Vinnie. Adam, poursuivit-il en désignant un maigrichon avec un bouc, avant de se tourner vers un mec musclé aux cheveux blond foncé. Et Pete.

— Ravie de tous vous rencontrer.

Je pris place à côté de Tina, et Jake s'installa près de moi.

— J'aurai bientôt terminé les vases de ton amie, m'annonça la jeune femme. Et, si je puis me permettre, ils sont loin d'être ratés.

— Grâce à toi, le mariage est sauvé.

— C'est à moi de te remercier. Plusieurs personnes sont venues me voir en disant que tu m'avais recommandée.

— Comment préfères-tu le poulet ? On trouve ici à peu près tous les assaisonnements possibles et imaginables. Généralement, on commande un peu de tout et on partage.

Je grognai en entendant mon portable sonner.

— Excuse-moi. C'est encore ma patronne. Prenez ce que vous voulez. Je ne suis pas difficile.

Entre la musique et le bruit des conversations, je ne m'entendais plus penser, et comprenais encore moins ce que Patricia racontait à l'autre bout du fil. D'un léger coup de coude, je demandai à Jake de se pousser afin de m'éloigner de tout ce vacarme.

Je trouvai refuge dans le coin le plus calme du restaurant, puis pressai le téléphone contre mon oreille, me bouchant l'autre de ma main libre.

— Pardon, tu disais ?

— Où est passée Nadine ? cracha ma patronne, de toute évidence mécontente.

— Je n'en ai aucune idée. Tu as essayé son portable ?

— Évidemment. J'ai besoin d'un chiffre, mais elle ne décroche pas. J'espérais que tu aurais les documents sous la main.

— Je croyais que Nadine t'avait remis la liste complète des fournisseurs ?

Je l'entendis soupirer d'un air agacé.

— Je suis au restaurant. Je n'allais tout de même pas l'emporter.

Bien sûr, elle a le droit de sortir, elle.

Par bonheur, j'avais le chiffre qu'elle cherchait sur mon téléphone. Je le lui récitai rapidement, puis raccrochai et retournai à la table.

— Donc elle compte aller et venir comme bon lui semble ? s'étonnait Tina.

Jake haussa les épaules.

— Ce n'est pas comme…

— Darby ! s'exclama Adam d'une voix forte, me laissant penser que c'était de moi que l'on parlait.

— Désolée, m'excusai-je. Nous avons un gros projet en préparation au boulot, et ma patronne est sans arrêt sur mon dos.

Jake se leva pour me permettre de regagner ma place. Tous avaient les yeux rivés sur le match des Colorado Rockies qui se déroulait sur le mur opposé. Un Yankee attrapa la balle que le batteur venait de propulser dans les airs.

Alors que les grognements s'élevaient de tous côtés, Jake arborait un sourire triomphant.

— Vous allez vous prendre une raclée ce soir, les gars.

Adam se servit un beignet de mozzarella.

— Certainement pas. Rien n'est encore perdu.

Jetant un coup d'œil au score, je vis que les New York Yankees menaient par sept points.

— Laisse-moi deviner, dis-je en me tournant vers Jake, tu soutiens les Yankees.

— Depuis toujours. Chaque année, les autres me promettent une victoire des Rockies, et chaque année ils perdent.

Il posa sa main sur ma cuisse.

— Tu t'intéresses au baseball ?

— Rien ne m'ennuie davantage, répondis-je. À part le golf, peut-être. Ou le bowling. Je ne suis pas très basket-ball non plus.

Adam manqua de s'étrangler.

— Je ne sais pas si nous allons pouvoir t'accepter parmi nous si tu détestes le sport. C'est notre passion !

— Je vais te confier un secret : la plupart des femmes se fichent royalement du sport. Elles ne prétendent s'y intéresser que pour vous impressionner. Ce n'est qu'une fois qu'elles vous savent conquis qu'elles commencent à vous reprocher de passer trop de temps devant les matchs. Seules quelques-unes apprécient réellement de hurler avec vous sur la télé dans l'espoir d'influencer l'issue de la rencontre.

— C'est tout à fait ça, confirma Pete. J'ai connu des filles qui disaient adorer le sport, et, au bout de quelques mois, elles insistaient pour sortir un soir de match. Et, si tu as le malheur de les emmener dans un resto de ce genre pour faire d'une pierre deux coups, elles t'accusent de les délaisser.

— Tina aime bien, protesta Vinnie.

L'intéressée acquiesça.

— C'est vrai. J'ai grandi au milieu de quatre frères, alors, des matchs, j'en ai regardé un paquet. En revanche, je ne crie pas sur la télé !

— Oh ! beugla Jake. Mais regardez-moi cette frappe ! Trois, allez, trois !

Le batteur courut à la première, puis à la deuxième base, et atteignit la troisième quelques instants à peine avant qu'un défenseur adverse réussisse à s'emparer de la balle. Jake se pencha à mon oreille, sans toutefois détacher le regard de l'écran.

— Si les Rockies l'emportent, l'addition est pour moi. Si ce sont les Yankees qui gagnent, les autres paient.

Il éleva alors la voix à l'adresse de ses amis.

— Ça fait quoi ? Trois fois de rang, maintenant ?

Les autres râlèrent. Les écoutant discuter des mérites de leurs équipes favorites d'une oreille distraite, je songeais à ma règle concernant les fanas de sport.

Mais Jake est-il un simple amateur, ou l'un de ces mecs qui ne louperaient un match pour rien au monde ?... À la réflexion, quelle importance ? De toute façon, dès qu'il s'agit de Jake, je suis incapable d'appliquer une quelconque règle.

Quelques minutes plus tard, un débat enflammé éclata. Il s'agissait de déterminer quel était le meilleur lanceur, et personne ne parvenait à se mettre d'accord, chacun ayant une opinion bien arrêtée sur le sujet.

Jake me donna un petit coup de coude.

— Et toi, qu'en penses-tu ?

— Bof, tu sais, moi, l'astronautique... La dernière fois que j'ai vu une fusée, c'était au feu d'artifice de la fête de l'Indépendance.

Il secoua la tête avec un sourire.

— Très drôle. Puisque tu t'en fiches, tu n'as qu'à dire Mariano Rivera. Il a remporté cinq championnats du monde avec les Yankees, et est l'un des meilleurs stoppeurs de tous les temps. Impressionnant, non ?

Portant la main à sa nuque, j'entrepris de jouer avec la pointe de ses cheveux.

— La prochaine fois que j'aurai du mal à m'endormir, je t'appellerai pour que tu me récites les statistiques de tes joueurs de baseball favoris. Je suis sûre que ce sera très efficace.

Adam bondit soudain, bousculant la table.

— Tiens, regarde ! Il est *out*. Ah, pour être doué, ton frappeur, il est doué !

Et les provocations reprirent de plus belle, à peine apaisées par l'arrivée sur la table d'un gigantesque plat d'ailes de poulet, de frites et de beignets d'oignons.

Avachie contre le dossier, je piochais dans les plats et regardais mes voisins de table se laisser captiver par la rencontre. De temps à autre, Jake m'adressait un sourire, me pressait la cuisse, me plantait un petit baiser sur la joue ou les lèvres, ou s'inquiétait de savoir si tout allait bien. En vérité, je trouvais fascinantes l'ambiance qui régnait dans le restaurant et la manière dont tous semblaient prendre le match à cœur.

— Voilà, c'est cuit pour vous, se moqua Jake tandis que les joueurs au complet se rejoignaient sur le terrain. Désolé, les gars. L'année prochaine, peut-être !

Pete, Vinnie et Adam baissèrent la tête, l'air renfrognés ; on aurait cru qu'ils étaient personnellement responsables de la défaite de leur équipe.

Adam jeta sa serviette dans son assiette.

— J'en ai plus que marre de perdre. Je vais peut-être bien prendre exemple sur toi et me mettre à soutenir l'équipe gagnante.

Alors qu'ils discutaient des stratégies qui permettraient aux Rockies de prendre le dessus, Jake se saisit de la pochette noire contenant l'addition, plaça un certain nombre de billets à l'intérieur, puis la tendit discrètement à la serveuse qui repassait par là.

— J'espère que tu ne t'es pas trop ennuyée, souffla-t-il, avec un nouveau baiser.

— Je me suis bien amusée, le rassurai-je. Cela faisait longtemps que je n'avais plus passé une soirée avec des fans de sport. Et j'avais oublié à quel point un repas entier de friture pouvait être délicieux.

— On y va ? me demanda-t-il en mêlant ses doigts aux miens.

Il avait réglé l'addition alors qu'il avait gagné son pari et comptait filer avant que ses amis s'en aperçoivent. Steph avait raison. J'étais une idiote de vouloir m'en débarrasser.

— Salut, les gars. Match samedi matin, OK ?

— J'ai été ravie de tous vous rencontrer, dis-je en les saluant de la main.

Jake me prit par la taille et me guida jusqu'à la sortie. Quelques heures plus tôt, je me préparais à lui démontrer par a + b qu'il valait mieux pour tous les deux que nous ne nous impliquions pas trop dans cette relation ; à cet instant, dans la rue, blottie contre lui, je compris qu'il était déjà beaucoup trop tard.

Chapitre 25

Le meilleur moyen de se faire une idée sur une personne est d'observer comment elle se comporte lorsqu'elle croit qu'on ne la regarde pas. J'étais plantée près du bar du restaurant, et regardais Drew et Lia qui riaient et discutaient non loin. Je n'arrivais pas à croire que je m'étais laissé convaincre de venir dîner avec eux – n'en avais-je donc pas assez de jouer les cinquièmes roues du carrosse ? Toutefois, Drew n'avait pas tort. Lisa était effectivement très différente des autres. Pour commencer, je ne la détestais pas. La plupart des filles que Drew me présentait me tapaient sur les nerfs au bout d'une demi-heure, mais Lisa avait la conversation facile et les pieds bien sur terre.

— Puis-je vous servir quelque chose ? me demanda le barman, m'arrachant à la contemplation du couple.

Je déclinai poliment, avant de rejoindre mon frère et sa petite amie.

— Drew me parle sans arrêt de tout ce qu'il a à faire au ranch, déclara celle-ci en s'accoudant à la table. On dirait que c'est loin d'être de tout repos. Ça n'a pas été trop dur de grandir dans cet environnement ?

— Au début, j'ai détesté. Arriver là-bas à treize ans n'a pas été facile.

La jeune femme fronça les sourcils et se tourna vers Drew.

— Je croyais que vous y aviez toujours habité ?

— Moi, oui. Darby et Janet ne sont venues s'installer qu'après le mariage. J'avais quatorze ans.

— Oh. Je savais que Janet était ta belle-mère, mais pas une seconde je n'ai pensé que Darby pouvait être ta demi-sœur. Vous êtes si proches l'un de l'autre !

— Ça n'a pas toujours été le cas. Les premiers mois, je pensais que Drew et Devin ne pouvaient pas me sentir. J'ai mis un moment à comprendre que c'était ainsi que se comportaient tous les frères du monde.

Je piochai une frite dans mon assiette et la trempai dans une mare de ketchup avant de la croquer.

— Cela dit, je ne sais pas comment j'aurais survécu à mes années de collège sans eux.

— Darby a appris à s'endurcir au fil des années, ajouta Drew. Elle est même devenue une *cow-girl* tout à fait correcte.

— Oooh, c'est gentil ça !

Reposant mon verre, je reportai mon attention sur Lisa.

— J'ai cru comprendre que tu étais vétérinaire ?

— Je m'occupe surtout d'animaux domestiques, m'expliqua-t-elle en ramenant une mèche rousse derrière son oreille, en particulier les chiens et les chats. Je n'ai plus vu un cheval ni une vache depuis l'école vétérinaire.

Les conquêtes de mon frère ne supportaient en général pas la ferme. C'était quelque chose que je n'avais d'ailleurs jamais bien saisi : elles ne voulaient rien avoir à faire avec le ranch, mais disjonctaient quand Drew finissait par rompre, alors qu'il était pourtant clair que l'un n'allait pas sans l'autre. Était-ce sur le point de changer ?

Super. S'il tombe amoureux et lui met la bague au doigt, je n'aurai plus personne avec qui passer un peu de temps. Ni même vivre, quand j'aurai une fois pour toutes décroché le statut de vieille fille.

Lisa embrassa Drew sur la joue.

— Tu m'excuses, mon chéri ; il faut que j'aille faire un tour aux toilettes.

Drew se décala pour la laisser passer, puis la regarda s'éloigner, un sourire idiot aux lèvres.

— Traître, lâchai-je.

Son sourire s'élargit encore.

— Je t'avais dit qu'elle était géniale.

Le lundi soir, après le travail, Jake me rendit visite, bien qu'il ait déjà passé la soirée de dimanche chez moi. Je n'étais pas exactement du genre à mitonner de bons petits plats à un homme, mais Jake avait déjà cuisiné deux fois pour moi – trois, si l'on comptait les brownies –, et je m'étais sentie obligée de lui retourner l'invitation, allant même jusqu'à déboucher une bonne bouteille et disposer des bougies sur la table. Nous avions discuté de mon travail et des diverses options de carrière qui s'ouvraient à moi si la situation ne s'arrangeait pas à l'agence. Lui préparer un repas et planifier les choses en fonction de son emploi du temps était un grand pas pour moi, mais au lieu d'y voir une raison pour le repousser, j'avais accepté de me prêter au jeu. Principalement parce que j'étais si contente d'être avec lui que je ne pouvais m'en empêcher. Installée près de lui dans le canapé après avoir dîné des restes de la veille, je faisais défiler la sélection de films sur le menu de la télé, heureuse de pouvoir me blottir contre lui.

— Que penses-tu de celui-ci ?

Il fronça les sourcils.

— Ça m'a l'air… affreusement mauvais. Cet acteur m'énerve.

— Il est pourtant drôle.

— Descends un peu. Là, celui-là me paraissait pas mal.

Je sélectionnai le film et appuyai pour dérouler les informations. Le synopsis parlait d'une histoire inspirée de faits réels, à propos de deux héros de la Première Guerre mondiale. Mon esprit refusa de poursuivre au-delà de quelques lignes.

— Je m'ennuie rien qu'en lisant le résumé. Après la journée que j'ai passée, j'ai besoin de rire. Et celui-là devrait faire l'affaire, m'entêtai-je en remontant sur mon premier choix.

Je fis une petite moue.

— Tu ne veux vraiment pas le regarder avec moi ?

Les commissures des lèvres pincées, Jake retenait un sourire.

— Arrête ça tout de suite… Ce n'est pas juste.

Je tâchai alors de prendre mon air le plus triste.

— Tout ce que je voulais, c'était me détendre avec une petite comédie, et toi tu refuses de la regarder avec moi, alors qu'hier j'ai fait l'effort de passer la soirée devant un match de baseball, rien que pour toi.

J'enfouis mon visage dans son cou et y déposai un baiser.

— Allez… Tu sais que tu en meurs d'envie.

— Tu crois vraiment qu'il te suffit de faire tes yeux de chien battu pour que je cède ? dit-il en riant.

J'acquiesçai d'un hochement de tête.

— Bon, c'est d'accord. Regardons ton navet.

— Oh, OK. Si tu insistes, dis-je en lui décochant un sourire innocent.

J'achetai le film et m'installai à côté de Jake, heureuse de pouvoir profiter d'une soirée tranquille à la maison avec mon adorable… je-ne-savais-toujours-pas-quoi.

Le film avait à peine démarré que mes paupières se fermaient. Nous nous étions couchés tard la veille, et je tombais à présent de sommeil. Je clignai deux ou trois fois des yeux, luttant chaque fois un peu plus pour les maintenir ouverts. Je décidai alors de poser la tête sur l'épaule de Jake, avec l'intention de me reposer une minute.

Lorsque je me réveillai, le générique de fin se déroulait sur l'écran, accompagné d'une horrible chanson prétendument rappée. Visiblement, ma minute s'était muée en heure.

— Tu as conscience que tu m'as presque supplié de regarder ce film ?

— Ah, je ne me rappelle pas, répondis-je en souriant.

— Tu t'es endormie comme une masse, et j'ai été obligé de regarder ce nanar tout seul. Ce n'était pas l'envie qui me manquait d'attraper la télécommande pour changer de chaîne, mais j'avais peur de te réveiller.

J'étouffai un bâillement.

— Ce que j'en ai vu était plutôt regardable.

— La prochaine fois, je louerai le drame de guerre.

Le boîtier du câble affichait 1 h 34. Dans un peu plus de cinq heures, mon réveil sonnerait.

— Je crois qu'il faut que nous arrêtions…

— Tu ne vas pas recommencer…, soupira Jake.

Il me fallut un petit temps avant de saisir où il voulait en venir.

— Je parlais seulement de veiller si tard. Je vais avoir un mal de chien à m'arracher du lit demain, et je n'ai vraiment pas besoin d'ajouter le manque de sommeil à tout le stress du boulot.

— Il vaudrait sans doute mieux que j'y aille, dans ce cas.

— Il vaudrait mieux, confirmai-je, sans toutefois bouger le petit doigt. Mais tu es tellement confortable. En plus, tu me tiens chaud et tu sens merveilleusement bon…

Il fit courir ses doigts le long de ma colonne, et je dus faire un effort pour ne pas me laisser aller à fermer les paupières. Je finis par me lever du canapé.

— Bon, il faut que je file au lit, sinon, je vais me rendormir sur toi, et tu devras de nouveau subir ma mauvaise humeur au réveil.

Comme nous atteignions la porte, Jake fit volte-face et m'enlaça.

— Tu m'as forcé à regarder un film absolument nul – que tu n'as même pas vu, puisque tu dormais –, mais j'ai tout de même passé une excellente soirée. Tu sais ce que cela signifie, non ?

Me dressant sur la pointe des pieds, j'embrassai ses lèvres parfaitement dessinées. Un baiser pour clore la soirée en beauté. *Pour tenir jusqu'à notre prochain rendez-vous.*

— Que le coup des yeux de chien battu fonctionne mieux que je ne l'aurais cru ?

Jake sourit ; néanmoins, il recouvra très vite son sérieux. Son regard pénétrant me rendait à la fois nerveuse et folle de désir.

— Il y a quelque chose que j'aimerais te dire, reprit-il, mais je crains que tu ne prennes peur.

Déglutir me demandait subitement plus d'efforts que jamais. Je le soupçonnais d'avoir un certain mot en « A » en tête, et il avait raison de penser que cela pourrait m'effrayer. Nous avions retrouvé notre complicité, et je n'avais nullement envie de m'aventurer sur un terrain plus sérieux, et donc plus dangereux.

— Alors ne dis rien.

Il m'attira contre lui, pressant à la fois ses hanches et ses lèvres contre les miennes. Malgré mon état d'épuisement, mon corps tout entier était soudain en éveil. Jake glissa une main sous ma chemise et caressa mon dos nu. Il gémit et me plaqua davantage contre lui lorsque je lui mordillai la lèvre inférieure, puis je sentis sa langue s'aventurer à la recherche de la mienne, et le vertige me gagna.

Je m'agrippai à lui, m'abandonnant à cet instant de délices. J'aurais voulu l'entraîner jusqu'à ma chambre, mais, même si j'avais de toute évidence du mal à me souvenir pourquoi, je savais qu'il n'était pas encore temps. Je m'écartai donc à regret et m'efforçai de reprendre mon souffle.

Jake se passa une main dans les cheveux avec un soupir. Il était si séduisant avec ses mèches ébouriffées que je dus me retenir pour ne pas me jeter sur lui.

— Bonne nuit, murmura-t-il d'une voix plus rauque que la normale.

Puis, avec un sourire canaille qui fit naître une nouvelle vague de désir au creux de mes reins, il ajouta :

— Fais de beaux rêves…

Oh, il ne faisait aucun doute que je rêverais cette nuit-là. Toutefois, il y avait de grandes chances pour que mes songes soient plus coquins que beaux.

Chapitre 26

Stephanie s'arrêta devant la porte de la galerie, une main sur la poignée. Au lieu de l'ouvrir, comme je m'y attendais, elle se retourna pour me faire face.

— Je viens de me rendre compte d'un truc. Ce n'était pas Charlie, le prince charmant, mais Jake.

Tout le long du chemin, je n'avais cessé de m'extasier à propos de Jake, lui expliquant combien il était merveilleux et comme les moments que je passais avec lui étaient magiques. J'aurais mieux fait de m'abstenir.

— Ne fais pas ça, suppliai-je. Je ne veux pas tout gâcher avec ces analyses ridicules.

Tout ce que je demandais, c'était de pouvoir profiter de ces instants de bonheur, sans me préoccuper de l'avenir ni comparer Jake à mes ex.

— Réfléchis deux secondes. Tu as commencé par perdre ta chaussure au restaurant, puis vous êtes allés danser tous les deux. Il s'intéresse à ta carrière. Tu t'évertues à le repousser, mais rien ne le décourage. Il a tout du prince charmant.

— À l'origine, le but de ces études de cas était de démontrer que le prince charmant n'existe pas. La vie n'est pas un conte de fées.

— Oui, la vraie vie, c'est bien plus compliqué, bla-bla-bla, lâcha Steph en croisant les bras sur sa poitrine, une pointe de provocation dans le regard. Tu as simplement trop peur de découvrir que tu t'es trompée. Parce que cela t'obligerait à rouvrir ton cœur, au risque de te le faire briser une nouvelle fois.

Je repensai à la veille. Jake avait voulu m'avouer quelque chose. Aurais-je dû le laisser faire ? Étais-je prête à entendre ce qu'il avait à dire ? Il devenait de plus en plus difficile de ne vivre cette histoire qu'à demi, et je n'étais plus aussi sûre de vouloir refréner d'éventuels sentiments. J'étais cependant trop têtue pour admettre qu'elle n'avait peut-être pas tort, et changeai donc de sujet.

— Bon, il ne faut pas que l'on traîne, je te rappelle. Patricia m'a déjà fait remarquer que mes pauses-déjeuner étaient un peu longues.

— Toi qui adores normalement ton travail… Jake a peut-être raison de t'inciter à te mettre à ton compte.

— Possible. Mais, dans l'immédiat, je dois me concentrer sur ce projet. Enfin, une fois que nous aurons récupéré tes vases. Car rien n'est plus important que ton mariage.

— Exactement ! acquiesça Steph, un grand sourire aux lèvres.

Mission accomplie. En cas d'urgence, il n'y a pas meilleure manœuvre de diversion que de lui parler mariage.

Elle tira sur la poignée et pénétra dans la galerie. Je la guidai au travers des œuvres douteuses, jusqu'à la salle où Tina exposait. Dans un coin, l'artiste discutait avec une dame, lui décrivant l'inspiration derrière l'une de ses plus grosses pièces.

L'une des sculptures – un cœur rouge et bleu qui semblait en train de fondre – attira mon attention.

— Je devrais en avoir une de ce genre chez moi, histoire de ne jamais oublier que les peines de cœur sont inévitables.

— Pff… Comme si tu avais besoin de ça pour te rappeler de jouer les rabat-joie.

Tina invita la femme à faire le tour de l'exposition, puis nous rejoignit.

— Je suppose que vous venez chercher les vases ?

— En effet. Encore merci d'avoir accepté de t'en occuper, répondis-je.

— Suivez-moi, je vais vous les montrer avant de les emballer.

Elle nous conduisit à l'arrière de la salle et nous fit entrer dans un petit local ; une sorte de grand placard sentant le renfermé et la poussière. Diverses sculptures étaient alignées sur des étagères, tandis que les vases en forme de cœurs trônaient sur le bureau.

Steph en souleva un afin de l'examiner.

— Ils sont encore plus jolis que les autres.

Il ne nous restait plus qu'à les envelopper de papier bulle et à les placer dans la boîte.

Steph s'assura que celui qu'elle venait de ranger était bien calé.

— As-tu préparé ton discours de témoin ? s'enquit-elle.

Je déchirai un morceau de film à bulles.

— Pas encore.

— Tu ne comptes pas faire de commentaires désobligeants à propos de l'amour et du mariage, j'espère ?

— Est-ce bien utile de poser la question ?

Pour toute réponse, j'obtins un haussement de sourcils plus qu'éloquent.

— Pour qui me prends-tu ? grommelai-je en lui jetant un regard noir. Je sais que c'est une journée très spéciale pour toi, et je veux que tout soit parfait. Je suis sûre que je trouverai quelque chose de superbe à dire sur l'amour et cette belle institution qu'est le mariage.

Lorsqu'elle eut emballé le dernier vase, Tina se redressa et planta son regard dans le mien.

— J'hésite à intervenir depuis tout à l'heure, mais je suis incapable de me taire plus longtemps. Je n'y peux rien, j'ai toujours été grande gueule.

Je m'appuyai contre la table et attendis, curieuse d'entendre ce qu'elle avait à déclarer.

— Jake pourrait avoir toutes les filles qu'il veut ; seulement, pour une raison obscure, il faut toujours qu'il choisisse celles incapables de l'apprécier à sa juste valeur, assena-t-elle. Tu sais que je t'aime bien. Tu es drôle et, le moins que l'on puisse dire, c'est que tu fais drôlement bien marcher mes affaires. Mais je ne crois pas que tu mérites un homme comme Jake.

Dire que j'étais stupéfaite aurait été l'euphémisme du siècle. À côté de moi, Stephanie s'était elle aussi figée, bouche bée, les yeux comme des soucoupes.

Tina releva le menton d'un air déterminé.

— Jake et moi sommes amis depuis longtemps. C'est un gars formidable, et j'ai la nette impression que tu te fous de lui. Et lui se laisse malmener parce qu'il t'aime beaucoup.

Prenant une profonde inspiration, je tâchai de répondre d'une voix égale.

— Je ne joue pas avec Jake. J'ai été franche avec lui dès le début, et il sait que je ne recherche rien de sérieux. Je ne m'attends pas à ce que quiconque comprenne, pas même lui, mais c'est comme ça, et il affirme qu'il l'accepte.

— Il le dit, mais cela ne signifie pas qu'il le vive bien. Il se ment à lui-même. Je ne vais pas te sortir le discours habituel : « Si tu lui fais du mal bla-bla-bla… » Tout ce que j'essaie de t'expliquer, c'est que, si tu ne ressens vraiment rien pour lui, tu devrais arrêter de lui faire perdre son temps.

Inutile de préciser que la tirade de Tina avait quelque peu refroidi l'ambiance. Ce fut un soulagement de regagner enfin la voiture. Steph déposa le carton de vases sur la banquette arrière puis, après avoir doucement refermé la portière, elle me prit par l'épaule.

— Je te comprends. Je t'ai vue te faire piétiner le cœur trop souvent. Mais qui nous dit que cette fois n'est pas la bonne ? Peu importe ce que pense Tina. Tu ne lui fais pas perdre son temps.

Je me mordis la lèvre.

— En dépit de tous mes efforts, j'ai bien peur de m'être déjà trop attachée. J'ai essayé de faire marche arrière, mais je n'ai pas pu. Tant que je n'aurai pas une bonne raison de lui résister, je n'y arriverai pas.

» Il faut à tout prix que je trouve un moyen radical de mettre un terme à cette relation, avant de répéter les mêmes erreurs que par le passé.

— Présente-le à Drew et Devin, ricana Stephanie. Ces deux-là ont un don pour provoquer des disputes entre toi et tes petits amis.

Je la dévisageai quelques instants. La récente relecture de mon histoire avec Robert ne m'avait-elle pas justement rafraîchi la mémoire à propos des conflits que les tensions entre mes compagnons et ma famille pouvaient déclencher ?

— C'est vrai, ça. Je dois lui faire passer le test ultime avant de baisser ma garde.

— Je plaisantais, déclara mon amie en me prenant par les épaules. Tu n'as pas une règle censée t'empêcher de présenter un homme à ta famille avant d'y être contrainte et forcée ?

— Je suis déjà passée outre à toutes les autres, alors une de plus ou de moins…

Jake m'invita à entrer depuis le canapé.

Sur son téléviseur géant se déroulait le match des Yankees. L'un des joueurs cracha, et la haute définition de l'écran démesuré me permit d'observer – beaucoup trop clairement à mon goût – la bulle de salive qui resta accrochée à sa lèvre.

— Le baseball requiert d'être sacrément investi, fis-je remarquer en m'asseyant à ses côtés. Il y a un match presque tous les soirs.

— Celui-ci est quasiment terminé.

Il saisit la télécommande, mais se figea, le doigt au-dessus du bouton « Marche/Arrêt », absorbé par une nouvelle action.

— Ne t'inquiète pas pour moi, regarde la fin. Tu me devras simplement un dessert.

Jake me pressa gentiment la cuisse.

— Tu es géniale, tu le sais, ça ?

— Je le sais, répondis-je avec un sourire jusqu'aux oreilles.

Durant tout le reste de la rencontre, je me rongeai les ongles, hésitant à mettre mon plan en œuvre. Plus tôt dans la journée, j'avais immédiatement été séduite par l'idée ; à présent, je me demandais si j'étais prête à tirer un trait définitif sur cette aventure sans prise de tête.

Seulement, Tina trouve que je lui fais perdre son temps. Et elle a sans doute raison.

J'étudiai un moment son profil, sa barbe naissante, ses yeux – dont les nuances de vert étaient ce jour-là mises en valeur par ses vêtements noirs.

Arrête de te voiler la face, Darby. Vous avez dépassé le stade de l'idylle passagère. Il est temps de mettre cette relation à l'épreuve.

Dès que le match fut fini, je m'emparai de la télécommande, afin de voir jusqu'où je pouvais aller. Jake ne me l'arracha pas des mains ; il ne releva même pas. J'arrêtai mon choix sur une émission de décoration, et attendis une réaction.

À aucun moment Jake ne protesta. Il commença par me bécoter le cou, puis remonta le long de mon menton. Très vite, je me désintéressai moi aussi du programme.

Il ne nous fallut guère plus de quelques minutes avant de nous retrouver à l'horizontale. La proximité de nos deux corps me procurait à la fois un sentiment de sécurité et une sensation de vertige. Je brûlais de le sentir plus proche encore. Enroulant la jambe autour de sa cuisse, je plaquai son bassin contre le mien, et un feu délicieux embrasa mon ventre.

Je me cambrai davantage, sa langue dansant contre la mienne, et une vague de sensations m'ébranla tout entière. Avec un gémissement, Jake glissa alors ses doigts sous mon chemisier, venant effleurer mon soutien-gorge. Quelques centimètres de plus, et c'était fini, je serais incapable de faire marche arrière.

Merde, merde, merde !

— Je crois… je crois que nous ferions mieux de ne pas précipiter les choses, déclarai-je en le repoussant d'une main.

Paupières closes, je soupirai. Mes principes concernant le sexe dataient de bien avant l'analyse de mes histoires d'amour. Je ne franchissais pas le pas à moins d'être prête à passer à la vitesse supérieure, et c'était une règle que personne ne me pousserait à transgresser.

Je rouvris les yeux, me préparant à affronter la colère, les insultes… Ce n'aurait pas été la première fois. En matière de sexe, les femmes se faisaient généralement traiter de saintes-nitouches, d'allumeuses ou de traînées. Pas de juste milieu ni rien de très flatteur. Jamais personne pour nous féliciter d'avoir patienté juste le temps qu'il fallait, ou d'avoir connu un nombre idéal de partenaires.

Le front posé contre mon épaule, Jake reprenait son souffle.

— Je suis désolée, m'excusai-je. Je n'aurais pas dû laisser les choses aller si loin.

— Donne-moi seulement… une minute.

Il prit une ou deux profondes inspirations, puis redressa la tête et m'aida à me relever avec douceur, déposant un léger baiser sur mes lèvres au passage.

Je rajustai mon chemisier sans oser le regarder dans les yeux.

D'une main sous le menton, il m'incita à me tourner vers lui.

— J'attendrai.

Pourquoi attendrait-il? Cela me dépassait. Il n'aurait eu aucun mal à dénicher une femme ne voyant aucun problème à aller jusqu'au bout. Je mentirais si je disais ne pas avoir été tentée de tout envoyer balader pour reprendre là où nous nous étions arrêtés, quitte à faire mon possible pour tout oublier par la suite. Toutefois, je n'en fis rien. Ce n'était pas moi. De plus, je n'avais pas encore le courage de mettre ainsi mon cœur à nu.

— Je ne peux pas… Pas avant…

— J'attendrai, répéta-t-il.

Les paroles de Tina me revinrent soudain à l'esprit: « Si tu ne ressens vraiment rien pour lui, tu devrais arrêter de lui faire perdre son temps. »

Il y a indéniablement quelque chose, mais est-ce suffisant? Supporterai-je de m'infliger un nouvel échec?

Je me blottis contre son torse, savourant le parfum désormais familier de son eau de Cologne à la fois musquée et boisée.

Il est temps de le mettre à l'épreuve.

— Je me demandais…, commençai-je.

Je faillis aussitôt me raviser. Puis je songeai à la facilité avec laquelle j'avais été sur le point de renier mes propres principes.

— J'ai prévu d'aller à Longmont pour l'anniversaire de mon beau-père, dimanche prochain…

Je levai la tête et croisai volontairement son regard avant de me lancer :

— Ça te dirait de m'accompagner ?

Le sourire qui se dessina sur son visage ne fit que décupler mon sentiment de culpabilité et me nouer l'estomac.

— Tu es sérieuse ? Tu veux me présenter à ta famille ?

Est-il trop tard pour changer d'avis ?

— Je ne te force pas. Le ranch est un peu au milieu de nulle part. C'est simplement que je ne peux pas y couper et…

— Aucun problème, ça me fait plaisir.

Plus je l'observais, plus j'avais honte.

Il n'a aucune chance.

Chapitre 27

Tandis que la ville disparaissait dans le rétroviseur, je regardais Jake à la dérobée. Il avait profité du trajet pour me poser un tas de questions au sujet de ma famille, et je lui avais expliqué tout ce qu'il y avait à savoir. Il s'était donné tant de mal pour retenir le nom de tout le monde, ainsi que diverses anecdotes à propos de chacun, que je décidai de l'avertir de ce qui l'attendait.

—Quand je leur présente un…

Le mot « petit ami » ne voulait toujours pas sortir.

—Quand je leur présente quelqu'un, mes frères aiment bien lui en faire baver un peu. Ne te sens pas obligé d'essayer de les épater. Ils te traiteront sûrement de gars de la ville ou autre, mais il ne faut pas le prendre mal, ils sont comme ça. Ils ont un humour particulier. S'ils te demandent de faire quelque chose qui ne te plaît pas, n'hésite pas à dire non.

Il sourit.

—Si ce n'est pas adorable… Darby Quinn veut que ma première rencontre avec sa famille se passe bien. Pour un peu, on croirait qu'elle se soucie de moi.

La sonnerie de mon téléphone m'épargna d'avoir à répondre à cela. Voyant le numéro de ma mère s'afficher, je décrochai.

—Coucou, ma chérie. Je voulais faire du pain à l'ail pour accompagner le repas, mais j'ai oublié la baguette. Comme je suis en plein glaçage du gâteau, ça m'arrangerait que tu passes à la supérette pour moi, si ça ne te dérange pas.

— Pas de problème. Une ou deux ?

— Deux. Pourrais-tu prendre du Sprite ? Je crois que nous n'en avons presque plus. Oh, et un bac de glace à la vanille, s'il te plaît ; il me semblait qu'il nous en restait, mais les garçons ont dû l'engloutir dans la semaine.

Je mis mon clignotant pour entrer sur le parking.

— Je suis en train de me garer devant le magasin ; on sera bientôt là.

En raccrochant, je jetai un coup d'œil à mon passager.

— Ma mère a besoin qu'on lui fasse quelques courses, tu vas pouvoir visiter la supérette locale.

Je décrochai un chariot et le poussai jusqu'au rayon Boulangerie.

Mon épicerie de quartier réarrangeait sans arrêt ses rayons, si bien qu'il devenait impossible de retrouver quoi que ce soit d'une fois sur l'autre. *Chez Johnson* – qui existait semblait-il depuis la nuit des temps –, tout était toujours à la même place. Je choisis deux baguettes de pain, puis me dirigeai vers les sodas.

Jake plaça un pack de Sprite dans le Caddie.

— Nous ferions mieux d'en prendre deux. Non, trois. Ma famille en fait une énorme consommation.

Je lui laissai le chariot et contournai un étalage, en quête de ces biscuits aux flocons d'avoine et pépites de chocolat dont Dwight raffolait.

— Darby Wilson ! retentit une voix si perçante que je m'attendis presque à voir accourir une meute de chiens. Darby, c'est bien toi ?

Tabitha Newton, la vilaine sorcière qui avait fait de mes années de lycée un véritable enfer, se tenait au milieu de l'allée. Je dus lutter pour ne pas tourner les talons et fuir au pas de course. Arborant toujours la coupe « à la Rachel », elle n'avait guère changé. Peut-être moins à la pointe de la mode qu'à l'époque, elle était néanmoins tout aussi ravissante.

Je me forçai à lui rendre son sourire.

— Salut, Tabitha. Comment vas-tu ?

Elle s'avança pour me prendre dans ses bras, comme si nous avions toujours été les meilleures amies du monde.

— On ne peut mieux. Surtout avec ce petit ange !

Elle me désignait l'enfant joufflu assis dans son chariot, une sucette à la bouche et une cascade de bave colorée de rouge dégoulinant du menton.

— Sherman et moi avons aussi une petite fille, qui est entrée à l'école primaire cette année, tu te rends compte ? C'est fou comme le temps file. Cela fait déjà dix ans que nous sommes mariés, et l'aventure est toujours aussi merveilleuse.

— Voici… ouah.

Je m'étais retournée pour lui présenter Jake, mais Sherman avait surgi au coin du rayon.

— Regarde qui j'ai trouvé ! claironna Tabitha en me montrant du doigt tandis qu'il jetait deux boîtes de céréales dans le Caddie.

Sourcils froncés, il me dévisagea durant ce qui me parut une éternité. Enfin, il me reconnut.

— Darby ! Salut. Je croyais que Gil et toi viviez en Californie ?

— Darby et Gil ne sont pas ensemble, intervint sa femme en levant les yeux au ciel. Il ne se rappelle jamais rien.

Même pas qu'il est marié, si j'en crois les rumeurs.

Une main sur son épaule, elle articula lentement :

— Gil a épousé une autre fille. Darby n'est pas encore mariée… Même si je suis persuadée que tu ne tarderas pas à trouver l'âme sœur, tint-elle à me rassurer, me gratifiant en prime d'un grand sourire bienveillant.

J'aurais tout donné pour qu'elle la ferme. J'empoignai donc Jake par le bras et le mêlai à la conversation.

— Je vous présente Jake. Jake, voici Tabitha et Sherman. Nous étions au lycée ensemble.

Un vrai cauchemar.

Jake me prit par les épaules et adressa un sourire poli au couple.

— Enchanté.

Le bébé commençait à geindre, tout en pétrissant le ventre de sa mère pour attirer son attention. En tant que femme, mon instinct maternel est censé me porter à adorer ces petits machins ; la vérité, c'est qu'ils me font un peu penser à des zombies. Ils titubent çà et là, en grognant, les bras tendus. Et, si jamais ils vous attrapent, ils vous pompent toute votre énergie.

Enroulant un bras autour de la taille de Jake, je m'efforçai de maintenir un sourire de façade.

— Nous ferions mieux d'y aller. C'est l'anniversaire de Dwight, alors on nous attend au ranch.

Le gamin se mit à couiner plus fort. Sherman se détourna de lui, préférant passer en revue les différentes marques de gâteaux secs en rayon. Tabitha extirpa son fils du chariot et le cala sur sa hanche.

— Eh bien, passe-leur le bonjour de ma part. Ça m'a fait plaisir de te revoir.

On affirme souvent que, lorsque l'on n'a rien de gentil à dire, mieux vaut se taire. J'étais pourtant obligée de répondre quelque chose. Je me contentai d'un simple :

— Ce sera fait. Bonne journée à tous les deux.

— Je croyais que ton nom de famille était Quinn, s'étonna Jake tandis que nous rangions les courses dans le coffre.

— Étant donné le nombre d'années que j'ai passées chez les Wilson, les gens ont oublié mon véritable nom. Ou ils ont peut-être fini par oublier que je n'en étais pas véritablement une. Va savoir ?

Je refermai violemment le coffre et remontai en voiture.

— J'ai eu comme l'impression que tu n'étais pas ravie de revoir tes amis…

— Suis-je si transparente ? ironisai-je avant de démarrer la voiture et de baisser le volume de l'autoradio.

— Le type avait l'air complètement à l'ouest.

— Oui. Mon ex. Une vraie perle. On a rompu quand je l'ai surpris avec sa langue dans la gorge de Tabitha. Bon, puisque, au bout du compte ils se sont mariés, je me dis que c'était le destin. En revanche, si j'en crois les rumeurs, il ne lui est pas particulièrement fidèle non plus. Au fond, je suppose qu'elle m'a rendu service, répondis-je alors que je sortais du parking.

» Je pense que, si elle tenait tant à afficher son bonheur devant moi, c'était avant tout pour sauver la face. En fait, je suis un peu triste pour elle, même si elle a toujours pris un malin plaisir à se comporter en véritable peste envers moi. Je suis sérieuse : s'il n'y avait pas eu mes frères et leurs amis, je ne sais pas si j'aurais survécu au lycée. Une chance que j'aie fait la connaissance de Stephanie avant que les gars partent pour l'université. Je lui dois beaucoup. C'est l'une des raisons pour lesquelles je me sens obligée de l'aider à planifier le mariage de ses rêves…

Je jetai un rapide coup d'œil du côté de Jake.

— Désolée. On dirait que ça a remué pas mal de vieux trucs.

—Aucun problème, murmura-t-il, une main rassurante sur ma cuisse. Je suis là, maintenant.

Une douce chaleur m'envahit ; une confiance, une sérénité que je ne ressentais qu'en sa présence, en particulier lorsqu'il me réconfortait de la sorte... Je me demandai alors une fois de plus si je n'étais pas en train de faire une erreur.

Enfin... mieux valait savoir à quoi s'en tenir tout de suite, tant qu'il était encore temps de faire machine arrière sans trop de dégâts, n'est-ce pas ? Avant que nous nous soyons projetés dans l'avenir, que nous ayons parlé maison, enfants... toutes ces choses qui faisaient grimper ma tension, quand bien même elles n'étaient encore qu'hypothétiques.

Huit kilomètres plus loin, nous quittions la route principale. Les pièces de monnaie qui traînaient dans le cendrier se mirent à tinter au rythme des nids-de-poule qui criblaient le chemin de terre conduisant au ranch. J'approchai de la maison au pas, puis m'arrêtai et laissai retomber le nuage de poussière avant de m'aventurer au-dehors.

—Nous y sommes.

Lorsque je sortis de la voiture, j'inspirai à pleins poumons l'air chargé de poussière et légèrement imprégné de l'odeur du fumier.

Ah ! La maison...

Alors que j'allais ouvrir le coffre, un miaulement rauque attira mon attention.

—Salut, Gremlin.

Je m'accroupis pour lui caresser le dos. À certains endroits, son long pelage multicolore était tout emmêlé ; à d'autres, des touffes rebiquaient. Même ses ronronnements tenaient du bruit de casseroles. Ce qui expliquait que Drew l'ait baptisée ainsi.

Maman et Dwight vinrent nous accueillir.

— Bonjour, soyez le bienvenu ! s'exclama ma mère, le sourire jusqu'aux oreilles.

Je ne lui avais jamais caché ma vision des relations amoureuses, mais, à la manière dont elle regardait Jake, elle devait espérer que j'aie enfin changé d'avis.

Je fis les présentations. Dwight offrit à mon invité une poignée de main ferme alors que ma mère, grande adepte des accolades, le prit dans ses bras.

— C'est un plaisir de vous rencontrer.

Elle me serra à mon tour contre son cœur. Faisant quelques bons centimètres de plus qu'elle, même sans talons, je dus me casser le cou.

— Ne laissons pas traîner la glace dehors.

J'ouvris le coffre à distance, et chacun aida à transporter les courses à l'intérieur.

Drew et Devin firent leur apparition dans la cuisine tandis que nous finissions de tout ranger.

— Salut, Darby ! lança Drew, avant de se tourner vers Jake pour lui serrer la main. Je suis… Nous sommes-nous déjà rencontrés ? J'ai comme l'impression de t'avoir déjà vu quelque part.

— Darby et moi vivons dans le même immeuble, répondit Jake. Nous nous sommes croisés tous les trois dans l'ascenseur un soir.

Drew fronça les sourcils.

— On dirait qu'elle a oublié de nous présenter. Il paraît que je lui fais honte.

— Tu étais en train de raconter comment j'avais giflé Ralph au mariage d'Anne et Devin. Bien sûr que tu me fais honte ! Jake, je te présente Drew, et voici Devin. Les gars, voici Jake.

Celui-ci les dévisagea tour à tour.

— Il y a des chances pour que je m'emmêle un peu les pinceaux, pendant un temps.

À mes yeux, ils ne se ressemblaient pas tant que cela. Moins que la plupart des autres jumeaux que j'avais pu rencontrer dans ma vie.

Drew lui flanqua une grande tape dans le dos.

— Et si on te faisait faire le tour de la propriété, Jake. On va laisser Darby à ses trucs de filles.

— Si tu ne surveilles pas ta langue, crachai-je en le fusillant du regard, je risque de t'en coller une. Et on verra qui de nous deux pleure comme une fille.

— Ce qui me fait penser, lança Drew, alors que lui et Devin escortaient Jake hors de la cuisine, que nous avons toujours le film qui montre Darby mettant une baffe à ce pauvre type, si ça t'intéresse.

Mes frères n'avaient jamais accepté que je les accompagne durant la visite guidée qu'ils offraient à tous les « gars de la ville ». Les quelques fois où je m'étais rebiffée et avais tenté d'insister, mon petit ami du moment m'avait assuré que je n'avais pas à m'inquiéter, tout se passerait bien. Alors j'avais arrêté de me battre. J'aurais probablement dû prévenir Jake de ce qui l'attendait vraiment. Néanmoins, c'était l'occasion de voir comment il s'en tirerait. Si cela devait bel et bien marquer la fin de notre histoire, je pourrais enfin passer à autre chose sans qu'aucun doute ne me pèse plus sur le cœur.

Maman sortit des légumes du réfrigérateur et les disposa sur le plan de travail. Je m'assis sur un tabouret en face d'elle.

— Tu veux de l'aide ?

Elle entassa la planche à découper, les carottes, les tomates et la laitue devant moi.

— Tiens, occupe-toi de la salade.

Il m'apparut soudain que la maison était bien calme.

— Où sont Anne et les enfants ?

— Ils ne tarderont pas à se lever. Ava fait la sieste, et Anne n'a pas voulu la réveiller. Devin est descendu, car il mourait d'impatience de faire faire le tour du propriétaire à Jake. J'espère que ces chenapans ne vont pas trop lui en faire voir. Il a l'air d'un gentil garçon.

» Tu sais, tu m'inquiètes, ma chérie, continua-t-elle. Toi qui ne jurais que par l'amour et les histoires à l'eau de rose… je veux bien que tu aies perdu espoir, mais tu ne peux quand même pas continuer toute ta vie ainsi. L'amour est quelque chose de merveilleux.

Je me séchai les mains sur un torchon.

— Je suis heureuse que tu aies trouvé Dwight, mais je suppose que tu as un jour eu ce sentiment à propos de papa, non ?

— Ton père et moi étions jeunes, soupira-t-elle. Je ne me rendais pas compte des efforts que demande le mariage. Aujourd'hui, je prends conscience de toutes les erreurs que j'ai pu faire, mais c'est toujours plus facile avec le recul.

M'emparant d'un couteau de cuisine, je me rassis et m'attaquai à la laitue.

— Lorsque j'ai épousé Dwight, j'avais conscience que tout ne serait pas rose. Il arrive qu'il me mette dans de telles colères que je ne veux plus lui adresser la parole. Et il y a d'autres fois où j'ai la certitude qu'il est la seule personne au monde qui me comprenne vraiment. C'est un sentiment extraordinaire, me confia-t-elle tandis qu'elle assaisonnait les steaks. Tu tiens là un homme visiblement très bien, et fou de toi, de surcroît… Crois-moi, insista-t-elle en apercevant ma tête. C'est le genre de choses qu'une mère sent. Tu devrais lui donner une chance.

— Que crois-tu que je sois en train de faire ? C'est précisément la raison pour laquelle je l'ai invité. Puisque les contes de fées sont tout sauf réalistes, j'ai décidé de me tourner du côté de la Rome antique et de ses combats de gladiateurs. S'il survit à l'épreuve de l'arène – aussi connue sous le nom de « visite du ranch avec les frères Wilson » –, alors je saurai qu'il en vaut la peine.

À l'aide du couteau, je fis glisser la laitue hachée dans le saladier, avant de reprendre :

— Mais mon petit doigt me dit que les choses risquent de mal tourner après ça.

Maman secoua la tête d'un air désolé.

— Ce n'est pas ce que j'appelle lui donner une chance.

— C'est le mieux que je puisse faire.

La visite typique durait entre quarante-cinq minutes et une heure, selon l'humeur des petits amis après les premiers obstacles. En effet, Drew et Devin aimaient les faire passer par l'enclos de Minus, puis ils les amenaient faire un tour à cheval, avant de tester leur habileté au lasso.

Lorsqu'une heure et demie se fut écoulée, je sentis l'inquiétude me gagner. Mon pied commençait à s'agiter tout seul, parcouru de spasmes nerveux. N'y tenant plus, je finis par me lever pour arpenter la pièce.

Les pleurs incessants d'Ava depuis qu'Anne était descendue avec les enfants n'étaient pas non plus faits pour apaiser mon angoisse. Au milieu de ces hurlements, le temps semblait s'être arrêté. Enfin, quand Ava vira au bleu à force d'avoir trop crié, ma mère décida d'aller lui faire prendre l'air.

— Mais où sont-ils passés ? marmonna Anne en jetant un coup d'œil par la fenêtre.

S'attendait-elle à une réponse ? En y réfléchissant bien, je m'aperçus soudain que je ne connaissais pas vraiment ma belle-sœur. Il y avait longtemps qu'elle avait intégré la famille, mais nous nous étions rarement retrouvées en tête à tête. J'allai m'installer en face d'elle, sur la petite causeuse du salon.

— On se le demande. S'ils ne sont pas de retour bientôt, compte sur moi pour partir à leur recherche et les ramener par la peau des fesses.

Anne pinça les lèvres, et la ride qui barrait son front se creusa.

— Devin est toujours dehors, à se distraire, pendant que moi, je reste enfermée à la maison, avec les enfants. Si Janet n'était pas là pour m'aider, je crois que je serais déjà devenue dingue. Parfois, j'ai l'impression de devoir m'occuper de trois gamins, au lieu de deux.

Quand elle se plaignait de mon frère, mon premier instinct était toujours de le défendre. Cependant, je la voyais à bout de nerfs et, constatant qu'elle avait seulement besoin de vider son sac, je la laissai faire. De ce que j'avais pu constater, élever deux bambins n'était pas de tout repos.

Je m'étais souvent demandé si, en y mettant un peu du mien, j'aurais pu réussir à construire quelque chose avec Robert, pensant que j'avais peut-être été un peu vite en besogne en rompant sans même lui avoir laissé une chance. Mais, depuis que j'avais découvert à travers Devin et Anne l'impact que pouvait avoir l'arrivée d'un enfant sur un couple, je n'avais plus aucun doute : j'avais pris la bonne décision. Notre relation n'aurait jamais été assez solide pour supporter les tensions engendrées. Pas en plus des problèmes que nous rencontrions déjà.

A-t-il fini par trouver une femme prête à lui faire autant de gosses ?

Je bondis du canapé en entendant des voix d'hommes. Devin, Drew et Jake firent irruption dans la maison, beaucoup moins propres que lorsqu'ils l'avaient quittée.

— Vous ne devinerez jamais ce qui est arrivé, s'exclama Devin, les yeux brillants d'excitation.

— Jake a monté Major ! enchaîna Drew avant que quiconque ait pu en placer une.

Je les dévisageai tour à tour, incrédule.

— Pardon ?! Vous l'avez laissé grimper sur Major ?

Devin haussa les épaules.

— On pensait qu'il n'arriverait même pas à poser la selle. C'était censé être une mauvaise blague. Au final, c'est lui qui nous a eus : non seulement il a réussi à le seller, mais il lui a fait faire un tour. Sans se faire éjecter.

Je leur jetai un regard noir.

— Il aurait pu se blesser par votre faute !

Glissant une main dans le creux de mes reins, Jake se pencha pour m'embrasser la joue.

— C'était chouette. Je n'étais pas monté sur un cheval depuis une éternité.

Maman – qui consolait toujours Ava – et Dwight revenaient du jardin, précédés par le fumet de viande grillée émanant du plat que mon beau-père tenait dans les mains.

— Les steaks sont prêts. À table !

Quelques minutes plus tard, chacun était assis devant une assiette débordant de victuailles. Ava, qui refusait qu'on la pose, était perchée sur les genoux de son père.

D'un geste vigoureux, Dwight planta sa fourchette dans son steak et en découpa un morceau à l'aide de son couteau.

— Bon sang, mon bras me fait encore souffrir. Je vous jure… Les contractions traînaient déjà en longueur, mais, dès que le petit a commencé à être expulsé, il a fallu que la vache panique et se mette à courir comme un poulet sans tête.

Drew avala la bouchée qu'il mastiquait et prit la suite du récit :

— Nous avons dû l'attraper au lasso et l'attacher à l'un des poteaux pour pouvoir aider le veau, qui était déjà à moitié sorti. Je n'en avais encore jamais vu d'aussi gros à la naissance !

— C'est d'ailleurs pour cela que j'ai dû y mettre le bras, reprit Dwight. Il a fini par s'ankyloser au point que c'en était presque intolérable. Maintenant qu'il se réveille, je déguste.

— Mon pauvre, maugréai-je. Ta vache a dû expulser un veau énorme, mais – ouille – tu as mal au bras.

Je m'étais habituée à ce genre de discussions. En revanche, presque tous les hommes avec qui j'étais sortie, y compris Evan, le mec ouvert par excellence, détestaient que j'aborde un sujet un peu sanglant durant les repas. Un soir, durant le dîner, je lui avais raconté que j'avais regardé le déroulement d'une opération de chirurgie à la télévision.

— Bordel, Darb, pas quand on mange ! avait-il râlé.

Je lorgnai discrètement la réaction de Jake.

— Je me souviens encore de la première fois où j'ai dû aider à une mise bas, déclara-t-il. Je voyais que la mère peinait, alors j'ai fait ce que j'ai pu. J'ai eu mal au bras pendant des jours.

Hein ? Pardon ?!

Il s'essuya la bouche avec sa serviette.

— Le taureau étalon limousin que mon grand-père avait utilisé cette année-là nous a causé un tas de soucis. Les veaux étaient beaucoup trop gros, alors nous avons dû nous en séparer.

Je le dévisageai, ébahie. Qui était ce mec et quelle révélation allait-il nous faire ensuite ?

Dwight évoqua le taureau limousin qui avait un jour compté parmi son cheptel, puis la conversation dévia sur les autres types d'étalons auxquels il avait fait appel au fil des années. En écoutant Jake, je me rendis soudain compte que je n'avais fait qu'effleurer la surface. Et même si je tentais de me convaincre que ce que je connaissais de lui me suffisait amplement, qu'en apprendre plus signifierait trop s'impliquer, je mourais d'envie d'en savoir davantage.

De tout savoir.

Chapitre 28

Profitant du beau temps, nous étions sortis manger le gâteau et la glace dans le jardin. Abandonnant Jake en compagnie de Dwight, maman, Anne et les petits, je retournai chercher à boire dans la cuisine. J'avais également besoin de respirer un bon coup. Après toutes les révélations de Jake durant le repas, j'aurais voulu le voir seul à seul, cependant, cette seule idée me terrifiait.

Devin et Drew levèrent la tête en m'entendant entrer.

— Enfin, tu nous en ramènes un de bien, déclara Drew. On dirait que tu vas réussir à te caser, finalement.

— Ne nous emballons pas. J'envisage une possible relation stable, pas le mariage. J'ai vu ce qui arrive aux couples qui se passent la bague au doigt et font des enfants.

Devin croisa les bras sur sa poitrine.

— Ah, vraiment? Et que leur arrive-t-il, exactement?

— Tu sais très bien ce que je veux dire. J'aurais pourtant cru que tu serais de mon côté sur ce coup-là. Anne et toi passez votre temps à vous bouffer le nez.

— C'est ça, la vie de couple. Parfois on s'entend comme au premier jour, parfois c'est plus difficile. Mais ça passera, parce qu'on s'aime.

Il me regarda droit dans les yeux.

— Les enfants, les hauts et les bas… À cause de tes théories à la noix en matière de relations amoureuses, tu ne connaîtras rien de tout cela et tu ne sauras jamais rien des joies qui les accompagnent. Tu te crois peut-être plus maligne que moi en tirant un trait dessus ; la vérité, c'est que tu n'es qu'une dégonflée.

Il prit sa canette de soda et disparut en claquant la porte derrière lui.

—Ouch.

Drew vint s'appuyer sur le plan de travail près de moi.

—Ce n'est rien. Moi aussi, je suis un dégonflé. Même s'il est vrai que je commence à revoir un peu mes positions.

—À cause de Lisa ? Tu rigoles ? Tu viens à peine de la rencontrer.

—Elle est drôle, intelligente, et elle n'hésite pas à me dire le fond de sa pensée quand je fais le con. Je pense sans arrêt à elle. Je crois que je suis en train de tomber amoureux, Darby… Non, je retire. Je suis complètement fou d'elle, et je n'ai même plus peur de l'admettre. Si tu ne laisses pas une chance à Jake, tu risques de passer à côté de quelque chose d'extraordinaire.

Par la fenêtre, je distinguais le profil de Jake. Mes défenses étaient en train de se fissurer, je le savais. Mais même si une pointe d'espoir enflait dans mon cœur, chaque fois que je posais les yeux sur lui, je n'avais pas l'intention de céder aussi facilement.

—Ou peut-être éviterai-je de me faire une fois encore briser le cœur et de devoir tout recommencer.

—En tout cas, c'est le moment ou jamais de prendre ta décision.

Pour l'instant, ma relation avec Jake était sans danger, et cela me convenait très bien.

Je haussai les épaules.

—J'assume parfaitement d'être une poule mouillée.

Drew me guida vers la porte de derrière et me poussa dehors.

—Mauvaise réponse.

Je tirai sur la bride afin que Major s'arrête au bord de l'étang. D'un mouvement leste, je mis pied à terre. Jake amena Sonny à la hauteur de ma monture et descendit lui aussi.

Lorsque j'eus accroché mes rênes au pommeau de ma selle, je lui fis face.

— Tu ne m'avais pas dit que tu avais travaillé dans un ranch.

— Tu ne m'as jamais posé la question.

Croisant les bras, je le considérai d'un air sévère.

— Pas la peine de me regarder comme ça. Avec toi, je ne sais jamais ce que j'ai le droit d'aborder ou non. Tout ce dont je suis certain, c'est que tu ne veux pas entendre parler de mon passé.

— Quand j'ai déclaré que je n'étais pas intéressée par ton passé, ce n'était pas exactement ce que j'avais en tête. Je parlais surtout de…

Difficile de clarifier ses propos lorsque l'on n'est soi-même plus très sûre de ce que l'on veut. Je préférai donc changer de sujet.

— Alors, tu sais monter à cheval et tu as déjà aidé une vache à mettre bas… mais comment t'en es-tu sorti au lancer de lasso ?

— Je n'ai pas le talent de tes frères, mais je ne me suis pas trop mal débrouillé. Mon père tenait à ce que j'apprenne la valeur du travail et a jugé bon de m'envoyer trimer quelques étés à la ferme de mon grand-père, comme lui enfant.

Il désigna Major du menton.

— Et toi, tu ne m'avais pas dit que tu avais un cheval aussi têtu que toi. À entendre Drew et Devin, on croirait que tout s'est passé sans heurts, mais, crois-moi, ce n'est pas parce qu'il m'a gardé sur le dos qu'il s'est laissé faire !

— Major et moi sommes très liés, repris-je en flattant l'encolure du cheval. Il ne fait pas confiance à n'importe qui.

— Un peu comme toi.

Jake m'attrapa la main et m'attira à lui.

— Je sais que ce n'était pas facile pour toi de me présenter à ta famille. Mais je suis heureux d'être là. Ça me plaît beaucoup de découvrir cette autre facette de toi.

Ma poitrine se serra.

— Génial. Maintenant, je me sens coupable… J'ai un aveu à te faire, soupirai-je en me mordant la lèvre. À l'origine, je t'avais invité, car Tina m'a dit que, si je n'avais pas l'intention de nouer une relation sérieuse avec toi, je devais arrêter de te faire perdre ton temps.

Je le vis se crisper.

— Que t'a-t-elle dit d'autre ?

— Pas grand-chose. Alors j'ai voulu te mettre à l'épreuve. En temps normal, mes frères font fuir mes petits amis. Ça a toujours été un gros sujet de discorde entre mes ex et moi.

— Tu es en train de m'expliquer que tu m'as amené ici pour me plaquer ?

— Non, je t'ai amené ici pour avoir une bonne raison de le faire…

Levant les yeux, je croisai son regard.

— Mais tu as foutu tous mes plans en l'air, et voilà que je craque encore plus.

L'empoignant par le tee-shirt, je pressai fougueusement mes lèvres contre les siennes.

Nous nous étions souvent embrassés, mais ce baiser n'avait rien à voir avec tous ceux que nous avions pu échanger auparavant. Je me laissai fondre, m'imprégnant avec avidité de chaque détail, de la douceur de ses lèvres au frottement de sa barbe naissante contre ma peau. De la manière dont la pression de ses doigts s'intensifiait sur mes hanches à la caresse appuyée de sa langue. Je songeai à la patience dont il faisait preuve chaque fois que je le repoussais ; il semblait me comprendre.

Major me donna un coup de nez et me signifia son mécontentement de ne pas être le centre de toutes mes attentions par un petit hennissement.

Jake ne me lâchait pas des yeux, le regard brûlant de désir. Je n'étais pas encore prête à aller si loin ; en revanche, je ne voyais aucune objection à me déshabiller un peu… C'était le moment idéal.

La surface de l'étang scintillait à la lumière du soleil.

— Ça te dirait, un petit plongeon ?

— Maintenant ?

Prenant mon courage à deux mains, je retirai mon haut, et me félicitai d'avoir opté pour mon ensemble de dentelle noire ce matin-là. Je vis Jake déglutir avec peine, sa pomme d'Adam tressautant le long de sa gorge tandis qu'il promenait son regard sur mon corps. Je lui décochai un sourire taquin.

— À moins que quelques algues ne te dégoûtent ?

À notre sortie de l'étang, Jake s'allongea dans l'herbe à mes côtés, le temps de sécher. Je me doutais qu'il serait irrésistible torse nu, mais, lorsque la réalité m'était apparue dans toute sa splendeur – abdos, pectoraux, et toute cette peau nue qui ne demandait qu'à être caressée –, j'avais bien failli revenir sur ma décision de patienter encore un peu. Seulement, ma famille aurait pu faire irruption à tout instant.

Je roulai sur le ventre et regardai sa poitrine musclée se soulever au rythme de sa respiration.

Il pointa le doigt en direction des initiales gravées dans l'arbre.

— C'est ici que tu amènes tous tes petits copains ?

— Ça date du lycée, quand je sortais avec un ami de mes frères, répondis-je en m'asseyant pour essorer mes cheveux. C'est l'un de mes lieux préférés. Je ne l'ai partagé qu'avec Gil ; les autres auraient été incapables de l'apprécier à sa juste valeur. De toute façon, une fois passés entre les mains de Drew et Devin, ils auraient tous refusé de grimper sur un cheval. Mais puisque, toi, tu as des gènes de gars de la campagne, achevai-je en posant la main sur son torse avec un sourire, je me suis dit que cette petite promenade ne te ferait pas peur.

Jake se redressa et pressa ses lèvres contre mon épaule.

— C'est très joli. Et paisible.

— Je venais toujours me réfugier ici quand j'avais besoin d'être seule. Le déménagement a été une période très difficile à vivre.

Je lui confiai alors ce qu'avait été ma vie au ranch durant les premiers mois, la manière dont mes frères étaient venus à ma rescousse à l'école, et comment Dwight avait su m'apprivoiser au travers du dressage de Major.

— Ma famille n'est peut-être pas des plus conventionnelles, conclus-je, mais Dwight et les garçons m'ont tout de suite adoptée, et ce sont eux qui m'ont appris ce qu'être une famille signifiait ; je les adore.

— Et ton père ? Tu n'en parles pas beaucoup.

Je contemplai l'étang durant un moment. Je n'avais discuté de ma relation avec mon père qu'avec un de mes petits amis.

— Avant le divorce, mes parents se disputaient sans arrêt. Mais ils étaient mes parents. Je ne voulais pas voir notre famille déchirée. Et puis, quand j'ai constaté combien ils étaient heureux chacun de leur côté, j'ai dû me rendre à l'évidence. Maman a rencontré Dwight ; mon père est parti vivre en Floride avec sa nouvelle femme. Pendant longtemps, nos relations n'ont pas été au beau fixe, mais nous avons fini par enterrer la hache de guerre ; maintenant, on s'appelle et on se rend visite de temps à autre.

Jake me prit la main et mêla ses doigts aux miens.

— Je suppose que ça n'a pas été facile. Je comprends que tu aies du mal à croire encore en l'amour.

— Oh non… Le divorce n'y est pour rien. Ce sont toutes les peines sentimentales que j'ai connues après ça qui m'ont fait ouvrir les yeux.

Mon ventre se serra. J'aurais tellement voulu me laisser aller, mais mon cœur avait déjà trop souffert, et m'envoyait des signaux d'alarme impossibles à ignorer.

C'est au-dessus de mes forces. Je préfère passer pour une poule mouillée plutôt que de risquer une amère déception.

— Nous devrions rentrer.

Comme j'essayais de me relever, Jake me retint par le bras.

— Le bonheur vaut bien de prendre quelques risques.

Glissant une main derrière ma nuque, il m'attira à lui pour un baiser. Il ne s'attarda pas sur mes lèvres, mais, à la tendresse de son regard, je compris qu'il n'était pas près d'abandonner.

Une bouffée d'espoir vint atténuer les craintes qui m'étreignaient la poitrine. Je ne savais pas ce que j'avais fait pour mériter de rencontrer cet homme, et j'ignorais si nous avions un avenir ensemble, mais une chose était sûre : je ne voulais pas le laisser m'échapper.

Lorsque l'on se fut tous deux rhabillés, je reconduisis Jake jusqu'au ranch. Puis, une fois les chevaux dessellés et nourris, je l'enlaçai un moment. J'avais vécu une journée magique, et j'avais peur que notre retour en ville ne brise l'enchantement. Pourtant, il était temps de quitter ma famille.

Jake et Drew ayant entamé une conversation à l'intérieur, je partis à la recherche de Devin.

Je le trouvai dans le jardin, en train de pousser Ava et Levi sur la balançoire. Anne se tenait à ses côtés, le bras autour de sa taille. Il y avait trop longtemps que je ne les avais pas vus si proches.

Alors que je m'apprêtais à rebrousser chemin, ne souhaitant pas les déranger, Devin jeta un coup d'œil dans ma direction.

— Est-ce que je peux te dire deux mots ? lui demandai-je.

Il donna une dernière impulsion à la balançoire, puis me rejoignit.

Je balançai un coup de pied dans un pissenlit qui dépassait du gazon, puis regardai la fleur osciller durant quelques secondes.

— Je suis désolée pour tout à l'heure, m'excusai-je en levant les yeux. J'ai dépassé les bornes.

Devin haussa les épaules.

— Pas grave. J'ai été un peu dur moi aussi.

— Tu sais que je vous adore, toi et Anne. Et les enfants.

Mon frère tourna la tête. La silhouette sombre de sa femme se découpait à présent contre le soleil couchant.

— Tu nous as vus au plus bas, mais ce n'est pas toujours aussi tendu. Anne a simplement du mal à gérer le stade « bébé ». On se dispute plus souvent. Et puis on trouve des solutions, parce que c'est comme ça que ça marche. Tous les matins, au réveil, je redécouvre ma petite famille et je me dis que je suis l'homme le plus chanceux du monde.

Devin n'était pas très porté sur les grands discours ni sur les épanchements. Du moins pas devant moi. Je compris qu'il était sincère et regrettai soudain tous les commentaires désobligeants que j'avais pu faire par le passé concernant son couple.

— Papa, appela Levi, encore !

— Tu finiras par trouver ton bonheur, m'assura Devin. Mais n'aie pas peur de te lancer.

Il m'ébouriffa les cheveux, comme lorsque nous étions plus jeunes, puis retourna auprès de son fils, qui s'éleva bientôt de nouveau dans les airs.

Parfois, on avait juste besoin que l'on nous pousse un peu.

Chapitre 29

Les plans pour les suites long séjour s'étalaient sur mon écran d'ordinateur. Mes yeux étaient rivés dessus, mais mon esprit était ailleurs. Pendant le trajet de retour de Longmont, la veille, Jake avait fini par me convaincre d'étudier la possibilité de me lancer à mon compte. Comme promis, je lui avais envoyé toutes les informations dont je disposais, à la première heure. Cependant, ce n'était pas mon avenir professionnel qui me préoccupait le plus. En amenant Jake chez mes parents, j'avais été persuadée que la rencontre serait un fiasco. À ma grande stupéfaction, non seulement tout s'était bien passé, mais toute la famille était conquise. Moi comprise.

Il m'avait redonné espoir alors que je n'y croyais plus. Malgré mes tentatives pour le repousser, il n'avait jamais jeté l'éponge. Je voulais prendre le téléphone pour l'appeler, même quand je n'avais rien de spécial à lui dire. Je voulais qu'il m'accompagne au mariage de Stephanie. Annoncer à tout le monde qu'il était mon petit ami.

Je le voulais lui.

Bien sûr, il n'y avait pas trente-six solutions pour que mes désirs deviennent réalité : il était temps que je me jette à l'eau. Vu qu'il avait travaillé toute la journée, il y avait de grandes chances pour que je le trouve chez lui à cette heure. Le simple fait de songer au genre de discussion qui nous attendait me remuait l'estomac, mais je n'avais aucune intention de me défiler.

Me connaissant, je savais qu'il valait mieux que je monte directement chez lui, ou je risquais de changer d'avis. Le cœur battant, je frappai à sa porte.

Lorsqu'il m'ouvrit, il avait les cheveux en bataille et les premiers boutons de sa chemise étaient défaits.

— Je te dérange ?

— Non, je feuilletais quelques rapports et réfléchissais à des solutions. Tu veux entrer ?

Je restai plantée sur le pas de la porte durant quelques secondes incapable de décoller mes escarpins roses à paillettes du sol.

— Pourquoi pas, répondis-je finalement.

Pourquoi diable était-ce si compliqué ? Ce n'avait jamais été mon style de souhaiter « être comme tout le monde », mais, à cet instant précis, j'aurais au moins aimé être capable de me comporter normalement, au lieu de trembler comme une feuille parce que je voulais mettre un nom sur ma relation avec un homme.

De son côté, Jake semblait un peu distrait, fatigué ; cela n'enlevait bien sûr rien à son charme, mais il avait l'air d'avoir eu une longue journée.

— J'allais me servir un verre. Tu prends quelque chose ?

— Juste de l'eau.

Qu'est-ce que je raconte ? Il me faut quelque chose de fort, si je veux calmer mes nerfs.

— Ou la même chose que toi, corrigeai-je. Peu importe.

Je pris place sur le canapé et inspirai profondément tandis qu'il s'affairait dans la cuisine. Même en couple, je n'étais pas du genre à extérioriser mes sentiments. J'attendais que la situation dégénère pour m'exprimer, et il était généralement trop tard.

Je peux le faire. Je peux le faire.

— Je te préviens, je ne serai peut-être pas de très bonne compagnie, ce soir, déclara-t-il en revenant au canapé, deux verres à la main. La journée a été rude, et maintenant je dois me pencher sur cette affaire. Un type est censé m'appeler. Tu vas probablement t'ennuyer.

— Si je m'ennuie trop, je mettrai un match de baseball et je ferai une sieste.

Au moins, j'avais réussi à lui tirer un sourire. Il me tendit ma boisson, et je bus une longue gorgée de ce qui, à ma grande déception, se révéla n'être que de l'eau. Autre signe que ça ne tournait pas rond. Je lui avais demandé de l'eau, il m'en avait donné, et, moi, j'étais déçue. Alors que j'amorçais un mouvement pour poser mon verre sur la table basse, je me rendis compte qu'elle était couverte de paperasse.

— Qu'est-ce que c'est que tout ça ?

— J'essaie de déterminer s'il serait judicieux ou non d'ouvrir un restaurant à Salt Lake City. Celui de Vegas marche très bien, et il y a cet emplacement en plein centre-ville de Salt Lake qui me semble avoir du potentiel.

Un poids vint m'oppresser : un projet de ce genre signifiait qu'il allait de nouveau s'absenter.

— Combien de temps cela avait-il pris, à Las Vegas ?

— Comme il a fallu tout construire : plus que la normale. J'étais supposé y rester six mois, mais j'ai fini par prolonger mon séjour de deux mois, histoire de m'assurer que tout fonctionnait correctement et que je pouvais le confier aux gérants.

Je tâchai de ne pas broncher à cette nouvelle.

— Et de combien de temps estimes-tu avoir besoin à Salt Lake City ?

— Les travaux de rénovation seraient minimes. Ensuite, il faut engager le personnel, etc. Avec un peu de chance, quatre mois. Peut-être cinq.

Cinq mois ?

Je sentis ma poitrine se serrer, à tel point que chaque respiration devenait pénible. Je ne savais soudain plus quoi faire… Pourquoi m'embarrasser à lui ouvrir mon cœur s'il comptait s'en aller pour cinq mois ?

Jake rassembla les papiers.

— Brent et moi devons décider si cela vaut le coup ou non. Quand je ne suis pas là, il se retrouve à s'occuper davantage de la gestion et passe moins de temps en cuisine, ce qui lui plaît moyennement. Cela l'obligerait également à garder un œil sur Vegas. D'un autre côté, qui nous dit qu'une occasion pareille se représentera un jour ?… Désolé, ajouta-t-il en ramassant la liasse dans une chemise, ce n'est pas très intéressant.

Tout ce que je comprenais, c'est qu'il allait disparaître de ma vie. *Comme son prédécesseur.* La souffrance me déchirait le cœur, rouvrant d'anciennes blessures et en infligeant de nouvelles.

— Au contraire, c'est plutôt édifiant.

— C'est-à-dire ?

La sonnerie de son téléphone retentit.

— C'est le coup de fil que j'attendais, m'annonça-t-il en voyant le numéro qui s'affichait.

Il fit claquer un léger baiser sur ma joue et décrocha.

Pourquoi fallait-il qu'au moment où j'acceptais enfin de me laisser aller il décide de partir ?

Il était hors de question de craquer devant lui. Aussi m'étais-je éclipsée la veille, pendant qu'il était encore au téléphone, et avais-je regagné mon appartement pour noyer mon chagrin dans le vin et les brownies.

Il m'avait appelée en se rendant au travail ce matin-là, me suppliant de lui laisser une chance de se faire pardonner. Je lui avais répondu que ce n'était pas nécessaire – après tout, c'était moi qui avais débarqué chez lui sans prévenir.

—Allez, laisse-moi t'inviter à dîner…, avait-il insisté.

Alors j'avais accepté. Bien que la soirée ne se soit pas déroulée de la manière dont je l'avais envisagé, j'avais toujours autant envie de le voir. En théorie, rien ne m'empêchait de poursuivre cette idylle comme elle avait commencé – et tant que je ne savais pas où ses projets allaient le mener, c'était sans doute la chose la plus intelligente à faire.

Étant donné qu'il avait des documents à aller poster et que je passais la journée au nord de la ville avec Barbara, nous nous étions mis d'accord pour nous retrouver au *Sparrow*, un restaurant à la fois branché et huppé, recommandé par Anthony et Stephanie.

J'étais assise seule à la table depuis une demi-heure, un peu plus remontée à chaque seconde. La batterie de mon portable avait rendu l'âme, et je n'avais aucun moyen de le joindre pour lui demander où il était passé. Ou s'il venait toujours.

—Il était temps, dis-je en sentant la pression d'une main sur mon épaule.

Toutefois, lorsque je levai les yeux, ce ne fut pas le regard de Jake que je croisai, mais celui de mon ex-petit ami, Porter. Et pas n'importe quel ex-petit ami. THE ex. Aussi connu sous le nom de « rechute ». Durant un moment, je fus incapable de faire autre chose que de cligner des paupières pour m'assurer qu'il ne s'agissait pas d'un mirage.

—Il me semblait bien que c'était toi, dit-il en me prenant par la main pour m'attirer contre lui.

Je reconnus immédiatement son parfum, Acqua di Giò. Il glissa sa main au creux de mes reins, et je sus qu'il était bien réel. La respiration laborieuse, je m'efforçai de me remettre du choc.

— Tu es de passage en ville ?

— À vrai dire, je suis revenu vivre à Denver. New York n'était pas fait pour moi.

Il m'étudia de la tête aux pieds, puis ses yeux vert pâle s'animèrent tandis qu'il me décochait son fameux sourire charmeur.

— Tu es splendide.

Comment ne pas revivre tous ces moments durant lesquels il m'avait ainsi déshabillée du regard, ce regard qui avait invariablement raison de moi. Je ramenai mes cheveux derrière mon oreille.

— Je te remercie. Tu n'es pas mal non plus.

Comme toujours, sa tenue était absolument impeccable. Ce soir-là, il avait revêtu une chemise rayée qui avait dû lui coûter plus que ce que je dépensais pour un mois de courses.

— Ah, te voilà, fit Jake en surgissant tout à coup près de la table. Tu as eu mon message ?

Je fronçai les sourcils.

— Quel message ?

— Je t'ai appelée pour te dire que j'aurais du retard.

— Ma batterie est H.S.

Jake aperçut alors Porter. Puis la main de Porter sur ma taille. Ce dernier me lâcha, et un silence gêné s'installa. Il me fallut plusieurs secondes pour me rappeler que c'était à moi de faire les présentations.

— Oh. Euh… Jake, je te présente Porter. Porter, voici Jake. Jake est le propriétaire du *Blue*.

— Ce petit resto sur la Cinquième où tu amènes déjeuner tes clients ?

— Celui-là même !

— C'est un excellent établissement, complimenta-t-il Jake, avec toute la courtoisie que je lui connaissais. Je vous laisse, il faut que je retourne à ma table. Ça me fait plaisir de te revoir, Darby.

— Ne me dis pas que c'était un autre de tes ex, railla Jake en m'avançant ma chaise.

J'étais encore furieuse de le voir arriver si tard.

— Très bien, je ne te le dirai pas.

Il prit place en face de moi.

— Bon sang, ils sont partout !

Je le dévisageai, me demandant dans combien de temps il rejoindrait leurs rangs. Serais-je même autorisée à le considérer comme un ex, vu que nous n'avions jamais officiellement été « petit et petite amis » ?

— Ne m'en parle pas.

Le cas Belle au bois dormant : avec Porter dans le rôle du prince Philippe

Âge : 28

Pour moi, le prince Philippe avait toujours été le meilleur de tous les princes. Évidemment, si un gars rencontré dans les bois se mettait à chanter qu'il était l'homme de mes rêves, je me poserais des questions, mais il ne faut pas oublier que nous parlons d'un film Disney. Au moins, il savait danser et avait une jolie voix. Toutefois, contrairement à de nombreux autres princes, la liste de ses qualités ne s'arrêtait pas là. Il était déterminé à épouser une paysanne contre l'avis de son roi de père et combattait un dragon pour rejoindre la femme qu'il aimait.

Une telle persévérance forçait l'admiration !

Après mes quasi-fiançailles avec Robert, je m'étais juré de ne plus me laisser avoir. J'avais acheté l'un de ces appartements que Robert trouvait trop petits pour fonder un foyer et avais claqué une somme substantielle dans un matelas confortable. Je rentrais épuisée, m'effondrais sur mon lit moelleux et dormais jusqu'au matin. Le week-end, je ne me levais pas avant midi. Pourquoi aurais-je fait cet effort? Steph et Anthony en étaient à cette période d'une relation où chaque seconde que l'on ne vit pas scotché à l'autre est une torture, ce qui signifiait que je passais de plus en plus de temps en tête à tête avec moi-même.

Heureusement, j'avais mon métier pour m'occuper.

En quête de touches décoratives à placer dans le salon entièrement réaménagé de Virginia Hammond, j'avais pénétré dans une boutique de mobilier de Greenwood Village. L'endroit dégageait une impression de sophistication, un air d'opéra résonnant en sourdine dans tout le magasin.

J'étais restée plantée devant un salon d'exposition dont le papier peint représentait une forêt de troncs durant cinq bonnes minutes, incapable de déterminer ce qui, des faux arbres ou des tables d'appoint taillées dans des souches, me donnait le plus envie de vomir.

Comment me suis-je retrouvée à contempler ces horreurs? Je cherche un canapé qui ait sa place chez Virginia, pas dans un bois.

Comme je me retournais pour étudier le reste des meubles, j'avais manqué de bousculer quelqu'un.

— Oh, pardon, m'étais-je écriée.

L'homme avait les cheveux courts, blonds, et une fossette au menton. Son costume sombre et sa cravate de soie noire lui allaient impeccablement bien. Il puait l'homme d'affaires et le fric, mais n'était pas pour autant désagréable à regarder.

— Que pensez-vous de celui-ci? m'avait-il demandé en désignant un canapé d'angle en cuir noir.

— Il m'a l'air glissant et sentira à jamais la vache morte. En revanche, si vous recherchez une ambiance « garçonnière », c'est parfait. Mais je ne comprendrai jamais l'attirance des hommes pour le cuir noir.

— Vous n'êtes pas fan, je me trompe ? avait lancé l'inconnu, avec une pointe d'humour dans sa voix rauque et chaude.

— Pas spécialement, non. Je préfère un canapé dont je n'aurai pas à me décoller à l'aide d'une spatule dès que les températures dépassent les vingt degrés. Vous en avez un pas mal, là-bas, avais-je répondu avec un geste en direction du salon d'exposition suivant, noir également, toujours très masculin, mais bien plus confortable.

Inclinant la tête de côté, il avait soudain commencé à me détailler.

— Votre visage me paraît familier. Est-ce qu'on se connaît ?

Si tu crois que ce genre de baratin va fonctionner avec moi, tu rêves, mon gars. Même si tu es terriblement séduisant.

— Je ne crois pas, non.

— Êtes-vous certaine que nous ne nous sommes pas déjà rencontrés quelque part ? avait-il insisté en fronçant les sourcils. Où travaillez-vous ?

La question semblait sans arrière-pensée ; finalement, il ne s'agissait peut-être pas d'une tentative de drague. Néanmoins, je me serais rappelé avoir rencontré un homme dans son genre.

— Je suis décoratrice d'intérieur, chez Metamorphosis Interior Designs.

— Donc vous choisissez les meubles des gens à leur place ? avait-il résumé avec un petit sourire en coin. Que faites-vous quand ils aiment ce qui sent la vache morte ?

— Si c'est vraiment ce qu'ils souhaitent, je me plie à leur exigence. Et je me moque en silence.

Lorsqu'il avait souri, ses yeux vert clair s'étaient illuminés.

— Moi, ça me dépasse, ces histoires, je n'en peux plus. Je devrais peut-être vous demander de vous charger de mon intérieur.

— Sans doute.

J'avais lancé cela en l'air, ne m'attendant pas une seconde à ce qu'il envisage réellement de me confier sa déco. Il y avait quelque chose d'extrêmement troublant chez cet homme ; toutefois, je ne parvenais pas à mettre le doigt sur ce qui me déstabilisait à ce point. Non que ce soit effrayant, mais il semblait fonctionner comme un aimant, me poussant à fuir d'un côté, m'attirant de l'autre. J'avais sorti une carte de visite de mon sac et la lui avais tendue, plus pour me donner une contenance qu'autre chose. La manière dont il me regardait me donnait des palpitations, et il fallait que cela cesse au plus vite. J'avais décidé de renoncer aux mecs, c'était définitif.

— Je ferais mieux de me remettre au travail, lui avais-je dit avec un sourire, avant de retourner explorer le magasin.

Deux jours plus tard, Porter Montgomery m'appelait et m'engageait pour redécorer son intérieur.

— J'ai fini par me rappeler où je vous avais déjà vue, s'était-il exclamé lorsque je m'étais rendue chez lui afin d'évaluer le travail que ce projet représenterait. Le dîner de charité pour Les Architectes de l'espoir, vous étiez accompagnée.

S'appuyant avec nonchalance au montant de la porte, il avait rivé son regard au mien.

— L'êtes-vous toujours ?

Ce dîner, j'y avais assisté avec Robert. La poitrine serrée, je sentis les vieilles cicatrices se craqueler.

— Non, je suis célibataire, à présent.

— Dans ce cas, que diriez-vous que nous…

— Faites-moi donc visiter, que l'on puisse se mettre au travail, l'avais-je coupé, avant de pénétrer dans son immense hall d'entrée sans attendre qu'il m'y invite.

Durant les mois qui avaient suivi, j'avais refait toutes les pièces de sa gigantesque maison de quatre chambres. Il n'avait cessé de flirter ; j'étais restée professionnelle. De toute façon, je ne croyais plus ni en l'amour ni aux relations sentimentales.

Cependant, avec Porter, il m'arrivait de m'oublier et de me laisser embarquer dans des conversations qui me faisaient perdre toute notion du temps. Un jour, c'étaient les voitures anciennes. Une autre fois, une œuvre d'art qu'il avait rapportée d'Italie. Il avait visité des pays où je rêvais d'aller depuis toujours et avait un tas de photos à montrer, d'anecdotes à partager ; il me racontait ses voyages de telle manière que j'avais l'impression de les vivre. Il s'intéressait également à mes opinions, à mes passe-temps… Et, surtout, il m'écoutait quand je parlais.

Le courant passait tellement bien entre nous que l'air semblait chargé d'électricité chaque fois que nous nous trouvions dans la même pièce. Pourtant, dès qu'il suggérait une sortie à deux, je faisais mine de ne pas le prendre au sérieux et retournais à mon travail.

Puis il m'avait envoyé des fleurs, avec un mot me priant d'accepter une invitation à dîner. J'avais été contrainte de dire que je ne sortais pas avec les clients. À partir de ce moment, il abandonna, et j'oscillai entre soulagement et déception.

Je finis par voir le bout de ce projet, il régla la note, et je retournai à ma petite vie.

Une semaine après cela, il m'avait appelée, soulignant que je n'avais plus aucune excuse pour refuser. Incapable de résister plus longtemps, j'avais cédé. J'avais bien tenté de m'en tenir à une aventure sans conséquence avec lui, mais Porter n'était pas du genre à prendre les choses à la légère. Il se donnait à fond dans tout ce qu'il entreprenait, que ce soit le boulot, le sport – il était un grand amateur de hockey –, ou sa relation avec moi. Nous nous rendions à des réceptions, allions dîner dans les meilleurs restaurants, et nous promenions souvent en centre-ville. Nous nous éclations lorsque nous sortions, et les moments de détente passés chez l'un ou chez l'autre étaient encore plus inoubliables. Lorsqu'il devait travailler tard le soir, il se débrouillait pour venir me retrouver au *Blue* à l'heure du déjeuner, afin de ne pas avoir à patienter plusieurs jours pour me voir.

Tout comme Charlie, Porter était aisé et aimait s'amuser ; néanmoins, il était bourré d'ambition et n'était jamais irrespectueux envers la gent féminine. Il ressemblait également beaucoup à Robert, en ceci qu'il était gentil et déterminé ; en revanche, il acceptait ma passion pour mon travail et y accordait une certaine importance. Bref, il possédait toutes les qualités des hommes que j'avais fréquentés par le passé, sans les défauts qui allaient avec elles. Et, comme si cela n'était pas suffisant, nous étions exactement sur la même longueur d'onde, et il me comprenait mieux que quiconque.

Au bout de deux mois, il m'avouait qu'il m'aimait. Il m'avait fallu un mois de plus.

Et, quand le dragon avait essayé de tout gâcher, il l'avait pourfendu sans la moindre hésitation.

OK, je suppose que traiter sa mère de dragon était un peu dur. Pourtant, cette femme crachait littéralement de la fumée par les narines. Dédaignant les « cigarettes de pauvres », elle fumait des Fantasia Light, ces cigarettes aux couleurs de l'arc-en-ciel et aux filtres dorés.

Lors d'une réception donnée par les Montgomery, Porter m'avait amenée saluer Eleanor et sa cigarette, en dépit de mes objections. Je savais déjà qu'elle ne m'aimait pas, même s'il prétendait le contraire.

Eleanor s'était retournée, et, si son visage n'avait pas été gonflé au Botox, je suis sûre qu'elle aurait fait la grimace.

— Je croyais que tu venais avec Catherine, ce soir ?

Porter m'avait enlacée plus étroitement.

— Pourquoi aurais-je invité Catherine alors que j'avais déjà une superbe petite amie pour m'accompagner ?

— Comme je te l'ai dit au téléphone, je ne voudrais pas que Darby se sente mal à l'aise…

Ce qui me rend mal à l'aise, c'est votre façon de parler de moi comme si je n'étais pas là.

Elle avait tiré une nouvelle bouffée.

— La plupart de nos invités sont issus de l'Ivy League. Je ne suis pas persuadée que l'école d'art de ton amie l'ait préparée aux discussions de haute volée qui seront abordées ce soir.

Elle m'avait brièvement toisée.

— N'y voyez rien de personnel, très chère, mais nous nous efforçons de conserver de bonnes relations avec tous nos amis. Nous avons tendance à ne pas nous mêler à n'importe qui, et tout le monde n'est pas aussi… tolérant que Porter.

La fumée de sa cigarette saturait l'air autour de nous.

— Je ne voudrais pas que quelqu'un vienne insinuer que vous ne fréquentez Porter qu'en raison de sa situation financière.

— Ça suffit, était alors intervenu Porter d'un air grave. Si tu ne te décides pas à faire preuve d'un minimum de respect envers Darby, nous partons.

Sa mère avait alors porté sa main à sa poitrine.

— Je fais tout mon possible pour être gentille, seulement…

— Bonsoir, mère, avait tranché Porter. Transmets mes amitiés à tout le monde.

Main dans la main, nous avions quitté la réception guindée.

Le fait que Porter ait tenu tête à sa mère, en particulier pour me défendre, ne m'avait pas laissée indifférente. C'était d'ailleurs ce qui m'avait décidée à le présenter à ma propre famille. Porter était à la tête d'un empire. Il venait d'un milieu fortuné. Je craignais qu'entre lui, Drew et Devin, le courant n'ait du mal à passer. Tous trois étaient prévenus : ils avaient intérêt à se comporter correctement les uns envers les autres.

Porter n'avait pas particulièrement brillé lors de la visite guidée du ranch par mes frères, mais, contrairement à Robert, il s'était montré plutôt beau joueur. Et, même s'il n'avait rien de commun avec mes proches, il avait fait l'effort d'apprendre à les connaître, allant même jusqu'à les inviter à dîner en ville. Il avait posé un ultimatum à sa mère : soit elle s'accommodait de ma présence, soit elle verrait son fils moins fréquemment ; nous avions donc appris à nous tolérer mutuellement. Ce n'était pas parfait, mais nous tâchions de faire de notre mieux.

Un soir, alors que nous discutions de nos enfances respectives, Porter m'avait demandé de lui parler de mon père. C'était un sujet qui me déchirait le cœur, et je répugnais généralement à l'aborder. Cependant, blottie dans les bras de mon compagnon, j'avais fini par laisser tomber mes défenses. Je lui avais confié combien j'avais souffert que mon père ne cherche pas à passer davantage de temps avec moi lorsque j'étais plus jeune, ni même plus tard, et combien il me manquait malgré tout.

Au terme de longues conversations, il m'avait convaincue de reprendre contact avec mon père, m'assurant qu'il serait là pour moi, au cas où cela ne se déroulerait pas aussi bien que prévu. Grâce à ses encouragements, j'avais peu à peu recommencé à parler à mon père. Cette année-là, pour Thanksgiving, Porter m'avait fait la surprise de faire venir papa et sa femme de Floride. Je crois bien que j'avais passé la journée à pleurer.

Les semaines défilaient, et la vie était tous les jours un peu plus belle. Je n'avais pas officiellement emménagé chez lui, mais y passais la plupart de mes nuits ; j'y avais même un placard à moi. Il travaillait parfois jusqu'à des heures impossibles, mais il lui arrivait de venir s'installer à mes côtés dans le lit avec son ordinateur portable, de manière à pouvoir me caresser l'épaule ou déposer un baiser au creux de mon cou quand l'envie lui en prenait, juste pour me signifier qu'il était content que je sois là.

Tout était parfait. Mes angoisses d'abandon se dissipaient doucement, j'avais recouvré foi en l'amour.

Une petite voix me soufflait que c'était lui, c'était le bon.

Puis Porter m'avait annoncé la « grande nouvelle ».

— Mon entreprise est sur le point de fusionner avec une autre, m'avait-il appris, autour d'un dîner aux chandelles. C'est une sacrée aubaine, je suis sûr que cela va être excellent pour les affaires. Il y a juste une chose qui m'embête… cela me contraint à déménager à New York.

Qui sait ? Une fois qu'ils avaient enfin été réunis, le prince Philippe avait peut-être avoué à la Belle au bois dormant qu'il était forcé de partir s'installer dans un royaume lointain, et on avait tout simplement jugé bon de nous le cacher. Ma seule réaction avait été de le dévisager sans mot dire. Après tout ce que nous avions vécu ensemble, je n'arrivais pas à croire qu'il m'abandonne. J'avais senti mon cœur se fissurer ; autour de moi, un monde parfait s'écroulait.

Porter avait approché sa chaise et m'avait pris la main.

— J'y ai bien réfléchi… Tu pourrais peut-être venir y vivre avec moi. Nous pourrions faire un essai. Voir comment ça se passe.

Faire un essai ? Voir comment ça se passe ?

Tout se bousculait dans ma tête, et je me trouvais incapable de me raccrocher à une seule pensée rationnelle. Enfin, une préoccupation plus logique que les autres finit par se détacher du lot.

— Et mon boulot ? avais-je protesté. Ma famille ? L'appartement que je viens d'acheter ? Ma vie tout entière est ici.

— Ma puce, j'ai conscience que ce n'est pas l'idéal, mais je n'ai pas le choix. Ces six derniers mois avec toi ont été merveilleux, avait-il dit en me caressant le dos de son pouce. J'ai de quoi subvenir à nos besoins en attendant que tu trouves un travail – je sais que tu adores ton métier, et je suis sûr que tu n'aurais aucun mal à décrocher un poste là-bas. Je te demande simplement d'y penser.

J'avais continué de le dévisager, essayant désespérément de rassembler mes esprits. Il m'avait fallu du temps, mais j'avais fini par décider de m'investir dans cette relation – du moins, c'est ce que j'avais cru jusque-là. Mais cette proposition, c'était du sérieux. Du très sérieux, même. J'avais presque été tentée d'accepter, sur un coup de folie, mais je ne pouvais m'empêcher de songer à tout ce qui pourrait mal tourner. Que se passerait-il si je le suivais à New York et qu'il revenait sur sa décision ? L'appréhension avait enflé dans ma poitrine, menaçant de m'engloutir. Qu'adviendrait-il si son travail l'accaparait trop et que je me retrouvais seule, sans famille ni amis ? J'avais tourné et retourné le problème durant des jours, incapable de dormir ni de me nourrir correctement, en proie à des incertitudes et à des angoisses dévastatrices. Si nous nous étions connus depuis plus longtemps, si nous avions déjà vécu en ménage, je ne me serais sans doute pas posé autant de questions. Mais ce déménagement représentait trop de changements à la fois.

Au bout du compte, dissimulant tant bien que mal le fait que mon cœur était en train de voler en un million d'éclats, j'avais refusé de le suivre.

Aurore, rebaptisée Rose par ses marraines les fées, trouve l'amour de sa vie dans les bois. Si j'avais tenté la même approche, je serais très probablement tombée sur un ours, à qui j'aurais servi de déjeuner. Et pourtant elle avait réussi à me faire avaler que l'amour pouvait se résumer à une rencontre fortuite, à un duo improvisé et à une longue sieste s'achevant sur un baiser magique.

La Belle au bois dormant n'est pas exactement une lumière. Sérieusement : une bonne femme à cornes débarque de nulle part, est-ce que vous vous pliez à ses moindres désirs, vous ? Enfin, je peux parler... Je savais pertinemment que cela se terminerait mal ; pourtant, j'avais décidé d'offrir mon cœur sur un plateau, et m'étonnais à présent de le retrouver en miettes sur le sol.

J'avais donc pris la résolution qui s'imposait et m'étais promis, ce coup-ci pour de bon, de ne plus JAMAIS tomber amoureuse.

Temps perdu : six mois avec lui. Quelques mois de plus à me demander si j'aurais dû le rejoindre à New York et nous donner une chance. Plusieurs nuits à compulser une énième fois toutes mes études de cas.

Leçon :

- Les types bien finissent toujours par déménager à l'autre bout du pays en m'abandonnant derrière eux.

- Si cela semble trop beau pour être vrai, c'est sans doute que ça l'est.

- L'amour ne dure jamais. ARRÊTE DE T'OBSTINER À LA FIN !

Chapitre 30

— Tu es fâchée ? me demanda Jake tandis que nous arrivions à l'appartement.

Après notre dîner au *Sparrow*, nous étions rentrés séparément, chacun étant venu avec sa voiture. Je n'avais qu'une envie : m'enfermer chez moi et mettre un point final à cette foutue journée, mais il avait insisté pour me raccompagner jusqu'à ma porte.

Je me retournai pour lui faire face.

— Tu préfères que je sois honnête, n'est-ce pas ? (Ses épaules s'affaissèrent.) Je suppose que je dois prendre ça pour un « oui ».

— Je t'avais pourtant dit que tu n'avais rien à te faire pardonner, mais tu as tenu à m'inviter à dîner. Au bout du compte, j'ai poireauté pendant une demi-heure, et, quand tu as enfin daigné te montrer, tu es resté pendu au téléphone tout le reste de la soirée. Si j'avais su que je dînerais seule, je serais restée à la maison. Au moins, j'aurais eu la télé pour me tenir compagnie.

Je plongeai la main au fond de mon sac à la recherche de mes clés.

— Je comprends tout à fait que tu aies du travail, mais, si tu as des choses urgentes à régler, n'insiste pas pour que nous sortions.

Je trouvai finalement mon trousseau et ouvris la porte.

Jake me suivit à l'intérieur.

— Je n'aurais pas pris ces appels s'ils n'avaient pas été importants. C'est la même chose quand ta patronne t'appelle. Tu n'as pas envie de répondre, mais il y a des fois où tu n'as pas le choix.

— La différence, c'est que les coups de fil de ma patronne durent rarement plus de cinq minutes.

J'enlevai mes chaussures avec un soupir, avant de reprendre :

— Bref. Je n'ai pas envie d'en faire tout un plat. Je suis juste fatiguée, et j'ai hâte que la journée se termine, dis-je en faisant courir une main dans mes cheveux. C'est exactement le genre de prises de tête qui me gonflent dans les relations de couple.

— Une chance que nous ne soyons pas un couple, alors, cracha-t-il.

— N'est-ce pas ?

Je vis sa mâchoire se crisper tandis qu'il me toisait d'un regard dur. Il prit alors une profonde inspiration et souffla.

— J'ai pas mal de choses à gérer en ce moment, et je n'aurais pas dû sortir ce soir. Mais je craignais que tu ne m'en veuilles pour hier… Résultat, je n'ai fait que t'énerver un peu plus, ce qui n'était vraiment pas le but.

Les yeux me piquaient, mais je fis mon possible pour retenir mes larmes.

Je ne peux pas craquer maintenant. Pas devant lui.

— Je vais aller me coucher. Bonne nuit.

Me caressant doucement le bras, il mêla ses doigts aux miens.

— Allons, Darby… Nous ne pourrons pas toujours être d'accord.

Son téléphone sonna, et il grommela un juron.

— Quoi, encore ? Il faut que je prenne ce coup de fil, dit-il en voyant le numéro affiché à l'écran. C'est le restaurant.

— Je comprends, je t'assure. Toi, tu dois répondre, et moi, je dois me mettre au lit pas trop tard si je veux bien attaquer la journée de demain.

J'ouvris la porte et fis mine de le chasser.

— Je t'appelle demain, dit-il, en déposant au passage un baiser sur mon front.

Je refermai la porte derrière lui et vérifiai que tout était bien verrouillé.

Quelle soirée de merde ! Pourquoi fallait-il que je tombe sur Porter le jour de ma première dispute avec Jake ?

Ce qu'il me fallait, c'était une bonne nuit de sommeil. Tout irait mieux le lendemain matin. Je me démaquillai, me brossai les dents, puis, après m'être mise en pyjama, filai me glisser sous les draps.

Je mis cependant des heures à m'endormir.

Je terminai la liste des options pour les revêtements de sol et l'envoyai à Patricia.

On parie qu'elle m'appelle dans moins de dix minutes pour me demander où sont les infos, alors que je viens de les lui donner ?

Mon téléphone de bureau se mit à sonner. Voyant qu'il s'agissait de la réception, j'appuyai sur la touche haut-parleur.

— Oui, qu'y a-t-il ?

— Un M. Porter Montgomery voudrait te voir, m'annonça Katy.

Je déglutis avec peine, la gorge sèche. Revoir Porter avait remué des choses que j'avais jusqu'alors crues réglées. Toute la nuit, j'avais réfléchi à notre histoire, ainsi qu'à ma curieuse relation avec Jake. Je ne savais plus que penser, tout était si confus. Et j'avais le sentiment que les ennuis ne faisaient que commencer.

— Très bien, merci, envoie-le-moi.

Je m'installai confortablement dans mon siège, tâchant d'adopter l'air le plus nonchalant possible, malgré l'angoisse qui m'étreignait l'estomac.

Porter frappa à la porte ouverte. Le sourire de star qui étirait ses lèvres faisait ressortir la fossette de son menton et éclairait son regard.

— Entre ! dis-je.

À mon grand agacement, je n'avais pu empêcher ma voix de trembler un peu.

Porter ferma derrière lui et s'avança jusqu'à mon bureau, sans me quitter un seul instant du regard.

— Quand je suis parti pour New York, tu m'as atrocement manqué. J'étais dévasté que tu ne veuilles pas emménager là-bas avec moi. Et puis, très vite, je me suis laissé absorber par mon boulot, j'ai rencontré de nouvelles personnes, et j'ai cessé de penser à toi.

Je songeai alors au nombre de mois qu'il m'avait fallu pour tirer un trait sur lui. Au travail que j'avais dû faire sur moi-même pour relire une nouvelle fois toutes mes « études de cas » et, finalement, rédiger notre histoire, m'effondrant un peu plus à chaque mot que je couchais sur le clavier.

— Eh ben… merci d'avoir pris la peine de passer pour me confier cela ; ça fait plaisir.

Il se pencha soudain vers moi, les deux mains à plat sur mon bureau.

— Darby, depuis que je t'ai aperçue, hier soir, je n'arrive plus à te chasser de mon esprit. L'homme avec qui tu étais, ce type qui ne t'a pas adressé la parole de la soirée, ne me dis pas qu'il est ton petit ami…

Je ne savais pas quoi lui répondre à propos de Jake. En particulier après notre discussion de la veille. Il avait été clair : nous ne formions pas un couple.

— C'est… c'est encore flou entre nous.

— Dans ce cas, laisse-moi t'inviter à dîner. Un peu de compétition n'a jamais fait de mal à personne.

Au petit rictus assuré qu'il arborait, Porter se voyait déjà victorieux.

La plupart des appels qui avaient accaparé Jake la veille concernaient l'ouverture du *Blue* de Salt Lake City. Sachant qu'il prévoyait de partir pour plusieurs mois et qu'il commençait déjà à y avoir de l'eau dans le gaz entre lui et moi, je n'étais pas certaine de ce que nous réservait l'avenir. Si toutefois nous avions un avenir… La gorge nouée, je luttai pour ravaler mes émotions, puis, levant le regard vers Porter je m'efforçai de prendre un peu de recul vis-à-vis de la situation dans laquelle je m'étais fourrée. Après tout, j'avais un jour cru que Porter pourrait être l'homme de ma vie.

Mon téléphone sonna de nouveau, interrompant mes réflexions.

— Écoute, je suis très occupée. Patricia m'a affectée à un projet particulièrement important, et c'est la folie.

Porter fit le tour du bureau pour noter son numéro sur un Post-it, qu'il colla sur mon écran d'ordinateur.

— Appelle-moi.

Il déposa une bise sur ma joue et quitta la pièce.

Je décrochai le combiné. C'était Patricia, qui exigeait que j'aille rencontrer les entrepreneurs pour jeter un coup d'œil aux nouveaux plans. Lorsque j'eus raccroché, je posai les yeux sur le numéro de Porter. Mon cœur se serra à la vue de l'écriture familière. Je songeai alors à Jake, aux moments que nous avions passés ensemble, et mon malaise ne fit que s'intensifier.

Si Jake n'avait pas prévu de s'absenter durant des mois, la question ne se serait même pas posée. J'éteignis mon ordinateur et m'apprêtai à partir. Au dernier moment, je fis demi-tour et récupérai le Post-it de Porter.

Dès que je fus sortie de ma réunion avec les entrepreneurs, j'appelai Stephanie pour un conseil d'urgence. Obnubilée par son mariage ou non, elle était ma meilleure amie, et j'avais besoin d'elle. Quand enfin je me présentai à sa porte, j'étais à deux doigts d'exploser sous le trop-plein d'émotions.

Stephanie me fit entrer dans la maison qu'elle partageait avec Anthony.

— Suis-moi. J'étais dans la chambre en train de rassembler quelques affaires pour la lune de miel. Alors, que se passe-t-il ? me demanda-t-elle en consultant sa liste.

— J'ai croisé Porter, hier soir.

Steph se retourna vivement, les yeux écarquillés.

— Et Jake et moi nous sommes accrochés pour la première fois, poursuivis-je.

Steph déposa une pile de vêtements sur le lit.

— OK, c'est une conversation qui mérite que l'on s'assoie. Allons chercher à boire, et tu vas tout me raconter.

Steph disparut dans la cuisine, tandis que je m'installais sur le canapé du salon. Elle en revint avec deux canettes de Sprite.

— Désolée, c'est tout ce que j'ai.

— Ne sois pas désolée, dis-je en lui prenant une des canettes des mains. J'avais justement besoin d'un truc fort !

Elle ouvrit la sienne et s'assit sur le canapé en face de moi.

— Commence par la dispute.

— Jake est arrivé à notre rendez-vous avec trente minutes de retard et a passé la soirée pendu au téléphone. J'aurais tout aussi bien pu dîner seule. Ça m'a énervée, et, lorsqu'il m'a raccompagnée chez moi, on s'est pris la tête.

— Si vous vous disputez, c'est parce que vous tenez l'un à l'autre. J'ai lu un article, il y a peu, qui expliquait que l'absence de querelle était le signe que l'un des deux partenaires ne disait pas ce qu'il pense. Une bonne engueulade était comparée à une vidange. Il faut se débarrasser des impuretés pour que le moteur continue à bien tourner.

Steph et ses articles qui avaient réponse à tout… *Si seulement c'était vrai !* Je poussai un soupir.

— Et comment fait-on la différence entre une vidange et une fuite irrémédiable ?

— Je n'en sais rien, mais je doute qu'un dîner raté suffise à endommager la machine.

Elle prit une gorgée de soda, puis me demanda de lui parler de ma rencontre avec Porter.

— Nous reviendrons à Jake plus tard.

Lorsque j'en vins à la visite-surprise de Porter, Stephanie secoua la tête et reposa violemment sa canette sur la table.

— Porter tout craché. Il débarque sans crier gare et croit qu'il n'a qu'à jouer les preux chevaliers pour obtenir que tu te traînes à ses pieds.

Comme je ne répondais pas, elle me dévisagea d'un air horrifié.

— Tu n'envisages pas sérieusement… Darby, non.

Elle posa la main sur mon genou.

— Je sais combien tu aimais Porter. Et, comme vous avez rompu pour des raisons géographiques, tu n'as jamais vraiment réussi à tourner la page. Mais à aucun moment il n'a proposé que vous vous rendiez mutuellement visite. Pas une fois il ne t'a appelée après son déménagement. Il a laissé passer sa chance. Je pense que tu devrais plutôt miser sur une réconciliation avec Jake.

Je m'affaissai contre le dossier du canapé.

— Après notre journée au ranch, j'avais décidé de me lancer dans quelque chose de plus sérieux avec Jake. Et puis j'ai appris qu'il projetait d'ouvrir un nouveau resto à Salt Lake City. Il sera absent pendant des mois.

Le dire tout haut me brisa un peu plus le cœur.

— Peut-être y renoncerait-il si tu lui avouais que tu tiens à lui ?

— Je ne vais pas lui demander de choisir entre moi et son travail ! C'est justement ce qui l'a retenu au téléphone, hier ; j'ai bien vu que cela lui tenait à cœur. C'est toujours la même chose…

Je me frottai les tempes ; à trop retenir mes larmes, j'avais les yeux qui me piquaient.

— Porter, Gil… Ce sont toujours les meilleurs qui s'en vont.

J'ouvris ma canette et bus une longue goulée de soda ; les bulles me brûlèrent la gorge, mais cela me fit du bien.

— Je ne sais plus quoi faire.

Tout à coup, le regard de Stephanie s'éclaira, et c'est tout juste si je ne vis pas une ampoule apparaître au-dessus de sa tête.

— Je sais ce qu'il te faut.

Elle s'approcha de la chaîne et fouilla parmi sa collection d'albums.

— La compil « spéciale rupture » que nous avions faite quand Gil était parti pour l'université et que j'avais rompu avec Paul.

Des morceaux que je n'avais plus entendus depuis des années résonnèrent bientôt dans toute la pièce, et il ne nous fallut pas longtemps pour nous remettre à brailler les paroles de *Don't Speak*, de No Doubt.

— La suivante, c'est *Good Riddance*, de Green Day, m'annonça Steph par-dessus la chanson.

— Et en quoi écouter ces vieux tubes est censé m'aider ?

Elle haussa les épaules.

— Nous n'avons qu'à écouter et à laisser venir les idées.

Chacune de ces chansons faisait remonter des flots de souvenirs – bons comme mauvais. Les anciennes histoires de cœur, les journées entières passées à l'appartement avec Steph, les heures de révisions intenses.

— Parfois, j'aimerais revenir au temps de la fac, observai-je, la tête contre l'épaule de mon amie. Quand nous vivions encore toutes les deux dans notre minuscule appartement, sans réelles responsabilités… Ensuite, je me rappelle Allen, Boone, Evan ; toi et tes bad boys ; les cours, le régime « nouilles chinoises » et l'état de délabrement de l'appart, et je m'aperçois que ma vie actuelle n'est pas si mal, au fond.

— Nous ne nous en sommes pas trop mal sorties. Dire que je me marie à un homme merveilleux dans moins de deux semaines !

— Tu feras une magnifique mariée et une excellente épouse. Je suis heureuse pour toi, Steph. Je sais que je ne te le dis pas assez.

Un immense sourire illumina le visage de mon amie.

— Je te remercie. Ça me touche.

Elle reposa sa tête sur la mienne tandis que *Bitter Sweet Symphony* de The Verve laissait place à Christina Aguilera.

Quand la dernière note du CD se fut éteinte, Stephanie se redressa pour me faire face.

— Promets-moi d'essayer de parler à Jake. Il ne mérite pas de se faire plaquer sans que vous ayez eu une véritable discussion.

— Et que veux-tu que je lui dise ?

— « Salut » serait un bon début.

Chapitre 31

J'aurais dû retourner au bureau, où m'attendait une montagne de travail, mais je n'en eus pas le courage. Il fallait que je sache où Jake et moi en étions. Durant des semaines, je n'avais eu de cesse de trouver toutes sortes d'excuses pour mettre un terme à cette relation ; il était temps que nous ayons une véritable discussion sur les raisons qui pourraient nous pousser à rester ensemble, si toutefois c'était envisageable.

Les derniers rayons du soleil filtraient entre les immeubles, zébrant de lumière le trottoir qui se déroulait devant moi. La journée s'achevait, mais la chaleur écrasante demeurait. Se déplacer à pied me demandait un véritable effort, et j'étais en train de me transformer en loque dégoulinante ; ce qui ne me mettait pas exactement à mon avantage.

La vue de l'auvent bleu marine fit naître une bouffée de panique au creux de ma poitrine.

J'aimerais tellement appuyer sur la touche « Avance rapide » et être débarrassée. Et, surtout, savoir comment cela s'est passé.

Je gardais malgré tout espoir. Après notre baignade, Jake m'avait rappelé que le bonheur valait bien de prendre quelques risques, et, à cet instant, ses paroles prenaient tout leur sens. Certes, j'appréhendais le fait qu'ils doivent partir pour plusieurs mois, mais nous trouverions forcément un moyen de surmonter cela. Il était rare que je fasse preuve d'autant d'optimisme, et tout aussi terrifiée que je sois, j'étais plutôt fière de moi.

Les battements de mon cœur s'accélérèrent tandis que je poussais la porte du restaurant. Plusieurs personnes patientaient dans l'entrée, attendant qu'une table se libère. D'où j'étais, j'avais une bonne vue sur la salle principale : il y avait du monde, mais l'endroit n'était pas non plus plein à craquer. J'aperçus alors Jake à une table du fond, et le trac me gagna. Même après notre dispute de la veille, je n'aspirais qu'à me blottir entre ses bras.

Je peux le faire, me répétai-je en le rejoignant à grandes enjambées, prête à me livrer entièrement, à le supplier de me donner une chance, malgré mes névroses.

C'est alors que je remarquai qu'il n'était pas seul.

En face de lui était assise une femme aux cheveux blond vénitien, et tous deux étaient absorbés dans une conversation animée.

Bon, pas de conclusions hâtives. C'est peut-être sa sœur. Dans les films, c'est toujours « la sœur ».

Je me souvins alors que sa sœur avait les cheveux bruns.

Elle se les est peut-être fait décolorer. Ou alors il s'agit d'une cousine.

Ou simplement d'une cliente régulière. Il a tout à fait le droit d'avoir des amies femmes.

Cependant, lorsqu'il leva le regard vers moi, une expression coupable traversa son visage.

Il fit signe à la jeune femme de patienter un moment puis vint se placer entre elle et moi.

— Je croyais que tu travaillais tard, ce soir ?

Je répondis comme un automate, rapidement submergée par un mauvais pressentiment.

— J'avais quelques affaires à régler, alors j'ai quitté le bureau plus tôt. Et toi… on peut savoir ce que tu fais ?

m'enquis-je en dardant un regard assassin en direction de la blonde, qui nous observait avec ce qu'elle s'imaginait sans doute être de la discrétion, de sa table.

— Darby… Ce n'est pas… Je voulais t'en parler…

Je me détournai en levant la main, pour lui signifier que ses excuses ne m'intéressaient pas. Je n'arrivais pas à y croire.

Comme il me rattrapait par le poignet, je fis volte-face. Le souffle court, le sang battant à mes tempes, je crus que le sol allait se dérober sous mes pieds.

Les quelques jours qui avaient précédé avaient été en dents-de-scie, et je supportais très mal les attractions de type montagnes russes ; elles me donnaient la nausée. Comment avais-je pu me tromper à ce point sur son compte ?

— Qui est-ce ?

— C'est mon ex-fiancée.

Ces mots me firent l'effet d'un poignard en plein cœur, chaque syllabe plus douloureuse que la première. Je tentai de me dégager, mais il ne me lâcha pas le bras.

— Écoute, je peux tout expliquer. Allons dans mon bureau, nous n'avons pas besoin de nous donner en spectacle.

Les larmes me montèrent aux yeux.

— C'est ma faute. J'ai voulu jouer avec le feu, je me suis brûlée. (Je plantai mon index dans son sternum.) Je te croyais différent des autres. Je t'ai laissé m'embobiner et suis revenue sur ma décision, alors que j'avais juré que l'on ne m'y reprendrait plus !

— Je reviens, lança-t-il par-dessus son épaule, avant de m'entraîner en direction de son bureau.

J'aurais voulu lui tenir tête, fuir dans la direction opposée, mais je me laissai guider, comme anesthésiée, vers la pièce devant laquelle nous nous étions rencontrés. La pièce où nous nous étions embrassés.

— J'avais l'intention de te parler de Shannon, je te le jure, mais je n'ai jamais trouvé le bon moment. Je commençais tout juste à percer ta coquille ; je savais que tu réagirais mal, que tu utiliserais cela pour appuyer tes théories.

— J'adore cette manière qu'ont les menteurs de toujours donner l'impression que c'est la faute des autres, et non la leur. Je ne sais pas ce qui me rend le plus dingue : le fait que tu m'aies menti, ou la façon dont tu as osé me rebattre les oreilles avec tes histoires d'engagement et d'efforts pour maintenir une relation à flot.

— Hé, c'est toi qui as instauré les règles, tu ne voulais pas entendre parler de mon passé. J'ai bien essayé d'aborder le sujet, un soir, à ton appartement, mais tu m'as fait taire, rappelle-toi. Et, maintenant, tu me reproches d'avoir respecté tes propres consignes à la lettre ?

— Très bien, tu as raison ! Mes règles n'ont aucun sens, et tout est ma faute. C'est moi qui t'ai poussé dans les bras de ton ex.

Je détestais pleurer devant les gens. Je parvenais en général à ravaler mes larmes, mais l'une d'elles m'échappa et vint rouler sur ma joue.

— Adieu, Jake. Il faut croire que tu étais destiné à devenir un sujet d'étude comme les autres. En revanche, je n'ai plus de princes en réserve, alors je vais devoir te fourrer dans la catégorie Cendrillon, avec l'autre Prince Charmant.

Avec un reniflement, je tendis la main vers la poignée, mais Jake fut plus rapide et me bloqua le passage.

— Je ne te laisserai pas partir tant que tu ne m'auras pas écouté.

— Je suis sûre que tu as tout un tas d'excuses aussi touchantes que bidons. Merci, mais ça ne m'intéresse pas.

Planté devant la porte, Jake croisa les bras.

— Shannon et moi étions fiancés depuis quelques mois seulement quand j'ai pris la décision de démissionner de mon poste dans l'entreprise de mon père pour ouvrir le restaurant. Shannon a emménagé avec moi à Denver, mais elle a eu du mal à supporter tout ce changement. New York lui manquait, ainsi que ses amis, sa famille... Nous avons commencé à nous disputer à propos de tout et de n'importe quoi : la manière dont il fallait remplir le lave-vaisselle, l'utilisation des dessous de verre, le bruit que je faisais le matin... Tout ce que je faisais, je le faisais de travers.

Il plongea la main dans ses cheveux.

— Bien sûr, je ne dis pas que tout était sa faute : je me consacrais presque exclusivement à l'ouverture du *Blue*, je n'étais jamais à la maison, et nous avons fini par nous éloigner l'un de l'autre. Le peu de temps que nous passions tous les deux, nous parlions à peine. Elle ne voulait jamais me dire ce qui n'allait pas, il fallait toujours que je devine ; et, si j'avais le malheur de tomber à côté de la plaque, ça la rendait encore plus dingue.

Toujours adossé à la porte, il me pressa l'épaule.

— C'est pour ça que j'aime quand tu me parles de ce que tu ressens. L'autre soir, lorsque nous nous sommes chamaillés à propos de ces histoires de coups de fil, ça m'a agacé, mais tu avais raison. Parfois, je me plonge tellement dans le boulot que j'en oublie tout le reste. Je ne veux plus faire cette erreur. Pas avec toi, murmura-t-il en me caressant doucement le bras.

— Tu essaies de me faire croire que ce n'est pas grave que vous ayez dû rompre vos fiançailles, parce que vous n'étiez finalement pas faits l'un pour l'autre ?

— Mais nous n'étions pas faits l'un pour l'autre. Encore heureux que nous nous en soyons aperçus avant de nous engager pour toute la vie.

Un petit rire sans joie s'échappa de ma gorge.

— C'est bien ça, le problème. Les gens sont persuadés qu'ils finiront par rencontrer quelqu'un avec qui tout fonctionnera à merveille et sans effort, comme par enchantement. Mais c'est pareil avec tout le monde : la passion s'éteint, les frictions se multiplient, le monde extérieur s'en mêle, ou on fait la connaissance d'une nouvelle personne… Et on prétend ensuite avoir fait tout son possible pour excuser le fait d'être parti ou d'avoir trompé l'autre.

— Tu ne trouves pas ça un peu hypocrite de me faire la morale, quand on sait les difficultés que tu as à t'impliquer dans une relation ? Combien de tes histoires ont tourné court ?

— Aucune n'a jamais été jusqu'aux fiançailles ! ripostai-je.

— Et avec les barrières que tu dresses autour de toi, ce n'est pas près de t'arriver.

Sans voix, je le dévisageai durant plusieurs secondes, les dents serrées.

— La différence, c'est que j'ai toujours dit que les histoires d'amour n'étaient pas faites pour durer. C'est toi qui me soutiens depuis le début que si l'on s'aime, que l'on est prêt à faire l'effort de s'impliquer, et autres conneries, on peut réussir.

Je ne supportais même plus de le regarder. J'arpentai la pièce minuscule de long en large, furieuse de m'être fait des idées et de l'avoir cru différent.

— J'étais vraiment prêt à tout tenter pour sauver notre couple, essaya-t-il de se justifier. Même si cela allait mal, nous avions vécu trop de choses pour tirer un trait sur cette relation aussi facilement, sans parler du fait qu'elle m'avait suivi à Denver… (Sa mâchoire se crispa.) Seulement, elle avait déjà rencontré quelqu'un d'autre. Elle m'assure qu'elle ne m'a jamais trompé – physiquement, du moins –, mais elle est tombée amoureuse de ce type. Nous avons rompu, et j'ai déménagé.

Il plongea son regard dans le mien, mais je ne sus quoi répondre et me contentai de le dévisager.

— Tu n'es pas la seule à avoir souffert par le passé, reprit-il. C'est triste, je sais. Mais renoncer purement et simplement à l'amour l'est tout autant.

Certes. Mais c'était aussi ce qu'il y avait de moins risqué.

— Dans ce cas, si tu n'es plus amoureux, que fait-elle dans le restaurant ?

— Les banques ne voulaient pas lui accorder de prêt. Comme la maison était à mon nom, j'ai accepté de la lui louer. Elle et Andrew – son nouveau fiancé – viennent de me l'acheter. Il ne manque plus que lui, nous l'attendions pour nous rendre à l'agence immobilière afin de signer les derniers papiers.

S'avançant vers moi, il posa la main sur ma hanche.

— Je te promets que je t'en aurais parlé, mais je savais que tu prendrais peur si je t'avouais que j'avais déjà été fiancé. Je voulais être sûr que tu saches que tu pouvais me faire confiance avant de te l'annoncer.

Les larmes me brouillèrent soudain la vue, ma gorge se serra.

— Tout ce que ça prouve, c'est justement que je ne peux pas te faire confiance.

— Non, tu essaies juste de prouver tes théories par tous les moyens au lieu de m'écouter. À aucun moment tu ne nous as donné une chance, tu attendais la première excuse venue pour mettre un terme à cette aventure.

Il me regarda droit dans les yeux durant quelques instants, puis laissa retomber sa main.

— Je nous ai laissé une chance, sanglotai-je en me recroquevillant sur moi-même, regrettant de ne pas pouvoir disparaître. Pour l'instant, j'ai besoin d'être seule.

Baissant la tête, Jake se massa l'arête du nez.

— Rien de ce que je dirai ne te fera jamais changer d'avis, n'est-ce pas ?

Il m'observa un moment, comme s'il attendait une réponse. Face à mon silence, il poussa un soupir rauque.

— Très bien, je vais te faciliter la tâche et te laisser tranquille pour de bon. Adieu, Darby. J'espère sincèrement que tu trouveras un jour ce que tu recherches.

Une peine immense m'enserra la poitrine, et, en dépit de tous mes efforts, je ne parvins pas à chasser les larmes qui me nouaient la gorge.

Il hésita un instant dans l'encadrement de la porte puis, sans se retourner, déclara :

— Si tu avais cherché une raison de t'accrocher à moi plutôt qu'une excuse pour me larguer, tu en aurais peut-être déniché une, tu sais.

Chapitre 32

Les jours qui suivirent ma discussion désastreuse avec Jake ne furent pas jolis à voir. Traînant mon cafard dans tout l'appartement, je passai des heures devant les émissions de téléréalité les plus craignos du moment, maudissant tous les heureux petits couples sur lesquels je posais les yeux – qu'ils soient réels ou fictifs. Terrorisée à l'idée de le croiser, j'effectuais toutes mes allées et venues au pas de course, l'œil aux aguets. Si j'avais pour principe de ne pas fréquenter des hommes que je voyais au quotidien, c'était précisément pour ne pas avoir à subir tout ce stress et ces accès de paranoïa. En ce qui concernait Jake, je m'étais surpassée. S'il était relativement aisé d'éviter le *Blue*, je ne pouvais pas abandonner mon appartement.

Je ne soufflais plus que le soir, lorsque je me blottissais dans mon cocon douillet, avec la certitude de ne plus avoir à sortir jusqu'au lendemain. Je touchais à peine les semblants de repas que je trouvais le courage de me préparer – en général un plat surgelé à réchauffer au micro-ondes –, et continuais de me morfondre. Réaction d'autant plus ridicule que je connaissais Jake depuis deux mois seulement.

Lorsque le vendredi arriva, je repêchai le Post-it de Porter au fond de mon sac et le collai sur mon réfrigérateur. Chaque fois que mon regard tombait dessus, je l'étudiais durant quelques secondes, puis retournais vaquer à mes occupations.

Le samedi après-midi, après m'être enfilé un pot de glace et m'être affalé devant un téléfilm, je finis par craquer et appelai le numéro qu'il m'avait laissé.

— Pas trop tôt, dit-il. Alors quand nous voyons-nous ?

J'avais tâché d'organiser l'enterrement de vie de jeune fille de Stephanie, mais elle avait vite repris les rênes, et la soirée s'était transformée en un événement beaucoup plus rigide que je ne l'avais initialement prévu : quelques verres dans un bar *lounge*, pas d'accessoires de mariée ridicules, et pas de Chippendales.

Laura, une collègue de travail de Stephanie, essaya bien de dégainer une espèce de diadème surmonté d'un voile.

— C'est trop mignon… De cette façon, tout le monde saura que tu es la future mariée !

D'un regard, Steph me fit comprendre que c'était à moi de gérer la crise. Je fourrai donc le voile dans mon sac.

— Je le mets de côté ; Stephanie le gardera comme souvenir.

Le groupe s'installa dans un box au fond du bar. Des sept femmes présentes, seules deux n'étaient pas encore mariées : moi et Stephanie. Cela, et le fait que nous soyons dans un coin à l'écart de l'animation, me donnait plus l'impression d'une soirée entre filles que d'une grosse fiesta.

À côté des enterrements de vie de jeune fille débridés auxquels j'avais participé plus jeune, celui de ma meilleure amie était absolument minable. Ces femmes n'avaient que leur mari et leurs enfants à la bouche. Quand l'une d'elles commença à nous raconter par le menu les histoires de pot de son gamin, je dus me faire violence pour ne pas quitter la table.

Chacune se répandait en compliments à propos d'Anthony et du couple merveilleux qu'il formait avec Stephanie.

Bref, c'était la fête la plus mortelle à laquelle j'aie jamais assisté. Alors j'enquillai verre sur verre. Lorsque le garçon passa à notre table, je commandai des sex on the beach à volonté. Dès cet instant, les choses commencèrent à devenir intéressantes.

À mesure que les cocktails faisaient leur effet, les discussions se firent plus croustillantes. Et plus animées. Je partageai des anecdotes sur les abominables individus qu'avait connus la future mariée, et celle-ci fit de même avec moi. Ses collègues se remémorèrent son premier jour de travail, les changements qu'elles avaient décelés chez elle quand elle avait commencé à fréquenter Anthony ; comme elle rayonnait depuis leur rencontre, comme s'il avait jusqu'alors manqué quelque chose à sa vie, et que le vide était désormais comblé.

Comme s'il y avait besoin d'un mec pour être épanouie… Et puis « rayonner », sincèrement ? On n'est pas des vers luisants.

J'avais beau être très heureuse pour mon amie, entendre discuter le gang des mariées-deux-enfants me rappelait à quel point mon existence était sur le point de changer. Steph serait toujours ma sœur de cœur, mais rien ne serait plus comme avant. Anthony, sa famille, ainsi que celle qu'ils envisageaient de fonder dès que possible étaient désormais sa priorité. Au milieu de ces six femmes, je me sentis soudain très seule. Même Drew, supposé partager ma vision blasée de l'amour, était en train de m'abandonner.

Raison de plus pour dire que l'amour, ça craint.

Fort à propos, le serveur vint m'apporter un autre verre, et je pus trinquer à cette idée.

Nous voyant éméchées, des mâles commençaient à venir tenter leur chance à intervalles réguliers. Laura eut l'amabilité de me désigner du doigt lorsqu'un grand type en manteau de cuir approcha de la table.

— On est toutes mariées, sauf elle !

Levant les yeux, je ne manquai pas de remarquer l'air déçu de l'homme, ce qui ne fit rien pour améliorer mon estime de moi déjà bien amochée. Il resta planté là quelques instants, gêné.

— Il n'y a pas de mal, le rassurai-je. Je ne suis pas intéressée non plus.

Il tourna les talons sans demander son reste.

Un moment plus tard, un autre mec venait taper sur l'épaule de Stephanie. Elle tourna la tête, puis chercha mon regard.

— Elle se marie bientôt, déclarai-je laborieusement, la voix pâteuse. On fête son enterrement de vie de jeune fille.

— Alors, que dirais-tu d'une dernière incartade, avant de te faire passer la corde au cou ? insista-t-il avec un sourire à l'adresse de mon amie.

— Désolée, mon gars, elle n'a aucune intention de tromper son fiancé. Allez ouste ! fis-je en le chassant de la main. Va voir ailleurs si elle y est.

Marmonnant quelques paroles charmantes entre ses dents, il repartit d'où il était venu.

Je passai alors un bras autour des épaules de Stephanie.

— Que crois-tu que Jake est en train de faire ? Enfin, c'est samedi, il est sans doute au boulot, mais je me demande…

— Tu te demandes quoi ? ânonna-t-elle.

— Si je lui manque. C'est peut-être idiot, mais il me manque déjà, lui. J'aimerais tellement qu'il soit là… Tu vois, c'est pour ça que je n'aime pas boire. Je deviens gnangnan et émotive. J'ai du mal à cotonn… cotonnir.

Les mots ne sortaient pas comme je voulais. Je fis une autre tentative.

— À maîtriser mes sentiments. Et après je fais des conneries. Comme quand j'ai rencontré Allen, à cette fête.

— Mais Jake n'était pas une connerie.

— J'ai tout foutu en l'air. Et je ne peux même pas rejeter la faute sur Cendrillon, cette fois… Cela n'a plus aucune importance, de toute façon. J'ai été trop loin, il ne reviendra pas. C'est terminé.

Après un moment de réflexion, je refusai la nouvelle tournée proposée par le barman.

— Il faut que j'arrête, sinon je vais finir par me ridiculiser.

Steph avait également eu sa dose.

— Je me suis bien amusée, j'ai célébré mon dernier week-end en tant que célibataire, mais tout ce dont j'ai envie, maintenant, c'est de rentrer chez moi pour retrouver mon chéri.

Elle se tourna vers moi, le visage fendu d'un sourire niais.

— Tu me ramènes chez moi pour que je rejoigne mon chéri ?

Plus facile à dire qu'à faire.

Stephanie avait une étrange phobie des chauffeurs de taxis. Si quelqu'un était avec elle, tout allait bien, mais, si on avait le malheur de la laisser seule avec l'un d'entre eux, c'était la panique assurée. Nous avions donc fait un détour pour la déposer la première. Comme le taxi s'engageait dans sa rue, je passai un coup de fil à Anthony afin qu'il vienne la récupérer.

Lorsqu'elle vit son fiancé à la porte, elle fut prise d'un fou rire incontrôlable.

Il l'extirpa de la voiture, la soutenant d'un bras.

— Tu es parfait, fit-elle en lui enfonçant un doigt dans la joue. Je t'aime tellement !

— Moi aussi, je t'aime…

Sans lâcher Steph, il se pencha à la portière.

— Tu ne vois pas d'inconvénient à rentrer seule, ça ira ?

Je savais qu'il ne pensait pas à mal, aussi ravalai-je le « merci de retourner le couteau dans la plaie » qui me chatouillait le bout de la langue.

— Ça ira.

— Et tu n'auras pas de problème pour rentrer dans ton immeuble ? Tu n'es pas si…

— Chhh ! souffla Stephanie en lorgnant le chauffeur d'un œil mauvais. Il serait capable de profiter d'elle. (Elle éleva la voix.) Garde ta matraque électrique à portée de main, au cas où.

J'éclatai de rire. Elle était plus soûle que je ne l'aurais cru. J'avais encore la tête dans le coton, mais les idées à peu près claires.

— Ne t'inquiète pas pour moi, va. Merci, Anthony. À plus tard, Steph.

Elle m'adressa un petit coucou de la main en gloussant. Anthony lui fit faire demi-tour et la conduisit à l'intérieur.

Je donnai mon adresse au chauffeur et me calai contre le dossier de la banquette.

Note à moi-même : plus jamais d'enterrement de vie de jeune fille. C'est beaucoup moins drôle avec l'âge.

Quelques minutes plus tard, le taxi se gara devant chez moi. Si je peinais à marcher droit, je n'eus pas trop de difficultés à entrer dans l'immeuble et à trouver l'ascenseur. Les portes s'ouvrirent avec un « ding ! » sonore. J'hésitai un moment avant de presser le bouton numéro 4, puis, sur un coup de tête, décidai de monter jusqu'au dix-neuvième étage. Toute la soirée, je m'étais sentie affreusement seule, et j'en avais plus qu'assez. Et ne disait-on pas de l'alcool que c'était du courage en bouteille ?

— Oups, laissai-je échapper tandis que l'ascenseur s'arrêtait dans un dernier sursaut.

Encore un peu chancelante, je fis un premier pas dans le couloir. Je dépassai la première porte – plus que trois –, et me figeai, horrifiée.

Mon Dieu, qu'est-ce que je fous là ? Aller frapper chez lui dans cet état, simplement parce que je n'ai pas envie d'être seule ce soir ? C'est d'un pathétique…

Penchant dangereusement du côté du mur, je me hâtai de revenir sur mes pas. Je réussis tant bien que mal à regagner l'ascenseur et appuyai à répétition sur le bouton, priant pour que Jake ne soit pas en train de monter, ou sur le point de sortir ; bref, que je ne sois pas obligée de le croiser. Finalement, l'expression « courage en bouteille » n'était peut-être pas appropriée, car l'alcool vous donnait surtout le courage de faire des choses que vous auriez en temps normal le bon sens de ne pas entreprendre.

Les portes s'ouvrirent, et je me précipitai à l'intérieur. Pour la première fois de la soirée, j'étais heureuse de me trouver seule. Je pressai le bouton qui me mènerait à mon étage, manquant de m'étaler par terre quand l'ascenseur amorça sa descente.

Je me promis de donner rendez-vous à Porter le lendemain même. Ensuite, ma vie reviendrait à la normale. Ou, du moins, ce qui passait pour normal lorsque, comme moi, on ne croyait plus en l'amour et que l'on n'avait de toute façon besoin de personne.

Chapitre 33

Ma robe portefeuille noire fut la première à accrocher mon regard tandis que j'explorais mon placard, à la recherche d'une tenue pour mon rendez-vous. Sortir avec Porter me paraissait bien plus judicieux que d'entamer une toute nouvelle histoire. Il connaissait déjà mon opinion à propos des relations amoureuses ; de mon côté, je l'aimais beaucoup et savais que je pouvais compter sur lui pour me soutenir. Je me disais qu'il ne serait pas désagréable de passer un peu de temps avec lui quand Steph serait occupée. De fait, son retour en ville alors que tout s'en allait à vau-l'eau avec Jake m'apparaissait comme une sorte de signe providentiel.

Sur ma table de nuit, mon portable se mit à sonner. Je jetai un coup d'œil au numéro qui s'affichait : *Drew.*

Combien on parie que lui et Lisa ont rompu et qu'il veut se remettre en chasse. Finalement, j'aurai peut-être un colocataire sur mes vieux jours.

— Allô ?

— Salut, Darby. Je me demandais si Jake et toi voudriez vous joindre à nous pour un petit déjeuner.

— Oui, euh, au fait… à propos de Jake… nous ne sommes…

— Ne me dis pas que tu as plaqué le seul type correct que tu aies fréquenté ces dernières années ?

— Disons simplement que j'espère que tu gagnes assez bien ta vie pour que l'on puisse se payer un joli petit chez-nous quand viendra l'âge de la retraite.

— Ben voyons. C'est bien connu, je roule sur l'or, soupira-t-il. Alors, c'était quoi le problème, cette fois ? Pas assez snob ? Il s'entendait trop bien avec nous ?

— Eh bien, j'avoue que ça me paraissait un peu suspect, rétorquai-je.

Ma tentative de plaisanterie fut accueillie par un silence. Je serrai les dents, le cœur rongé par la douleur dont je m'évertuais à nier l'existence.

— Rien du tout, OK ? Il est sur le point d'ouvrir un nouveau restaurant dans un autre État et ne sera jamais là. Et puis je suis tombée sur Porter, l'autre jour, et…

— Je te jure que si tu recommences à fréquenter cette tête de con, je ne te connais plus. Et, quand tout sera terminé – parce que nous savons tous les deux que ça ne va pas durer –, tu te chercheras une maison toute seule pour ta retraite, parce qu'il est hors de question que je finisse mes jours en compagnie de quelqu'un qui n'a pas une once de jugeote.

— Tu sais, Drew, je n'ai vraiment pas besoin qu'on me rabâche que je suis nulle en matière de relations amoureuses. Surtout venant de toi, c'est un peu fort.

Sur ce, je lui raccrochai au nez et jetai mon téléphone sur le lit d'un geste rageur.

Mais pour qui se prend-il, à vouloir me dicter qui voir ou non ?

Inspirant et expirant profondément, je tentai de recouvrer mon calme.

Laisse tomber. Ce n'est qu'un idiot, il ne sait pas de quoi il parle.

— « Il est hors de question que je finisse mes jours en compagnie de quelqu'un qui n'a pas une once de jugeote », me moquai-je en reprenant ses mots. Ouais, eh bien, figure-toi que moi non plus je ne voudrais pas vivre avec toi. À la vérité, habiter seule jusqu'à la fin de mes jours ne me semble plus être une si mauvaise idée !

Porter m'invita au *Palace Arms*, le restaurant chic du *Brown Palace Hotel* ; c'était là qu'il m'avait emmenée lors de notre premier rendez-vous. À l'époque, je m'étais sentie un peu perdue, ne sachant même pas en quoi consistaient certains plats au menu. Porter avait eu beau m'assurer que le foie gras était délicieux, je n'avais aucune envie de manger du foie, encore moins d'oie.

Tout au long du repas, il évoqua sa vie à New York, la croissance de sa compagnie durant cette période, et me dit finalement qu'il avait vendu ses parts afin de se consacrer à d'autres projets. Face à lui, je l'écoutais, avec comme une sensation de déjà-vu.

Lorsqu'il eut terminé son assiette, il reposa sa fourchette et leva les yeux vers moi.

— Excuse-moi. Je suis tellement heureux de te voir que je cause, je cause, et tu n'as pas dit un mot. Comment va le travail ?

— Je suis sur un projet commercial, pour Patricia.

— Ah, le genre de chose qui te tape sur les nerfs.

Il était plutôt sympa de ne pas avoir à passer par la case « faisons connaissance », pour une fois.

— Et c'est peu dire. Je suis obligée de laisser de côté des projets qui m'intéressent à cause de celui-là. Selon Jake… (Ce fut comme de recevoir un coup de poing en plein ventre.) … enfin, dernièrement, je réfléchis à me mettre à mon compte.

Porter joignit les mains sous son menton.

— C'est risqué dans ce secteur ; et Metamorphosis a une sacrée réputation.

— Je le sais bien. Seulement, c'est Nadine et moi qui amenons la majorité des clients à l'agence, et je déteste devoir trimer autant sur des projets que j'ai en horreur, surtout quand Patricia me traite comme la dernière des idiotes.

— Tu es douée, et Patricia le sait. Monter sa propre entreprise réclame énormément de travail, mais je te sais très déterminée. Si tu as besoin de quoi que ce soit, tu n'as qu'à demander.

Les compliments, ainsi que l'offre, faisaient chaud au cœur, mais ç'aurait été le meilleur moyen de me retrouver dans une position inconfortable ; d'autant plus que je n'étais toujours pas convaincue que me précipiter dans ses bras soit particulièrement intelligent. Seulement, tout était bon pour essayer d'oublier Jake. Sa voix, son parfum me manquaient. Ainsi que son sens de l'humour. Il fallait vraiment que j'arrête de penser à lui…

— Je doute d'être prête à franchir le pas, dis-je après avoir reposé mon verre d'eau. Mais j'avoue que la perspective est séduisante.

S'inclinant vers moi, Porter posa une main sur ma cuisse.

— Te voir, ce soir, m'a rappelé tous les bons moments que nous avons passés ensemble. Je suis heureux que tu aies appelé.

— Ta mère va être horrifiée d'apprendre que l'on se revoit.

— Et que dire de ta famille…

Étant donné que je venais justement de me disputer avec Drew à ce propos, il aurait été hypocrite de prétendre le contraire.

— Mais je ne sais pas… Je ne suis pas sûre que ce soit une très bonne idée.

Il hocha la tête avec lenteur.

— Donc tu ne me fais toujours pas confiance.

— Ce n'est pas ça… Je te connais, ce qui est déjà un gros avantage. Seulement, cela fait un moment que nous n'étions plus en contact. Beaucoup de choses ont changé.

— Mais pas ton opinion à propos des relations amoureuses, à ce que je vois.

— Pas vraiment, non, dis-je, tout en faisant rouler mon verre de vin entre mes doigts. En partant, tu n'as fait que renforcer ce sentiment. Cela dit, je comprends tout à fait ta décision. C'était le meilleur choix pour ta carrière.

Porter immobilisa le verre, m'obligeant à lever les yeux.

— Tu sembles oublier que je t'ai proposé de venir avec moi.

— Tu me demandais de laisser toute ma vie derrière moi – mon boulot, ma famille, mes amis… Tout cela pour tenter l'aventure dans une ville inconnue, alors que je savais que tu serais débordé de travail. D'ailleurs, à la façon dont tu en parlais, on aurait dit que ça t'était égal que j'accepte ou non.

— Si cela m'avait été égal, je ne t'aurais pas demandé de me suivre à l'autre bout du pays. Je savais que, si j'insistais, tu te braquerais. C'était ce qui arrivait chaque fois que je tentais de faire progresser notre couple vers quelque chose de plus sérieux, me reprocha-t-il, le regard peiné. Je pensais que nous en étions à un point de notre relation où tu étais enfin assez attachée à moi pour envisager d'emménager à New York avec moi.

— J'y ai songé, lui avouai-je. Et puis je suis retombée sur terre.

Je faillis m'arrêter là, mais il fallait que je sache.

— Pour quelle raison es-tu revenu ici, alors que tu pourrais être à New York, ou dans n'importe quelle autre ville ?

— Cette raison, j'espère l'avoir devant moi.

Mon cœur fit un bond dans ma poitrine. Comme à son habitude, Porter était d'une confiance à toute épreuve et ne doutait de rien. Pour ma part, j'avais l'impression de tromper Jake, quand bien même il m'avait plaquée.

Peut-être que si je l'avais retenu…

J'aurais dû le retenir.

Porter se pencha si près que nos genoux s'entrechoquèrent.

— New York n'était pas fait pour moi. Trop de monde, trop de bruit. Trop de gens, mais pas la personne que je désirais plus que tout à mes côtés. Je ne l'ai compris qu'à mon retour. Dès le moment où je t'ai aperçue, tout est devenu clair. Je n'ai jamais cessé de t'aimer, Darby. Et je ferai tout ce qu'il faut pour te le prouver.

Chapitre 34

Le lundi matin, Katy entra dans la pièce avec un énorme bouquet de tulipes blanches.

—On dirait que quelqu'un a passé un bon week-end.

—Bon, je ne sais pas, mais certainement inhabituel.

J'avais espéré que sortir avec Porter m'aiderait à prendre du recul, mais j'étais rentrée chez moi plus perdue que jamais.

La réceptionniste déposa les fleurs sur mon bureau.

—Je suppose qu'elles sont…

Levant l'index, elle s'interrompit et appuya sur le bouton de son casque.

—Metamorphosis Designs, bonjour ! En quoi puis-je vous aider ?… Aucun problème. Laissez-moi vous donner le numéro.

Elle me salua d'une main et sortit.

Le doux parfum des tulipes emplissait l'air. Bondissant sur mes pieds, j'attrapai la carte plantée au cœur du bouquet. Tracés à l'encre dorée de façon alambiquée, les mots étaient tout juste déchiffrables :

« J'ai passé une excellente soirée. J'espère que l'on remettra ça bientôt.

Porter »

En se rappelant que les tulipes étaient mes fleurs préférées, Porter avait marqué des points. Le bouquet me bouchant la vue sur la vitre qui donnait sur le couloir, je le poussai sur la droite de mon bureau : j'aimais mieux voir Patricia arriver quand elle décidait de me rendre une petite visite.

C'est vraiment gentil à lui de m'avoir fait livrer des fleurs. Il est vrai qu'il a toujours été plein d'attentions.

Je m'installai confortablement face à mon écran d'ordinateur et ouvris ma boîte mail, avec l'intention d'envoyer un message à Stephanie, pour la tenir au courant des derniers développements. Au sommet de la pile de messages non lus m'attendait un nouveau mail de Jake. Mon pouls s'accéléra, le sang battant à mes tempes tandis que je déplaçais le curseur sur son nom et cliquais.

> J'ai étudié deux scénarios ; tu trouveras les tableaux de calculs en pièce jointe. L'un des deux supposerait de t'associer à Nadine. Ce ne serait peut-être pas une mauvaise idée de montrer ces études à ta patronne et de les utiliser pour faire pression sur elle. Étant donné le chiffre d'affaires que vous lui rapportez, toi et Nadine, elle a tout intérêt à accepter vos conditions.
> Le bonheur vaut bien de prendre quelques risques.
> Bonne chance pour tout,
>
> Jake

Je relus le message un certain nombre de fois avant d'ouvrir le fichier joint. J'étudiai alors les prévisions qu'il avait effectuées grâce aux informations que je lui avais fournies.

Ces chiffres ne sont quand même pas justes ?

Je n'en croyais pas mes yeux.

Non seulement les chiffres étaient étourdissants, mais j'avais également du mal à concevoir que Jake ait pris la peine de faire tous ces calculs pour moi, alors que tout était fini entre nous. Les larmes vinrent me picoter la gorge et les yeux.

Je m'efforçai de les retenir en battant furieusement des cils, avant de devenir « la fille qui chiale dans son bureau ».

La tête de Nadine apparut dans l'encadrement de ma porte.

— Tu es prête ? Barbara va nous attendre.

Puis elle fit un pas dans la pièce.

— Pas mal, les fleurs. De la part de Jake, je suppose ?

Eh non ! Jake m'a offert un bien meilleur cadeau.

Je déglutis avec peine, la gorge serrée.

— De la part de Porter.

Ma collègue fronça les sourcils.

— Comment ça ? Qu'est-il advenu de Jake ? Et Porter ? Il est en visite ou est-ce qu'il…

— Je t'expliquerai en chemin. Donne-moi une seconde.

J'envoyai rapidement le tableau de Jake à l'impression. Quand l'imprimante se tut, je récupérai la feuille avec une joie à peine contenue. Savoir que je détenais la clé de notre liberté me donnait envie de bondir comme une enfant.

Il est grand temps de passer à l'action.

Nadine ramassa le classeur qu'elle avait posé sur la table de mon salon et le fourra dans la sacoche de son ordinateur portable.

— Alors, on se lance pour de bon ?

— Si Patricia refuse de nous laisser le choix de nos projets et de nous augmenter de dix pour cent, il ne nous reste plus qu'à claquer la porte. Auquel cas, ceci, dis-je en désignant mon appartement d'un geste ample, deviendra notre bureau. Tu es d'accord ?

Ma collègue prit une grande inspiration et acquiesça.

— On fait comme ça.

Après avoir refermé la porte derrière elle, je m'efforçai de respirer avec calme afin d'évacuer le stress de cette journée.

Le vase débordant de tulipes perché sur le comptoir me rappela que Porter avait essayé de me joindre un peu plus tôt. Nadine et moi étant en plein conseil de guerre, je n'avais pas répondu. Mon téléphone ne m'indiquait qu'un appel manqué : il n'avait pas laissé de message. Je me rassis et réfléchis à ce que j'allais bien pouvoir lui dire lorsque je le rappellerais. Tel que je le connaissais, il nous avait déjà prévu des sorties pour toute la semaine.

La veille, il avait su trouver les mots. Aujourd'hui, il m'avait fait parvenir des fleurs. Mais je ne le sentais pas.

J'avais accepté l'invitation de Porter dans l'espoir de me rendre compte que Jake n'était finalement qu'un mec parmi tant d'autres. Malheureusement, cela n'avait fait que me renforcer dans l'idée que ce n'était pas le cas. Avec lui, tout était différent. Que l'on reste à ne rien faire chez lui, que l'on plaisante autour d'un dîner au restaurant ou même que l'on regarde un match de baseball, je passais toujours un bon moment. Et, pourtant, je détestais franchement le baseball. C'était du moins ce que je croyais. Mes certitudes se brouillaient. De plus, Jake s'intéressait à ma vie – à tous les aspects de ma vie. J'aimais également la manière dont son visage s'illuminait lorsqu'il m'apercevait. Sa manie de m'appeler « ma belle ». La sensation de ses bras qui m'enveloppaient.

Il me manquait à tel point que la souffrance de mon cœur irradiait à présent dans toute ma poitrine.

Moi qui avais tout mis en œuvre pour l'éviter, j'étais tombée amoureuse.

Et, au lieu de faire face à mes sentiments pour lui, je l'avais repoussé. Pourquoi ? Pour un type que je n'aimais même plus ? Parce que l'une de ses histoires d'amour s'était mal terminée ? Parce que j'étais une imbécile ? Personnellement, je penchais pour cette dernière solution. Décidant de m'apitoyer sur mon sort un moment, j'allumai la télévision. Après avoir zappé cinq minutes sans trouver quoi que ce soit d'intéressant à regarder, je m'extirpai du canapé et fis le tour de mon appartement. Ma plante – celle qui refusait de vivre comme de crever – trônait sur le rebord de la fenêtre, plus desséchée que jamais.

Je l'apportai à la cuisine pour l'arroser. Elle était tellement flétrie, totalement irrécupérable.

Plutôt que de me diriger vers l'évier, comme je l'avais prévu, je filai droit à la poubelle.

Je pressai la pédale afin d'ouvrir le couvercle et m'apprêtai à jeter le pot de fleurs dans la gueule béante, avec le reste de mes déchets. C'est alors que je la vis : la pousse verte qui subsistait contre vents et marées. Je revis Jake penché au-dessus, admirant la ténacité de cette petite feuille qui refusait d'abandonner.

Je détestais les signes. Je n'y croyais pas. Chacun les interprétait généralement comme cela l'arrangeait. Pourtant, à cet instant, cette petite pousse me soufflait que je devais me réconcilier avec cet homme qui avait tant lutté lui aussi, en dépit des obstacles que je m'obstinais à semer sur son chemin.

De nombreuses questions me traversèrent l'esprit : et si ç'avait été la goutte d'eau, qu'il en avait assez ? Et s'il m'envoyait sur les roses ? Peut-être était-il déjà passé à autre chose ? Peut-être ne partageait-il pas mes sentiments ?

Abattue, je songeai néanmoins qu'il était peut-être pire de vivre le reste de ma vie dans le doute que de saboter mon unique chance de trouver le bonheur.

Je lançai un coup d'œil à la pendule.

Il vient probablement tout juste de rentrer.

Forte d'une nouvelle détermination, je posai ma plante sur le comptoir, et courus jusqu'à l'ascenseur. Le cœur battant douloureusement contre mes côtes, je pressai le 19.

Le court trajet ne me laissa pas vraiment le temps de me préparer mentalement, et c'est un peu étourdie que je m'arrêtai à l'étage de Jake. À mesure que j'approchais de sa porte, je sentais ma gorge se dessécher, mon estomac se nouer.

Je restai plantée sur le paillasson durant de nombreuses minutes avant de trouver le courage de frapper.

En attendant, je m'ébouriffai légèrement les cheveux afin de leur donner un peu de volume, puis les lissai de nouveau du plat de la main. Tirant mon tube de gloss de ma poche, j'en appliquai une touche sur mes lèvres.

Enfin, je compris qu'il ne répondrait pas.

Alors que je reprenais le chemin de l'ascenseur, j'entendis le battant s'ouvrir. Lentement, comme pour ne pas l'effrayer, je me retournai.

— Visite impromptue ! m'exclamai-je d'une voix tremblante. Un des avantages à vivre dans le même immeuble.

— Je croyais qu'il n'y avait que des inconvénients ? rétorqua-t-il.

Il fit un pas dans le couloir. Il avait les cheveux mouillés. Ses vêtements collaient à son corps encore humide. De toute évidence, il sortait de la douche. En dépit de ma nervosité, une étincelle de désir embrasa le creux de mon ventre. J'aurais voulu plonger les mains dans ses cheveux trempés, caresser sa peau mouillée. Et, plus que tout, l'entendre me dire que tout se passerait bien.

Mais pour cela, il faudrait d'abord que je lui présente des excuses.

— Écoute, Jake, je ne sais pas ce qui m'a pris au restaurant. Je n'aurais pas dû réagir comme ça.

Jake haussa les sourcils, l'air de me dire : « Sans blague ? »

— D'accord, j'ai très mal géré la situation. Je suppose qu'à force de me focaliser sur ce qui risquait de mal tourner j'ai fini par oublier qu'il existait une petite chance pour que ça marche entre nous. La vérité, c'est qu'il n'y a rien qui cloche, chez toi.

Jake croisa les bras sur sa poitrine, et je remarquai malgré moi la manière dont ressortaient ses biceps.

— Mais… ?

Je m'humectai les lèvres, mon gloss me laissant un goût de cerise sur le bout de la langue.

— Il n'y a pas de « mais ». Ce que j'essaie de t'expliquer, c'est que je ne veux sortir avec personne d'autre, et je n'ai pas non plus envie que tu voies qui que ce soit à part moi. J'aimerais que l'on soit un couple, un couple comme les autres, avec ses hauts, ses bas, et tout le reste. À moins qu'il ne soit déjà trop tard et que tu ne préfères fuir tant qu'il est encore temps.

Dans de tels moments, j'avais tendance à vouloir plaisanter pour détendre un peu l'atmosphère.

— Même si, étant donné que nous habitons le même immeuble, tu ne risques pas d'aller bien loin !

— Tu as tort.

J'aurais juré que mon cœur avait cessé de battre un instant.

— Oh. Bien. Dans ce cas, je m'en vais.

— Tu as tort quand tu dis que je n'ai pas de défauts, reprit-il. Pour commencer, je suis fou amoureux d'une femme qui n'a aucune foi en l'amour.

— Ce n'est pas que je ne crois pas en l'amour…, me défendis-je. Attends, c'est bien de moi que nous parlons ?

Il sembla réprimer un sourire.

— Tu vois quelqu'un d'autre dans ce couloir ?

Je poussai un soupir de soulagement, puis plongeai mes yeux dans son regard bleu.

— Tout ce dont je doute, c'est que l'amour dure toujours.

— Peut-être n'as-tu tout simplement pas rencontré l'homme qu'il te faut.

M'approchant doucement, je posai les mains de chaque côté de sa taille.

— Ou peut-être l'ai-je déjà rencontré, mais j'étais trop bornée pour m'en apercevoir…

Jake pointa un doigt sur sa poitrine d'un air étonné.

— Moi ?

— Tu vois quelqu'un d'autre dans ce couloir ? raillai-je, avant de me mettre sur la pointe des pieds pour l'embrasser.

Il m'enveloppa de ses bras, et j'entrouvris les lèvres sous la douce pression des siennes. Reculant maladroitement, il m'entraîna ainsi jusque dans son appartement. Puis, refermant la porte d'un coup de pied, il me plaqua contre le battant, et mon corps s'embrasa au contact du sien. Je buvais ses baisers, goûtais sa bouche, tandis que, raccrochés passionnément l'un à l'autre, nous rattrapions ces quelques jours perdus. Alors que je plongeais les doigts dans sa chevelure humide, il quitta mes lèvres pour mieux dévorer mon cou de baisers. Lorsqu'il vint mordiller le creux de ma clavicule, mon être tout entier fut secoué d'un violent frisson.

— Il faut que je t'avoue quelque chose, soufflai-je à regret.

Redressant la tête, il ne me libéra pas pour autant de son étreinte. À travers mes vêtements, je sentais sa peau brûlante.

— Je n'ai pas envie de te voir partir pour Salt Lake. Je comprends que tu n'aies pas le choix, etc., mais tu me manquerais trop.

Me noyant dans son regard bleu lagon, je faillis oublier de respirer.

— J'étais sur le point de t'annoncer que je me pensais prête pour une véritable relation, mais quand tu as parlé de t'absenter durant des mois, je… M'attacher à toi alors que tu allais partir m'a semblé une très mauvaise idée.

— Même si le projet se concrétise, je compte bien faire des allers et retours. Je n'avais aucune intention de t'obliger à m'attendre pendant des mois.

Il me caressa la joue d'une main délicate.

— Si nous décidons de nous lancer, il va falloir que tu arrêtes de garder ce genre de choses pour toi. Sinon, ça ne fonctionnera jamais.

J'acquiesçai d'un mouvement de tête.

— Dans ce cas, j'ai autre chose à te confesser.

Je le sentis se raidir.

Mon cœur tambourinait si fort dans ma poitrine que j'en avais presque mal.

— Je n'ai jamais dû lutter autant pour ne pas succomber, commençai-je. Pourtant, je n'ai jamais craqué aussi rapidement.

J'avais les mots sur le bout de la langue, il fallait juste qu'ils sortent.

— Je t'aime, Jake…

Le sourire aux lèvres, il m'attira contre son cœur. Lorsqu'il posa de nouveau sa bouche sur la mienne, je joignis les doigts sur sa nuque. Il fit alors glisser ses mains sous mes fesses et me souleva de terre.

— Lit ou canapé, murmura-t-il d'une voix rauque tandis que j'enroulais les jambes autour de sa taille.

J'effleurai doucement ses lèvres.

— Eh bien, tu ne m'as pas encore fait visiter ta chambre…

La tête posée au creux de l'épaule de Jake, je savourais la sensation de sa peau contre la mienne, la volupté qu'on ne trouvait qu'entre les bras de l'être aimé. J'étais encore tout étourdie ; je me sentais comblée, épuisée, électrisée et, hmmm, avais-je déjà mentionné « comblée » ?

Jake jouait avec mes cheveux.

— Ai-je gagné mon titre ce soir ? Comment comptes-tu me présenter, dorénavant ?

— Tu veux que je te présente comme mon amant, c'est ça ? me moquai-je. C'est plutôt personnel, mais si ça te fait plaisir…

— Bah, tant que les autres hommes comprennent qu'ils n'ont pas intérêt à t'approcher de trop près, ça me va.

Je posai la main sur son ventre.

— Tu as toujours envie d'être mon petit ami après tout ce que je t'ai fait ?

— Ce que tu m'as fait ce soir était parfait.

Je secouai la tête, faussement outrée, puis ne pus m'empêcher de sourire.

— Bien, répliquai-je en posant le menton sur sa poitrine pour mieux observer son visage, mais s'il y a quoi que ce soit d'autre que je devrais savoir, c'est le moment ou jamais d'en parler.

— Enfant, j'étais complètement obsédé par les tortues.

Il n'était pas évident de prendre un air sévère lorsqu'on était nue comme un ver et encore au septième ciel, mais je fis de mon mieux

— C'était un véritable problème, je t'assure, se défendit-il. Je ne sais pas si tu te rends compte de l'odeur qui peut se dégager de deux ou trois aquariums à tortues ? Très bien, revenons aux choses plus graves… Je t'ai tout dit au sujet de ma dernière histoire d'amour…

Il marqua une pause, comme s'il s'attendait à ce que je lui demande davantage de précisions, puis reprit :

— Tu sais tout ce qu'il y a à savoir à propos de ma famille et de mon métier, que j'adore, soit dit en passant. Il n'y a rien de plus gratifiant que de transformer un taudis en un restaurant où les gens ont plaisir à venir. Et je suis plutôt doué dans ce domaine. Outre les restaurants, je m'occupe également de l'aspect financier de l'association de Virginia en faveur du Hammond's Children's Hospital – c'est pour cette raison que j'étais invité au cocktail où nous sommes allés tous les deux.

» Voyons… quoi d'autre ? poursuivit-il, en faisant courir ses doigts le long de ma colonne. Je suis si fou de toi que, si tu me demandais de ne plus jamais regarder un match de ma vie, j'accepterais sans hésiter. (Les coins de ses lèvres se retroussèrent.) Excepté peut-être les World Series de baseball, car cela tient plus de la religion que du sport. Et enfin, conclut-il en me regardant droit dans les yeux, au cas où je n'aurais pas été assez clair : je suis fou amoureux de vous, Darby Quinn.

Je me redressai sur un coude afin de déposer un léger baiser sur ses lèvres. Ivre de bonheur, je compris soudain ce qui pouvait inciter un personnage de dessin animé à pousser la chansonnette en de telles circonstances. Je n'aurais même pas été étonnée de voir quelques oiseaux voleter au-dessus de ma tête. Poussant un soupir d'aise, je me laissai aller entre les bras de Jake, transportée par ses baisers. Apercevant soudain le réveil posé sur la table de nuit, je poussai un grognement.

— La nuit est déjà bien avancée. Il faut que je rentre.

Cependant, Jake me retint contre lui.

— Reste dormir ici.

Malheureusement, j'avais beau répugner à quitter son lit, la terre ne s'arrêtait pas de tourner parce que j'étais amoureuse.

— Grâce à toi, monsieur le génie des chiffres, Nadine et moi avons rendez-vous avec Patricia demain. Je dois me rendre au bureau plus tôt, pour préparer la réunion.

Sans me lâcher, Jake attrapa le réveil.

— Dis-moi à quelle heure tu veux te lever, et je m'assurerai que tu ne sois pas en retard.

Passer la nuit dans les bras de Jake ou regagner mon lit glacé ?

Comme si j'avais besoin de me poser la question.

Chapitre 35

Moi qui me vante souvent d'être organisée, ce matin-là, je courais fiévreusement de-ci, de-là dans ma chambre, dans l'anarchie la plus totale.

— Tu n'as pas vu mon autre chaussure ? J'aurais juré qu'elle était là.

Plissant les yeux à la lumière du jour, Jake s'assit dans le lit, un côté de ses cheveux en pétard.

— Si je te disais que je les ai essayées hier soir, tu trouverais ça craquant ou préoccupant ?

Je lui flanquai une tape sur le bras.

— Ce n'est pas drôle. Si je suis en retard, Steph va me tuer.

Jake m'attrapa par le bras et me fit asseoir afin de m'embrasser le cou. D'une voix chaude, il ronronna à mon oreille :

— Quitte à être en retard…

— Ne me tente pas.

Après un rapide baiser, je me mis à quatre pattes sur le sol, à la recherche de mon escarpin. J'avais pris soin de rassembler les divers éléments de ma tenue de demoiselle d'honneur en un même endroit ; pourtant, entre ce matin et la veille, l'une de mes chaussures teintées de rose pour l'occasion avait trouvé le moyen de disparaître.

Elle apparut soudain devant mon nez.

— C'est ça que tu cherches ?

Je m'emparai de l'escarpin et le fourrai dans le sac, avec son copain.

— Tu me sauves la vie, remerciai-je Jake avec une bise.

Lui et moi avions passé ces dernières semaines à apprendre à mieux nous connaître : nous avions célébré ensemble le succès de l'entrevue avec Patricia – en effet, aussitôt le projet de la Red Lion Inn achevé, Nadine et moi serions libres de ne plus travailler qu'avec nos propres clients ; je me rendais au *Blue* pratiquement tous les jours après le travail pour dîner avec Jake, et nous discutions souvent jusque tard dans la nuit – ou, plutôt, jusque tôt le lendemain matin. Il m'avait raconté son enfance, sa famille, et j'avais fait de même. Nous avions parlé de nos centres d'intérêt, de nos aspirations, de tout et de rien. La seule chose que nous n'avions pas réellement faite, c'était dormir.

J'avais dû passer un coup de fil plutôt délicat à Porter, pour le remercier pour les fleurs et lui dire qu'il était un type formidable (je sais, même si ce n'était pas faux, faire usage d'un tel cliché m'était quelque peu resté en travers de la gorge), mais que ma situation avait changé : je n'étais plus célibataire.

Drew avait lui aussi appelé, apparemment pour s'excuser, même s'il avait finalement passé plus de temps à se vanter d'avoir eu raison à propos de Jake.

Les derniers préparatifs du mariage de Stephanie s'étaient déroulés sans accroc majeur, et nous avions survécu à la répétition. Aujourd'hui, c'était le grand jour, celui qu'elle attendait depuis des mois

Jake me suivit dans le salon. La housse contenant ma robe sur le bras, je vérifiai une nouvelle fois que j'avais bien mes deux chaussures et mon maquillage dans mon sac. Tout le reste était déjà dans la voiture.

— Je pense que c'est bon.

Je me tournai vers Jake et m'imprégnai de cette image de lui debout dans la pièce, en boxer, regrettant de ne pas avoir une heure à tuer. Je l'enlaçai de mon bras libre, puis l'embrassai, m'attardant un instant sur la courbe de son dos.

— À plus tard.

— Je te rejoins là-bas.

Comme je posais la main sur la poignée, je me souvins que je ne l'avais pas prévenu du type de personnages qu'il croiserait à la réception. Craignant de ne pas avoir le temps plus tard, je l'avertis :

— Pour information, chez nous, les gens sont un peu particuliers. Comme c'est une petite ville et que tout le monde se connaît, ils estiment tous avoir un certain droit de regard sur ma vie. Alors, n'écoute pas tout ce qu'ils te raconteront, et ne panique pas s'ils te demandent quand tu comptes me passer la bague au doigt.

— Je leur dirai d'aller te retourner la question, répondit-il en souriant.

Je levai les yeux au ciel, mais ne pus m'empêcher de sourire moi aussi. J'agitai la main en guise d'« au revoir » et pris la direction de l'ascenseur, étonnamment joyeuse à l'idée d'assister à un mariage.

— J'étouffe, se plaignit Stephanie en s'éventant de la main. Comment se fait-il qu'il fasse si chaud ?

J'attrapai un magazine sur la table et l'agitai pour l'éventer.

— Tout va bien. Tu es juste nerveuse.

— On pourrait croire que j'ai la trouille, dit-elle en posant la main sur son cœur, mais je suis impatiente d'épouser Anthony. J'en ai vraiment envie.

Je devinais aux trémolos dans sa voix que ce n'était pas seulement moi qu'elle s'efforçait de convaincre.

— Steph, je sais que tu veux l'épouser, et je sais aussi que tu rêves de ce jour depuis une éternité. Mais il est parfaitement naturel d'être nerveuse, même si tu es excitée et impatiente. Un mariage, ce n'est pas rien, et penser que tous ces gens vont avoir le regard rivé sur toi ne fait rien pour alléger la pression.

— Oh, merde… J'avais oublié les regards rivés sur moi. Et si je trébuche ?

— Ton père ne te laissera pas tomber. Et Anthony non plus.

La prenant par les épaules, je la regardai droit dans les yeux.

— Mais, si quoi que ce soit tourne mal, je suis là. Je pourrai faire un truc taré… comme montrer mes fesses. (Je jetai un coup d'œil à la robe que je portais.) Si j'y arrive…

Mon amie éclata de rire.

— Il faudrait surpasser l'histoire de la gifle.

— Tout à fait. J'ai à cœur de faire un coup d'éclat au mariage de tous ceux que j'aime.

Stephanie prit une longue inspiration.

— Bon. Ça va déjà mieux. Je me marie, j'ai hâte, et tout va bien se passer.

Elle se jeta brusquement à mon cou, manquant de me renverser. Lorsque j'eus recouvré l'équilibre, je lui rendis son accolade, repensant à tous les merveilleux souvenirs que nous avions accumulés au fil des années. Sans ma meilleure amie, ma vie aurait été terriblement triste et ennuyeuse.

Je ramassai mon bouquet et lui tendis le sien.

— Allez, c'est parti.

Un quart d'heure plus tard, Karl et moi remontions l'allée centrale, comme nous l'avions fait la veille, lors de la répétition. Certains essuyaient déjà quelques larmes. Deux semaines auparavant, j'aurais sans doute plaisanté en disant qu'ils pleuraient de savoir que c'était le début de la fin pour

Steph et Anthony, mais, depuis quelques jours, j'avais plutôt tendance à voir le verre à moitié plein.

Les invités se levèrent aux premières notes de la marche nuptiale. Stephanie et son père apparurent. Ma meilleure amie, celle que je considérais comme ma sœur, était resplendissante. Les perles qui ornaient son corsage chatoyaient dans la lumière du soleil ; ses cheveux blonds, bouclés pour l'occasion, étaient relevés en un chignon élaboré ; et son sourire illuminait la salle.

Avant que j'aie pu l'empêcher – avant même de m'en apercevoir –, une larme perla sournoisement au coin de mon œil.

Reprends-toi. Tu ne vas quand même pas rejoindre les rangs des indécrottables romantiques qui chialent aux mariages. Tu vaux mieux que ça.

Une autre larme roula sur ma joue, et Laura glissa un mouchoir dans ma main.

La honte. Si qui que ce soit pose la question, je pleure parce que je suis en train de perdre ma meilleure copine.

J'aurais juré sentir les yeux de Jake posés sur moi, mais je n'osai pas scruter le parterre d'invités, de peur de croiser son regard.

Stephanie parvint à hauteur d'Anthony, et tous deux parcoururent les derniers pas ensemble. Quand elle se tourna pour faire face au marié, je me penchai pour réarranger sa traîne.

Le prêtre les regardait, radieux.

— Nous sommes réunis en ces lieux pour célébrer l'union de Stephanie et Anthony. Aujourd'hui, ces deux jeunes gens s'engagent sur la voie du mariage, promettant de s'aimer et de se respecter, et ce, tout au long de leur vie…

J'avais beau revoir doucement mes positions concernant l'amour éternel et compagnie, à ces mots, mon estomac se noua. Pourtant, jetant un coup d'œil parmi les invités, mon regard se porta immédiatement sur Jake, comme si j'avais su que je le trouverais à cet endroit précis. Et, lorsqu'il me sourit, je ne pus empêcher mes genoux de jouer des castagnettes, ni ma tête de tourner.

Alors que j'étais à la recherche de Jake, je croisai Karl.

— Dis, tu n'aurais pas vu mon cavalier, par hasard ? lui demandai-je.

Tous deux s'étaient rencontrés la veille, durant le dîner de répétition.

— Non, je discutais avec Erin, déclara-t-il, un sourire béat retroussant ses lèvres.

Suivant son regard, je tombai sur la jeune femme blonde qu'il avait rencontrée au *Shots*.

— Il semblerait que ça aille bien, vous deux.

Son sourire s'élargit encore.

— Elle ne m'a jamais traité de charlatan et ne m'a jamais impliqué dans une bagarre, alors, oui, on peut dire que ça va.

— Bah, si tu n'étais pas si regardant aussi…

Il rit. Je souris, contente de pouvoir plaisanter ainsi avec lui. Soudain, j'aperçus Jake. Il parlait à Mme Hildabrand.

Oh non, pitié. Pas elle.

— Bonne chance avec Erin, à plus tard, lançai-je à Karl, en me précipitant vers mon cavalier et la vieille dame.

Celle-ci sourit à mon approche.

— Darby, j'étais justement en train de faire connaissance avec ton soupirant. Il est très gentil, et très séduisant. Et tu étais prête à abandonner ? couina-t-elle en me tapotant la main. Je t'avais bien dit qu'il était là, quelque part ! Figurez-vous qu'elle voulait nous faire croire qu'elle était très heureuse toute seule, ajouta-t-elle à l'adresse de Jake.

Celui-ci secoua la tête, feignant l'incrédulité.

— Vous voulez rire ? Une chance que j'aie surgi dans sa vie !

— Oh, quel gentleman. Ne la laissez pas vous échapper !

Elle me sourit, et je sus aussitôt que ce qui allait suivre serait terrible.

— Vous savez, une fois que vous serez mariés, il ne faudra pas que vous traîniez pour fonder une famille. Passé un certain âge, ça devient difficile.

Je saisis la main de Jake et l'entraînai le plus loin possible, prétextant devoir le présenter à d'autres personnes.

Je n'eus toutefois pas le temps de m'excuser auprès de lui que Mme Taylor nous rejoignait.

— Laissons aux gens le temps de manger un morceau, puis nous passerons aux toasts. Après Karl, ce sera à ton tour.

Elle détailla Jake de la tête aux pieds.

— Madame Taylor, voici Jake, mon petit ami. Jake, je te présente la mère de la mariée.

Il lui tendit la main.

— Enchanté.

— Vous n'allez pas vous battre, tous les deux, hein ? s'inquiéta-t-elle en répondant à la poignée de main de mon cavalier.

— Ce n'est pas prévu au programme, répondis-je.

Mme Taylor darda sur moi un œil sévère. J'avais séjourné chez elle assez souvent pour qu'elle n'hésite pas à me remettre à ma place si nécessaire.

— Désolée, madame Taylor. Pas de bagarre, c'est promis.

Bon sang ! On fait une scène à un seul mariage, et tout le monde s'en souvient à vie.

Je conduisis Jake à la table où avait été placée ma famille. C'était un véritable soulagement de savoir que tous s'entendaient bien et se connaissaient assez pour que je n'aie pas à mener la conversation. Je pouvais simplement me relaxer et apprécier la compagnie des gens que j'aimais.

Alors que le dîner touchait à sa fin, je vis Mme Taylor aller tapoter l'épaule de Karl. Après lui, ce serait à mon tour, avait-elle dit.

L'idée de porter un toast aux mariés, debout devant tout ce monde, me retournait l'estomac. Lorsque j'avais commencé à rédiger mon discours, je m'étais d'abord tournée vers Internet. Cela ne m'avait pas été d'une grande aide. Comment aurais-je pu lire tout haut un texte qui me filait la nausée ?

L'une des citations sur lesquelles j'étais tombée proclamait : « L'amour, c'est regarder dans les yeux de l'autre et y trouver tout ce dont on a besoin. » C'est mettre une sacrée pression sur la personne en question, non ? Et « tout ce dont on a besoin » ? Sérieusement ? Genre, tu as intérêt à avoir un cheeseburger au fond des pupilles, parce que, à un moment donné, ta moitié risque de commencer à avoir faim.

La meilleure que j'aie lue et à laquelle j'avais beaucoup pensé disait : « Un bon mariage, ce n'est pas l'union d'un "couple parfait", mais celle de deux personnes imparfaites prêtes à chérir leurs différences. » J'aurais voulu l'utiliser, mais Steph m'aurait accusée d'insinuer qu'elle et Anthony ne formaient pas un couple parfait.

Karl s'empara du micro et s'éclaircit la voix.

— Bonjour à tous. Je suis Karl, le témoin du marié, et c'est un grand honneur pour moi de porter ce premier toast. Il y a quelques heures, j'ai vu l'un de mes meilleurs amis épouser la femme qu'il aime. Je connais Anthony depuis un certain nombre d'années, maintenant, et il est l'une des personnes les plus dévouées et les plus généreuses que j'aie jamais rencontrées. Il a trouvé en Stephanie une personnalité à la fois similaire et complémentaire.

» En tant que conseiller conjugal, j'ai eu l'occasion de faire la connaissance de nombreux couples, à divers stades de leur relation, et je peux vous assurer que Stephanie et Anthony font partie de ceux qui sont faits pour fonctionner. Ils savent communiquer, ce qui, comme chacun sait, est l'une des clés pour l'épanouissement d'un couple.

Il décocha un sourire dans ma direction.

— Quelqu'un m'a cependant affirmé il y a peu que la communication seule ne fait pas le couple épanoui. D'après cette jeune femme, le véritable secret de la réussite serait d'accepter que nous ne communiquons pas de la même manière. Elle tenait peut-être quelque chose… Finalement, la clé du mariage, c'est peut-être tout simplement de découvrir comment communiquer avec quelqu'un de différent de nous. Aussi, je vous souhaite d'apprendre à vous comprendre l'un l'autre, mais aussi de comprendre que vous ne vous comprendrez pas toujours.

Il leva alors son verre.

— Aux heureux mariés. Puissent-ils connaître une vie de joie et de bonheur.

Drew me donna un coup de coude.

— Allez, file les achever.

Puis il baissa la voix et se pencha à mon oreille.

— Et, si tu en vois un qui a besoin d'être rappelé à l'ordre, tu sais quoi faire !

Il mima une gifle dans l'air. Non sans lui jeter un regard assassin, je me frayai un chemin entre les tables.

— J'espère que je ne t'ai pas piqué ton discours, murmura Karl en me tendant le micro.

— N'oublie simplement pas à qui revient tout le mérite, quand tous les couples qui viennent te voir iront mieux ! plaisantai-je.

Mon sourire eut tôt fait de disparaître. Portant le micro à mes lèvres, face à cette mer de visages, je me sentis soudain nauséeuse et mes genoux se mirent à trembler.

— Pour ceux qui ne me connaîtraient pas, commençai-je, je m'appelle Darby. Et cette splendide mariée, là-bas, est ma meilleure amie. Nous avons traversé énormément de choses ensemble, et c'est un immense privilège pour moi d'être à ses côtés durant l'un des plus beaux jours de sa vie.

La gorge sèche, je jetai un coup d'œil sur les verres non loin, regrettant de ne pas avoir rempli le mien, qui était presque vide. Je m'éclaircis la voix et m'humectai les lèvres.

— Ceux d'entre vous qui me connaissent savent combien je suis sceptique face à ces histoires d'amour éternel – « ils vécurent heureux et eurent beaucoup d'enfants », etc., très peu pour moi.

Distinguant une lueur de panique traverser le regard de mon amie, je m'empressai d'enchaîner, avant qu'elle nous fasse une syncope.

— Toutefois, je côtoie Stephanie depuis assez longtemps pour lire en elle comme dans un livre ouvert. Et je ne l'ai jamais vue aussi heureuse qu'avec Anthony. Cette histoire d'amour, je l'ai vue naître et évoluer. J'ai vu l'influence que chacun a eue sur la vie de l'autre. Et c'est sans hésitation aucune que je peux moi aussi affirmer que ces deux-là sont faits l'un pour l'autre. Aujourd'hui, je n'ai pas l'impression de perdre une amie mais d'en gagner un nouveau.

Je me tournai vers le marié.

— Eh oui, tu aurais dû lire les termes du contrat d'un peu plus près. Je fais partie du lot !

Les rires fusèrent.

— Tout ce que j'essaie de dire, c'est que Stephanie et Anthony sont un bel exemple de ce que sont l'amour et le bonheur de rencontrer l'âme sœur.

Je levai mon verre, soulagée d'avoir fait le plus difficile.

—À Anthony et Stephanie. Je vous souhaite une vie d'amour et de joie.

Posant la main sur son cœur, Stephanie articula un « je t'adore ».

—Moi aussi, je t'adore, répondis-je tout bas.

Stephanie se jeta à mon cou dans un bruit de froufrous, son voile pressé contre ma joue. Elle et Anthony venaient d'effectuer leur premier tour sur la piste de danse en tant qu'époux.

—Je suis mariée, et la malédiction qui te frappait est brisée. Je savais que nous trouverions l'âme sœur un jour.

—Holà ! Je n'ai jamais dit que j'étais victime d'une malédiction.

—C'était pourtant un peu le cas. Et puis, c'est mon mariage, alors interdiction de me contredire.

S'écartant légèrement, elle me lança un regard sévère.

—Maintenant que tu as déniché un type bien, tu oublies tout le reste, c'est compris ? Laisse-toi aller, tu as droit au bonheur, toi aussi.

—Je ne pourrais pas être plus heureuse, répondis-je.

Un sourire permanent accroché aux lèvres, j'arborais sans nul doute le même air idiot que mon amie lorsqu'elle évoquait celui qui était désormais son mari.

—Tiens, quand on parle de petit ami de rêve…

Jake était apparu à mes côtés et avait placé son bras autour de ma taille.

—Toutes mes félicitations, Stephanie, s'exclama-t-il.

—Merci !

Elle désigna la piste.

—Vous devriez aller danser tous les deux. Je viendrai vous dire « au revoir » avant que nous partions. (Elle jeta un nouveau coup d'œil derrière moi.) Mme Hildabrand arrive par là. Filez avant qu'elle vous parle d'enfants qu'il faut vous dépêcher de faire, comme à moi tout à l'heure.

— Oh, nous y avons déjà eu droit, dis-je en prenant Jake par la main. Malgré tout, une fois suffit amplement.

J'entraînai donc mon cavalier sur la piste de danse et joignis les mains derrière sa nuque. Il me prit dans ses bras et m'attira tout contre lui.

— Tu avais l'air sérieuse pendant ce discours. Se pourrait-il que tu aies changé d'avis et que tu admettes enfin qu'un couple peut durer ?

Je souris.

— Je me dis que, peut-être – peut-être –, si l'on rencontre la bonne personne, et que chacun est prêt à y mettre du sien, il y a peut-être davantage de chances pour que cela fonctionne.

Il me serra alors contre son cœur.

— Il n'y a aucune honte à reconnaître que tu avais tort, tu sais. Je te promets de ne pas te le rappeler trop souvent à l'avenir. Pas plus d'une fois par semaine.

Je secouai la tête me laissant guider à travers la piste par son bras ferme.

Autour de nous, les gens dansaient, riaient, discutaient. Maman et Dwight étaient assis à notre table, le sourire jusqu'aux oreilles ; sur ma gauche, Drew et Lisa tournoyaient en riant aux éclats ; Devin et Anne dansaient également, profitant de cette soirée sans les enfants. Stephanie et Anthony avaient refait leur apparition sur la piste, les yeux dans les yeux et un grand sourire aux lèvres.

J'étais entourée de couples heureux et amoureux, et – surprise – j'étais à compter parmi eux.

Je pensais avoir connu l'amour. J'avais été persuadée d'être amoureuse. Mais, si j'avais bel et bien aimé les hommes que j'avais connus jusqu'alors, ce que je ressentais ce coup-ci était entièrement différent. C'est toujours quand on croit s'être débarrassé d'une mauvaise habitude qu'elle revient au galop. Cette fois, non seulement j'avais rechuté, mais je n'avais plus aucun moyen de me relever.

Durant ces dernières semaines, j'en avais appris beaucoup sur Jake : il écoutait d'infâmes morceaux de *metal* des années 1980 à plein volume dès le saut du lit ; quoi qu'il arrive, il fallait qu'il sache le score de toutes les rencontres de baseball qui se jouaient, peu importaient les équipes, si bien qu'il allumait sans arrêt la télé pour « voir où ça en est », et restait scotché devant jusqu'à la fin du match ; il ne rinçait pas le lavabo après s'être rasé, ce qui fait que les poils se collaient à la faïence et devenaient impossibles à enlever une fois secs ; et, pour couronner le tout, ses ronflements m'empêchaient de dormir.

À la longue, je trouverais sans doute ses petites manies et ses défauts agaçants, mais j'étais prête à fermer les yeux dessus, simplement parce que j'aimais ce que je ressentais quand il était près de moi. J'aimais sa façon de m'embrasser. J'aimais qu'il me surprenne en venant m'aider à préparer à dîner. J'aimais m'endormir blottie contre lui. J'aimais le fait qu'il m'aime malgré tous mes problèmes.

Mais, surtout, parce que je l'aimais, lui. Comme tous les couples, nous aurions nos hauts et nos bas. Mais nous partagerions également nos espoirs, nos rêves et nos déceptions. Le soutien et la compréhension que nous trouverions l'un chez l'autre nous aideraient à surmonter les épreuves et à avancer.

En vérité, les prémices d'un conte de fées ne sont jamais aussi difficiles qu'on le croit. C'est ce qui vient après le dénouement qui est compliqué. La vie ne devient pas un long fleuve tranquille parce que la princesse a trouvé son prince.

Mon histoire avec Jake était cependant bien plus passionnante qu'aucun conte, car elle avait le mérite d'être réelle. Dans la vraie vie, l'amour exige que l'on pardonne ses défauts à l'être aimé. Et, même s'il serait plus simple d'afficher une pancarte « Ils vécurent heureux… », au final il y a quelque chose de magique à aimer quelqu'un tout entier, avec ses défauts.

Lorsque le morceau se termina, Jake glissa une main derrière ma nuque, et, quand ses lèvres rencontrèrent les miennes, je perdis pied. Je me surpris soudain à croire que l'amour que l'on disait éternel existait peut-être ailleurs que dans les contes.

D'un coup, tout s'éclaircit. Il m'avait fallu surmonter un certain nombre d'échecs sentimentaux, mais je l'avais enfin trouvé. Mon prince charmant. Qui aurait cru que cette espèce existait ?

Bravo, Cendrillon, tu m'as bien eue.

Achevé d'imprimer en Italie
par LEGO en avril 2020
Dépôt légal : juin 2020
9383562-1